BRITTAINY C. CHERRY
Über die dunkelste See

BRITTAINY C. CHERRY

ÜBER

DIE

DUNKELSTE

SEE

Roman

Ins Deutsche übertragen
von Katia Liebig

LYX in der Bastei Lübbe AG
Dieser Titel ist auch als E-Book und Hörbuch erschienen.

Die Originalausgabe erschien 2021 unter dem Titel
»Western Waves«.
Copyright © 2021. Western Waves by Brittainy C. Cherry
Published by arrangement with Bookcase Literary Agency
The moral rights of the author have been asserted.

Für die deutschsprachige Ausgabe:
Copyright © 2022 by Bastei Lübbe AG, Köln

Redaktion: Ralf Schmitz, Köln
Umschlaggestaltung: © Zero Werbeagentur, München
unter Verwendung von Motiven von
© Design Pics / Vince Cavataio / plainpicture
Satz: Greiner & Reichel, Köln
Gesetzt aus der Adobe Caslon
Druck und Verarbeitung: GGP Media GmbH, Pößneck

Printed in Germany
ISBN 978-3-7363-1468-9

7   9   11   10   8

Sie finden uns im Internet unter lyx-verlag.de
Bitte beachten Sie auch: luebbe.de und lesejury.de

Liebe Leser:innen,

dieses Buch enthält potenziell triggernde Inhalte.
Deshalb findet ihr auf der letzten Seite eine Triggerwarnung.

Achtung: Diese enthält Spoiler für das gesamte Buch!

Wir wünschen uns für euch alle
das bestmögliche Leseerlebnis.

Euer LYX-Verlag

Für Flavia und Meire,
meine guten Feen.

Für alle,
denen das Herz gebrochen wurde,
und die dennoch an die wahre Liebe glauben.
Dieses Buch ist für euch.

PROLOG

STELLA

Sechs Jahre alt

»Ist doch nicht unser Problem«, sagte Catherine im Innern des Hauses. Ich saß mit Grams in Kevins Hollywoodschaukel auf der hinteren Veranda. Alle außer mir nannten Grams Maple, weil sie so süß war wie Sirup. Mama sagte immer, Grams sei die Großmutter der ganzen Welt, weil sie sich um alles und jeden kümmerte, der sie brauchte. Ich hatte jedoch das Glück, sie Grams nennen zu dürfen, weil sie für mich tatsächlich so etwas wie eine Großmutter war.

Sie hatte sich in den letzten Tagen um mich gekümmert – vermutlich, weil ich sie brauchte.

Wir saßen da und blickten auf die ans Ufer brandenden Wellen. Ich mochte Kevins und Catherines Haus am liebsten von allen und freute mich jedes Mal, wenn Grams mich mit zur Arbeit nahm. Früher war sie Kevins Nanny gewesen, und nun, da er erwachsen war, hatte er sie als Haushälterin angestellt. Meine Mutter hatte er ungefähr um die gleiche Zeit kennengelernt wie Grams. Er und Mama waren etwa gleich alt und sind enge Freunde geworden. Ich kenne Kevin und Grams schon mein ganzes Leben lang. Beide waren sogar dabei, als ich im St. Michael's Hospital das Licht der Welt erblickte, so hat Mama es mir erzählt. Kevin und Grams waren für mich neben Mama die wichtigsten Menschen der Welt.

Und Grams Spitzname war mein zweiter Vorname.

Stella Maple Mitchell.

»Was soll ich tun, Catherine? Stella gehört zur Familie. Sophie war meine beste Freundin, verdammt!«, brüllte Kevin, was ich bei ihm noch nie erlebt hatte. Ich wusste nicht mal, dass er dazu fähig war.

»Ich sollte es sein, die dir wichtig ist! Deine Frau!«, schrie Catherine zurück, was mich wiederum nicht besonders überraschte. Catherine schrie ständig, wenn sie nicht gerade mit ihrem Make-up beschäftigt war. »Ich fühle mich einfach nicht gut dabei, ein fremdes Kind aufzunehmen.«

»Wir wollten doch immer eine Familie haben«, sagte Kevin.

»Ja, aber eine eigene. Nicht irgendwen, den jemand anders nicht wollte«, maulte Catherine.

»Was für eine blöde Ziege«, murmelte Grams und schüttelte angewidert den Kopf.

»Sagt man nicht«, sagte ich.

Sie lächelte und nickte. »Da hast du recht, Liebes. Aber manchmal braucht man solche Wörter, um auszudrücken, wie schrecklich man etwas findet – oder jemanden.«

»Ist Catherine wütend auf mich?«, fragte ich und spielte mit der Muschelkette, die Grams für mich gemacht hatte. Sie sammelte alle Arten von Muscheln, und seit ich laufen konnte, wanderten wir auf Kevins Grundstück auf und ab und suchten schöne Exemplare, während Grams mir Geschichten über das Meer erzählte.

Sie wusste alles über Götter und Göttinnen – die Götter der Erde und die Götter des Windes und die Götter des Feuers. Ich mochte ihre Geschichten, am liebsten die über Yemayá, die Göttin des Meeres.

Grams und Mama glaubten an Götter und Göttinnen. Jedes Mal, wenn sie sich sahen, unterhielten sie sich darüber. Sie lehrten mich schon als kleines Mädchen die Lieder und Tänze, die von Yemayá erzählten, und oft brachten wir der Göttin Opfergaben der Liebe und des Lichts ans Meer.

Grams meinte, dass ich Yemayá am liebsten von allen mochte, weil ich selbst ein Wasserzeichen war, so wie sie und Mama. Ich hatte keine Ahnung, was das bedeutete, außer dass Grams bei Vollmond und Neumond seltsame Dinge veranstaltete. Aber mein Geburtstag war im März, und Grams sagte, deswegen hätte ich so eine enge Verbindung zum Wasser.

Vielleicht lag es aber auch nur daran, dass ich so gerne im Meer planschte.

Grams schüttelte den Kopf. »Nein, Liebes, sie ist nicht wütend auf dich. Sie ist nur ...« Sie verengte die Augen, während Catherine im Haus herumschrie. »Sie ist nur ...«

»Eine blöde Ziege?«, fragte ich.

Grams schüttelte lachend den Kopf. »Ja, aber das bleibt unter uns.«

Ich senkte den Kopf und sah auf meine Kette. »Ich wünschte, Mama wäre hier.«

»Ich weiß. Ich auch.«

»Denkst du, sie vermisst uns?«

»Oh Liebes, mehr als du dir vorstellen kannst.« Grams griff in ihre Handtasche und zog eine riesige Muschel daraus hervor. »Hör mal«, sagte sie und hielt mir die Muschel ans Ohr. »Hörst du das?«

»Das rauscht wie das Meer!«, rief ich.

»Ja, das tut es. Und dort ist auch deine Mutter jetzt. Sie ist ein Teil des Ozeans, des anderen Reiches.«

Ich runzelte nachdenklich die Stirn. »Kann sie wieder zurückkommen?«

»Nicht körperlich, aber wenn du ins Wasser gehst, kannst du sie spüren. Erinnerst du dich, was ich dir von Yemayá erzählt habe? Dass sie uns alle beschützt?«

Ich nickte.

»Deine Mutter ist zu der Göttin ins Meer gegangen, und wenn du sie spüren möchtest, brauchst du nur ins Wasser zu gehen und ihre Liebe in dich aufzunehmen. Und wenn du im Meer bist, kannst du dir etwas wünschen, und sie werden dir helfen, deine Wünsche wahr werden zu lassen.«

Ich kniff die Augen zusammen. »Ich kann sie im Ozean spüren und mir etwas wünschen, wann immer ich will?«

»Wann immer du willst.«

»Also auch jetzt?«

Grams sprang von der Schaukel und reichte mir ihre Hand. »Auch jetzt.« Ich nahm sie, und Grams zog mich auf die Füße. Dann beugte sie sich hinunter, bis sie mir in die Augen sehen konnte. »Wetten, dass ich schneller am Wasser bin als du? Die Siegerin darf entscheiden, was es heute Abend zum Nachtisch gibt.«

»Was ist dein Lieblingsnachtisch?«

»Leber mit Zwiebeln.«

Ich verzog das Gesicht. »Bäh! Das will ich nicht!«

»Dann solltest du besser Gas geben. Eins … zwei … drei … los!«, rief sie.

Ich rannte Richtung Wasser. Die Sonne wurde langsam schläfrig, und der Himmel sah aus wie bunte Zuckerwatte. Meine Arme ruderten durch die Luft, und ich lief, so schnell meine Beine mich trugen. Das Wasser umspülte meine Zehen, dann meine Knöchel, schließlich meine Knie. Als die Wellen gegen mich klatschten, drehte ich mich um. Grams war nur wenige Schritte hinter mir. Wir lachten und tanzten, und ich spürte Mamas Liebe, während das Wasser sich mit uns bewegte.

Vielleicht hatte Grams recht. Vielleicht war Mama wirklich ein Teil des Ozeans geworden. Das machte mich froh, denn es bedeutete, dass ich jederzeit mit ihr sprechen konnte. Ich brauchte bloß ins Wasser zu gehen. Und Grams hatte gesagt, dass ich Mama in mir selbst sehen könne, denn ich sah aus wie sie, von den Locken bis zu meiner braunen Haut, sogar meine Augen und meine Nase.

Wir blieben lange im Wasser. Erst als Kevin zu uns ans Ufer trat, hörten wir auf zu planschen und zu toben. Er wirkte müde und ein wenig traurig, doch er sah schon länger so aus – seit Mama ein Teil des Ozeans geworden war.

Grams sagte, er sei traurig, weil er mit meiner Mutter seine Seelenverwandte verloren hatte, auch wenn sie nicht verheiratet gewesen waren, so wie Kevin und Catherine. Grams war davon überzeugt, dass ein Seelenverwandter auch ein bester Freund oder eine beste Freundin sein konnte. Und wenn man seine beste Freundin verlor, fühlte es sich so an, als würde das eigene Herz für eine Weile zu schlagen aufhören.

Ich hoffte sehr, dass Kevins Herz wieder anfangen würde zu schlagen.

Es tat mir weh, ihn so traurig zu sehen.

Kevin war barfuß. Die Ärmel seines weißen Button-down-Hemds hatte er aufgekrempelt und die Hände in den Taschen seiner blauen Hose vergraben. Er schenkte mir ein halbes Lächeln. Ein halbes Lächeln ist, wenn man versucht, seine Mundwinkel zu einem richtigen Lächeln zu verziehen, aber auf halbem Weg aufgibt, sodass es eher aussieht wie ein breiter Strich.

Grams und ich standen im Wasser, als Kevin halb in unsere Richtung lächelte.

»Ist alles in Ordnung?«, fragte Grams.

Er nickte.

Sie zog eine Augenbraue hoch. »Und Catherine?«

Jetzt sackten seine Mundwinkel ganz nach unten. »Macht keine Probleme mehr.«

»Das tut mir leid«, sagte Grams.

»Mir nicht«, antwortete Kevin. Er sah mich an, und seine Mundwinkel hoben sich zu einem richtigen Lächeln. »Hey Kiddo. Ich hab da mal 'ne Frage.«

»Nur raus damit!«, rief ich, während die Wellen mich hin und her warfen.

»Was hältst du davon, für immer bei mir zu bleiben?«

Ich riss die Augen auf, und mein Herz fühlte sich an, als wollte es zerspringen. »Wirklich?«

»Ja. Ich denke, wir beide wären ein gutes Team, meinst du nicht? Mit Grams, natürlich, im Gästehaus?«

Grams nickte. »Wenn du möchtest, dass ich bleibe, dann werde ich bleiben, Kevin.«

»Das wäre großartig«, antwortete er. »Ich brauche dich.«

»Wir werden alle hier wohnen?«, fragte ich. »Wie eine Familie?«

»Ja. Eine Familie. Was sagst du dazu?«, fragte Kevin.

»Für immer?«

Er nickte. »Für immer.«

Ich hatte gar keine Zeit, noch mehr dazu zu sagen, denn ich rannte los und sprang in seine Arme. Grams kam ebenfalls dazu. Wir umarmten uns alle drei, und ich hielt sie beide so fest, wie ich nur konnte.

»Danke, Mama«, flüsterte ich, während ich Kevin an mich zog.

Grams und Kevin konnten es nicht wissen, aber im Wasser hatte ich mir wieder eine Familie gewünscht. Jetzt wusste ich, dass das Meer wirklich magische Kräfte hatte – denn gerade war mein größter Wunsch in Erfüllung gegangen.

1

STELLA

Gegenwart

»Soll das ein Witz sein?«, schnaubte ich leise, als ich mich in die endlose Schlange vor *Jerry's Bakery* einreihte.

Ich gehörte nicht zu den Menschen, die gerne in einer Schlange standen und warteten, weder für Konzerttickets noch für Essen oder Black-Friday-Angebote. Tatsächlich gab ich mir alle Mühe, jegliche Arten von Warteschlangen zu vermeiden. Wenn mehr als zehn Leute vor mir standen, standen die Chancen gut, dass ich das neue beliebte Chicken Sandwich erst mal nicht probieren würde. Oh, und die Sneakers, die ich unbedingt haben wollte? Göttlich! Fünfundzwanzig Leute in der Schlange? Ich besorg sie mir in der nächsten Saison, vielen Dank.

Doch an diesem Samstagmorgen fand ich mich sogar in einer extrem langen Schlange wieder, denn ich benötigte genau zwei Dinge, die ich ausschließlich bei *Jerry's* bekam: einen Blaubeerscone und schwarzen Kaffee mit zwei Stück Zucker. Das und nichts anderes. Aber offenbar schien die ganze Welt samstagmorgens zu *Jerry's* zu rennen, denn um acht Uhr wand sich die Schlange bereits einmal um das Gebäude, und ich brauchte bis 8 Uhr 35, um bis zum Eingang zu gelangen.

Normalerweise kam ich unter der Woche während meiner Pause her, wenn der größte Andrang vorbei war, und vermied es, samstagmorgens hier aufzutauchen, doch diesmal hatte ich keine andere Wahl.

Im Schneckentempo näherte ich mich meinem Ziel, bis mich nur noch ein großer Mann in Designerklamotten von ihm trennte. Ich war der Erfüllung meiner Mission so nah, dass ich die Blaubeeren beinahe schmecken konnte. So nah, dass der Kaffee nur Sekunden davon entfernt war, mir die Zunge zu verbrennen. Ich sah ihn bereits vor mir in der Vitrine: einen wunderschönen, prallen Blaubeerscone. Der Letzte. Ich fühlte mich, als hätte das Universum auf mich herabgeschaut und mir liebevoll die Wange geküsst.

Leider hatte das Universum einen ziemlich fiesen Sinn für Humor, denn es verpasste mir eine schallende Ohrfeige, als der Kerl vor mir den letzten Scone bestellte.

»Nein!«, rief ich und stürzte nach vorne, als wollte ich eine Bombe am Explodieren hindern. Ich schob mich zwischen ihn und die Vitrine, als wäre es der einzige Sinn meines Lebens. Mein Herz trommelte gegen meine Rippen, und mir sprangen fast die Augen aus dem Gesicht. Die Kassiererin und der große Mann starrten mich an, als hätte ich den Verstand verloren – nicht ganz zu Unrecht, wie ich zugeben musste, aber das war mir in dem Augenblick egal.

Alles, was ich wollte, war dieser verflixte Scone.

»Tut mir leid, ich will Ihnen nichts tun oder so«, sagte ich zu dem schockierten Mädchen hinter der Kasse. Sie konnte kaum älter als siebzehn sein. Achtzehn mit viel Make-up. Ich wandte mich zu dem Mann hinter mir um, und als unsere Blicke sich trafen, fiel ich beinahe in Ohnmacht. Er sah aus wie …

Nein.

Konzentrier dich, Stella.

Ich schenkte ihm das freundlichste Lächeln in meinem Repertoire und zwang meine Nerven, sich wieder zu beruhigen, während ich in die kältesten blauen Augen blickte, die ich je gesehen hatte. Sie sahen aus wie der Ozean – wenn er sich abweisend und eisig gab. Und sie jagten mir einen eisigen Schauer über den Rücken, als sie mich ansahen.

Ich zitterte am ganzen Körper, während ich in seine blauen Augen starrte. Sein Körper dagegen wirkte ruhig und stark.

Meine Augen hatten also offenbar nicht den gleichen Effekt auf ihn wie seine auf mich.

»Ich wollte diesen Blaubeerscone haben«, erklärte ich. »Nur deswegen habe ich die ganze Zeit angestanden.«

»Interessiert mich nicht«, knurrte er. Seine Stimme war rauchig und tief. Hörte ich da einen vagen New Yorker Einschlag? Queens vielleicht? Oder Brooklyn? Als Kind hatte ich mir immer vorgestellt, ich käme aus New York City. Ich inhalierte alle Folgen von *Sex and the City* und übte die unterschiedlichen Akzente, die ich mir auf YouTube anhörte.

Manche Kinder hingen mit anderen Leuten rum; andere hockten in ihrem Zimmer und übten Akzente.

Der Fremde hielt der Kassiererin seine Karte hin, doch ich schlug sie ihm aus der Hand, sodass sie zu Boden segelte. Sein Blick wanderte nach unten zu seiner Karte, dann wieder hoch zu meinen Augen, zurück zu seiner Karte und wieder zu mir. Mir wurde ein wenig flau.

»Entschuldigung«, murmelte ich.

»Wollen Sie mich verarschen?«, fuhr er mich an.

Das arme Mädchen hinter der Kasse blickte nervös nach hinten, als hoffte sie, jemand würde kommen und sie aus ihrer unangenehmen Lage befreien. »Äh, Ma'am, ich muss Sie leider bitten …«

»Ich gebe Ihnen Geld!« Ich ignorierte das Mädchen und sah den Mann an, während ich meine Geldbörse aus der Handtasche fischte. »Wie viel wollen Sie für den Scone haben?«

»Hören Sie auf, mich vollzuquatschen.« Er bückte sich, um seine Karte aufzuheben und sie abermals der Kassiererin zu geben, doch ich schlug sie ihm wieder aus der Hand. Jetzt senkte sich seine Stimme zu einem tiefen Knurren. Ich spürte die Hitze seines Zorns auf meiner Haut und wich einen Schritt zurück. »Hören Sie zu, Lady«, grollte er.

»Nein, Sie hören mir zu! Ich brauche diesen Scone. Ich wollte ihn zuerst!«

»Sie sind aber nicht dran«, erklärte die Kassiererin.

»Halten Sie sich da raus, Julie!«, fuhr ich sie an. Dann beugte ich mich vor und flüsterte: »Tut mir leid, das klang bestimmt ziemlich unfreundlich. Entschuldigen Sie bitte meinen Ton. Ich schreie normalerweise niemanden an, ich schwöre es. Ich bin nur ...«

»... nicht ganz bei Sinnen«, brummte der Mann.

Ich funkelte ihn böse an. »Das war sehr unhöflich.«

»Interessiert mich nicht«, erwiderte er.

»Auch gut. Es interessiert mich nämlich nicht, dass es Sie nicht interessiert. Alles, was mich interessiert, ist dieser Scone.«

»Dann hätten Sie früher kommen müssen«, gab er zurück.

»Wollte ich ja, aber auf den Straßen war so viel los, und ...«

»Und niemand hat Sie um Ihr Gejammer gebeten.«

»Sie verstehen das nicht. Ich ...«

»Wie gesagt, das interessiert hier keinen«, erklärte er kalt und bückte sich erneut nach seiner Karte.

»Er hat recht, Sie halten nur den Betrieb auf!«, rief ein Kerl aus der wachsenden Schlange hinter mir.

Ich drehte mich um und sagte: »Das hier ist eine Privatangelegenheit zwischen mir und ...«

»Ihr selbst«, erklärte der kaltherzige Mensch, nachdem er für seinen Blaubeerscone, der eigentlich für mich bestimmt gewesen war, bezahlt hatte. Er nahm seinen Kaffee und seinen Scone und näherte sich dem Ausgang.

Meine Brust brannte, als hätte jemand sie in Brand gesetzt, während ich zusah, wie der letzte Blaubeerscone die Bäckerei verließ. Hatte sich Romeo so gefühlt, nachdem er Julia verloren hatte? Jetzt verstand ich, was er meinte, wenn er sagte: »Dies meiner Lieben! Oh wackrer Apotheker. Dein Trank wirkt schnell. Und so im Kusse sterbe ich.«

Was hätte ich darum gegeben, diesen verflixten Scone mit meinen Lippen zu küssen.

Ich hätte gerne behauptet, dass dies meine letzte Begegnung mit diesem Mann war, aber nein. Ich war viel zu instabil, um es damit bewenden zu lassen. Wie die Verrückte, in die ich mich zunehmend verwandelte, rannte ich dem Fremden hinterher und brüllte: »Hey! Hey! Warten Sie!«

Er sah über die Schulter, und ich erkannte deutlich, wie genervt er war. Dann blickte er wieder nach vorn und ging ungerührt weiter. Ich musste beinahe joggen, um zu ihm aufzuschließen. Wie groß war dieser Kerl? Ein einziger seiner Schritte war doppelt so lang wie mein staksiger Dauerlauf.

»Entschuldigen Sie bitte!«, rief ich, als er die hintere Tür seines Wagens öffnete – eines extrem kostspieligen Wagens samt Chauffeur. Noch bevor die Tür ganz geöffnet wurde, sprang ich ihm in den Weg. »Entschuldigen Sie, ich habe ein paarmal nach Ihnen gerufen.«

»Ich habe keine Zeit für Ihre kalifornischen Verrücktheiten, Lady.«

Ah, Sie stammen also schon mal nicht aus Kalifornien. Schon klar, Mr Accent.

Ich lächelte mein liebenswürdigstes Lächeln. »Mein Name ist Stella.«

»Wollte ich gar nicht wissen.«

Okay, vielleicht gelang es ihm tatsächlich, mich nicht zu lieben, aber was soll's.

Eigentlich wollte ich weiter die Durchgeknallte mimen, aber ich entschied mich, auf etwas normaler und zugänglicher umzuschalten, denn schließlich war ich noch immer scharf auf diesen verflixten Scone. »Stimmt, aber ich dachte, es macht alles ein wenig einfacher, wenn wir uns beim Vornamen anreden. So wäre dieses Gespräch ein wenig persönlicher.«

»Ich werde nicht persönlich mit Ihnen.«

»Nun, dann freut es mich, Ihnen mitteilen zu können, dass ich ein Profi darin bin, persönlich zu werden. Ich kann also die Leitung übernehmen, und Sie machen es mir einfach nach. Wir könnten einen kleinen Eins-zwei-Cha-Cha-Cha-Gesprächstango hinlegen.« Ich vollführte ein paar Cha-Cha-Cha-Schritte. Aber er fand mich nicht sonderlich amüsant.

Stattdessen blinzelte er ganze sechsmal hintereinander. »Treten Sie zur Seite.«

»Aber ...«

»Ich habe noch einen Termin, okay?«, fuhr er mich an. »Also gehen Sie mir aus dem Weg.«

»Das werde ich, versprochen. Sobald Sie mir den Blaubeerscone gegeben haben.«

»Sie sind ja vollkommen irre.«

»Ja, ja, meinetwegen. Nennen Sie mich, wie Sie wollen. Solange Sie mir den Scone geben.«

Er verzog das Gesicht und knurrte mit zusammengekniffenen Augen: »Sie meinen diesen hier?« Er sah auf seine Tüte hinunter, zog langsam den Scone heraus und rieb sorgfältig mit seinen Fingern darüber.

War mir egal. Ich hatte eine öffentliche Schule besucht und hatte die Spiele in der Grundschule überlebt, bei denen man nach Äpfeln tauchen musste. Irgendwelche Bazillen machten mir keine Angst.

»Ja, genau den.«

»Oh, okay.« Er hielt ihn mir hin. Doch als ich danach greifen wollte, zog er seine Hand zurück und stopfte ihn sich mit drei Bissen in den Mund. *Ein, zwei, drei.* Krümel rieselten zu Boden, während er mir aggressiv ins Gesicht kaute. Ganz ehrlich, der größte Teil des Scones schaffte es nicht mal bis in seinen Mund. Die armen, süßen Blaubeeren fielen auf den Bürgersteig, und ich fühlte mich, als hätte er mir in die Weichteile getreten. Was für ein Höhlenmensch.

»Würden Sie jetzt endlich zur Seite treten?«, fragte er mit vollem Mund, wobei er Krümel in meine Richtung spuckte. Mit der Hand fegte er die letzten Reste von seinem maßgeschneiderten schwarzen Anzug und zog arrogant eine Augenbraue hoch.

»Sie sind ein … ein … ein Riesenarschloch!«, platzte es voller Wut, Abscheu und Trauer aus mir heraus. Vor allem Trauer.

Unendliche Trauer.

»Ich bin kein Arschloch. Ich habe nur gelegentlich Arschloch-Anwandlungen«, knurrte er und seufzte. »Warum tun Sie das?«

»Was?«

»Weinen.«

»Tu ich nicht.«

»Ihre Tränendrüsen sondern Flüssigkeit ab. Das nennt man Weinen.«

Ich berührte meine Wangen und schüttelte den Kopf. *Da sieh mal einer an.* Ich weinte tatsächlich. »Sie hätten meinen Scone nicht essen dürfen«, schluchzte ich. Was war nur los mit mir? Sicher, ich war immer schon nah am Wasser gebaut gewesen, aber das hier war sogar für mich ein wenig übertrieben.

Er wirkte eher besorgt als verärgert. Sein Mund öffnete sich, als wollte er mich trösten, doch dann schloss er ihn wieder, griff in seine Tasche und reichte mir sein perfekt gefaltetes Taschentuch.

»Danke«, murmelte ich, schniefte hinein und gab es ihm zurück.

Er verzog das Gesicht. »Behalten Sie es. Und jetzt zum letzten Mal, würden Sie bitte von meinem Wagen zurücktreten?«

Ich trat zur Seite.

Er stieg ein und schlug die Tür hinter sich zu. Das Fenster glitt nach unten, und er sah mich an. »Falls es Sie tröstet, er war nicht besonders gut«, sagte er und ließ das Fenster wieder hochfahren.

Sein Fahrer gab Gas und ließ mich mit nichts als Krümeln als Erinnerung an diese seltsame Begegnung stehen. Die zweifellos ich so seltsam gemacht hatte.

Ich versuchte mich ein wenig zusammenzureißen, auch wenn meine Nerven nach wie vor blank lagen. Dann stieg ich in mein Auto und machte mich auf den Weg zu meinem nächsten Ziel – dem Teil meines Tages, vor dem ich am meisten Angst hatte. Ich wünschte, ich hätte wieder ins Bett kriechen und die nächsten Stunden einfach überspringen können, doch das Leben hatte keine Pausentaste, wie sehr man eine Auszeit auch gebraucht hätte.

2

STELLA

Ich hasse es.

Und Kevin hätte es auch gehasst.

»Werft mich ins Meer und überlasst mich den Meerjungfrauen«, hatte er einmal zu mir gesagt, als ich noch klein war. Es war kurz nach der Beerdigung meiner Mutter gewesen, und die Trauer um sie schien ihn zu überwältigen. Kevin war kein Mensch, der viele Emotionen zeigte, doch ich hatte nie etwas Traurigeres erlebt als seinen Zusammenbruch nach dem Tod meiner Mutter.

Da sie einander so nahegestanden hatten, musste es sich für ihn angefühlt haben, wie eine Familienangehörige zu verlieren. Und nun, da beide von mir gegangen waren, fühlte ich mich ein wenig heimatlos und wusste nicht recht, was ich ohne die beiden Menschen, die mich großgezogen hatten, anfangen sollte. Wenigstens hatte ich Grams.

Ich war mir nicht sicher, ob ich die Tage nach Kevins Tod ohne sie überstanden hätte. Jedes Aufwachen war eine Qual gewesen. Es war, als führte das Licht jeden neuen Tages zu noch dunkleren Nächten.

Habt ihr euch jemals so gefühlt, als würde etwas in eure Brust greifen, euer Herz herausreißen, es immer wieder auf den Boden schlagen, es mit einem Presslufthammer bearbeiten und es anschließend durch einen Reißwolf ziehen? Nur um es einem danach irreparabel zerstört wieder in die Brust zu setzen? So fühlte sich meine Trauer an – wie ein geschundenes, zerbeultes, durch den Reißwolf gezogenes Herz.

Erst Mama, und jetzt Kevin.

Kevin Michaels war wie ein Vater für mich gewesen. Er war immer für mich da gewesen, und jetzt war er fort. Ich konnte es einfach nicht begreifen. Die meiste Zeit fühlte ich mich, als würde ich es verdrängen und verzweifelt nach einem Silberstreifen am Horizont Ausschau halten. Und an manchen Tagen war es noch schlimmer als an den anderen.

»Atme, mein Schatz«, sagte Grams und legte mir eine Hand auf den Rücken. Den winzigen Trost, den ihre Hand mir spendete, hatte ich dringend nötig, denn ich stand kurz davor, einfach zusammenzuklappen.

»Du hörst mir nicht zu«, wiederholte Grams und beschrieb Kreise auf meinem Rücken. »Ich sagte, du sollst atmen.«

Ich ließ die Luft aus meinen Lungen entweichen.

Obwohl ich Kevin sehr geliebt hatte, wusste ich, dass Grams' Liebe für ihn noch tiefer ging. Sie hatte ihn sein ganzes Leben lang gekannt. Sie war seine zweite Liebe gewesen, nach seiner eigenen Mutter, denn sie war von den ersten Monaten seines Lebens an seine Nanny gewesen. Als Kevin so alt war, dass er keine Nanny mehr brauchte, stellte seine Familie Grams als Haushälterin ein. Grams sagte, der Begriff sei nur ein anderes Wort für Dienstmädchen, wusste jedoch, dass Kevins Familie sie aus Respekt so genannt hatte.

Und alle wussten, dass Grams genau das gewesen war – der Familienvorstand. Der Ort des Zen. Der Schutzengel, der hinabgesandt worden war, um uns zu begleiten und dafür zu sorgen, dass wir nicht zu atmen vergaßen. Das war sie für Kevin, für meine Mutter, und für mich.

»Ich verstehe es einfach nicht. Am einen Tag war er noch

da, und am nächsten ...«, flüsterte ich, als wir an seinem Sarg standen. Meine Finger umfassten die Kette an meinem Hals. Sie bestand aus drei Muscheln. Nach Mamas Tod hatte ich ihre Muschel auf meine Kette gefädelt, um sie immer bei mir zu haben, wenn ich meine Hände an die Muschel legte. Es hatte mir das Herz gebrochen, nun auch Kevins Muschel hinzufügen zu müssen.

»Das Leben geht oft schneller, als uns lieb ist«, sagte Grams. »Wenigstens hat er nun keine Schmerzen mehr.« Sie legte beide Hände an den Sarg und sprach das gleiche Gebet, das sie auch an Mamas Sarg gesprochen hatte: »Eins mit der Erde, eins mit dem Meer, mögen die Wogen des Ozeans dich segnen. Mögest du auf deiner nächsten Reise Frieden finden, Kevin. Und ewigen Segen.«

»Und ewigen Segen«, flüsterte ich einvernehmlich, denn wenn zwei oder mehr Menschen in Gebeten oder Manifestationen übereinstimmten, bekamen diese umso mehr Macht. Das hatte Grams mich gelehrt, und so hatte ich »und ewigen Segen« wiederholt, um dafür zu sorgen, dass Kevins Seele im nächsten Leben Frieden fand.

»Ich habe seine Windeln so viele Jahre vor deinen gewechselt«, sagte Grams und senkte den Kopf. Ihre Hand blieb noch einige Sekunden lang auf seinem Sarg liegen. Ihre Schultern waren gerundet, und es sah aus, als läge das Gewicht der ganzen Welt auf ihnen. »Und jetzt ist er fort.«

Die Traurigkeit, die sie stets vor mir zu verbergen bemühte, trat langsam in ihren Blick.

»Grams«, flüsterte ich mit einem Kloß im Hals, während ich zusah, wie ihre Augen sich mit Tränen füllten. Sie gab sich immer alle Mühe, nicht vor mir zu weinen, denn sie hatte sich immer als Oberhaupt unserer einzigartigen Familie betrachtet, dessen Aufgabe es war, stark zu sein. Doch einen Menschen zu verlieren, der ihr wie ein Sohn gewesen war, ging auch über ihre Kraft.

Sie schniefte leise und zog ein Taschentuch aus ihrer Handtasche, um sich damit die Augen abzutupfen. »Es geht schon, Liebes. Ich gehe mal ein paar Minuten an die frische Luft.« Sie wandte sich zum Gehen, doch als ich ihr folgen wollte, hob sie, ohne sich zu mir umzudrehen, die Hand. »Lass mir ein wenig Zeit, Liebes. Es geht schon.«

Sie ging weiter, und ich legte meine Hand an den Sarg, schloss die Augen und flüsterte den gleichen Segen, den Grams zuvor gesprochen hatte. »Eins mit der Erde, eins mit dem Meer, mögen die Wogen des Ozeans dich segnen.« Er existierte in unserer Familie, seit ich denken konnte. Wir sprachen ihn nicht nur in traurigen Momenten, sondern auch wenn es etwas zu feiern gab. Es war ein Segen für alle, die wir liebten, und es bedeutete, dass der Segen der Erde und des Wassers uns begleitete, wohin wir auch gingen. Die Natur beschützte uns, und dieser Segen würde immer mit uns sein, in guten wie in schlechten Zeiten.

Als ich die Augen wieder öffnete und mich umdrehte, zuckte ich erschrocken zusammen. Neben mir stand ein tiefschwarz gekleideter Mann und starrte mit einem Blick absoluter Losgelöstheit auf den Sarg. Ein überwältigendes Gefühl von Vertrautheit überkam mich. Mein Magen zog sich zusammen, und mein Mund wurde trocken, als ich den Fremden neben mir anstarrte.

Er sah genauso aus wie Kevin.

Von seiner Körpergröße über den perfekt rasierten Bart bis hin zu seinen Augen, die so blau waren wie Kevins. Doch im Unterschied zu Kevin, dessen Augen den Ozean an seinen ruhigsten Tagen widerspiegelten, sah dieser Mann aus, als wäre er in einem gewaltigen Sturm geformt worden. Ein Schauer jagte über meinen Rücken, während ich den Mann anblickte, der mir mein Frühstück versaut hatte. Er hatte sogar noch einen Scone-Krümel im Bart.

»Sie!«, zischte ich.

Er seufzte. »Das darf jetzt nicht wahr sein.«

Ich konnte nicht einmal klar denken. Das ergab einfach keinen Sinn.

»Hat Ihnen niemand beigebracht, dass es unhöflich ist, andere Menschen anzustarren?«, bemerkte er trocken. Seine Stimme war tief und rauchig, ohne die geringste Spur von Freundlichkeit.

Eindeutig nicht Kevins Stimme.

Eindeutig nicht Kevins Sanftheit.

Aber eindeutig, *eindeutig* Kevins Augen.

»Was tun Sie überhaupt hier?«, blaffte ich ihn an, von seiner bloßen Existenz verärgert. Weil er mich so sehr an Kevin erinnerte. Und weil er meinen verflixten Scone gegessen hatte.

»Was tun Menschen wohl auf einer Beerdigung, Lady?«

»Stella.«

»Wie gesagt, es interessiert mich nicht.«

»Tut mir leid, ich … Sie …« Ich schüttelte den Kopf und versuchte mich zu konzentrieren.

»Er ist ganz schön alt«, sagte er und blickte auf Kevin. »Das habe ich nicht erwartet.«

»Wie meinen Sie das?«

Er zuckte mit den Schultern. »Keine Ahnung. Er ist eben … älter, als ich dachte.«

»Man flucht nicht in einer Kirche.«

»Verdammt, da haben Sie recht«, erwiderte er sarkastisch.

Was für ein Arschloch. Aber irgendwie musste ich auch ein wenig lachen.

Ich sah ihn aus schmalen Augen an. »Woher kannten Sie Kevin?«

»Ich kannte ihn nicht.«

»Oh.« Jetzt war ich es, die sarkastisch auflachte. »Es ist auch eines meiner Hobbys, auf fremden Beerdigungen aufzukreuzen.«

Er sah mich ausdruckslos an.

»Das war ein Scherz«, erklärte ich. »Aber offensichtlich kein besonders guter. Vielleicht runzelt man besser die Stirn über Leute, die auf einer Beerdigung Witze reißen. Er allerdings nicht«, sagte ich und wies auf Kevins Sarg. »Er runzelt gar nichts mehr.« Ich lachte. »Das war ebenfalls ein Scherz«, erklärte ich. »Aber auch kein besonders guter. Okay, wie wäre es hiermit: Klopf, klopf.«

Er sah mich nur desinteressiert an.

Ich beendete den Witz alleine, denn wenn eine Situation unbehaglich wurde, neigte ich dazu, sie noch ein wenig unbehaglicher zu machen. »Wer ist da? Nicht Kevin, denn der ist ja tot. Ha, ha. Kapiert? Beerdigungswitze.«

Er blinzelte.

Er verzog das Gesicht.

Er wandte den Blick von mir ab.

»Für jemanden, der auf fremden Beerdigungen auftaucht, haben Sie ziemlich wenig Humor«, bemerkte ich. Du meine Güte, was war nur los mit mir? Hier stand ich und plapperte mit einem Mann, der an der Beerdigung eines Menschen teilnahm, den er nicht mal gekannt hatte.

Und doch sah er ihm erschreckend ähnlich.

Hör auf zu reden, Stella.

Ich räusperte mich und strich mit den Händen über mein Kleid. »Tut mir leid. In unbehaglichen Situationen muss ich immer lachen. Außerdem hatten Kevin und ich einen etwas morbiden Sinn für Humor. Und, nun ja, ich … Wieso haben Sie meinen Scone gegessen?«, platzte es aus mir heraus, weil meine Lippen so schnell arbeiteten wie mein Verstand, was jedes Mal unweigerlich ins Unglück führte.

»Nicht schon wieder.«

»Doch, schon wieder. Sie wollten ihn ja nicht einmal!«

»Wenn ich ihn nicht gewollt hätte, hätte ich ihn mir nicht gekauft.«

»Ja, aber Sie haben ihn nicht mal genossen. Sie haben ihn bei Ihrem Versuch, kleinlich zu sein, einfach verschwendet.«

»Was soll ich dazu sagen? Ich bin eben ein kleinlicher Mensch.«

»Sie sind ein Arschloch. Das sind Sie.«

»Man flucht nicht in einer Kirche«, sagte er spöttisch.

»Verdammt, da haben Sie recht«, erwiderte ich.

Er lachte kurz auf. »Ich bin kein Arschloch, ich …«

»… habe bloß gelegentlich Arschloch-Anwandlungen, ja, schon klar. Sie sind außerdem ziemlich seltsam, wissen Sie das? Auf der Beerdigung eines Menschen zu erscheinen, den Sie überhaupt nicht kannten.« Ich verstummte. Mein Herz begann zu rasen, und ich schlug panisch die Hände vor die Brust. »Du meine Güte, jetzt verstehe ich.«

»Was?«

»Sie sind ein Stalker!«

»Wie bitte?«

»Sie sind ein Stalker! Sind Sie mir hierher gefolgt?«

Er seufzte. »Machen Sie sich nicht wichtiger, als Sie sind.«

»Das ergibt absolut Sinn!«

»Es ergibt Sinn, dass ich Ihnen zu einer Beerdigung folge? Halten Sie sich wirklich für so aufregend?«

»Mir mangelt es nicht an Selbstwertgefühl, wenn Sie das meinen. Tatsächlich bin ich eine sehr stalkenswerte Persönlichkeit. Es gibt Männer, die würden töten, um mir nachstellen zu können. Oder mich töten, während er mir nachstellt. Kann man nie wissen.«

»Sind Sie immer so peinlich?«

»Ja, eigentlich jeden Tag.«

Er zog neugierig eine Augenbraue hoch, und die Falten auf seiner Stirn wurden noch ein wenig tiefer, während er mich betrachtete. Dann blickte er zu Kevin, und wieder zurück zu mir. »Waren Sie schon mal auf einer Beerdigung, auf der der Tote genauso aussah wie Sie selbst?«

»Ich, ähm, nein.«

»Ich erwarte nicht von Ihnen, dass sie Sherlock Holmes spielen, oder Matlock, aber vielleicht sollten Sie mal Ihren Kopf einschalten, Lady.«

»Stella.«

»Interessiert mich nicht.«

»Wollen Sie damit sagen, dass Sie Kevins Sohn …«

Bevor ich den Gedanken zu Ende denken konnte, betrachtete der Kerl mich mit einem zutiefst gelangweilten Blick von oben bis unten und marschierte dann davon. Wieder jagte ein Schauer über mich hinweg, und ich rieb mir fröstelnd die Unterarme.

»Nein, das kann nicht sein«, murmelte ich. Wenn Kevin einen Sohn gehabt hätte, hätte ich davon gewusst.

Das ist … Ich meine, er kann nicht …

Konnte es sein? Dass Kevin einen verlorenen Sohn hatte?

Ich fragte mich, wie dieser Scones stehlende, egoistische, auf seine mürrische Art unfassbar gut aussehende Mann wohl hieß.

Kopfschüttelnd wandte ich mich wieder Kevins Sarg zu. »Offenbar hast du versucht, ein paar Dinge mit ins Grab zu nehmen, aber wie es scheint, sind sie gerade wieder ans Ufer gespült worden. Hast du irgendwas dazu zu sagen?« Ich hielt mir eine Hand wie ein Mikrofon vor den Mund. »Sprechen Sie jetzt, oder schweigen Sie für immer.«

Er schwieg. Und mein ohnehin gequältes Herz zerbrach in eine Million Stücke.

»Tut mir leid, dass ich Beerdigungswitze erzählt habe, Kevin. Aber sie waren wirklich gut.«

Ich lächelte ein wenig, denn ich kannte seinen Humor. Er hätte gelacht, wenn er gekonnt hätte. Schon verrückt, wie sehr man das Lachen eines Menschen vermissen konnte. Wenn ich die Gelegenheit gehabt hätte, hätte ich ihn noch häufiger zum Lachen gebracht, um mich immer daran zu erinnern.

Ich fuhr zurück zu Kevins Haus, wo das Traueressen stattfand, und kümmerte mich darum, dass alle gut versorgt waren. Und natürlich war auch der Mann, der die Hauptrolle meines Tages übernommen hatte – nach Kevin natürlich –, ebenfalls da. Er betrachtete die Fotografien an der Wand neben der Wendeltreppe.

In jüngeren Jahren war Kevin Fotograf gewesen, was ihm seine ersten Millionen eingebracht hatte. Natürlich hatten vor allem sein Erfolg auf dem Aktienmarkt sowie das Geld seiner Familie den Großteil zu seinem Leben als Multimillionär beigetragen, doch er hatte seine Kunst immer mit großer Leidenschaft betrieben.

Vielleicht hatten wir uns deshalb so gut verstanden. Zwar verwendete ich eher Acrylfarben und Pinsel, doch Kreative und Künstler jeder Art schienen immer einen besonderen Draht zueinander zu haben. Wir teilten einfach einen gewissen Stolz.

»Die sind alle von ihm«, erklärte ich.

Er warf mir einen kurzen Blick zu und wandte sich dann wieder schweigend den Bildern zu.

Ich strich mit den Händen über mein Kleid. »Haben Sie einen Namen?«

»Ja.«

Ich wartete darauf, dass er ihn mir mitteilte. Tat er aber nicht. »Und der lautet?«

»Haben Sie ein Problem mit mir?«, fuhr er mich an.

»Nein. Warum fragen Sie?«

»Weil Sie sich alle Mühe geben, mit mir ins Gespräch zu kommen, obwohl es keinen Grund gibt, warum wir beide uns unterhalten sollten. Es dürfte doch offensichtlich sein, dass ich keinerlei Verlangen habe, mit Ihnen zu reden, und doch kommen Sie immer wieder her und versuchen mich in ein Gespräch zu verwickeln. Sie sind ausgesprochen anstrengend.«

»Und Sie sind … mürrisch und unhöflich, und das ohne Grund.«

»Soll ich auf einer Beerdigung etwa glücklich und fröhlich sein?«

»Nein, aber Sie müssen sich auch nicht wie ein Arschloch benehmen.«

Er grinste spöttisch. »Danke für den Tipp.«

»Ach, leck mich doch.«

»Kein Interesse.«

»Ich bin ehrlich froh, Ihnen nie wieder begegnen zu müssen, Mr Ich-gehe-auf-die-Beerdigung-fremder-Leute-weil-ich-kein-eigenes-Leben-habe.«

»Und ich bin froh, Ihnen nie wieder begegnen zu müssen, Ms Ich-reiße-dämliche-Witze-auf-einer-Beerdigung-und-heule-wegen-eines-Blaubeerscones.«

»Arschloch!«

»Wie oft wollen Sie mich noch so nennen, bevor Sie mich endlich in Ruhe lassen?«

»Ich ...«

»... rede zu viel? Ja, das tun Sie. Sie reden zu viel.«

»Sind Sie wirklich Kevins Sohn?«, platzte es aus mir heraus.

»Ich weiß es nicht. Wie wäre es, wenn Sie ihn fragen? Oh, warten Sie, das können Sie ja nicht, er ist nämlich tot«, erwiderte er. Ich starrte ihn mit leerem Blick an. Er zuckte die Schultern. »Ich wollte nur einen Witz machen, so wie Sie.«

»Offensichtlich. Aber Ihr Timing als Comedian ist ein wenig daneben.«

»Nun, dann sollte ich meine Karriere als Stand-up wohl besser beenden.«

»Entschuldigen Sie, Mr Blackstone, ich denke, es geht jeden Moment los«, sagte eine Stimme. Der Mann trat zu uns, sah mich an und lächelte breit. »Stella! Wie schön, dich zu sehen.« Joe Tipton war Kevins langjähriger Anwalt und ein enger Freund von ihm gewesen. Ich kannte ihn genauso lange wie Kevin – mein gesamtes Leben.

Joes Umarmung war warm und tröstlich.

»Ich freue mich auch, aber ich will euch beide nicht aufhalten – wobei auch immer«, sagte ich und trat einen Schritt beiseite. »Wir sprechen einfach später.«

»Nein, warte. Hast du meine Mail nicht bekommen?«, fragte er.

»Welche Mail?«

»Wegen Kevins Testament. Deswegen treffen wir uns jetzt in seinem Büro. Maple schickt gerade alle anderen Gäste nach Hause. Tatsächlich wäre es von größter Wichtigkeit, dass du in etwa fünfzehn Minuten dazukommst.«

»Wozu solltet ihr mich brauchen?«, fragte ich.

»Ach, komm schon, Stella.« Joe nahm seine Brille ab und

kniff sich in den Nasenrücken. »Hast du wirklich gedacht, Kevin hätte dir gar nichts hinterlassen? Du warst für ihn wie eine Tochter. Seine Familie. Du und Maple, versteht sich.«

»Und du.«

Er lächelte. »Vor allem du.« Er blickte zu der eisigen Nervensäge neben mir. »Damian, wenn du und Stella so weit seid, das Testament zu hören, führe ich euch jetzt ins Arbeitszimmer, wo die anderen bereits warten.«

»Damian«, wiederholte ich und blickte den Fremden an. Er sah auch aus wie ein Damian. Launisch und grüblerisch. Geheimnisvoll und schwermütig. Und auf nervtötende Art gut. Ja, Damian war der perfekte Name für diese Kreatur.

»Ich freue mich, dass ihr beide bereits Bekanntschaft miteinander geschlossen habt. Das wird das Folgende deutlich vereinfachen«, erklärte Joe.

»Was soll das heißen?«, fragten Damian und ich unisono.

Doch Joe lächelte nur und nickte. »Wenn ihr mir bitte folgen würdet.«

Mein Herz schlug schneller, als wir in Kevins Arbeitszimmer traten und ich all die bekannten Gesichter um mich herum erblickte, von denen ich manche seit Jahren, teilweise seit Jahrzehnten nicht mehr gesehen hatte.

»Was macht ihr denn hier?«, fragte ich verblüfft, als ich die Frauen vor mir stehen sah. Die Einzige, die mir zumindest ein wenig Sicherheit gab, war Grams, die ganz hinten links in der Ecke saß.

»Du hast doch nicht wirklich geglaubt, dass unser Mann uns aus seinem Testament streichen würde?«, fragte Denise höhnisch. Denise Littrell. Ehemals Denise Michaels – jedenfalls für kurze Zeit. Neben ihr standen zwei weitere Damen, ebenfalls Kevins Ehefrauen auf Zeit.

Denise, Rosalina und Catherine.

Oder, wie ich sie zu nennen pflegte, die bösen Stiefmütter meiner Kindheit.

»Er war mit all diesen Frauen verheiratet?«, fragte Damian und zog eine Augenbraue hoch.

»Irgendwann mal, ja«, sagte ich und sah zu Rosalina hinüber. »Auch wenn manche es kaum eine Woche geschafft haben.«

»Und es war eine grandiose Woche, abgesehen von dieser Göre, die einfach nicht verschwinden wollte«, bemerkte Rosalina und kleisterte sich noch ein wenig mehr rote Farbe auf die Lippen. Sie war immer noch genauso dick geschminkt wie früher, und ihr Kleid genauso eng, was ihr jedoch kaum schadete. Rosalina war eine der schönsten Frauen der Welt – mit und ohne Make-up. Kevins ehemalige Frauen sahen sämtlich aus wie Models, und manche von ihnen, wie Catherine, waren sogar echte Supermodels.

»Er scheint auf einen besonderen Typ Frau gestanden zu haben«, bemerkte Damian trocken.

»Wer ist denn der Leckerbissen?«, fragte Denise und musterte Damian von oben bis unten wie eine Verhungernde ein Stück Fleisch. Was bemerkenswert war, denn ich erinnerte mich noch gut daran, wie Denise erklärt hatte, dass sie kein Fleisch esse, und den Hackbraten quer über den Esstisch geschleudert hatte.

Alle Beziehungen zwischen diesen Frauen und Kevin waren aus einem einzigen Grund auseinandergegangen: wegen mir.

Und nun standen wir alle hier zusammen, um der Verlesung seines Testaments beizuwohnen.

»Falls gewünscht, kann ich gerne alle kurz vorstellen. Ansonsten können wir direkt zum Hauptteil des Testaments übergehen«, erklärte Joe.

»Lass uns einfach anfangen«, erklärte Damian und ignorierte die Blicke der Frauen, die auf ihm lagen. »Ich habe noch andere Termine.«

»Natürlich. Nun, dann lasst uns anfangen.« Joe legte seine Aktentasche auf den Schreibtisch und öffnete sie. Zu sehen, wie er sich auf Kevins Stuhl setzte, versetzte mir einen Stich ins Herz. Trauer war ein seltsames Gefühl. Sie zeigte sich in den ungewöhnlichsten Momenten. Einen anderen Mann auf Kevins Platz zu sehen, erfüllte mich mit einer Traurigkeit, die ich nicht erwartet hatte. Bei dem Gedanken, dass er selbst nie wieder dort Platz nehmen würde, schossen mir Tränen in die Augen.

Ich griff in die Tasche und zog das Taschentuch heraus, das Damian mir gegeben hatte, um mir die Tränen von den Wangen zu wischen.

»Da ist sie, Little Miss Perfect mit ihren Krokodilstränen«, bemerkte Catherine.

»Ach, halt die Klappe, Catherine. Dich konnte ohnehin nie jemand leiden.« Grams trat zu mir und nahm meine Hand. Ihr tröstender Druck erinnerte mich daran, dass ich nicht die Einzige war, die um Kevin trauerte.

»Wie ihr alle wisst, habt ihr Kevin sehr viel bedeutet«, begann Joe nun. »Daher hat er sich die Mühe gemacht, allen von euch einen persönlichen Brief zu schreiben, in dem steht, was er euch hinterlassen hat.« Er reichte jedem von uns einen Brief. Die Frauen rissen ihre sogleich auf, um zu sehen, was sie bekommen würden, und sie zischten und jammerten, als es nicht ihren Erwartungen entsprach.

»Seine Plattensammlung? Was um alles in der Welt soll ich denn mit seiner Plattensammlung?«, beschwerte sich Denise.

»Nun, Kevin sagte, ihr hättet euch in einem Plattenladen kennengelernt. Er meinte, ihr hättet immer zu diesen Songs getanzt, und die Sammlung wäre eine schöne Erinnerung für dich.«

»Wie viel ist sie wohl wert?«, fragte sie mit gesenkten Brauen.

»Genug«, erklärte Joe mit einem leicht geringschätzigen Unterton in der Stimme.

»Er hinterlässt mir wirklich sein Penthouse in New York?«, fragte Rosalina überrascht.

»Was? Aber das wollte *ich* haben!«, rief Denise.

»Offenbar hast du immer noch nicht gelernt, einfach mal den Mund zu halten«, sagte Grams.

»Ach, hau ab und leg deine scheiß Tarotkarten, Maple.« Denise zeigte Grams den Mittelfinger, und Grams grinste sie dafür an.

»Ja, Rosalina. Er sagte, du hättest die Broadway-Shows immer geliebt«, erklärte Joe.

»Das habe ich.« Sie nickte, und ihre Augen wurden feucht.

Ehrlich gesagt, mochte ich Rosalina von Kevins Ex-Frauen am liebsten. Sie konnte sehr gütig sein, trug jedoch unendlich viel seelischen Ballast mit sich herum, der sie teilweise extrem reagieren ließ. In guten Zeiten aber war sie sanft und gutmütig. Wenn ich mir unter diesen Frauen eine Stiefmutter hätte aussuchen müssen, dann wäre meine Wahl auf Rosalina gefallen. Aber das bedeutete nicht viel. Sie war einfach nur das geringere Übel.

»Das war unser erstes Date«, sagte sie jetzt. »Im New York Theatre.«

»Er hat dir auch seine Dauerkarte fürs Ballett hinterlassen. Bezahlt für die nächsten zehn Jahre«, informierte Joe sie.

»Und ich habe seinen Schmuck geerbt.« Rosalina kicherte erfreut und blickte mit einem bösen Lächeln zu Denise hinüber. »Offenbar hat er mich mehr geliebt als dich.« Dann sah sie Catherine an. »Was hast du bekommen?«

»Hoffentlich mehr als ihr beide. Immerhin hat er mich zweimal geheiratet«, antwortete sie.

»Und sich zweimal scheiden lassen«, erwiderte Denise. »Doppelfehlschlag, wenn du mich fragst. Du hast ja auch zweimal bei Miss America verloren.«

»Fick dich, Denise«, fuhr Catherine sie an.

»Meine Damen, bitte. Lasst uns aufhören, uns miteinander zu vergleichen. Er hat euch allen einen persönlichen Brief geschrieben, weil er nicht wollte, dass sein Nachlass öffentlich diskutiert wird«, erklärte Joe.

»Da wir gerade davon sprechen: Wieso bekommt Catherine eigentlich überhaupt etwas? Schließlich war sie für das Ende meiner Ehe verantwortlich«, beschwerte sich Denise.

»Oh, bitte. Er hatte schon mit dir abgeschlossen, bevor er dich geheiratet hat. Schon auf der Feier war klar, dass du wieder ausziehen würdest. Da kannst du mir doch nicht vorwerfen, dass ich wieder eingezogen bin«, spottete Catherine.

»Das kann alles nicht wahr sein«, murmelte Damian leise und kniff sich in den Nasenrücken, während die drei darüber stritten, wen von ihnen Kevin am meisten geliebt hatte. Der Raum war erfüllt mit den lauten Stimmen von Frauen, die eine Bestätigung suchten, die sie nie bekommen würden, denn Kevin war tot.

Er ist immer noch tot.

»Könnt ihr alle jetzt verdammt noch mal die Klappe halten, damit Joe endlich vortragen kann, was auch immer es hier vorzutragen gibt?«, donnerte Damian. Seine Stimme erfüllte den Raum und ließ das Geschrei augenblicklich verstummen. Beim Ton seiner tiefen, dröhnenden Stimme sträubten sich mir die Härchen auf meinen Armen.

Er strich sich den Anzug glatt, und Denise sah ihn herausfordernd an. »Wer zur Hölle bist du überhaupt?« Sie wandte sich an Joe. »Und wenn er uns sowieso bloß einen Brief aushändigen lassen wollte, warum mussten wir dann alle heute herkommen? Das hättest du auch per E-Mail erledigen können. Ich hasse es, wenn Leute Meetings einberufen, obwohl man das Ganze auch mit einer Mail erledigen könnte.«

Da konnte ich ihr nicht widersprechen. Vermutlich waren wir über alles auf dieser Welt unterschiedlicher Meinung, außer über unsere Abneigung gegenüber unnötigen Meetings.

Ich hielt meinen Brief noch in der Hand, denn bisher hatte ich nicht die Kraft gefunden, ihn zu öffnen. Ich war einfach noch nicht bereit, seine letzten Worte an mich zu lesen. Es fühlte sich zu sehr nach einem endgültigen Abschied an.

»Um auf deine Frage zurückzukommen, Denise«, erklärte Joe und entrollte ein Blatt Papier. »Dies hier sind Kevins letzte Wünsche, in seinen eigenen Worten. Er hat mich gebeten, sie euch vorzulesen.« Er räusperte sich und las dann die Worte, die alles verändern sollten: »Wenn ihr das hier hört, bin ich bereits auf der anderen Seite der Ewigkeit und hoffe, dass mir niemand von euch sobald hierher folgt. Ich habe euch alle hergebeten, um meine letzten Wünsche zu hören. An meine Ex-Frauen: Hi, wie geht es euch? Ihr seht großartig aus.«

Die Frauen kicherten, als hätte er ihnen tatsächlich ein Kompliment gemacht.

Joe fuhr fort: »Wie ihr alle wisst, glaube ich fest an die Ehe – so fest, dass ich viermal geheiratet habe. Jede von euch hat mir etwas Besonderes gegeben. Rosalina, du hast mich mit deiner Fähigkeit, zu staunen und deiner Abenteuerlust beschenkt. Catherine, du mit deiner sturen und doch so starken Persönlichkeit, und Denise, dir verdanke ich so manches graue Haar.«

Ich lachte leise, während Denise die Augen verdrehte und Joe weiterlas.

»Wenn man euch alle drei zusammen betrachtet, könnte man sagen, ich hatte die perfekte Ehe. Und das wünsche ich auch Damian und Stella.«

»Was soll das denn heißen?«, knurrte Damian.

Joe hob den Zeigefinger, damit alle zuhörten. »Mein letzter Wunsch ist es, Damian und Stella mein restliches Vermögen zu hinterlassen, einschließlich aller Aktien und Anleihen, des Hauses und mehr als fünf Millionen Dollar, von denen jeder die Hälfte bekommen soll.«

Die drei Frauen waren fassungslos, als sie das hörten, und ich hatte den dicksten Kloß meines Lebens im Hals.

Er hatte das alles mir hinterlassen?

Und Damian Blackstone?

Aber wieso?

»Das ist noch nicht alles«, sagte Joe und sprach nun lauter, um die Aufmerksamkeit wiederzuerlangen. »Doch um das zu bekommen, müssen Damian und Stella mindestens sechs Monate lang verheiratet sein. Innerhalb dieser Zeit müssen sie im selben Haushalt leben und mindestens fünf Tage pro Woche unter demselben Dach verbringen. Sie dürfen das Haus nicht länger als achtundvierzig Stunden ohne den anderen verlassen. Ohne Ausnahme. Das Ganze beginnt spätestens fünf Tage nach dieser Testamentseröffnung.«

»Auf keinen Fall«, erklärten Damian und ich einstimmig. Wieso sagten wir beide immer wieder dasselbe zur selben Zeit?

»Das ist nicht fair!«, beschwerte sich Denise. »Warum kriegen sie die guten Sachen?«

»Sei still, Denise«, sagte Grams.

»Was? Ist doch wahr! Wir kennen den Typen nicht mal und sollen glauben, dass er es wert ist, auch nur einen Cent von Kevins Vermögen zu erben? Er hat ja wohl am wenigsten Recht auf das Geld.«

»Das stimmt«, mischte sich jetzt auch Catherine ein. »Er hat kein Recht auf einen einzigen Cent von Kevins Geld.«

»Damian ist Kevins Sohn und hat somit sehr wohl ein Recht auf Kevins Vermögen«, antwortete Joe.

Die Frauen sahen Damian an, und der Schock in ihren Gesichtern war der gleiche, der mich zuvor getroffen hatte.

Damian erwiderte ihre Blicke und nickte ihnen zu. »Hallo Stiefmütter.«

»Von wem ist er?«, fragte Denise und sah die anderen beiden an.

»Mich brauchst du nicht anzustarren«, erklärte Catherine. »Sieht dieser Körper aus, als hätte er ein Kind zur Welt gebracht?«

»Honey, es gibt hier in Kalifornien einen guten Chirurgen, der wahre Wunder vollbringt. Frag bloß mal Rosalina mit ihrer Nase«, erwiderte Denise hinterhältig.

»Das sagt die Richtige, Ms-Booty-von-Dr.-Kent«, entgegnete Rosalina. »Wie es aussieht, können Hüften sehr wohl lügen.«

Als wäre man live bei *The Real Ex-Housewives of Los Angeles* dabei.

»Wie alt bist du?«, fragte Rosalina Damian.

»Einundzwanzig.«

Er war sieben Jahre jünger als ich, auch wenn er sich deutlich älter gab. Seiner Persönlichkeit nach zu urteilen, hätte ich ihn auf vierundneunzig geschätzt.

Joe räusperte sich. »Das ist doch jetzt nicht wichtig, Ladys. Wichtig ist nur, wenn Damian und Stella den Deal erfüllen, erhalten sie das gesamte Vermögen. Gemeinsam mit einer der Ex-Frauen, die dann noch einmal zwanzig Millionen Dollar erhält. Damian und Stella werden darüber entscheiden, wer sich dieses Geldes würdig erweist.«

»Ein Preisgeld?«, fragte Rosalina und setzte sich ein wenig auf. »Für die beste Ehefrau?«

»Ja.« Joe zeigte auf seine Unterlagen. »Hier steht, jede seiner Ex-Frauen soll innerhalb dieser sechs Monate einen Abend mit Damian verbringen und ihm deutlich machen, warum sie das Geld bekommen sollte. Da ihr alle Stella ja bereits gekannt habt, als sie jünger war, ist Kevin der Ansicht, dass es wichtig wäre, wenn ihr Damian allein kennenlernt.«

»Das ist vollkommen verrückt«, murmelte ich.

»Weswegen ich auch nicht mitmachen werde«, erklärte Damian und wandte sich an Joe. »Sei mir nicht böse, Joe, aber du kannst dem toten Kevin sagen, er kann sich sein Geld sonst wohin stecken. Ich will es nicht. Dafür bin ich nicht hergekommen.«

»Was passiert, wenn Damian das Geld nicht will?«, fragte Denise eifrig. »Wenn die beiden sich weigern mitzumachen oder die Regeln brechen?«

»Dann wird das Vermögen unter den drei Ex-Frauen aufgeteilt«, erklärte Joe.

Ich sage euch, ihre Augen leuchteten auf, als wäre Weihnachten.

»Ich denke, so wäre es am besten«, erklärte Rosalina.

»Nur zu«, sagte Damian. »Nehmt es!«

Er drehte sich um und verließ das Zimmer, und die Tür fiel mit einem lauten Knall hinter ihm ins Schloss.

»Das ist die richtige Entscheidung.« Catherine lächelte zufrieden. »Wir haben es uns schließlich verdient, nachdem wir sein Balg großziehen mussten. Ich verdiene es am ehesten, schließlich musste ich mich am längsten mit ihr herumschlagen.«

Sie redete über mich, als wäre ich gar nicht da.

»Alles, worum es euch geht, ist das Geld?« Ich fühlte mich, als hätte jemand mein Hirn in die Waschmaschine gesteckt und meine Gedanken gezwungen, sich im Kreis zu drehen.

Ich bekam nicht einmal mehr alles zusammen, was zuvor gesagt worden war, geschweige denn, dass Kevin wollte, dass ich Damian heiratete.

Wieso hatte er das getan?

Zumal er genau gewusst hatte, dass ich seit Langem liiert war.

»Es spielt keine Rolle, worum es uns geht«, sagte Denise. »Es ist Kevins letzter Wunsch. Willst du ihn wirklich anfechten? Er wollte, dass ich das Geld bekomme.«

»Wir«, korrigierte Rosalina.

Mir wurde übel.

Grams sah mich lächelnd an. »Du schuldest dieser Welt gar nichts, Liebes, nicht einmal Kevin.«

Es war lieb von ihr, mich zu trösten, aber ich glaubte ihr kein Wort. Tatsächlich verdankte ich Kevin alles. Er hatte mir eine Welt geschenkt, als ich nichts hatte. Und auch wenn ich nicht verstand, warum er das hier getan hatte, musste er doch einen Grund gehabt haben.

»Er wollte es so, Grams«, flüsterte ich mit zitternder Stimme.

»Ja«, stimmte sie mir zu. »Aber was willst du?«

Ich möchte, dass er stolz auf mich ist.

Ohne weiter nachzudenken, rannte ich aus dem Zimmer und fand Damian an der Haustür.

»Damian, warte!«

»Warum sollte ich? Hier gibt es nichts mehr für mich.«

»Doch, das Testament …«

»Ist vollkommener Blödsinn. Ich hätte es besser wissen müssen, als mein gesamtes Leben umzukrempeln und in diesen verfluchten Staat zu ziehen, und all das wegen eines dämlichen Briefes von einem Mann, der sich einen Scheiß für mich interessiert hat. Ich verschwinde.«

»Nein, das kannst du nicht«, sagte ich und schob mich zwischen ihn und die Tür.

»Himmel, nicht das schon wieder.«

»Stella.«

»Interessiert …«

»… dich nicht. Ich weiß, aber wir sollten darüber reden. Kevin würde so etwas nie ohne einen guten Grund tun. Seine Entscheidung muss einen tieferen Sinn gehabt haben.«

»Was genau verstehst du nicht an interessiert mich nicht? Denn es interessiert mich ganz ehrlich einen Scheiß, ob es einen tieferen Sinn gibt oder nicht.«

»Mich aber.«

»Ich weiß, und ich verstehe, du bist eine moderne Cinderella, die die Asche hinter sich lassen und reich werden will, aber auch das interessiert mich nicht.«

»Was? Nein. Das Geld ist mir egal. Ich bin keine Cinderella.«

»Befindest du dich nicht gerade mit einer Horde scheinbar böswilliger Stiefmütter im Haus des Mannes, den du als deinen Vater betrachtet hast?«

»Ja, meinetwegen, aber …«

»Cinderstella.«

Argh! Ich hasste diesen Kerl. Und ich hasste es, wie clever die Namensgebung war.

»Das ist nicht besonders clever«, log ich.

»Ist mir egal, Cinderstella. Und jetzt geh zur Seite.«

Ich verschränkte die Arme. »Nein. Nicht bevor wir miteinander gesprochen haben.«

Er zog eine Augenbraue hoch. »Geh zur Seite, sonst sorge ich eigenhändig dafür, dass du mir aus dem Weg gehst.«

»Ich wiege über hundert Kilo und bezweifle, dass du die bewegt bekommst.«

»Ich bewege das Doppelte beim Bankdrücken im Schlaf. Glaub mir, du willst es nicht drauf ankommen lassen. Und jetzt geh zur Seite, bevor ich richtig wütend werde, Cinderstella.«

»Hör auf, mich so zu nennen.«

»Dann hör auf, so zu sein.«

»Du bist … du bist … du bist das verflixte Biest aus *Die Schöne und das Biest!* Bevor es sich in den heißen Prinzen verwandelt! Du bist bloß ein haariges, hässliches, schlecht gelauntes Biest!«

Er trat einen Schritt näher und zog arrogant eine Augenbraue hoch. »Du findest mich hässlich, Cinderstella?«

»Ja«, erklärte ich im Brustton der Überzeugung. *Jedenfalls innerlich.* Was seine äußere Erscheinung umso abstoßender erscheinen ließ. *Oh Stella, was für Lügen wir uns doch selbst erzählen.* Damian Blackstone war ohne Übertreibung einer der attraktivsten Männer, denen ich je begegnet war. Was das alles nur noch nervenaufreibender machte.

»Gut. Mir wäre es lieber, wenn du mich nicht ansehen würdest.«

Ich blickte zur Decke hinauf, um ihn nicht anschauen zu müssen. »Glaub mir, das ist ziemlich einfach.«

»Gut.«

»Extragut!«, gab ich zurück und spürte, wie Nervosität und Wut sich in meinem Bauch vermischten.

»Damian, bitte, warte noch einen Moment.« Joe kam herbei und unterbrach unsere kleine Szene.

Seufzend trat Damian zu Joe. Die beiden sprachen leise miteinander. Ich wünschte, ich wäre ihnen nur ein paar Zentimeter näher gewesen, denn dann hätte ich hören können, was die beiden miteinander sprachen, aber es sollte nicht sein.

Als sie fertig waren, kniff Damian sich an die Nasenwurzel und seufzte.

Sekunden später stand er wieder vor mir. Er griff in die Tasche seines Jacketts und zog ein glänzendes Stück Papier heraus. Eine Visitenkarte. Er drückte sie mir in die Hand. »Hier ist meine Karte. Ruf mich an, wenn du bereit bist, dieses irrsinnige Unterfangen anzugehen.«

»Aber vor ein paar Sekunden hast du doch noch gesagt ...«

»Ich weiß, was ich gesagt habe«, unterbrach er mich barsch und jagte mir damit einen Schauer über den Rücken. »Ich habe meine Meinung geändert.«

»Warum?«

»Einfach so.«

Ich sagte nichts, meine Hand umklammerte seine Visitenkarte. Dann trat ich zur Seite und gab den Weg zur Haustür frei. Damian nutzte die Gelegenheit und ging nach draußen.

»Hör auf, mir auf meinen hässlichen Hintern zu starren«, fuhr er mich an, ohne sich umzudrehen.

»Mach ich gar nicht!«, keifte ich zurück und spürte, wie ich rot wurde.

Okay, vielleicht hatte ich ein bisschen gestarrt, aber es war nicht meine Schuld. Er hätte eben keinen maßgeschneiderten Anzug tragen sollen, der seinen hässlichen Biest-Hintern so schön zur Schau stellte.

Es war beinah komisch, dass ich ihn als hässlich bezeichnet hatte, denn an Damians Körper war in Wahrheit überhaupt nichts unansehnlich. Er war unglaublich attraktiv, und zwar auf die altmodische Hollywood-Art: mies gelaunter, brütender Blick, süchtig machende blaue Augen, die mich an den stürmischen Ozean erinnerten, und ein Körper, der den Anschein erweckte, als könne er mit Leichtigkeit kleinere Lkw in die Luft stemmen.

Keine Frage, seine äußere Erscheinung entsprach allem, was man sich nur wünschen konnte. Aber was nutzte das, wenn er innerlich dunkel und kalt war?

Nicht selten verloren Männer massiv an Attraktivität, sobald sie den Mund aufmachten, und Damian war der heißeste hässliche Kerl, dem ich je begegnet war.

Meine Welt drehte sich mit einer Geschwindigkeit, bei der ich nicht mehr mitkam. Da kam Grams und legte mir eine Hand auf die Schulter.

»Langsam, Liebes«, sagte sie mit sanfter Stimme. »Du verlierst die Verbindung zu dir selbst, zu deinem Inneren. Es wird Zeit, dich wieder zu erden.«

»Ich kann nicht, Grams. Hast du gehört, was gerade passiert ist? Das Testament? Kevins letzter Wunsch? Er kann unmöglich gewollt haben, dass ich einen Mann wie Damian heirate! Wir passen einfach nicht zusammen. Und wenn er es wirklich gewollt hat – aus welchem Grund? Und wie lange wusste er schon, dass er einen Sohn hatte? Und, oh mein Gott, hast du eine Idee, wie schwer es für Damian gewesen sein muss zu erfahren, dass Kevin ein anderes Kind großgezogen hat? Ich kann es mir gar nicht vorstellen. Und dann die Sache mit seinen Ex-Frauen und ...«

»Stella Maple Mitchell.« Grams sprach mit ihrer ganzen Autorität. »Geh und erde dich. Sofort.«

Ich wusste, was sie damit meinte. Jedes Mal, wenn ich als Kind überwältigt gewesen war, hatte Grams mich ins Wasser geschickt. Ich hatte meine Ängste abgewaschen und mich wieder mit der Erde verbunden, mit mir selbst. Dieses Ritual hatte ich mir seit meiner Kindheit bewahrt, aber in diesem Augenblick erschien es mir ein wenig albern.

»Dafür habe ich jetzt keine Zeit«, erklärte ich.

Grams schüttelte den Kopf, ein paar silberne Locken lösten sich aus ihrem Haarknoten. »Wenn du keine Zeit für dich selbst hast, hast du für gar nichts Zeit. Und jetzt geh, Kind.« Sie nahm meine Hände und drückte sie sanft. »Geh und finde Frieden. Die Welt wird noch da sein, wenn du zurückkommst.«

3

DAMIAN

Leck mich und nenn mich Kevin Michaels' kleine Hure, denn genau das war ich offensichtlich. Die Hure eines toten Mannes. Sein Geist hatte mich um den Finger gewickelt, und ich hasste ihn dafür. Es gab eine ganze Liste von Gründen, warum ich den Mann hasste, aber der neueste Grund tobte gerade am lautesten in meinem Kopf.

Joe hatte mich zur Seite genommen und dazu gebracht, diesem absurden Arrangement zuzustimmen, das Kevin uns in seinem letzten Willen hinterlassen hatte. Er hatte meine Stiftung erwähnt.

Mit mehreren Millionen Dollar konnte ich Millionen von Kindern helfen, die in Kinderheimen oder bei Pflegeeltern aufwachsen mussten. Ich konnte damit wirklich etwas verändern. Ich konnte dabei helfen, die Gesetze zu ändern, die diesen Kindern mehr schadeten als halfen.

Ich konnte psychiatrische Kliniken für Kinder gründen, die Hilfe benötigten.

Ich konnte helfen zu verhindern, dass Teenager so tief in die Finsternis abstürzten wie ich.

Mir persönlich bedeutete dieses Geld überhaupt nichts, aber für viele, viele andere Menschen, die ich sonst womöglich niemals kennengelernt hätte, bedeutete es sehr viel.

»Wieso habe ich das Gefühl, irgendwas nicht mitgekriegt

zu haben? Wie meinst du das, du wirst mit einer Fremden Familie spielen?«, fragte Connor am Telefon. Nachdem ich aus dem Haus gestürmt war, hatte ich auf meinen Fahrer warten müssen, damit er mich nach Hause fuhr. Also hatte ich sofort meinen besten Freund Connor angerufen, um ihm zu erzählen, welch seltsame Wendung mein Leben gerade genommen hatte.

»Ich meine damit, dass ich nächste Woche eine Frau heiraten soll, die ich nicht mal kenne, um mehr über meine Vergangenheit zu erfahren und einen Haufen Geld zu erben. Kevin hat es so in seinem Testament festgelegt. Das ist für mich die einzige Möglichkeit, die Antworten zu bekommen, die ich brauche, und für Stella, ihre Hälfte des Erbes zu erhalten. Wenn wir nicht mindestens sechs Monate lang verheiratet sind, wird das gesamte Vermögen auf seine drei Ex-Frauen aufgeteilt.«

»Puh.« Connor seufzte. »Normalerweise haut mich nichts so schnell um, aber das ist vollkommen plemplem.«

»Was du nicht sagst.«

»Und die Familie, diese Frau … wie heißt sie noch mal?«

»Stella.«

»Und für Stella ist das in Ordnung?«

»Woher soll ich das wissen? Es ist alles vollkommen konfus. Die ganze Zeremonie soll auf dem Anwesen stattfinden.«

»Da, wo ihr auch wohnen sollt?«

»Ja. Man erwartet von mir, dass ich nächsten Freitag mit einer Fremden zusammenziehe.«

»Das ist doch vollkommen verrückt, Damian. Wobei … wer weiß, vielleicht wird ja was Wundervolles daraus. So wie bei Aaliyah und mir. Wir haben zuerst nur zusammengewohnt, und jetzt sind wir verheiratet und erwarten ein Kind.«

»Das hier ist aber nicht wie bei Connor und Aaliyah.«

»Stimmt. Aber es könnte wie bei Stella und Damian werden.«

Oh Connor, du hoffnungsloser Romantiker.

»Hör auf damit«, sagte ich.

»Womit?«

»Dir eine märchenhafte Liebesgeschichte zusammenzuspinnen.«

»Tu ich gar nicht«, erklärte er in einem Ton, der alles andere als überzeugend klang.

»Tust du wohl!«

»*Tu ich nicht!*«, rief er und fügte nach einer kurzen Pause hinzu: »Aber was, wenn sie die Richtige ist, Damian?«

»Ist sie nicht. Du weißt genau, dass ich nicht an diesen Unsinn glaube. Du magst meinetwegen an diesen Hokuspokus glauben, aber für mich ist das nichts. Ich will meine Antworten, mein Geld, und dann bin ich weg. Das ist alles, okay?«

»Ja, ja, schon okay.«

»Connor.«

»Ja?«

»Verlieb dich nicht in die Idee, dass ich mich verlieben könnte.«

»Aber Damian!«, rief er dramatisch. »Was, wenn sie wirklich die Richtige ist?«

»Du hältst dich für einen Liebesexperten, bloß weil du eine Frau dazu gebracht hast, sich in dich zu verlieben, dich zu heiraten und schwanger zu werden?«

»Nenn mich einfach Dr. Romance«, erwiderte er scherzhaft. »Aber da wir gerade von Aaliyahs Schwangerschaft sprechen: Ich glaube, ich leide unter morgendlicher Übelkeit.«

»Ich bin kein Arzt, Connor, aber ich fürchte, das gehört dazu.«

Connor und Aaliyah hatten vor knapp zwei Wochen geheiratet, und Aaliyah hatte auf der Feier jeden Drink abgelehnt, der ihr angeboten worden war. Niemandem sonst schien es aufzufallen, aber ich hatte es natürlich sofort bemerkt. Zumal Connor keinen Hehl aus seiner Freude machte und Aaliyah sich den ganzen Abend immer wieder an den Bauch fasste. Offiziell hatte ich es am Abend vor meiner Abreise nach Los Angeles erfahren.

Und seitdem war Connor so überdreht, dass er den Eindruck erweckte, als würde er das Baby austragen.

»Du verstehst das nicht. Mir ist seit zwei Tagen schlecht, wenn ich aufwache, mir tut alles weh, und wenn ich nur die kleinste Kleinigkeit esse, habe ich das Gefühl, ich muss mich übergeben. Das sind eindeutig Schwangerschaftssymptome.«

»Du hast schon mal von so was wie einer Grippe gehört, oder?«

»Ja, mag schon sein, aber ich bin mir ganz sicher, dass es die Schwangerschaft ist. Aaliyah und ich sind uns eben so nah, dass ich alles fühle, was sie fühlt. Sie ist nicht mal hier, und trotzdem weiß ich, dass sie gerade Heißhunger auf Chili-Pommes hat. Ich werde also mal welche besorgen.«

»Du wirst ziemlich fett werden in den nächsten Monaten.«

»Nenn mich einfach Santa Nick, Kumpel, denn mein Bauch wird bald gewaltig anschwellen, ho, ho, ho!«

Ich musste lachen. »Ich lege jetzt auf.«

»Okay. Halt mich auf dem Laufenden.«

»Mache ich.«

»Falls du dich auf die Sache einlässt, sehen wir uns am Freitag!«

»Was meinst du damit, wir sehen uns am Freitag?«

»Ähm, hast du nicht gerade gesagt, dass du am Wochenende heiraten wirst und nächsten Freitag die Probe ist?«

»Ja.«

»Dann sehen wir uns am Freitag.«

»Connor, nein, du brauchst nicht extra herzukommen. Das ist keine große Sache.«

»Das ist die größte Sache, wenn auch aus anderen Gründen. Ich werde garantiert nicht deine Hochzeit verpassen.«

»Ich meine es ernst, Con. Komm nicht. Ich will das alles nicht größer machen, als es ohnehin ist. Selbst wenn wir es tatsächlich durchziehen, wird die Geschichte schneller vorbei sein als Aaliyahs Schwangerschaft. Wir werden keine große Sache daraus machen. Bitte, komm nicht.«

»Okay, okay, aber eine Frage noch.«

»Was?«

»Ist sie hübsch?«

Ich seufzte, denn die Antwort war vollkommen klar. Von ihren braunen Rehaugen und vollen Lippen bis zu ihren Hüften, die – im Gegensatz zu denen ihrer Stiefmütter – ganz und gar nicht logen. Sie hatte jede Menge Kurven, denen mein Blick einfach folgen musste. Ihr Haar kräuselte sich in kleinen Locken über ihre Schulter, und ihre braune Haut war so glatt wie Seide. Und wenn die Sonne auf ihre Haut schien, wurde sie sogar noch umwerfender. Stella war eine wunderschöne Frau. Sie war etwas Besonderes.

»Kein Kommentar«, antwortete ich, um seiner fixen Idee, aus Stella und mir könnte etwas werden, nicht noch mehr Brennstoff zu liefern.

»Also ja«, folgerte er mit einem süffisanten Unterton.

Wir beendeten unser Gespräch, und ich sah mich um. Mein Fahrer würde noch mindestens eine Viertelstunde brauchen, und ich hatte nicht vor, ins Haus zurückzugehen.

Wie hasste ich das alles, was gerade passierte.

Ich war kein Kind mehr, das um eine Familie bettelte, die es liebte. Diesen Teil meines Lebens hatte ich hinter mir gelassen. Doch aus irgendeinem Grund fühlte ich mich plötzlich wieder wie der kleine, verletzliche Junge, der am nächsten Tag wieder auf der Straße stehen würde, wenn jemand seine Meinung änderte.

Das war der Grund, warum ich nicht gerne etwas von anderen Menschen annahm. Ich hasste Geschenke, und ich hasste Versprechen. Geschenke konnten einem jederzeit verwehrt werden, und Versprechen waren ebenso schnell gebrochen, wie sie ausgesprochen worden waren.

Mein Verstand raste, ich wollte ihn nur noch abschalten.

Während ich wartete, wanderte ich, ohne es wirklich zu bemerken, zum Basketball-Platz hinüber und warf ein paar Körbe. Denn natürlich hatte Kevin Michaels einen Basketball-Platz. Körbe zu werfen war das Einzige, das meinen Kopf ein wenig zur Ruhe bringen konnte. Als Kind hatte ich auf den abgewrackten Plätzen der Bronx gespielt, und es hatte mir immer ein wenig Frieden geschenkt. Vielleicht lag es an dem Gefühl, die Kontrolle über meine Würfe zu haben und es einfach noch einmal versuchen zu können, wenn ich nicht traf.

Der Nachthimmel war pechschwarz, und ein paar Sterne leuchteten in der Dunkelheit. Ich dribbelte ein wenig hin und her und übte ein paar Drills, doch als ich zufällig zum Wasser hinunterblickte, hielt ich den Ball fest und blieb verwundert stehen.

Ich sah Stella in ihrem schwarzen Kleid zum Meer gehen. Die Brandung war an diesem Abend sehr stark, und das Wasser musste ziemlich kalt sein. Es umspülte ihre Knöchel, und sie zitterte ein wenig, blieb aber nicht stehen. Wie gebannt starrte ich zu ihr hinüber. Wieso lief sie ins Wasser? Das hier war eindeutig kein nächtlicher Badeausflug. Sie lief wie eine Verrückte immer weiter in die Wellen, die mit einer Gewalt auf sie zu brandeten, die mir fast Angst machte.

Ich war kein Wassermensch.

Den engsten Kontakt, den ich als Kind mit Wasser hatte, waren die Hydranten, die die Feuerwehr in heißen Sommern in New York City geöffnet hatte. Daher jagte der Ozean mir eine Riesenangst ein.

Je weiter sie ging, desto nervöser wurde ich.

Sie weiß, was sie tut, sagte ich mir.

Sie wäre nicht da draußen, wenn sie nicht mit den Wellen umgehen könnte, wiederholte ich wieder und wieder in meinem Kopf.

Plötzlich schlug eine riesige Welle über ihr zusammen und riss sie unter Wasser. Ich sage euch, alles in mir zog sich zusammen, als ich das sah. Und meine Brust brannte, als sie nicht wieder auftauchte.

»Komm hoch!«, rief ich, als könnte sie mich hören. Als die Sekunden vergingen und sie nicht wieder auftauchte, räusperte ich mich und flüsterte: »Komm hoch, verdammt, Stella.«

Nichts.

Ich ließ den Ball fallen und rannte zum Strand. Stella war noch immer nirgendwo zu sehen. Voller Panik stürzte ich mich ins Wasser und suchte nach ihr. Sobald ich sie spürte, legte ich den Arm um ihre Hüften und zerrte ihren klitschnassen Körper aus dem Wasser – womit die Panik erst richtig begann.

Sie fing an zu schreien und um sich zu schlagen, als wäre ich ein Psychopath, der sie ermorden wollte.

»Lass mich los!«, schrie sie und hustete unter dem Druck, den mein Ziehen auf sie ausübte. Sie taumelte nach hinten, fiel auf den Po und krabbelte auf allen vieren von mir weg. »Fass mich nicht an!«, kreischte sie voller Panik, was ich ihr nicht mal verübeln konnte.

Ich war einfach ins Wasser gelaufen und hatte sie rausgezogen, ohne dass sie überhaupt von meiner Anwesenheit gewusst hatte. Vermutlich hätte ich genauso reagiert, wenn ich von einem Fremden aus dem Wasser gezerrt worden wäre.

Doch was hätte ich tun sollen? Sie wäre beinahe ertrunken.

»Entspann dich«, sagte ich und hob ergeben die Hände. »Ich habe dir nur geholfen.«

»Mir geholfen?«, zischte sie und versuchte auf die Beine zu kommen, verwirrt und eindeutig noch immer verängstigt. »Ich brauchte deine Hilfe nicht!«

»Red keinen Mist. Du wärst fast ertrunken.«

»Ich wäre nicht ertrunken!«

»Doch, wärst du. Du bist nicht wieder aufgetaucht! Ich hab's doch gesehen.«

»Ich weiß! Das nennt man schwimmen!«

»Aus schwimmen kann schnell ertrinken werden!«

»Nicht, wenn man weiß, was man tut«, fuhr sie mich an. »Ich habe mit meiner Mutter geredet.«

Was erzählte diese Irre da?

»Was zum Teufel soll das jetzt wieder heißen?«, fragte ich, auch wenn ich mir nicht sicher war, ob ich die Antwort überhaupt hören wollte.

»Das geht dich nichts an! Ich gehe einfach gerne ins Wasser, um zu schwimmen, okay? Wenn du mich das also einfach tun lassen könntest, wäre das großartig.«

»Fein.«

»Super.«

»Wunderbar«, zischte ich.

»Fantastisch«, erwiderte sie.

Ich wandte mich zum Gehen und ärgerte mich schon, weil ich zugelassen hatte, dass ich mir auch nur einen Augenblick lang Sorgen um sie machte. Nächstes Mal würde ich diese Frau garantiert ertrinken lassen.

»Was ist eigentlich mit dir los, hm?«, fuhr sie mich an. Ich drehte mich um. Sie sah aus, als würde sie jeden Moment ausrasten. »Was hast du für ein Problem?«

»Wie bitte?«

»Ich will wissen, was du für ein Problem hast. Seit wir uns zum ersten Mal begegnet sind, bist du mehr als unfreundlich.«

»Ich? Du hast dich doch aufgeführt wie eine Irre, und das bloß wegen dieses scheiß Scones.«

»Ich habe mich nicht aufgeführt wie eine Irre. Außerdem hast du keine Ahnung, worum es dabei eigentlich ging.«

»Es gibt nicht die geringste Entschuldigung dafür, wie du dich in und außerhalb der Bäckerei aufgeführt hast«, erklärte ich.

»Das ist nicht wahr. Ich …«

»… habe keine Entschuldigung.«

»*Das war sein Lieblingsscone!*«, kreischte sie, und ihre Nasenflügel blähten sich, während sie vor Wut fast aus den Nähten platzte. Wasser tropfte von ihrem Körper, und ihre Augen glänzten feucht. Sie rang um Fassung und sagte ein wenig leiser: »Das war sein Lieblingsscone. Über zwanzig Jahre lang ist Kevin jeden Samstagmorgen in die Stadt gefahren und hat sich bei *Jerry's* in die Schlange gestellt. Und wenn er zurückkam, haben wir zusammen einen Blaubeerscone gegessen. Bis heute haben wir nie auch nur einen einzigen Scone verpasst.

Also entschuldige, wenn ich mich heute Morgen ein wenig seltsam benommen habe. Entschuldige, wenn ich nicht ganz ich selbst war. Aber ich habe heute den Mann beerdigt, der mir alles auf der Welt bedeutet hat. Den Mann, der immer für mich da war. Ich habe heute meinen Vater verloren.« Sie schluckte die Tränen hinunter. »Also wie wäre es, wenn du mich einfach in Frieden lässt, denn wenn du denkst, ich bräuchte an einem der schrecklichsten Tage meines Lebens deine Kritik und dein Urteil, dann irrst du dich gewaltig. Mein Herz ist gebrochen, okay? Ich ertrinke. Du musst mich nicht noch zusätzlich unter Wasser drücken. Mein Tag ist auch so schon schlimm genug.«

»Denkst du, du bist die Einzige, die einen schlechten Tag hatte? Ich habe nicht nur erfahren, wer mein Vater war, sondern auch noch, dass er sich jahrelang um ein Mädchen gekümmert hat, das nicht einmal seine eigene Tochter war. Er hat dem Kind einer anderen Frau all das gegeben, was ich mir immer gewünscht habe. Er war alles, was ich mir von einem Vater erträumt habe, für jemand anderes. Ich wurde gebeten herzukommen, um endlich mehr über meine Vergangenheit zu erfahren, doch stattdessen bekomme ich bloß ein paar Puzzleteile, als wäre das alles ein verdammtes Spiel!

Kevin Michaels ist ein Puppenspieler, und ich bin die verdammte Puppe an seinen Fäden. Er hätte mir einfach geradeheraus sagen können, wer meine Mutter ist, stattdessen hat er dieses verdrehte, komplizierte Testament geschrieben. Und dann hat er mir diesen Brief hinterlassen, der mir eben in seinem Arbeitszimmer überreicht wurde, um mir zu sagen, dass ich mich mit meiner Mutter im selben Raum aufgehalten habe. Ich bin vorhin drei Frauen begegnet, und eine davon war meine Mutter. Er hat aus meinem Leben ein Spiel gemacht, also entschuldige bitte, wenn ich ein wenig verbittert bin. Entschuldige, wenn ich heute ein Arschloch bin. Du hattest einen schlechten Tag? Versuch's mal mit einem schlechten Leben. Du magst in Trauer ertrinken, aber ich bin schon lange tot.«

Sie sah mich schockiert und mit offenem Mund an. »Stand das in dem Brief? Dass eine von ihnen deine Mutter ist?«

Ich zog das labberige, nasse Stück Papier aus meiner Gesäßtasche und hielt es ihr unter die Nase. »Der Brief besagt, dass dein lieber Vater etwa zur gleichen Zeit mit allen drei Frauen geschlafen hat. Jede von ihnen könnte meine Mutter sein.«

Wie schön zu erfahren, dass der eigene, verstorbene Vater sich durch alle Betten gevögelt hat.

Was für ein großartiger Tag.

Stella wurde blass. »Ach du je. Eine der bösen Stiefmütter ist deine Mutter?«, fragte sie.

»So wird es erzählt.«

»Keine von ihnen hat auch nur im Geringsten darauf reagiert«, bemerkte sie.

»Danke, Captain Obvious.«

»Bist du immer so sarkastisch?«

»Ja. Ist so eine Marotte von mir.«

»Ziemlich schäbige Marotte.«

»Ja. Ich bin eben ein ziemlich schäbiger Typ.«

Sie legte eine Hand auf meinen Unterarm. »Damian, es tut mir unendlich leid. Ich kann einfach nicht glauben, dass Kevin dein Leben in ein Spiel verwandelt hat.«

Ihre Berührung jagte ein seltsames Gefühl durch meinen Körper. Ich schaute auf ihre Hand, die auf meinem Arm lag. »Was machst du da?«

Ihre Augen verengten sich irritiert. Ihre braunen Augen. Obwohl ich mich über Stella ärgerte, waren ihre Augen einfach unglaublich. Sie drückten ihre Gefühle aus, ohne dass sie auch nur ein Wort sagen musste.

»Ich tröste dich«, erklärte sie. »Hat das noch nie jemand getan?«

»Natürlich«, erwiderte ich wütend und zog meinen Arm zurück. »Aber ich brauche dein Mitleid nicht.«

»Es ist kein Mitleid, sondern Trost«, erklärte sie. »Und es macht mich traurig, dass du den Unterschied nicht erkennst.«

»Verschwende deine Traurigkeit nicht auf mich.«

»Wann bist du so kalt geworden?«, fragte sie.

Die Frage traf mich wie ein Schlag gegen die Brust, sodass mir schwindelig wurde.

Bevor ich etwas erwidern konnte, sah ich meinen Fahrer auf uns zukommen. »Mr Blackstone. Ich bin da.«

Ich blickte Stella an und sah den Schmerz in ihren Augen. Unbehagen überkam mich, als ich erkannte, dass ich nicht sagen konnte, ob er ihr selbst galt oder mir. Sie hatte zwar behauptet, kein Mitleid für mich zu empfinden, aber ich konnte es sehen. So wenig ich auch über diese Frau wusste, genügte es doch, um zu erkennen, dass sie Mitgefühl mit mir empfand.

Sie gehörte zu den Menschen, die mit allen anderen mitfühlten. Selbst mit den Schurken in Geschichten – vielleicht sogar gerade mit ihnen, weil sie wusste, dass die Schurken nicht immer von Grund auf böse gewesen waren. Sie waren einfach nur zu oft enttäuscht worden.

4

DAMIAN

Sieben Jahre alt

An meiner Zimmertür hing ein Schild mit einem Totenschädel und der Aufschrift »Zutritt verboten«. Mrs Gable hatte mir geholfen, den Schädel zu zeichnen, denn sie meinte, ich hätte Talent. Sie konnte nicht sagen, welche Form von Kunst ich mal ausüben wollte, aber sie war davon überzeugt, dass ich in allem gut sein würde, was ich tat. Sie schenkte mir alle möglichen Künstlerutensilien und eine Sofortbildkamera, damit ich unterschiedliche Kunstformen ausprobieren konnte.

Mr Gable hängte das Schild an meine Zimmertür und erklärte, ich bräuchte meinen eigenen Bereich, in den ich mich zurückziehen konnte, wann immer ich wollte.

Ich hatte noch nie ein eigenes Zimmer gehabt und freute mich sehr darüber.

Sie verwandelten mein Zimmer in eine Galaxie, denn damals stand ich total auf alles, was mit dem Weltraum zu tun hatte. Mein Bett sah aus wie eine Rakete, und Mrs Gable besorgte eine Lampe, die im Dunkeln Sterne an Decke und Wände projizierte. Ich hatte Angst in der Dunkelheit, und ihr Licht gab mir ein Gefühl von Sicherheit.

Die Gables kauften sogar sternenförmige Nachtlichter, denn sie wollten wirklich, dass ich mich wohlfühlte. Ich war schon seit Monaten bei ihnen, viel länger als bei jeder anderen Familie. Wir feierten sogar Weihnachten und Thanksgiving und so zusammen, und sie planten eine große Party zu meinem Geburtstag. Nachdem ich so oft die Familie gewechselt hatte, war es schön, bei ihnen zu sein.

Immer nur ein Zuhause auf Zeit.

Doch diesmal fühlte es sich anders an. Vielleicht wollten die Gables, dass ich bei ihnen blieb. Vielleicht konnte ich eines Tages auch ein Gable werden.

Ich würde dann sogar einen Bruder bekommen. Jordan war ein Jahr älter als ich, und wir verstanden uns prima. Wir redeten über so ziemlich alles, Videospiele und Animes und so. Er war mein bester Freund auf der ganzen Welt, was echt cool war, denn ich hatte noch nie einen besten Freund gehabt. Ich war nie lange genug an einem Ort geblieben, um jemanden zu finden, der mein bester Freund sein wollte.

Nächste Woche wurde ich acht Jahre alt. Ich freute mich schon, denn die Gables hatten mir eine große Weltraum-Party versprochen, von der Deko über den Kuchen bis zur Hüpfburg im Garten.

Alles lief großartig, bis Mr Gable Mrs Gable mit einer anderen Frau betrog.

Meine perfekte Familie fiel vor meinen Augen auseinander. Mr Gable zog aus, und Mrs Gable weinte den ganzen Tag. Sie vergaß sogar meinen Geburtstag, obwohl ich im selben Haus wohnte wie sie.

Vier Wochen vergingen. Mrs Gable stand morgens kaum noch aus dem Bett auf. Jordan wusste auch nicht, was wir tun sollten, also gingen wir ihr aus dem Weg und ließen sie traurig sein. Manchmal ging ich in den Garten und pflückte Blumen für sie, um sie ein wenig aufzumuntern. Aber es funktionierte nicht. Vielleicht waren es die falschen Blumen.

Drei weitere Wochen vergingen. Und Mrs Gable ging es nicht besser.

Eines Nachmittags, nachdem Jordan mir bei meinen Hausaufgaben geholfen hatte, bat sie mich, zu ihr ins Wohnzimmer zu kommen. Ich ging nach unten und hatte plötzlich das Gefühl, dass mir ein Schlag in die Magengrube bevorstand.

Meine Sozialarbeiterin Ms Kelp saß auf der Couch neben Mrs Gable.

Die beiden sahen aus, als würden sie jeden Augenblick anfangen zu weinen, was bedeutete, dass ich auch weinen würde. Ich weinte immer, wenn Ms Kelp unerwartet auftauchte, denn das bedeutete, dass sie mich wieder mitnehmen würde.

»Nein«, flüsterte ich mit zitternder Stimme. Meine Hände zitterten ebenfalls, und ich hatte das Gefühl, als müsste ich mich übergeben.

Ms Kelp erhob sich ganz langsam von der Couch, als würde jede unbedachte Bewegung meine Welt zusammenbrechen lassen. Doch ich schwankte bereits und kämpfte darum, nicht den Halt zu verlieren.

»Bitte, lass nicht zu, dass sie mich mitnimmt«, schluchzte ich und lief zu Mrs Gable. »Bitte! Ich weiß, ich habe Mist gebaut und dir nicht geholfen, als du traurig warst, aber ich schwöre, ich werde mehr für dich tun, bitte, ich werde es besser machen. Und ich kann …«

»Damian, bitte hör auf«, flehte Mrs Gable mich an und wischte sich die Tränen von den Wangen. »Durch die Trennung und die anstehende Scheidung von Jerry kann ich mich einfach nicht so um dich kümmern, wie du es verdienst.«

»Aber was ist mit Jordan? Ihn behältst du! Du kannst mich doch genauso behalten. Ich werde dir keine Umstände machen. Ich werde brav sein, versprochen. Warum darf Jordan bleiben, und ich muss gehen?«

»Nun, Damian, mein Schatz, Jordan ist mein Sohn …«

Ich schluckte trocken, aber ich bekam keine Luft. »Das bin ich doch auch.«

Sie schloss die Augen, und ich schlang die Arme um sie. »Bitte, bitte. Schick mich nicht weg.«

Ich konnte nicht gehen. Ich hatte ein Schild an meiner Zimmertür. Es war *meine* Tür. Hier war meine Familie. Ich durfte sie einfach nicht verlieren. Vielleicht konnte ich ein paar Tage bei Mr Gable wohnen, dann wäre Mrs Gable vielleicht nicht mehr so überfordert. Und wenn ich weniger aß, würde sie vielleicht nicht mehr das Gefühl haben, dass ich ihr zu viel war. Und wenn ich ganz leise war …«

»Bitte, Mom«, schluchzte ich.

Sie entfernte meine Arme von sich.

Sie entfernte mich aus ihrem Leben.

Ms Kelp trat auf mich zu, und ich rief: »Nein! Nein! Ich gehe nicht wieder in ein Heim!«

Bevor sie etwas sagen konnte, schoss ich aus dem Haus und rannte in die Nacht hinaus. Ich hörte, wie sie hinter mir herriefen, doch ich rannte einfach weiter, denn ich wollte nicht schon wieder von vorne anfangen müssen. Ich wollte nicht wieder in eine Familie gesteckt werden, die mich am Ende nicht wollte.

Ms Kelp brauchte nicht lange, um mich zu finden. Sie brachte mich in ein Heim, ein anderes diesmal, doch sie fühlten sich alle gleich an – nach Einsamkeit.

Ich wollte ein richtiges Zuhause, aber vielleicht bekamen manche Kinder so etwas einfach nicht.

Vielleicht bekamen manche Kinder immer nur ein Zuhause auf Zeit.

Auch wenn ich geglaubt hatte, dieses wäre für immer.

5

STELLA

»Du musst das machen.« Jeff starrte mich an, als wäre ich vollkommen verrückt geworden, dabei war das einzig Verrückte hier mein Freund, der mir sagte, ich solle tun, was Kevin von mir verlangte. Nach der Beerdigung war ich verwirrt und tief erschüttert nach Hause gefahren. Vorher hatte ich noch kurz mit Grams gesprochen, die mir immer wieder gesagt hatte, dass jede Entscheidung, die ich in diesem Fall träfe, die richtige sein würde. Jeff allerdings schien anderer Ansicht zu sein.

Er stand in der Küche über den Rubbellosen, die er jeden Tag kaufte, in der Hoffnung auf einen Hauptgewinn. Doch sein Traum ließ auf sich warten, auch wenn er es, nachdem er einmal auf ein Dreißig-Dollar-Los ganze Tausend Dollar gewonnen hatte, seit gut acht Jahren immer wieder versuchte. Rubbellose waren seitdem eines seiner liebsten Hobbys.

»Soll das ein Witz sein?«, fragte ich lachend, denn es konnte nur ein Witz sein. Ich trat ebenfalls in unsere winzige Küche und goss mir einen Becher Wein ein. Man konnte Wein genauso gut aus einem Becher trinken wie aus einem Glas, nur war es eben nicht so schick und passte deshalb ein wenig besser zu mir.

»Nein, das ist kein Witz. Babe, das ist unser Ticket hier raus«, sagte er und trat zu mir. Jeff trug ein weißes T-Shirt und eine graue Jogginghose. Ich sah genauso aus, auch wenn ich nicht, wie andere Mädchen, die Klamotten meines Freundes anziehen konnte, denn ich war etwa doppelt so breit wie er.

Im Gegensatz zu Denises logen meine Hüften nicht. Sie waren das Produkt meiner Gene und jeder Menge Spicy Doritos. Und nach vielen Jahren verderblicher Diäten war ich mittlerweile verdammt stolz auf meine Hüften.

Zudem war ich förmlich süchtig nach Pyjamas und gemütlichen Klamotten, und ein echter Profi, wenn es darum ging, auf der Couch Sportsachen zu tragen. Eins meiner liebsten Hobbys war es, ein Nickerchen in Sportklamotten zu machen. Wenn ich ein Tier gewesen wäre, dann am liebsten eine Katze: schlafen, essen und mein Geschäft in einer kleinen Kiste verrichten, die die Menschen sauber machen mussten. Das beste Leben, das man sich vorstellen konnte.

»Unser Ticket hier raus?«, fragte ich. »Wo raus?«

»Aus allem hier!«, rief er und deutete um sich. »Wir wohnen in einem winzigen Haus, das so klein ist, dass wir uns praktisch übereinanderstapeln müssen.«

»Seit wann gefällt es dir nicht mehr, auf mir zu liegen?«, neckte ich ihn.

Doch Jeff ging nicht darauf ein, sondern fuhr fort: »Und wir könnten ein bisschen von dem Geld in meine Musikkarriere investieren.«

Ich verzog das Gesicht und war mir nicht sicher, ob er das alles wirklich ernst meinte. »Es war ein langer Tag. Ich kann gerade nicht mit dir umgehen, wenn du nicht ironisch bist. Also, bitte sag mir, dass du das nicht wirklich ernst meinst.«

Er nahm mir den Becher aus der Hand und stellte ihn auf den Küchentresen. »Denk doch mal drüber nach: Zwei Millionen Dollar würden unser Leben von Grund auf verändern.«

Ich zog eine Augenbraue hoch. Jeff war nicht gerade dafür

bekannt, ein aufmerksamer Zuhörer zu sein. »Ich sagte zweihundert Millionen, nicht zwei.«

Ihm quollen buchstäblich die Augen aus dem Kopf. »Was? Heilige Scheiße, Stella!«

»Ich weiß, mir macht es auch Angst. Und mit den ganzen Aktien und Anlagegütern ist es wirklich … ziemlich viel.«

»Und es gehört uns.«

»Aber ich will es gar nicht. Ich …« Ich seufzte und verschränkte die Arme. »Ich will ihn einfach nur zurück.«

»Nun, das ist unmöglich, Baby, aber das Erbe ist das Nächstbeste. Denk doch mal drüber nach, Stella. Alles, was wir uns je gewünscht haben …«, er schnippte mit dem Finger, »… würde plötzlich wahr. Wir können uns all unsere Wünsche erfüllen, einfach so.«

»Und dafür muss deine Freundin einen Fremden heiraten. Oder hast du diesen Teil der Abmachung schon wieder vergessen?«

»Ja, ja. Das ist vielleicht ein wenig seltsam, aber das Ergebnis ist dieses Opfer wert.«

»Du bist bereit, für Geld deine Partnerin zu opfern?«

Er nahm meine Hände in seine und sah mich mit dem süßesten Lächeln an. »Nur für sechs Monate, Baby. Dann gehörst du wieder ganz mir. Du hast ja schließlich nicht vor, mit dem Kerl ins Bett zu gehen, oder?«

»Was? Nein. Natürlich nicht. Wahrscheinlich werden wir uns kaum sehen. Er ist sowieso eher der distanzierte Typ.«

»Na, das ist doch perfekt. Du ziehst für sechs Monate mit ihm zusammen, und zweihundert Millionen Dollar später kommst du wieder zu mir zurück. Dann können wir heiraten, und du bekommst eine echte Traumhochzeit.«

»Ich brauche keine Traumhochzeit«, erklärte ich. »Das Standesamt reicht mir vollkommen.«

»Du bist viel mehr wert als eine Hochzeit im Standesamt. Ich weiß, du bist eine unabhängige Frau, und deswegen wohnen wir hier und nicht in einem Haus, das Kevin für dich gekauft hätte. Aber es ist okay, Hilfe anzunehmen, Stella. Du musst nicht immer so superunabhängig sein. Und du weißt schon, dass das ein Anzeichen für ein Trauma ist, nicht wahr?«

Ich lachte. »Hast du in letzter Zeit Psychologie studiert?«

»Nein. Das habe ich auf TikTok gesehen. Aber es ist wahr. Du hast immer das Gefühl, alles kontrollieren zu müssen und nichts von Kevin annehmen zu können. Schon seit ich dich kenne.«

Ich zuckte mit den Schultern. »Er hat mich aufgenommen und mir ein Zuhause geschenkt, was er nicht hätte tun müssen. Ich möchte nichts, das nicht mir gehört.«

»Aber du hast ihm gehört. Er war wie ein Vater für dich, und du warst seine Tochter. So ist das in einer Familie. Man vererbt sein Vermögen der nächsten Generation, glaube ich jedenfalls. Du weißt ja, dass ich außer dir nie eine Familie hatte.«

»Ich weiß, und du hast ja recht. Hinzu kommt, dass es sein letzter Wunsch war, und ich habe irgendwie das Gefühl, es ihm schuldig zu sein.«

»Ja genau. Stell dir nur mal vor, wie es dich belasten würde, wenn du ihm seinen letzten Wunsch nicht erfüllst. Und bald gründen wir unsere eigene Familie und geben das Geld an unsere eigenen Kinder weiter.«

Er trug ganz schön dick auf, keine Frage.

»Oder betrachte es wie deinen Lieblingsfilm, *Charlie und die Schokoladenfabrik:* Du bist Charlie, und hier hast du deine goldene Eintrittskarte«, sagte Jeff.

»*Charlie und die Schokoladenfabrik* ist *dein* Lieblingsfilm«, lachte ich.

»Dein, mein, das spielt doch keine Rolle. Ich will damit nur sagen: Das ist unser goldenes Ticket hier raus. Also nimm es. Wenn nicht für dich und mich, dann für Kevin. Es war sein letzter Wunsch.«

Ich spürte ein Ziehen in der Brust, als er das sagte. Auch wenn die Idee, einen Fremden für Geld zu heiraten, vollkommen bescheuert war, so bot es mir doch die Gelegenheit, Kevins Wunsch zu erfüllen.

»Ich meine, arrangierte Ehen sind gar nicht so ungewöhnlich. In den historischen Liebesromanen, die ich so gerne lese, ist das ein wichtiges Motiv«, sagte ich in dem Versuch, das Ganze weniger seltsam erscheinen zu lassen.

»Ja genau! Es gibt ein ganzes Genre zu diesem Thema. Und sechs Monate sind gar nichts. Wie ein Semester am College, nur ohne die anschließenden Schulden. Also los, ruf diesen Dillon an und sag ihm, dass du es machst.«

»Damian.«

Jeff verdrehte die Augen und winkte ab. »Wie auch immer, spielt keine Rolle. Alles, was zählt, ist, dass du zu ihm sagst ›Ich will‹, damit du es später auch zu mir sagen kannst.«

Das war alles vollkommen verrückt. Als ich am Morgen aufgewacht war, hatte ich mir nicht träumen lassen, dass ich jetzt darüber nachdachte, Damian zu heiraten. Der Tag hatte eine drastische Wendung genommen, und ich wollte nur noch ins Bett gehen, am nächsten Morgen aufwachen und feststellen, dass das alles bloß ein seltsamer Traum gewesen war. Dass Kevin noch gesund und munter war und die traurigen Ereignisse dieses Tages gar nicht stattgefunden hatten.

Angespannt rieb ich mir die Schulter. »Was ist mit uns? Vergiss nicht, ich werde die nächsten sechs Monate mit Damian zusammenleben müssen.«

»Da finden wir schon eine Lösung. Du hast gesagt, du hast jede Woche zwei Tage frei, das sind dann *unsere* Tage. Und an den anderen Tagen bist du dann bei Dan.«

»Damian.«

»Interessiert mich einen Scheiß.« Er lachte. »Bitte, Stella, tu's einmal nicht.«

»Was soll ich nicht tun?«

»Zu viel darüber nachdenken. Du wirst sowieso nicht auf alles eine Antwort finden. So ist nun mal das Leben. Manchmal musst du einfach springen und hoffen, dass es gut geht. Also los. Spring. Wenn nicht für dich selbst, dann für deine Familie.«

Wir gingen ins Bett, und ich lag noch lange wach und tat, wovon Jeff gesagt hatte, dass ich es nicht tun sollte – ich dachte nach. Er schnarchte neben mir. Um mich herum war es stockdunkel. Ich griff nach meinem Handy und stellte fest, dass es schon drei Uhr morgens war.

Nachdem ich eine Ewigkeit auf meinen Nägeln rumgekaut hatte, holte ich die Visitenkarte heraus, die Damian mir gegeben hatte, speicherte seine Nummer und schickte ihm eine Nachricht.

Stella: Okay, ich mach mit.
Damian: Wer ist da?
Stella: Stella.
Damian: Wer zur Hölle ist Stella?

Ich seufzte. Offenbar konnte er beim Texten genauso kalt sein wie in Wirklichkeit.

Stella: Cinderstella.
Damian: Oh. Richtig. Meine Lieblings-Disney-Prinzessin.

Ich konnte den Sarkasmus förmlich spüren.

Stella: Hör auf damit. Ich wollte nur sagen, dass ich bei der Sache mitmache.
Damian: Oh.
Damian: Okay.

Ich sah sein ausdrucksloses Gesicht förmlich vor mir, als er das getippt hatte. Seine Bemerkungen nahm ich nicht persönlich, schließlich kannte er mich nicht, und ich ihn auch nicht. Es konnte also gar nicht persönlich gemeint gewesen sein. Wir waren einfach zwei Fremde. Ich hatte das sichere Gefühl, dass Damian der ganzen Welt die kalte Schulter zeigte, also nahm ich seine eisige Art lieber nicht persönlich.

Stella: Also, wie geht es jetzt weiter?
Damian: Ich vereinbare ein Treffen mit Joe, damit wir alles organisieren können. Melde mich wieder.
Stella: Okay, danke.
Damian: Habe ich dein Wort, dass du es wirklich durchziehen wirst?
Stella: Ja. Natürlich.
Damian: Wie viel ist dein Wort wert?
Was für eine seltsame Frage.
Stella: Wie meinst du das?
Damian: Bei den meisten Leuten ist es nichts wert. Sie geben ihr Wort und nehmen es wieder zurück. Ich hab keinen Bock auf den Scheiß, wenn du dir also nicht wirklich sicher bist, dann fang die Sache gar nicht erst an und nerv mich nicht mit ständigem Hin und Her. Also noch mal, wie viel ist dein Wort wert?

Mein Herz setzte einen Schlag aus, als ich seine Nachricht las. Ein heftiges Ziehen in meiner Brust machte es mir schwer zu atmen. Warum nur löste dieser Fremde so starke Gefühle in mir aus?

Stella: Mein Wort bedeutet alles.
Damian: Dann hoffe ich mal, dass es wirklich so ist.
Stella: Und, bitte, entschuldige, dass ich so spät noch geschrieben habe. Hoffe, ich habe dich nicht geweckt. Bist du eine Nachteule?

Er antwortete nicht. Offenbar stand er nicht auf Small Talk.

Ich legte mein Handy zurück auf den Nachttisch, doch statt zu schlafen, starrte ich in die Dunkelheit und dachte über die radikale Wendung nach, die mein Leben nun nehmen würde.

Mrs Blackstone.

Es gefiel mir nicht, dass dies mein Name sein sollte, wenn auch nur vorübergehend.

Mein größter Wunsch und Traum war es, eines Tages Jeffs Frau zu werden und seinen Namen anzunehmen. Doch zuerst musste ich offenbar einen Zwischenstopp als Mrs Blackstone einlegen – ein Name, der bestens zu einem Mann passte, dessen Laune ebenso schwarz und dessen Persönlichkeit so kalt war wie ein Stein.

Am nächsten Morgen wurde ich vom Läuten der Klingel geweckt. Jeff grummelte etwas und drückte sich das Kissen auf die Ohren. »Du gehst«, brummte er und wälzte sich auf die Seite. Von uns beiden war eindeutig ich die Frühaufsteherin. Wobei man der Fairness halber sagen musste, dass Jeff die meisten Nächte bis Sonnenaufgang als DJ unterwegs war. Er war ein Meister der Nacht, während ich in der Sonne tanzte.

Doch die Sonne war kaum aufgegangen, als es an der Tür geklingelt hatte.

Ich schlüpfte in meinen Bademantel und die Poop-Emoji-Latschen, die Jeff mir im vergangenen Jahr zu Weihnachten geschenkt hatte, und ging zur Haustür unserer kleinen Doppelhaushälfte. Keine Ahnung, warum, aber Jeff fand die Latschen unglaublich witzig. Gemütlich waren sie zweifellos.

Zu meiner Überraschung stand der einzige Mensch vor mir, von dem ich niemals erwartet hätte, ihn in diesem Teil der Stadt zu sehen.

»Catherine.« Verwirrt zog ich den Gürtel meines Bademantels ein wenig enger. »Was tust du denn hier?«

»Hallo Stella. Ich hatte gehofft, wir könnten reden.«

Ich warf einen Blick auf die Standuhr im Wohnzimmer. »Es ist halb sechs Uhr morgens.«

»Ja, ähm, du kannst dir sicher vorstellen, dass ich letzte Nacht nicht besonders viel geschlafen habe.«

»Kann ich verstehen. Aber woher weißt du überhaupt, wo ich wohne?«

»Sparen wir uns den Small Talk. Ich möchte schließlich nicht zu viel von deiner Zeit beanspruchen.« Sie drehte sich um und sah zu ihrem Auto, das am Straßenrand stand. »Ist mein Auto hier sicher?«

Ich lachte ein wenig. »Es sticht ein wenig heraus, aber es sollte nichts passieren.«

Sie verzog das Gesicht und drückte wiederholt auf den Verriegelungsknopf ihres Schlüssels, woraufhin ein lautes Piepen durch den Block hallte.

»Wenn du willst, können wir auch im Auto reden«, bot ich an, da ich wusste, dass sie ausrasten würde, wenn ihr Wagen, der mehr wert war als mein Haus, auch nur einen winzigen Kratzer abbekam. »Jeff schläft noch, und ich möchte ihn nicht wecken.«

Sie seufzte erleichtert und nickte. »Okay, meinetwegen«, schnaubte sie, ganz offensichtlich genervt von der Situation, dabei war sie es gewesen, die einfach so vor meiner Tür aufgetaucht war. Grams hatte klare Regeln, wenn es um ungebetene Gäste ging: Verschließe die Türen und zieh die Gardinen zu.

»Man erscheint nicht einfach bei anderen Leuten vor der Tür. Das ist so, als wollte man ihren sicheren Hafen einnehmen«, sagte sie immer. »Wer so was tut, der übertritt, ohne mit der Wimper zu zucken, auch alle übrigen Grenzen.«

Wir gingen zu Catherines Wagen, und ich kletterte auf den Beifahrersitz. Kaum hatten wir uns gesetzt, verriegelte sie die Türen ganze vier Mal. »Nur für den Fall«, erklärte sie.

Ich lächelte nur. Offenbar rechnete sie damit, dass ihr jede Sekunde ein Gangster ein Messer in die Seite rammte.

Als ich die Beine übereinanderschlug, fiel ihr Blick auf meine Poop-Emoji-Hausschuhe, und sie verzog angewidert das Gesicht. Catherine wäre sicher keine gute Pokerspielerin gewesen.

»Die hat Jeff mir zu …«

»Egal«, unterbrach sie mich. »Ich bin nicht hergekommen, um mit dir über deinen Modegeschmack zu diskutieren.«

»Oh. Okay. Ähm, warum bist du dann hier?«

»Ich wollte mich entschuldigen.«

»Wofür?«

»Dafür, wie ich dich in der Vergangenheit behandelt habe. Dafür wollte ich mich entschuldigen. Ich war gestresst und nicht ganz ich selbst. In den vergangenen Jahren habe ich einige Therapien gemacht und mich sehr verändert. Es tut mir leid.«

»Wow, Catherine. Danke. Das ist sehr …«

»Jedenfalls musst du dafür sorgen, dass Damian *mich* als die beste Stiefmutter auswählt«, unterbrach sie mich.

Ich lachte auf. Das konnte unmöglich ihr Ernst sein. Doch der vollkommen ernste Blick, mit dem sie mich ansah, ließ mich verstummen. »Das ist kein Scherz, oder?«

»Ganz und gar nicht, nein. Ich verdiene es. Schließlich habe ich mich weit länger um dich gekümmert als die anderen.«

Der Teufel arbeitet hart, aber Catherine arbeitet noch härter.

»Du bist also nur hergekommen, damit ich Damian davon überzeuge, dich auszuwählen? Die Entschuldigung war gar nicht echt?«

»Natürlich nicht«, antwortete sie, ohne nachzudenken. Doch dann bemerkte sie ihren Fehler und schüttelte den Kopf. »Ich meine, natürlich war sie echt, aber das ist nicht der einzige Grund. Du bedeutest mir sehr viel.«

Catherine sah aus, als wären das die unangenehmsten Worte, die ihr je über die Lippen gekommen waren.

»Tu's einfach, Stella. Ehrlich gesagt, verdienst du keinen Cent von dem Vermögen meines Mannes. Du gehörst nicht mal zur Familie.«

»Er war immer wie ein Vater für mich. Und du bist seine Ex-Frau.«

»Aber er war nicht dein Vater. Du kennst deinen Vater nicht mal, und dafür kannst du dich bei deiner Mutter bedanken. Aber Kevin kannst du auf jeden Fall aus deinen verdrehten Fantasien streichen. Er war mein Mann, nicht deiner.«

»Wage es nicht, noch einmal so über meine Mutter zu sprechen«, zischte ich, und mein Herz raste, während Catherines Worte mir in den Ohren gellten. Sie hatte es tatsächlich gewagt, meine Mutter zu beleidigen. Ich konnte manches ertragen; ich konnte die Beleidigungen ertragen, mit denen andere mich bedachten, und ich konnte es ertragen, wenn andere über mich urteilten, aber solche Dinge über meine Familie zu sagen, war eine Grenze, die ich niemanden zu überschreiten gestattete.

Catherine öffnete schon den Mund, um etwas zu erwidern, schien es sich aber anders zu überlegen. Sie räusperte sich.

»Versprich mir einfach, mich auszuwählen. Oder, noch besser, lass das mit der Ehe fallen, dann werden Rosalina, Denise und ich das Geld unter uns aufteilen. Ich weiß, dass du es gar nicht willst. Es wäre das Beste, wenn wir drei sein Vermögen bekämen.«

»Und Damian? Was ist mit ihm?«

»Was spielt es für eine Rolle, was mit ihm passiert? Er bedeutet uns nichts und kann unter die Brücke zurückkehren, unter der er hervorgekrochen ist.«

Ich dachte an das Gespräch, das Damian und ich in der vergangenen Nacht geführt hatten.

Wie viel ist dein Wort wert?

Catherine hielt mir die Unterlagen hin, doch ich zögerte.

»Tu's einfach, Stella. Du bist eine starke Frau, die für das arbeitet, was ihr gehört. Ich weiß, dass du keine Almosen willst.«

»Ja ... du hast recht, aber ich kann das trotzdem nicht tun. Und ich werde Kevins letzten Wunsch nicht ignorieren.«

»Warum um alles in der Welt solltest du das nicht tun?«

»Weil ich Damian bereits mein Wort gegeben habe.«

»Wie bitte?«

»Wir haben gestern Nacht miteinander gesprochen, und ich habe ihm gesagt, dass ich mit diesem Arrangement einverstanden bin.«

»Wen interessiert's, was du zu ihm gesagt hast? Du bist ihm gegenüber nicht zu Loyalität verpflichtet, Stella.«

Ich schüttelte den Kopf. »Ich habe ihm mein Wort gegeben, und das muss ich halten.«

»Das kann unmöglich dein Ernst sein.« Sie konnte es nicht glauben. Ihre Augenbrauen wanderten nach oben, und, ich sage euch, ich sah beinahe Rauch aus ihren Ohren quellen, während ihr Gesicht dunkelrot anlief. »Sei nicht albern, Stella!«

Ich entriegelte meine Tür und öffnete sie. »Tut mir leid, Catherine, wirklich, aber ich habe ihm mein Wort gegeben.«

»Du geldgierige kleine Schlampe! Ich hätte wissen müssen, dass ich dir nicht trauen kann. Dabei war ich es, die dich großgezogen hat! Weißt du was? Fahr zur Hölle, Stella, wie deine Mutter.«

Mir war absolut klar, dass sie das Letzte nur gesagt hatte, weil sie so wütend war. Weh tat es trotzdem.

Kaum hatte ich das Auto verlassen und die Beifahrertür zugeworfen, raste Catherine mit quietschenden Reifen davon.

Ich atmete ein paarmal tief durch und versuchte die Worte abzuschütteln, die diese wütende Frau über mich und meine Mutter gesagt hatte. Diese schlechte Energie würde ich ganz sicher nicht in mein Haus tragen.

Nichts von dem, was sie gesagt hatte, entsprach der Wahrheit.

Ich kannte mich.

Ich war nicht geldgierig.

Ich war kein Monster.

Und meine Mutter war nicht in der Hölle.

Wenn überhaupt, dann gab es im Himmel einen besonderen Ort für Mama. Und ich hoffte sehr, dass Kevin jetzt bei ihr war.

Als ich gerade wieder zu dem schnarchenden Jeff ins Bett kroch, meldete sich mein Handy.

Damian: Morgen in der Scone-Bäckerei. Mein Anwalt wird dabei sein, um die letzten Details zu besprechen.

Offenbar war Catherine nicht die Einzige, die nicht geschlafen hatte.

6

DAMIAN

Am Donnerstagnachmittag hielt mein Fahrer vor Kevins Haus. Ich hatte mit Stella gesprochen, die bereits am Mittwoch einziehen wollte, also hatte ich noch einen Tag gewartet, bevor ich meine Sachen ins Haus brachte. Allerdings war es nicht einfach nur ein Haus – es war eine riesige Villa. Die Art von Villa, wie ich sie jeden Tag Kunden verkaufte, die unglaubliche Geldsummen verdienten. Die Art von Villa, über die ich mich mein ganzes Leben lang lustig gemacht hatte, weil niemand so viel Platz zum Leben brauchte.

Allein das Grundstück! Fast zwei Hektar Land direkt am Meer, mit einem wunderschönen weißen Sandstrand. Es gab einen gigantischen Pool, einen Basketball- sowie einen Tennisplatz, ja sogar ein Saunahaus. Und dann gab es noch ein Gästehaus, in dem Kevins ehemalige Haushälterin Maple Woods lebte.

Wenn der sechzehnjährige Damian damals vor einem solchen Haus gestanden hätte, wäre er überzeugt gewesen, in einem anderen Universum gelandet zu sein. Dem erwachsenen Damian ging es nicht viel anders.

Es machte mich schon ein wenig wütend zu sehen, wie reich manche Menschen waren, während so viele andere gar nichts hatten. Das Leben war manchmal ganz schön unfair. Ich hatte es nicht verdient, in einem solchen Haus zu leben, und mir war sehr bewusst, wie irrsinnig es war, dass ein Mann, den ich nicht mal gekannt hatte, mich nun zwang, zumindest vorübergehend hier zu wohnen.

Es war nicht mein erstes Zuhause auf Zeit. Ehrlich gesagt, kannte ich gar nichts anderes.

Bevor ich hineinging, schrieb ich Stella eine Nachricht, um ihr Bescheid zu geben, dass ich jetzt da war. Irgendwie fühlte es sich richtig an, sie vorzuwarnen, dass ich jetzt ebenfalls im Haus war. Ich persönlich hätte es ziemlich gruselig gefunden zu wissen, dass ein Fremder in dem Haus herumlief, in dem ich von nun an wohnen sollte.

Sie antwortete mir sofort. Mit Emojis. Fast jede Nachricht, die sie mir bislang geschickt hatte, hatte irgendein Emoji beinhaltet, was ziemlich bezeichnend für ihren Charakter war. Die Verwendung von Emojis sagte eine Menge über einen Menschen aus. Die ganzen Smileys, die Stella hinter jeden Satz setzte, wirkten ein wenig bemüht. Im Gegensatz zu ihr bevorzugte ich in meinen Textnachrichten solide Punkte. Ich ging sparsam mit meinen Worten um und kam direkt auf den Punkt, sie dagegen schrieb einen Absatz nach dem anderen, als arbeite sie an ihrem nächsten großen Roman.

Ich hatte ihr geschrieben, dass ich mich nun auf den Weg machen wollte. Sie hatte geantwortet: Okay. Und dann hatte sie erzählt, was sie gerade auspackte, was sie zum Abendessen bestellen würde, hatte gefragt, ob ich auch etwas wolle, nur um mir dann zu erklären, wie viele Ringe der Saturn hatte. Okay, Letzteres vielleicht nicht gerade. Aber zugetraut hätte ich es ihr.

Ich machte mich daran, meine Kisten aus dem Kofferraum zu hieven. Der Rest von meinem Zeug würde nach der Hochzeit gebracht werden, sodass ich nur wenige Sachen transportieren musste.

Mein Fahrer half mir mit den Kisten und fuhr dann nach Hause.

Ich wusste, dass Stella irgendwo im Haus sein musste, denn ihr Auto stand vor der Tür, trotzdem dauerte es Stunden, bis wir uns über den Weg liefen. Ich saß gerade am Esszimmertisch und aß zu Abend, als Stellas Bestellung geliefert wurde und sie zur Haustür lief, um sie entgegenzunehmen. Als sie in die Küche zurückkehrte, konnte sie mich unmöglich übersehen.

Sie sah mich an, blieb stehen und wich erschrocken einen Schritt zurück.

Da war sie, die perfekte Gelegenheit, Stella zu fragen, ob sie sich zu mir setzen und mit mir essen wolle, damit ich nicht mehr ganz so ätzend rüberkam und die Chancen stiegen, dass sie die sechs Monate durchhielt.

Los, Damian. Frag sie.

»Willst du bloß rumstehen und mich anstarren, oder willst du dich setzen?«, platzte es aus mir heraus.

Sie funkelte mich böse an. »Mit dieser Einstellung ganz sicher nicht.«

»Dann hör auf mich anzustarren, Cinderstella.«

»Kein Problem, Biest.« Sie eilte davon und ließ mich allein im dunklen Zimmer sitzen.

Ich konnte es ihr nicht verübeln. Es war nicht gerade die herzlichste Einladung gewesen, die ich je ausgesprochen hatte. Doch ich war auch nicht der Typ, der andere Menschen einlud, mit ihm gemeinsam zu essen. Im Laufe der Jahre hatte ich gelernt, das Alleinsein zu genießen. Die meiste Zeit meines Lebens hatten andere Menschen mich abgewiesen, jetzt ließ ich niemanden mehr nah genug an mich heran, um ihnen Gelegenheit dazu zu geben. Außerdem war ich gern allein. Allein war man sicher und konnte von niemandem verletzt werden.

Stella packte ihr Essen in der Küche auf einen Teller und kam dann ins Esszimmer zurück.

Bitte geh weiter.

Was sie natürlich nicht tat, dafür redete sie einfach zu gerne.

»Ich finde, wir sollten ein paar Regeln aufstellen«, sagte sie und begann mit den Fingern zu essen.

»Ich dachte, unsere Regel lautet, uns möglichst aus dem Weg zu gehen?«

»Ja, aber das können wir ja nicht die ganze Zeit tun.«

»Warum nicht?«

»Weil es albern wäre.« *Gute Begründung, Stella.* »Alle WGs haben Regeln. Einkaufen zum Beispiel. Machen wir das zusammen?«

»Ganz sicher nicht.«

»Und die Wäsche?«

»Ich kümmere mich selbst um meine Wäsche.«

»Was ist mit Besuch? Falls du Damen- oder Herren- oder irgendeine andere Art von, ähm, romantischem Besuch erwartest, kannst du mir Bescheid sagen, dann bleibe ich in meinem Zimmer.«

»Das Gleiche gilt für dich.«

»Ich werde Jeff nicht hierherbringen. Das wäre zu seltsam.«

Ich nickte nur, denn das war mir gleichgültig.

Sie zog eine Augenbraue hoch. »Gibt es …«

»Gibt es was?«

»Gibt es jemanden in deinem Leben?«

»Willst du wissen, ob ich Single bin?«

»Ja. Nicht dass es eine Rolle spielt, aber … Also, wenn dein … oder deine …«

»Ich führe keine Beziehungen.«

»Sagt der Mann, der morgen eine Fremde heiraten wird.«

»Das ist eine Ehe, keine Beziehung. Das eine hat mit dem anderen nichts zu tun.«

»Stimmt«, sagte sie. »Aber fragst du dich nicht auch, wieso Kevin uns beide so zusammengeführt hat? Ich meine, es muss doch einen Grund dafür geben, aber ich habe noch nicht rausgefunden, welchen.«

»Ist mir vollkommen egal, was er sich dabei gedacht hat. Ich mache bloß mit, um das Geld zu kassieren. In sechs Monaten bin ich wieder weg.«

Sie lachte leise, als fände sie das, was ich gesagt hatte, amüsant. »Ach, komm schon. Du musst doch auch wissen wollen, warum er es getan hat.«

»Nicht im Geringsten.«

»Aber ...«

»Warum redest du immer weiter?«, fuhr ich sie an. »Es ist doch offensichtlich, dass ich kein Interesse habe, mich zu unterhalten.«

»Du bist so was von unfreundlich.«

»Und ein Idiot und ein Arschloch, ja. Wie oft willst du das Offensichtliche noch wiederholen, bevor du mich einfach in Ruhe lässt?« Sie öffnete schon den Mund, doch ich nickte ihr zu und sagte: »Gute Nacht.«

Ich war ganz schön gemein zu ihr, aber ich konnte nicht anders. Jedes Mal, wenn ich sie ansah, erinnerte sie mich daran, dass mein Vater sich entschieden hatte, ein anderes Kind bei sich aufzunehmen, mich jedoch nicht. Sie symbolisierte das Leben, das ich nicht gehabt hatte, und das machte mich stinkwütend. Sie war so glücklich und stabil. Nahbar. Gütig. Sie lebte glücklich im Sonnenlicht. Es war einfach nicht fair.

Ich hatte nie die Chance gehabt, die Liebe zu spüren, die sie von einem Mann erhalten hatte, der sie eigentlich mir schuldete. Es war nicht ihre Schuld, aber ich war einfach verbittert. Und Bitterkeit hatte die Angewohnheit, aus einem Menschen herauszuplatzen und andere zu verletzen. Stella stand in der Schusslinie meines Hasses auf Kevin Michaels.

Je später es wurde, desto seltsamer und unbehaglicher fühlte ich mich. In meiner Kindheit hatte ich jede Menge Pflegefamilien erlebt, und die erste Nacht war immer die schwerste gewesen. Jedes Mal hatte ich mich gefragt, wie lange es wohl diesmal halten würde, bevor die Familie mich wieder abzugeben beschloss. Ich hasste dieses Gefühl und hatte gehofft, es niemals wieder empfinden zu müssen.

Ich lag wach, bis am nächsten Morgen die Sonne aufging, und als ich zur Arbeit fuhr, war ich vollkommen erschlagen.

Wetten, dass Stella weit besser geschlafen hatte als ich? Schließlich war sie in diesem Haus aufgewachsen. Ich dagegen war von meinen Albträumen wachgehalten worden.

Mein Arbeitstag verlief nicht anders als alle anderen. Für einen introvertierten Menschen wie mich war es extrem anstrengend, sich den ganzen Tag über offen und extrovertiert zu geben, während ich stinkreichen Snobs irgendwelche Villen verkaufte. Wenn ich meine Gesichtsmuskeln nach Stunden aufgesetzten Lächelns und überzogener Freundlichkeit endlich wieder entspannen konnte, ging es mir jedes Mal ein wenig besser; dann machte ich für den Rest des Tages auf mürrischer alter Knochen.

Ein weiterer Vorteil dieser Miene war, dass kaum jemand das Bedürfnis verspürte, sich mit mir zu unterhalten. Stella hatte das noch nicht geschnallt, aber auch sie würde es schon noch kapieren.

Nach der Arbeit hatte ich keine große Lust, in dieses Haus zurückzukehren und einen weiteren Tag in dieser Scheinwelt zu verbringen, die Kevin für uns erschaffen hatte. Die Hochzeit war für den folgenden Morgen angesetzt, aber ich hatte mich noch immer nicht an diese Vorstellung gewöhnt.

Als der Fahrer die Auffahrt hinaufrollte, sah ich ein Auto vor dem Haus stehen.

Der Mistkerl war tatsächlich gekommen.

Connor hatte Aaliyah mitgebracht, und es wäre gelogen, wenn ich behaupten würde, dass ich nicht froh war, die beiden zu sehen. Hier in Kalifornien war alles so fremd. Ich fühlte mich, als gehörte ich nicht hierher und als würde mich hier niemand verstehen. Diese beiden vertrauten Gesichter zu sehen, spendete mir einen Trost, von dem ich gar nicht gewusst hatte, dass ich ihn brauchte.

»Woher wusstet ihr, wo ich wohne?«, fragte ich Connor, als er aus seinem Mietwagen stieg. Aaliyah stieg ebenfalls aus, und er wartete, bis sie neben ihm stand, bevor er auf mich zukam. Er lief niemals voran, blieb immer an ihrer Seite. Wenn sie durch eine Tür gingen, öffnete er sie für sie; wenn sie hustete, hielt er bereits ein Glas Wasser für sie in der Hand. Ich hätte wetten können, dass all die kleinen Dinge, die Connor für seine Frau tat, den wenigsten Menschen überhaupt auffielen, doch ich bemerkte jede einzelne seiner Handlungen. Ich hatte nie an die Liebe geglaubt, bis ich die beiden miteinander erlebt hatte. Bei ihnen sah es so einfach aus.

»Du glaubst doch nicht wirklich, dass du der einzige gute Detektiv bist, oder?«, sagte er lachend, trat auf mich zu und klopfte mir auf die Schulter, da er wusste, was ich von Umarmungen hielt.

Aaliyah sah aus, als würde sie jede Sekunde in Tränen ausbrechen. Ihr gütiges Herz hatte eine direkte Verbindung zu ihren Augen. Ähnlich wie Stellas. Nicht, dass ich mich besonders mit ihrem Herzen beschäftigt hätte – es war mir lediglich aufgefallen.

Jetzt lächelte Aaliyah so breit, dass mich eine tiefe Wärme erfüllte. Sie sah bereits aus wie eine Mutter. Aaliyah zog mich in ihre Arme, denn sie wusste, wie dringend ich das brauchte.

»Es tut mir so leid, dass alles so überstürzt passiert«, flüsterte sie. »Ich weiß, dass Connor wie ein Bruder für dich ist, aber wenn du mal eine Schwester zum Reden brauchst, bin ich da.«

»Es geht mir gut.«

Sie lehnte sich ein wenig zurück und legte die Hände auf meine Schultern. Offensichtlich glaubte sie mir kein Wort, ließ mir die Lüge jedoch durchgehen.

»Ich hole die Koffer«, sagte Connor.

»Du hast ihn noch nicht mal gefragt, ob wir überhaupt hierbleiben dürfen, Connor«, sagte Aaliyah und sah mich entschuldigend an. »Ich habe ihm gesagt, wir müssen uns ein Hotel suchen. Ich weiß, das ist alles ohnehin schon ziemlich viel für dich, und …«

»Schon okay. Ich habe Stella gesagt, dass ihr vielleicht kommt, und sie gefragt, ob es in Ordnung wäre. Sie hat nichts dagegen. Ich habe schon ein Zimmer für euch ausgesucht.«

»Siehst du, Red? Alles ganz einfach«, sagte Connor und verwendete dabei Aaliyahs Spitznamen. Sie war sein Rotkäppchen, und er ihr Captain America, und ihre Liebe machte einen fast krank. »Nun, da das geklärt ist, kann ich endlich die Koffer holen.«

»Ich helfe dir«, sagte Aaliyah und machte einen Schritt Richtung Auto.

»Wage es nicht!«, protestierten Connor und ich im Chor und starrten Aaliyah an, als wäre sie wahnsinnig geworden.

Sie lachte. »Ich bin bloß schwanger, Jungs. Ich kann immer noch einen Koffer tragen.«

»Nicht, solange wir noch was zu melden haben«, erklärte ich und wies mit dem Kinn Richtung Haus. »Warte da.«

Sie gehorchte. Connor und ich holten die Koffer und trafen sie an der Haustür.

»Wow, Damian. Du hast gesagt, dass es ein hübsches Haus ist, aber nicht, dass es *so* hübsch ist!« Connor schüttelte ungläubig den Kopf. Ich verstand ihn sehr gut, schließlich war es mir genauso ergangen, als ich es zum ersten Mal gesehen hatte.

»Es ist ganz nett«, sagte ich und tat so, als wäre das gar nichts. Das musste ich tun, um mich von diesem Theater zu distanzieren. Nur auf diese Weise konnte ich einen klaren Kopf behalten. Diese Geschichte war nichts als ein Fantasiegebilde, und es gefiel mir ganz und gar nicht, in einem Schauspiel zu leben.

Noch immer hatte ich nicht ganz begriffen, dass ich morgen eine Fremde heiraten würde. Und nach wie vor verstand ich nicht, wieso ich Stella überhaupt heiraten musste. Das alles ergab keinen Sinn, und ich hatte schon Kopfschmerzen von den vergeblichen Versuchen, es zu verstehen.

»Und ...«, Aaliyah lächelte und riss mich damit aus meinen düsteren Gedanken, »... wann lerne ich die Braut kennen?«

Es überraschte mich nicht, dass die beiden Frauen sich auf Anhieb verstanden. In Aaliyahs Gegenwart musste man sich einfach wohlfühlen. Selbst Mistkerle wie ich. Trotzdem gefiel es mir überhaupt nicht, Stella und Aaliyah zusammen zu sehen. Es war, als würde meine reale Welt mit einer Fantasie verschwimmen. Ich fühlte mich wie in einem Fiebertraum.

Stella lächelte, während Aaliyah etwas zu ihr sagte, und je länger Aaliyah sprach, desto mehr entspannte sich Stella. Ich hatte beobachtet, wie sich ihre Anspannung gelegt hatte, als Aaliyah ihr etwas zuflüsterte. Seit wir zusammengezogen waren, stand Stella förmlich unter Strom, was ich ihr nicht verdenken konnte. Ich hatte es mir zur Gewohnheit gemacht, die Menschen um mich herum genau zu beobachten, und auch wenn Stella mich nicht im Geringsten interessierte, hatte ich ein paar Dinge an ihr bemerkt.

Leichtigkeit erfasste sie, als sie mit Aaliyah sprach, und ihr Lächeln wirkte entspannt und ehrlich.

Die beiden redeten und redeten, und ich wünschte mir, eine Fliege auf einer ihrer Schultern zu sein. Irgendwann nahmen sie sich sogar in die Arme. Stella flüsterte »danke«, und Aaliyah drückte sie noch ein wenig fester. Ich kannte die Wirkung von Aaliyahs Umarmungen. Man fühlte sich sofort sicher und geborgen.

Als sie sich wieder losließen, sah Stella zu mir hinüber und bemerkte meinen Blick. Sie übertrug das Lächeln, das sie Aaliyah geschenkt hatte, auf mich, bevor sie sich umwandte und in die andere Richtung ging. Aaliyah schaute auf und kam zu mir. Sie hatte das innere Leuchten, das vielen Schwangeren eigen war. Auch wenn sie noch ein paar Monate vor sich hatte, bis das Baby kam, war ich mir sicher, dass sie die beste Mutter der Welt sein würde. Es gab nur wenig im Leben, das mich wirklich berührte, aber ich wusste, wenn irgendjemand es verdient hatte, Mutter zu werden, dann Aaliyah. Und wenn irgendjemand es verdient hatte, Vater zu werden, dann Connor. Die beiden waren die Eltern, von denen ich als Kind immer geträumt hatte.

Wenigstens ein Kind würde den Traum leben, der für mich nie in Erfüllung gegangen war.

»Sie ist toll«, sagte Aaliyah lächelnd.

Ich schnaubte. »Du kennst sie doch gar nicht.«

»Manche Menschen kennt man schon nach wenigen Worten.«

»Was hat sie denn gesagt?«

»Das ist ein Geheimnis zwischen zwei Frauen.«

»Habt ihr über die Hochzeit gesprochen?«

»Ja.«

»Hat sie dir gesagt, wie sie dazu steht?«

»Ja.«

Ich zog eine Augenbraue hoch, doch sie schüttelte den Kopf. Sie hatte also nicht vor, es mir zu verraten.

Irritiert rieb ich mir das Gesicht. »Ich wüsste gerne, was mich erwartet.«

»Man kann nicht immer wissen, was die Zukunft bringt, Damian. Manchmal muss man einfach dem Lauf der Dinge vertrauen.«

»Ich habe ein tief liegendes Vertrauensproblem.«

Sie lächelte ihr typisches Aaliyah-Lächeln. »Du bist nervös. Aber keine Angst, sie auch.«

»Ich bin nicht nervös«, widersprach ich halb scherzhaft. »Aber im Ernst, was hat sie zu dir gesagt?«

»Ach, du weißt schon, dies und das. Was Frauen halt so sagen.«

Aaliyah legte mir eine Hand auf die Schulter und lächelte. Ich hasste es, angefasst zu werden, aber bei ihr ließ ich es zu. Solange sie schwanger war, würde sie sich fast alles erlauben können.

»Das werde ich dir ganz sicher nicht verraten.«

Ich verzog das Gesicht.

Sie drückte meine Schulter. »Mach nicht so ein Gesicht, Damy. Schließlich heiratest du morgen.«

Damy.

Ich wollte ihr sagen, dass sie mich nie wieder so nennen sollte, aber sie hatte gesagt, sie bräuchte Kosenamen, da wir doch fast so etwas wie eine Familie seien. Also hatte sie sich Damy ausgedacht. Ich hasste diesen Namen.

Kaum war sie gegangen, stand Connor neben mir und grinste noch breiter als vorher.

»Bist du ganz sicher, dass ich dich nicht auch Damy nennen darf?«, fragte er.

»Ich tret dir in die Eier, wenn du es wagen solltest.«

Er krümmte sich und legte die Hände auf seine Weichteile. »Schon verstanden.«

»Kannst du mir einen Gefallen tun?«, fragte ich.

Er zog eine Augenbraue hoch. »Du hast mich noch nie um einen Gefallen gebeten.«

»Nun, heute könnte ich einen gebrauchen.«

»Was gibt's?«

»Versuch rauszufinden, was Stella zu Aaliyah gesagt hat.«

»Wow.« Connor stieß eine Wolke warme Luft aus. »Aaliyah hat recht. Du bist nervös.«

»*Ich bin nicht nervös, verdammt!*«, knurrte ich. Jawohl. Ich knurrte wie ein verdammtes Biest und machte Stellas Namen für mich alle Ehre.

Okay, fein. Ich war nervös. Aber wer wäre das nicht? Ich hatte noch nie länger als vierundzwanzig Stunden mit einer Frau zu tun gehabt. Und nun würde ich einer Frau das Jawort geben, von deren Existenz ich vor knapp einer Woche noch keinen Schimmer gehabt und mit der ich vermutlich nicht mal eine Stunde verbracht hatte.

Ich war so nervös, dass ich mir fast in die Hose machte. Dabei war ich normalerweise nie nervös. Die meiste Zeit fühlte ich gar nichts.

Ich senkte den Kopf und verschränkte die Hände. »Wie kriege ich das bloß hin, ohne es zu versauen?«

»Wie meinst du das?«

»Wir müssen sechs Monate lang zusammenleben. Sie wäre nicht die Erste, die es nicht mit mir aushält, und wenn sie geht …«

»Was, wenn sie bleibt?«

Ich verzog das Gesicht. Bisher war noch niemand bei mir geblieben, und ich bezweifelte, dass es diesmal anders sein würde.

»Ich meine es ernst, Connor. Gib mir ein paar Tipps.«

»Du fragst mich nach Tipps, wie man eine Frau dazu bringt, bei einem zu bleiben? Den Mann, der gerade mal zweieinhalb Sekunden verheiratet ist?«

»Ja, denn du bist besser als ich.«

»Ich denke, wir beide wissen, dass das nicht stimmt, aber ich nehme das Kompliment an.« Er setzte sich auf einen Stuhl und klopfte auf sein Knie. »Komm her, mein Sohn, setz dich auf Papas Schoß, damit ich dich ein wenig aufmuntern kann.« Als ich ihn böse anstarrte, hob er abwehrend die Hände. »Oder bleib einfach, wo du bist.«

Er räusperte sich, faltete die Hände und wurde ein wenig ernster, was bei Connor nur sehr selten vorkam. »Hab Geduld. Mit ihr, mit dir selbst. Ihr bringt beide einiges an Gepäck mit. Ihr Gepäck kenne ich nicht, aber deines, und ich weiß, dass es manchmal ganz schön schwer werden kann. Also übernimm dich nicht. Setz es ab, wenn du eine Pause brauchst, und stütze dich auf deine Familie, wenn du Hilfe brauchst. Aaliyah und ich sind immer nur einen Anruf entfernt.«

Ich bedachte ihn mit einem schwermütigen Lächeln, und er lächelte aufmunternd zurück. »Danke, Con.«

»Gern geschehen, Damy.«

Arschloch.

»Klingt auf jeden Fall nach einem großartigen Anfang für eine Liebesgeschichte«, sagte Connor. »Aaliyah hat mich gerade erst gezwungen, eine ihrer Lieblingsschnulzen über zwei Leute zu lesen, die mit einer Therapie vermutlich besser dran gewesen wären, aber irgendwie haben sie's hingekriegt. Auch wenn er ziemlich seltsam war und ihr immer beim Schlafen zugesehen hat.«

»Wie hieß das Buch?«

»*Twilight* oder so ähnlich.«

»Das hier ist ganz sicher keine Edward-und-Bella-Story.«

Connors Augen leuchteten auf, und er grinste über das ganze Gesicht, als er mit dem Finger auf mich zeigte und sagte: »Du hast *Twilight* gelesen?«

»Und die Filme gesehen. Ich bin ein Arschloch, Connor, kein kulturell verblödeter Schwachkopf. Du liest diese Bücher jetzt erst? Das hätte Aaliyah eine Warnung sein und sie augenblicklich in die Flucht schlagen müssen.«

Er hielt seinen Ringfinger in die Luft. »Sie hat mir einen Ring angesteckt; sie kann nicht mehr zurück.«

»Es gibt etwas, das nennt sich Scheidung.«

Etwas, das auch mich in sechs Monaten erwartete.

»Vielleicht verliebst du dich ja in Stella, und sie verliebt sich in dich, und ihr beide lebt glücklich bis an euer Ende, ohne euch scheiden zu lassen.«

»Ich würde mich lieber nicht drauf verlassen«, erwiderte ich trocken.

Connor grinste und wünschte mir mit gekreuzten Fingern Glück. Wenn ich diesen Mistkerl nicht so gerngehabt hätte, hätte ich ihn dafür bestimmt gehasst.

»Ich werde mal nach Aaliyah sehen. Sie steht viel zu viel und muss unbedingt die Füße hochlegen.«

»Okay. Connor?«

»Ja?«

»Würdest du, ähm …« Ich traute mich nicht, es auszusprechen, denn ich wusste genau, was für eine Heulsuse er war. »Willst du vielleicht mein Trauzeuge sein? Ich weiß, es ist alles nicht echt, aber …« Seine Augen füllten sich mit Tränen, und er legte eine Hand auf sein Herz. »Hör auf damit«, jaulte ich.

»Damian Lincoln Blackstone …«

»Mein zweiter Vorname ist nicht Lincoln.«

»Wie lautet denn dein zweiter …«

»Ich habe keinen zweiten Vornamen.«

»Spielt auch keine Rolle. Es wäre mir eine Ehre, dein Trauzeuge zu sein.«

»Hör auf damit«, sagte ich noch einmal.

»Womit?«

»Mit der Heulerei.«

»Das sind die Hormone. Schwangerschaften sind echt verrückt.«

»Ich denke eher, *du* bist verrückt.«

»Ich muss die gute Nachricht sofort Aaliyah überbringen. Aber, hey, nur zur Info, du bist es wert, dass man bei dir bleibt. Die Leute, die dich verlassen haben, hatten dich nicht verdient.«

Sie hatten mich nicht verlassen. Sie hatten mich fortgeschickt. Das war ein ganz anderes Gefühl.

Mein bester Freund war echt ein Trottel. Schon witzig, wie unterschiedlich wir beide waren. Man sagt ja, Gegensätze ziehen sich an, und in unserem Fall passte es sogar. Ich fragte mich, was das wohl für Stella und mich bedeutete. Was wohl geschehen würde, wenn meine Dunkelheit auf ihr Licht traf?

Connor ging davon und wischte sich die Tränen aus dem Gesicht, und ich konnte hören, wie er Aaliyah die Neuigkeit gleich um die Ecke verkündete. Ich war mir sicher, dass sie ebenfalls zu weinen beginnen würde – diese beiden emotionalen Freaks. Manchmal wünschte ich mir, ebenfalls so empfinden zu können wie sie. So frei zu fühlen, ohne mich dafür zu schämen. Doch ich war zu oft verletzt worden, wenn ich mir erlaubt hatte, zu viel zu fühlen, also kam das für mich nicht mehr infrage.

Ich ging um die Ecke ins Arbeitszimmer, in den Raum, zu dem ich gerade eigentlich keinen Zutritt hatte, denn dort standen eine Schneiderin, Maple und Stella.

Stella.

Umringt von zahlreichen Hochzeitskleidern, von denen sie eins angezogen hatte.

Stella.

In einem Kleid.

Einem Hochzeitskleid.

Meine Braut.

Mist.

Ich hatte eine Braut.

Und auch noch eine wunderschöne.

In Weiß sah sie aus wie das wundervollste Geschenk der Welt, doch sie schien sich in dem Kleid nicht sonderlich wohlzufühlen. Zwar wusste ich, dass es nicht meine Schuld war, trotzdem hatte ich ein schlechtes Gewissen. Es ging nun mal nicht spurlos an einem Mann vorüber, wenn er wusste, dass eine Frau ihn nicht heiraten wollte.

Sie wollte mich nicht heiraten. Sie kannte mich ja nicht einmal. Und es war ja nicht so, dass ich darum bettelte, ihr Mann zu werden.

Das war doch alles verrückt. Alles an dieser Situation, in der wir uns befanden, war krank.

»Du darfst die Braut vor der Hochzeit nicht sehen«, erklärte Maple und winkte mich fort.

»Ich glaube nicht an so einen Unsinn«, erwiderte ich, den Blick noch immer auf Stella gerichtet, die wiederum mich ansah.

»Dass du nicht an etwas glaubst, bedeutet nicht, dass es nicht existiert. Und jetzt raus mit dir, bevor du noch Unglück bringst«, sagte Maple und scheuchte mich fort.

Ich schaute auf die Stangen voller Kleider, und dann wieder auf die stille Stella, die sich eindeutig nicht wohl in ihrer Haut fühlte. Und ich sagte zu ihr das Einzige, das mir einfiel, damit sie sich ein wenig besser fühlte: »Es ist okay, falls du lieber Schwarz tragen willst.«

7

STELLA

Damians Freunde waren einfach zauberhaft.

Connor und Aaliyah verwandelten meine Nervosität in eine Spazierfahrt. Sie kennenzulernen war ein Highlight und beruhigte meine Nerven ein wenig vor der Hochzeit am nächsten Morgen.

»Wir brauchen ein Probeessen!«, sagte Connor, nachdem ich mein Kleid und Damian seinen Anzug ein letztes Mal anprobiert hatten.

»Es gibt kein Probeessen, weil es für uns keine Probe geben wird. Wir heiraten im Garten. Da brauchen wir keinen Probedurchlauf«, erklärte Damian trocken.

Ich musste über die Dynamik zwischen ihm und seinen Freunden lächeln. Er war so anders als Aaliyah und Connor. Sie waren wie das hellste, lebhafteste Haus im Block, während Damian das schwärzeste von allen war. Sie waren so gegensätzlich, und doch verstanden sie sich so gut.

Vielleicht brauchte ein Mensch wie Damian Leute, die ein wenig Licht in sich trugen, weil er sich sonst vollends in der Dunkelheit verirrt hätte.

»Natürlich brauchen wir ein Probeessen«, mischte Aaliyah sich ein. Ihre kleinen Löckchen waren zu einem straffen Knoten gebunden, und ihr Lächeln war absolut ansteckend. »Weißt du, was ich denke?«, fragte sie Connor.

»Oh ja, ich weiß genau, was du denkst.« Er nickte.

»*In-N-Out Burger!*«, riefen sie im Chor und warfen die Hände in die Luft.

»Oh mein Gott, und vielleicht auch das, wo wir heute mit dem Mietwagen vorbeigefahren sind?«, fragte Connor.

»Donuts!«, riefen sie. Es war, als genügten immer bloß halbe Sätze, und der andere wusste genau, was gemeint war. Es war einfach zu süß.

»Vergesst es«, erklärte Connor, und es überraschte mich, wie wenig seine Freunde sich von seiner spröden Art beeinflussen ließen. Sie blieben einfach so fröhlich und lebendig wie zuvor. Da Damian strikt gegen jede Form von Fast Food war, gingen wir am Ende in ein hübsches Restaurant. Offenbar hatte er noch nie die Animal-Style-Fries von *In-N-Out Burger* probiert. Meisterwerke!

»Weißt du, Aaliyah und ich waren anfangs bloß Mitbewohner, und sieh dir an, was daraus geworden ist. Also egal, wie seltsam eine Situation auch erscheinen mag, vielleicht wird aus euch ja das Gleiche wie aus uns«, sagte Connor. Wenn er nicht ein hoffnungsloser Romantiker war, dann wusste ich es auch nicht.

Dennoch musste ich seinen Traum zerstören. »Für euch mag das funktioniert haben, aber ich habe leider schon einen Freund.«

»Was?«, rief Connor entsetzt, ohne den geringsten Hauch von Pokerface. »Du hast einen Freund?«

»Ja.«

»Und der ist mit alldem einverstanden?«

»Eigentlich war es sogar seine Idee.« Ich zuckte mit den Schultern. »Er hat mich sozusagen dazu gedrängt.«

»Klingt nach einem geldgierigen Mann«, murmelte Damian.

Ich sah ihn böse an. »Sagt der Mann, der das alles nur wegen des Geldes macht.«

Er sah noch böser zurück. Ich war beinahe versucht, ihm die Zunge rauszustrecken. Kindisch? Ja. Theatralisch? Ganz sicher.

Ich tat es im Geiste, und irgendwie fühlte es sich seltsam befriedigend an.

»Hör nicht auf ihn. Er hat schlechte Tischmanieren. Wie lange bist du schon mit deinem Freund zusammen?«, fragte Connor.

»Vier Jahre, fast fünf.«

Er verengte die Augen und zeigte mit dem Finger auf mich. »Es ist also offensichtlich keine allzu ernste Sache«, erklärte er scherzhaft.

»Ignorier ihn.« Aaliyah legte mir tröstend eine Hand auf den Unterarm. »Wir gucken ziemlich viele Liebeskomödien.«

»Oh mein Gott, jetzt verstehe ich. Ich stehe total auf Liebeskomödien und schaue mir jeden Abend eine an. Und lass mich gar nicht erst von den Hallmark-Filmen anfangen.«

»Gütiger Gott«, stöhnte Damian und verdrehte die Augen. Warum nur musste er alles so mies machen? Ich hatte eigentlich gedacht, wir würden einen wirklich netten Abend verbringen.

»Was ist so schlimm daran?«, fragte ich spitz.

»Nichts. Vergiss es«, sagte er.

»Nimm dir Damians abfällige Bemerkungen nicht zu Herzen. Mit mir macht er das auch immer, bloß weil ich auf die Filme stehe«, mischte Connor sich ein, und ich beruhigte mich wieder ein wenig. Wieso interessierte es mich überhaupt, was Damian dachte? Wir hatten noch kein einziges freundliches Wort miteinander gewechselt. Wir passten so was von überhaupt nicht zueinander.

»Warum bist du eigentlich immer so mies gelaunt?«, fragte ich ihn. Ich konnte einfach nicht verhindern, dass ich mir seine Kommentare zu Herzen nahm.

»Gütiger Gott, jetzt fang bloß nicht an zu heulen«, spottete Damian.

»Damian! Hör auf damit«, schalt Aaliyah ihren Freund. Er sah sie an, dann entschuldigte er sich und verschwand zu den Toiletten.

Fassungslos ließ ich mich gegen die Lehne der Sitzbank sinken. »Tut mir leid, aber was hat euer Freund eigentlich für ein Problem? Er ist echt ein Arschloch!«

Connor runzelte die Stirn. »Ja, er kann manchmal ein wenig empfindlich sein.«

»Empfindlich? Wenn Scrooge und Cruella de Vil ein Kind hätten, dann wäre er das.«

Aaliyah lächelte. »Denn passenden Gesichtsausdruck hat er jedenfalls drauf. Aber im Ernst, tief in seinem Innern ist er ganz weich. Er ist wie harter Hummus.«

Ich sah sie fragend an. »Wie bitte?«

»Kennst du das, wenn du Hummus zu lange draußen stehen lässt und er oben ganz hart wird? Aber wenn du reinstichst, ist er innen drin noch ganz weich? So ist Damian: Harter Hummus, den man ein bisschen piken muss, um an das gute klebrig-süße Innere zu kommen.«

»Das ist der abwegigste Vergleich, den ich je gehört habe«, gestand ich.

»Ja, Schatz, das klingt wirklich seltsam«, stimmte Connor mir zu.

»Tut mir leid.« Aaliyahs Augen schimmerten feucht. »Ich musste nur eben an den Hummus denken, den ich vor ein paar Tagen draußen habe stehen lassen. Als ich aufgewacht bin und ihn nicht mehr essen konnte, weil er nicht mehr gut war, hab ich trotzdem einen Chip in die harte Oberfläche gedrückt und geweint, als er innen drin ganz weich und cremig war. Und seitdem habe ich furchtbaren Heißhunger auf Hummus.«

Connors Augen wurden ebenfalls feucht. »Nicht weinen. Du weißt genau, dass ich dann auch anfange.«

»Entschuldige, aber er war einfach so gut!«, sagte Aaliyah und wischte sich die Tränen ab.

Ich konnte nicht anders, ich musste lachen, als ich sah, wie gefühlvoll diese schwangere Frau über Hummus sprach, und wie ihre Emotionen auch ihren Mann erfassten. Es war, als hätte man ein Herz in zwei Seelen eingepflanzt.

»Es ist unglaublich, wie sehr ihr beide mit euren Gefühlen im Einklang seid – und gleichzeitig ist Damian euer bester Freund.«

Connor blickte zu den Toiletten, und dann zu mir. Er krempelte die Ärmel hoch und klatschte in die Hände. »Okay, also, solange er weg ist, können wir dir einen Crashkurs im Umgang mit Damian geben.«

»Oh, das ist eine großartige Idee! ›Umgang mit Damian 101‹«, rief Aaliyah aufgeregt, als wäre sie nicht gerade über Hummus in Tränen ausgebrochen. »Erstens, lass dich niemals davon einschüchtern, wenn er knurrt oder schnaubt oder das Gesicht verzieht. Er benutzt diese Art Aggression bloß, um sich die Leute vom Hals zu halten. Straff die Schultern und zahl es ihm heim, wenn es nötig ist.«

»Das ist ein guter Rat. Und zweitens, lass nicht zu, dass er dich respektlos behandelt. Zeig es ihm, wenn er deine Gefühle verletzt. Er ist so unempfindlich, dass er es nicht immer bemerkt. Aber wenn du ihm sagst, dass seine Worte oder Taten dich verletzt haben, dann wirst du in seinen Augen sehen, dass er es erkennt. Darauf folgt dann eine Art Entschuldigung. Manchmal spricht er es aus, aber meistens entschuldigt er sich durch das, was er tut. Er drückt sich eher durch Handlungen aus als durch Worte.«

»Drittens, er hat einige Traumata erlitten, über die er nicht sprechen wird, aber er hat auf jeden Fall große Angst davor, verlassen zu werden. Also hält er andere Menschen lieber auf Distanz.« Aaliyah flüsterte, als sie sah, dass Damian zurückkam.

»Und viertens …« Connor beugte sich zu mir herüber. »Sag dem Kerl ruhig, wenn er sich verpissen soll. In neunundneunzig Prozent aller Fälle hat er es nicht verdient, aber es bleibt ein Prozent, da muss man ihm klarmachen, dass er zu weit gegangen ist. Er respektiert Menschen, die für sich selbst einstehen und keine Angst vor ihm haben.«

»Ja, und vergiss nicht, er ist Hummus«, sagte Aaliyah und tippte sich an den Kopf. »Knack ihn ein wenig auf, dann kommst du an den weichen Kern.«

8

DAMIAN

Nach dem Essen standen Stella und ich draußen und warteten darauf, dass der Parkwächter Connors Mietwagen vorfuhr. Aaliyah und Connor waren noch zur Toilette geeilt, sodass wir beide allein zurückgeblieben waren.

Und natürlich dauerte es nicht lange, bis die gute, alte Stella sich mit mir unterhalten wollte.

»Deine Freunde sind so nett.« Stella wandte mir das Gesicht zu und sah mich aus schmalen Augen an. »Weshalb ich überhaupt nicht begreife, warum du so ein Arschloch bist.«

Da wären wir wieder.

»Muss am Elternhaus liegen«, murmelte ich.

»Ja. Mag sein. Aaliyah meinte, sie sei ganz ähnlich aufgewachsen wie du, also ...«

»Sei nicht so ignorant.«

»Wie bitte?«

»Wenn du Aaliyahs und meine Kindheit miteinander vergleichst und glaubst, dass alle Pflegekinder gleich aufgewachsen sind, dann bist du ignorant.«

»Ich hab ja nicht mal gewusst, dass Aaliyah ein Pflegekind war. Wenn du mir erlaubt hättest, meinen Gedanken zu Ende zu führen, dann hättest du erfahren, worauf ich eigentlich hinauswollte.«

»Und was wolltest du sagen?«

»Vergiss es. Ist nicht so wichtig.«

Ich schmollte und fragte nicht weiter.

Wir standen auf dem Bürgersteig und warteten auf Aaliyah und Connor. Die Stille zwischen uns dröhnte, doch ich war zu feige, um mich bei Stella zu entschuldigen, weil ich im Voraus zu wissen geglaubt hatte, was ihr durch den Kopf ging.

»Trägst du den eigentlich immer?« Sie blickte die Straße hinunter, während sie sprach.

»Was?«

»Deinen Schutzschild.«

»Meinen Schutzschild?«

»Um die Leute vom Leib zu halten.«

Ich trat von einem Bein auf das andere und verschränkte die Arme vor der Brust, ohne ihr zu antworten.

Sie seufzte und sah mich an. »Hör zu, ich weiß, dass du mit diesem Arrangement nicht besonders glücklich bist, und glaub mir, ich bin es auch nicht. Aber wenn das mit uns in den nächsten Monaten funktionieren soll, müssen wir miteinander reden.«

»Da bin ich anderer Ansicht. Wir müssen uns einfach nur aus dem Weg gehen. Ich hab's nicht so mit anderen Menschen.«

»Nun, offensichtlich sind wir da sehr verschieden, denn ich habe es sehr wohl mit anderen Menschen.«

»Fein. Solange du nicht zu viele davon anschleppst«, erwiderte ich kühl. »Außerdem hast du es nicht mit anderen Menschen, du hast bloß das Bedürfnis, anderen Menschen zu gefallen. Das ist ein Unterschied.«

Sie lachte. »Du kennst mich nicht mal und versuchst bereits zu definieren, wer ich bin.«

»Es braucht nicht viel, um das über dich herauszufinden. Du verdrehst und verbiegst dich, damit andere Menschen dich mögen. Deshalb stört es dich auch so, dass ich dich nicht leiden kann.«

»Es ist mir vollkommen egal, ob du mich leiden kannst oder nicht.« Sie trat von einem Fuß auf den anderen und straffte die Schultern, bevor sie fragte: »Aber warum kannst du mich eigentlich nicht leiden?« und damit bewies, dass ich recht hatte.

Ich lachte.

Sie runzelte die Stirn.

Diesen Gesichtsausdruck kannte ich noch nicht an ihr. Er wirkte trauriger als bei den meisten anderen Menschen. Vielleicht weil sie nicht so häufig die Stirn runzelte.

»Leck mich, Biest.«

»Willst du es lieber im Hellen oder im Dunklen, Cinderstella?«

Sie wurde rot und stammelte Unverständliches. »Hör zu, keiner von uns beiden möchte hier sein, also lass uns einander einfach aus dem Weg gehen, okay? Die sechs Monate werden schneller vorbei sein, als du gucken kannst, und dann können wir beide wieder in unser altes Leben zurückkehren. Und dann wird das alles bald nur noch eine entfernte Erinnerung sein.«

»Darauf freue ich mich schon.«

»Gut.«

»Super.«

»Fantastisch!«

Ich verdrehte die Augen. »Musst du eigentlich immer das letzte Wort haben?«

»Nein!«

»Gut.«

»Ich meine ja nur …«

»Meine Fresse, kannst du einfach mal die Klappe halten? Du redest zu viel.«

»Und du zu wenig.«

Ich schwieg.

Sie redete weiter.

Ich schnaubte.

Sie schnaubte übertrieben zurück. »*Schnaub!*«, rief sie.

»Was zum Teufel war das jetzt?«

Sie warf sich in die Brust. »Ich habe dir dein Schnauben zurückgegeben.«

Ich fragte mich ernsthaft, ob es dieser Frau wirklich gut ging, aber ich sagte nichts, um ihr keine Gelegenheit zu geben, darauf zu antworten.

Wir waren wirklich ein seltsames Paar; ich bezweifelte, dass es ihr gelingen würde, in den nächsten sechs Monaten nicht mit mir zu reden. Mir war bisher gar nicht bewusst gewesen, was für ein Privileg die Stille in meinem Leben gewesen war.

»Sei nett zu ihr«, sagte Connor.

»Was?«

»Du hast mich schon verstanden. Sei nicht so ein Arsch. Du musst deinen Schutzschild mal ein wenig herunterlassen, Damian«, erklärte er, als wir nach dem Essen im Kinosaal des Hauses saßen. Aaliyah war schon zu Bett gegangen, und Stella machte irgendwas. Wahrscheinlich tanzte sie im Mondschein oder redete mit dem Meer oder irgend so einen Scheiß.

Connor hatte vorgeschlagen, einen Film zu schauen, und ich hatte zugestimmt. Doch jetzt versuchten wir seit zwanzig Minuten, den Film zum Laufen zu kriegen. Schließlich gab er auf und ließ sich in einen der unfassbar gemütlichen Sessel fallen, um mir eine Predigt zu halten.

»Mein Schutzschild ist da, wo er ist«, erwiderte ich. »Es spricht nichts dagegen, Grenzen zu setzen.«

»Ja«, stimmte er mir zu. »Aber so abweisend zu sein nicht. Stella ist wirklich nett.«

»Worauf willst du hinaus?«

»Du warst nicht besonders freundlich zu ihr.«

»Ich bin einfach ein ehrlicher Mensch.«

Er lachte. »Deine ehrliche Art wirkt auf die meisten ziemlich unfreundlich.«

»Wieso sollte es mich interessieren, was der Rest der Welt von mir hält?«

Er zeigte mit dem Finger auf mich. »Du machst es schon wieder.«

»Was?«

»Dich verteidigen. Ich bin nicht hier, um dich anzugreifen, Kumpel. Ich bin als dein bester Freund hier. Du hast mich um ein paar Tipps gebeten, wie du das mit Stella hinkriegst, damit du bekommst, was du willst – das Geld für deine Stiftung.«

»Ja.«

»Und ich gebe dir nur einen freundschaftlichen Rat: Du musst ein wenig netter zu ihr sein.«

»Ich bin aber kein netter Mensch.«

»Unsinn. Du bist der netteste Mensch, den ich kenne. Du zeigst es nur nicht besonders oft. Letztes Jahr, als du für Aaliyah da warst, warst du mehr als nur liebenswürdig. Du warst gütig. Und geduldig. Und der beste Freund der verdammten Welt. Du bist der ehrlichste Mensch auf diesem Planeten, Damian. Ich sage nicht, dass du Superman sein sollst, aber entspann dich mal ein bisschen. Sie ist offensichtlich sehr sensibel.«

»Sie heult bei jedem Scheiß.«

»Und du nie. Ihr seid das genaue Gegenteil. Komm ihr wenigstens auf halbem Weg entgegnen. Du bist nicht allein in dieser verrückten Situation. Stella erlebt gerade das Gleiche. Und sie ist nicht die Böse in dieser Geschichte, Damian. Sie spielt die weibliche Hauptrolle.«

»Was, wenn nicht? Was, wenn sie schrecklich ist und es bloß gut versteckt?«

Er zuckte mit den Schultern. »Du bist ein Meister darin, andere Menschen zu durchschauen, sobald du mehr als fünf Minuten mit ihnen verbringst. Hat Stella bisher irgendwelche grausamen Tendenzen erahnen lassen?«

Nein.

Keine.

Ganz im Gegenteil.

War sie vollkommen durchgedreht? Absolut. Aber grausam? Sicher nicht.

»Ich sage ja nicht, dass du dich in sie verlieben sollst – auch wenn ich das jederzeit unterstützen würde –, ich sage nur, dass du ihr eine Chance geben sollst. Sie erlebt gerade denselben Mist wie du. Im Grunde steht ihr beide gegen den Rest der Welt.«

Ich schnaubte und wand mich, aber wie sehr ich es auch hasste, er hatte recht.

»Kommt ihr zurecht?« Stella kam herein und unterbrach unser Gespräch. Sie war klitschnass und gerade dabei, sich die nassen Haare mit einem Handtuch abzutrocknen. Ich hätte wetten können, dass sie, wie beim letzten Mal, im Meer gewesen war.

»Wir haben den Film nicht in Gang gekriegt«, erklärte Connor und hielt fünf unterschiedliche Fernbedienungen in die Luft.

»Warte, ich helfe euch.« Sie kam zu uns und nahm ihm die Fernbedienungen aus der Hand. Innerhalb weniger Sekunden leuchtete die große Leinwand auf. Stella fragte, was wir uns ansehen wollten, Connor sagte es ihr, und sie richtete alles ein.

»Wenn ihr fertig seid, braucht ihr bloß auf den Knopf hier zu drücken, um alles auszuschalten. Da hinten in der Ecke steht ein Kühlschrank mit Getränken. Und ich kann euch auch Popcorn machen«, bot sie an.

»Schon okay«, sagte ich.

»Ich liebe Popcorn!«, rief Connor, als hätte er nicht gerade im Restaurant zwei Körbe Brot in sich hineingestopft.

Sofort ging Stella und bereitete frisches Popcorn für meinen hungrigen Freund zu. Ihr kam weder ein genervtes Stöhnen noch sonst irgendeine Unmutsbekundung über die Lippen; sie machte einfach das Popcorn und reichte uns dann zwei Schüsseln.

»Wenn ihr sonst noch irgendwas braucht, sagt einfach Bescheid. Ich bin hier aufgewachsen und kenne das Haus in- und auswendig. Ansonsten sehen wir uns morgen, an unserem großen Tag«, witzelte sie nervös. War sie etwa genauso nervös wie ich?

Als sie gegangen war, blickte ich seufzend auf das köstlich duftende Popcorn vor mir.

»Was?«, fragte Connor, dem mein Seufzer nicht entgangen war.

»Sie ist genau wie du und Aaliyah, oder?«

»Wie meinst du das?«

Ich verdrehte die Augen, schob mir eine Handvoll Popcorn in den Mund und kaute wütend. »Ein guter Mensch.« Er lachte, ich stöhnte auf. »Das ist nicht witzig.«

»Ich weiß. Ich hasse es auch, wenn irgendwo gute Menschen auftauchen. Sie gehen mir immer mächtig auf den Sack.«

Ich hasste es auch. Weil sie so gut wie nie blieben.

9

STELLA

Ich hatte schlecht geschlafen. Beim Gedanken an den bevorstehenden Tag wälzte ich mich unruhig im Bett hin und her. Ich wünschte, ich hätte diese Nacht mit Jeff verbringen können, um ihm – und auch mir selbst – noch einmal deutlich zu machen, dass diese Hochzeit nichts anderes war als ein Vertrag. Einfach ein Stück Papier, das Kevins seltsamen letzten Wunsch wahr werden ließ.

Leider war Jeff an dem Abend als DJ gebucht, und er hatte es auch abgelehnt, zur Hochzeit zu kommen. Was ich ihm nicht verübeln konnte. Ich hätte mich auch nicht gefreut, wenn er vor meinen Augen eine andere Frau geheiratet hätte. Dennoch hatte ich gehofft, dass seine Anwesenheit das Absurde dieses Arrangements noch deutlicher gemacht hätte – vor allem, da er es gewesen war, der mich dazu gedrängt hatte.

Ich tue es für uns. Für unsere Zukunft. Für unser Happy End.

Das sagte ich mir wieder und wieder, um nicht vollkommen durchzudrehen.

Jemand klopfte an meine Tür, und ich zwang mich aus dem Bett. Als ich die Tür öffnete, sah ich ein freundliches Gesicht mit einem Tablett voller Leckereien. Vor allem Champagner.

»Guten Morgen!« Aaliyah strahlte übers ganze Gesicht.

»Ich dachte mir, die zukünftige Braut könnte einen Cocktail vertragen, bevor der Tag anfängt. Ich weiß, es ist keine echte Hochzeit, aber die königliche Behandlung verdienst du trotzdem.«

»Wo hast du nur mein ganzes Leben lang gesteckt?«, scherzte ich. »Komm rein.« Als sie in mein Zimmer trat, sah ich ein weiteres Tablett auf dem kleinen Tischchen im Flur gegenüber meiner Tür. »Ist das auch von dir?«, fragte ich.

»Oh, nein. Das war schon da, als ich gekommen bin.«

Mein Herz machte einen Satz, als ich einen Teller mit Blaubeerscones und einen Becher mit schwarzem Kaffee entdeckte. Genau das, was Kevin immer bestellt hatte. Neben dem Teller lag ein zusammengefalteter Zettel. Ich nahm ihn und las die Worte, während das Herz gegen meine Rippen schlug.

Dein »etwas Blaues« für diesen Tag.
– Das Biest

Oh Damian.
Du harter Hummus, du.
»Ist das von Damian?«, fragte Aaliyah.

»Ja. Es ist …« Ich seufzte und spürte, wie mir Tränen in die Augen schossen, während ich die Scones betrachtete. »Mein Vater und ich haben immer zusammen Blaubeerscones gegessen. Aber das ist eine lange Geschichte.«

Sie lächelte und begann mir einen Mimosa zu mixen. »Ich höre.«

Ich erzählte ihr die Geschichte von den Blaubeerscones und wie Damian und ich uns zum ersten Mal begegnet waren. Sie lachte herzlich darüber, auch wenn es mir noch immer ein wenig peinlich war, wie albern ich mich an diesem Vormittag benommen hatte.

»Ich hatte mich schon gewundert, warum ich ihn um vier Uhr heute Morgen aus dem Haus habe schleichen sehen. Er muss der Erste in der Schlange gewesen sein«, sagte sie.

»Du warst heute Morgen schon um vier Uhr wach?«

»Ja, ich habe wohl noch die drei Stunden Zeitverschiebung in den Knochen.«

Mit großen Augen blickte ich auf die Scones. »Ich verstehe einfach nicht, wie jemand, der so unfreundlich ist, so nett sein kann.«

»Typisch Damian.«

»Wenn ich diese Scones sehe, würde ich am liebsten losheulen. Ich weiß, es ist albern, aber ich kann nicht anders.«

»Du hast letzte Woche einen der wichtigsten Menschen in deinem Leben verloren. Es ist ganz und gar nicht albern zu weinen. Lass zu, was auch immer du gerade fühlst. Alles ist erlaubt.«

»Danke, Aaliyah.«

»Jederzeit.«

»Kannst du mir ein bisschen über ihn erzählen?«, fragte ich, als sie mit meinem Champagner zu mir trat. Die Angst in meinem Gesicht musste ihr verraten haben, wie dringend ich etwas zu trinken benötigte.

»Über Damian?«

»Ja. Ich weiß, es ist albern, aber ich, nun ja, ich bin ...«

»... überwältigt?«

Ich nickte.

Sie lächelte mir zu und reichte mir das Glas. »Kenne ich. Wobei, eigentlich kenne ich solche Situationen nur aus Büchern.«

»Erzähl.« Ich lachte nervös.

»Es ist ein etwas schräges Märchen. Was wäre, wenn das Biest Cinderella heiraten würde?«

»Er hat dir die Spitznamen verraten, die wir uns gegeben haben?«

Aaliyah zog eine Augenbraue hoch. »Spitznamen? Nein. Damian hasst Spitznamen.«

Ich lachte. »Nicht für mich. Er nennt mich Cinderstella – spöttisch gemeint, versteht sich.«

»Wow, du musst irgendetwas in ihm triggern, dass er so reagiert. Ich kann dir jedenfalls versichern, dass er sehr loyal ist. Wenn er auf deiner Seite ist, dann kannst du dich voll auf ihn verlassen. Vor etwa einem Jahr ging es mir ziemlich schlecht. Connor und ich haben nicht miteinander geredet, aber Damian war da, als ich dringend jemanden brauchte. Er ist bei mir geblieben und hat mich getröstet – auf seine Art, versteht sich – und mir in der schlimmsten Zeit die Hand gehalten. Weil Connor ihm so viel bedeutet. Für seinen besten Freund würde er alles tun.«

»Wie haben die beiden sich kennengelernt?«

»Das ist eine lange Geschichte, für die wir heute keine Zeit haben. Du musst unter die Dusche und dich anziehen. Maple hat mir das Versprechen abgenommen, dafür zu sorgen, dass du in zwei Stunden bei ihr im Gästehaus bist, um dein Kleid anzuziehen. Also nimm dir ein wenig Zeit für dich. Und vergiss nicht, was auch immer passiert, am Ende wird alles so sein, wie es sein soll.«

»Wie kannst du dir da so sicher sein?«

»Keine Ahnung.« Sie zuckte mit den Schultern. »Es ist einfach ein Bauchgefühl. Genieß deine Scones und den Mimosa.«

»Danke noch mal, Aaliyah.«

»Gern geschehen.« Sie zögerte, als wollte sie noch etwas sagen.

»Was ist?«

»Ich wollte bloß sagen … Ich weiß natürlich nicht, was zwischen Damian und dir sein wird. Ich weiß nicht, wie diese bizarre Situation enden wird oder ob ihr beide die sechs Monate überhaupt durchhaltet, aber ich kenne Märchen. Und die enden immer gut.«

Ich biss mir auf die Unterlippe. »Auch die schrägen Märchen?«

»Vor allem die schrägen. Es mag nicht immer so enden, wie wir es erwarten, aber es wird auf jeden Fall gut ausgehen.«

Ich dankte ihr erneut, doch bevor sie ging, hatte ich noch eine Bitte.

»Hättest du Lust, meine Trauzeugin zu sein? Maple wird die Rolle der Offiziantin übernehmen, daher habe ich niemanden, der an meiner Seite stehen wird. Ich meine, ich habe meine Freunde von der Arbeit und so, aber da es ja keine richtige Hochzeit ist, fühlte es sich irgendwie komisch an, sie einzuladen oder ihnen überhaupt von dieser Sache zu erzählen.«

»Es wäre mir eine Ehre, deine Trauzeugin zu sein. Und ich weiß, wir haben dir gestern ein paar Tipps gegeben, aber scheue dich nicht, die Hochzeitskarte zu ziehen. Lass bloß nicht zu, dass Damian dich respektlos behandelt, nachdem ihr euch das Jawort gegeben habt. Auch wenn er so tut, als glaube er nicht an die Ehe, sind ihm Versprechen und Schwüre sehr wichtig. Sobald ihr verheiratet seid, wird er auch dir gegenüber loyal sein.«

»Woher weißt du das so sicher?«

Sie warf einen Blick auf den Scone, und sah mich wieder an. »Weil ich meinen Freund kenne, und auch sein Herz, von dem er immer so tut, als hätte er es gar nicht.«

»Nicht weinen«, sagte ich zu Grams, als ich in meinem Hochzeitskleid aus ihrem Schlafzimmer trat. Es war schwarz – wie Damian es sich gewünscht hatte. Und irgendwie fühlte es sich genau richtig an. Als würde ich ihm nicht etwas Besonderes geben, das ich für Jeff hatte aufsparen wollen.

Mir war vollkommen klar, dass meine Worte absolut sinnlos waren, denn Grams liefen bereits die Tränen, bevor ich überhaupt den Mund geöffnet hatte.

»Wow, wow, wow«, hauchte sie und trat mit weit geöffneten Armen auf mich zu. »Ich weiß, was für ein wildes Abenteuer das für dich ist, Stella, aber du siehst einfach umwerfend aus.« Sie schloss mich fest in ihre Arme. »Wenn deine Mama und Kevin dich nur so sehen könnten.«

Bei ihren Worten spürte ich ein Ziehen in meinem Herzen. »Das ist alles nicht real, Grams.«

»Ich weiß, ich weiß. Aber glaub mir …« Sie trat einen Schritt zurück und legte ihre Hände an meine Wangen. »Es sieht ganz und gar echt aus.«

Es klopfte an ihrer Tür. Grams öffnete, und ich sah Aaliyah. »Hi Ladys. Stella, wow, du siehst hinreißend aus«, rief sie.

»Danke.«

»Die Jungs sind unten und startklar, wenn ihr so weit seid.«

»Sind wir«, sagte Grams und drehte sich zu mir um. »Oder?«, fragte sie.

Ich nickte und ließ die Luft aus meinen Lungen, von der ich gar nicht bemerkt hatte, dass ich sie angehalten hatte. »Sind wir. Ihr beide könnt schon mal vorgehen. Ich komme in fünf Minuten nach, wenn das in Ordnung ist.«

»Perfekt.« Grams nahm mich noch ein letztes Mal in den Arm, dann machten sich die beiden auf den Weg.

Ich trat ans Fenster und blickte hinaus auf die Wellen, die an den Strand spülten. Das Wasser war ruhig an diesem Morgen. Entspannt. Ohne nachzudenken ging ich zur Hintertür hinaus und Richtung Meer. Zu meiner Linken konnte ich den Trauungsbogen sehen, und mir war bewusst, dass ich nicht viel

Zeit hatte, bis ich dort stehen und einem Mann, den ich nicht einmal kannte, mein Jawort geben würde.

Aber ich brauchte ein paar Minuten mit der Frau, die mich als Erste auf dieser Welt geliebt hatte.

»Mama, ich brauche deine Liebe, um das heute durchzustehen. Bitte zeig mir, dass du hier bist, okay? Denn ich verliere gerade die Nerven, und ich kann einfach nicht glauben, dass ich das hier ohne dich tun muss – und ohne Kevin.« Ich atmete tief ein und strich mit den Händen über mein Kleid. »Ach ja, könntest du ihm bitte sagen, dass ich wegen dieser Sache ziemlich sauer auf ihn bin?« Ich schwieg und spielte nervös mit meinen Fingern. »Und sag ihm, wie traurig ich bin, weil er nicht hier ist, um mich zum Altar zu führen.«

Ich beugte mich vor, hielt die Hände ins Wasser und spürte die kühle Nässe auf meiner Haut. Mit geschlossenen Augen flüsterte ich die Antwort auf die Worte, die nur meine Seele hören konnte. »Ich liebe dich auch, Mama.«

Eins mit der Erde, eins mit dem Meer, mögen die Wogen des Ozeans mich segnen.

Ich richtete mich auf und betrat mein vorübergehendes Leben, in dem ich nun »Ich will« sagen würde.

Violette Lilien schmückten meinen Weg zum Traualtar. Mein Herz zog sich zusammen, als ich meine Lieblingsblumen sah. Die Sonne schien auf meine Haut, und meine Handflächen schwitzten vor Anspannung. Als ich den Kopf hob und Damians Blick auffing, sah ich darin zum ersten Mal etwas wie …

… Bewunderung?

Er blickte mich an, als sähe er mich zum ersten Mal. Dann schüttelte er leicht den Kopf, als wollte er sich aus einer Art Trance befreien, und räusperte sich. Ich konnte meinerseits nicht ansatzweise so tun, als sähe er nicht umwerfend aus. Das Biest hatte sich hübsch gemacht, mit einem schwarzen Anzug und nackten Füßen im Sand. Vor dem Ozean, der den Hintergrund unserer kleinen Zeremonie bildete, leuchteten seine blauen Augen ganz besonders.

Ich nahm meinen Platz ein und sah ihn an. »Hi, Biest.«

Er schnaubte leise und nickte. »Hallo, Cinderstella.«

Ich lächelte.

Und er beinahe auch.

»Einen Moment bitte, ich muss noch die richtige Stelle finden«, sagte Grams und drehte sich ein wenig zur Seite, um in ihrem Buch zu blättern.

Damians Blick ruhte noch immer auf mir, und ich konnte nicht mal daran denken, ihn nicht meinerseits weiter anzustarren.

»Du …« Er tippte sich nervös mit dem Daumen an die Nase. »Du siehst …«

»… hübsch aus?« Ich grinste.

»Nein.«

Mein Grinsen verflog. »Oh.«

»So habe ich es nicht gemeint.« Er verzog das Gesicht, sah zu Boden und murmelte etwas vor sich hin. Seine Zehen wackelten im Sand, während er mit den Füßen scharrte. Als er den Kopf wieder hob, sah ich den Blick, mit dem er mich eben betrachtet hatte, wieder hell in seine Augen treten. Und diesmal gab es keinen Zweifel. »Du siehst *atemberaubend* aus«, flüsterte er, so leise, dass nur ich es hören konnte. So sanft, dass Schmetterlinge in meinem Bauch flatterten. So ehrlich, dass ich beinahe in Tränen ausgebrochen wäre.

Noch nie hatte jemand dieses Wort gewählt, um mich zu beschreiben. Hübsch? Ja. Süß? Sicher. Liebenswert? Ständig. Aber atemberaubend? Es fühlte sich an wie ein geheimes Wort, das zu dem Wortschatz gehörte, aus dem niemand für eine Frau wie mich geschöpft hatte.

Atemberaubend? Atemberaubend. *Atemberaubend!*

Von den wohligen Schauern, die dieses Wort durch meinen Körper jagte, wurde mir ganz schwindelig.

»Nicht weinen«, warnte er mich.

»Sag mir nicht, was ich tun soll«, gab ich zurück.

Er lächelte.

Es rutschte ihm einfach raus. Ein Unfall. Einer, der ihm sonst wahrscheinlich so gut wie niemals zustieß.

Deshalb fing er sein Lächeln auch schnell wieder ein, aber ich hatte es gesehen. Und er hatte gesehen, dass ich es gesehen hatte, und ich würde dieses Lächeln so schnell sicher nicht wieder vergessen.

»Warum bist du so nett zu mir?«, flüsterte ich verwirrt. Der Damian, mit dem ich mich gestern Abend vor dem Restaurant gestritten hatte, war nicht der Damian, der jetzt neben mir stand, der mir Blaubeerscones besorgt hatte und Worte wie atemberaubend für mich verwendete.

»Weil heute unser Hochzeitstag ist«, antwortete er.

Sie verwirren mich, Mr Blackstone.

»Ah, da ist es.« Grams drehte sich wieder zu uns um, und die Zeremonie begann. Zum Glück dauerte sie nicht besonders lange.

»Habt ihr beide euch ein Eheversprechen überlegt?«, fragte Grams.

Erschrocken sah ich sie an. »Oh, nein. Ich dachte, das ist nicht nötig, wo doch …«

»Ich habe mir etwas aufgeschrieben«, unterbrach Damian mich zu meiner Überraschung.

»Was? Du hast eines?«, fragte ich.

Er griff in seine Brusttasche und zog ein zusammengefaltetes Stück Papier hervor. »Ja, aber wenn es dir lieber ist, dass ich es nicht vorlese, dann …«

»Nein«, entgegnete ich schnell und legte ihm eine Hand auf den Unterarm. In der Sekunde, in der sie seine Haut berührte, schoss sein Blick zu seinem Arm, bevor er langsam wieder nach oben wanderte, bis seine blauen Augen in meine braunen sahen. Eilig nahm ich meine Hand fort und strich mir mit feuchten Händen über mein Kleid. »Ich meine, ich würde es gerne hören.«

Er nickte und faltete den Zettel auseinander. »Stella. Ich denke, du wirst mir zustimmen, wenn ich sage, dieser Tag ist verdammt seltsam«, begann er, und alle mussten lachen. Nur Damian lachte nicht, als hätte er seinen eigenen Witz nicht bemerkt. Er fuhr fort: »Und während ich das hier schreibe, wird mir bewusst, wie wenig ich über dich weiß. Ich weiß nicht, wie du mit zweitem Vornamen heißt geschweige denn mit Nachnamen. Aber was ich weiß, ist, dass das hier keinem von uns beiden leichtfällt. Ein Freund von mir hat mich daran erinnert. Und auch wenn ich nicht viel über *dich* weiß, so kenne ich *mich selbst* doch ganz gut. Ich kenne meine Probleme und meine Macken. Ich weiß, dass ich manchmal ziemlich unsensibel bin. Ich bin kalt und abweisend. Ich werde schnell wütend und tendiere dazu, nur das Schlechteste über andere Menschen zu denken. Diese Seiten von mir hast du ja bereits kennengelernt, und ich bin nicht stolz darauf, denn ich habe in den letzten Tagen auch ein paar Seiten von dir kennengelernt.«

Er hob den Blick, sah mir in die Augen und richtete die nächsten Worte direkt an mich: »Ich habe gesehen, wie gütig du bist. Wie sensibel. Ich habe gesehen, wie du dir jedes Wort zu Herzen nimmst und wie tief du für alles um dich herum empfindest – sogar für die Wellen.« Er wies hinaus auf den Ozean.

Ich lachte und spürte, wie mir die Tränen kamen, während er weitersprach.

»Ich habe dein Gesicht gesehen und welche Wirkung meine Worte auf dich hatten. Ich habe gesehen, wie meine hässlichen Seiten auf dich gewirkt haben. Und deshalb möchte ich dir heute etwas versprechen. Ich verspreche dir, in deiner Gegenwart darauf zu achten, was ich sage, damit du nicht immer wie auf rohen Eiern herumlaufen musst. Ich verspreche dir, mich zu entschuldigen, wenn ich unrecht hatte, und auch wenn ich recht hatte. Ich verspreche, ehrlich zu dir zu sein, aber auf eine etwas freundlichere Art als bisher. Und auch wenn das alles eine Farce ist, verspreche ich dir, so zu tun, als wäre es echt. Ich verspreche dir, dein Mann zu sein, wenn du mich brauchst, und mir alle Mühe zu geben, kein Arschloch zu sein. Ich verspreche dir jeden Samstag Blaubeerscones, weil ich weiß, dass es dir wichtig ist. Also … ja, das war's. Ich verspreche dir, nicht die schlechteste Version von mir selbst zu sein, damit du die beste Version deiner selbst sein kannst. All das verspreche ich dir.«

»Nun«, sagte Grams und wischte sich die Tränen aus den Augen. »Das war ein wenig unerwartet.«

Damian verzog das Gesicht. »Es war ein bisschen dick aufgetragen.«

»Nein!«, riefen alle sofort und warfen die Hände in die Luft.

Connor beugte sich zu seinem Freund und klopfte ihm auf die Schulter. »Das war genau richtig.«

Damian hatte die Brauen wieder gesenkt und blickte so mürrisch drein wie immer. »Okay, dann kann es ja jetzt weitergehen«, sagte er zu Grams.

»Wartet!«, rief ich. »Mir ist auch noch was eingefallen.«

»Oh?«, fragte er überrascht.

»Ja. Okay, ich muss ein bisschen improvisieren. Aber ich verspreche dir einen ruhigen Start in den Tag. Ich habe gesehen, wie mies gelaunt du morgens vor der Kaffeemaschine stehst, du bist also eindeutig kein Morgenmensch. Und ich verspreche dir, dich nicht mit endlosen Gesprächen zu nerven, wenn dir offensichtlich nicht danach ist – das werde ich niemals tun. Wobei, es mag schon hin und wieder vorkommen, weil ich einfach gerne rede. Ich kann Stille nicht besonders gut ertragen und rede sogar mit mir selbst, wenn ich alleine bin. Aber ich werde versuchen, in dieser Hinsicht achtsamer zu sein. Ich verspreche dir Frieden in der Welt meines emotionalen Chaos. Ich verspreche dir, weniger zu weinen, weil ich weiß, dass dir das unangenehm ist. Ich versichere dir, dass selbst deine hässlichsten Seiten nicht annähernd so hässlich sind, wie du denkst. Und ich verspreche dir, einen Raum zu schaffen, in dem du einfach du selbst sein kannst, ohne Angst haben zu müssen, dass jemand über dich urteilt. All das verspreche ich dir.«

»Ihr beide legt es wirklich drauf an, eine schwangere Frau fertigzumachen«, schniefte Aaliyah und griff nach dem Taschentuch, das sie sich vorsichtshalber in den BH gesteckt hatte.

»Gib mir auch eins«, bat Connor und streckte die Hand aus.

Ich lachte erleichtert auf. Wie unbeschwert alles mit einem Mal war, obwohl ich den ganzen Morgen eine solche Angst davor gehabt hatte.

Als es an der Zeit war, unser Ehegelübde abzulegen, sagten wir beide »Ich will«. Zwar tauschten wir keine Ringe, aber wir unterschrieben das entsprechende Dokument und machten unser Arrangement damit so real, wie es unter diesen Umständen nur sein konnte.

Grams klatschte in die Hände. »Kraft meines Amtes, das mir vom Staat Kalifornien verliehen wurde, erkläre ich euch hiermit zu Mann und Frau. Du darfst die Braut nun ...«

»Ich werde dich nicht küssen«, platzte Damian heraus. Ein wenig verlegen schüttelte er den Kopf. »Du weißt schon, wegen deines Freundes und so.«

»Richtig. Mein Freund. Natürlich. Das wäre wirklich unangemessen.«

»Genau. Denn einen Wildfremden zu heiraten ist überhaupt nicht unangemessen«, scherzte er.

Jedenfalls ging ich davon aus, dass es ein Scherz war. Bei meinem Ehemann konnte man das nicht immer so genau sagen.

»Dann nehmt euch wenigstens in den Arm«, sagte Grams.

»Oh, Damian nimmt niemals andere Menschen in den Arm«, sagte Connor. »Abgesehen von Aaliyah, aber das auch nur, weil sie schwanger ist und deshalb für ein paar Monate freie Bahn hat.«

»Wie wäre es mit abklatschen?«, scherzte ich.

»Nein danke«, erwiderte Damian.

Ich konnte es ihm nicht verübeln.

»Und, ähm, wenn ihr euch die Hände schüttelt?«, fragte Grams ein wenig gelangweilt.

Ich reichte Damian die Hand, und er reichte mir seine.

Und so schüttelten wir uns als Mann und Frau die Hand. Gleich darauf donnerte eine Welle an den Strand. Die Wasserspritzer auf meinen Wangen fühlten sich an wie Mamas Küsse.

Connor und Aaliyah mussten gleich nach der Zeremonie zurück nach New York, und als sie fort waren, fühlte es sich wieder an wie ein ganz normaler Samstagabend. Abgesehen von dem ungewöhnlichen Hochzeitskleid, das ich immer noch trug, und meinem Ehemann in dem Haus, in dem ich aufgewachsen war.

Ich saß am Meer, blickte hinaus auf den Horizont, wo der dunkler werdende Himmel den Ozean küsste, und spürte mein Herz immer heftiger schlagen. Auch wenn ich mir wünschte, heute wäre ein ganz normaler Tag gewesen, hatte ich doch das Gefühl, dass die nächsten Monate noch interessant werden würden.

Ich ging in meinem schwarzen Kleid zum Wasser und erlaubte den Wellen, mich zu umspülen. Ich betete zur Göttin des Meeres und bat Mama und Kevin, mich vor dem zu beschützen, was mich erwartete, und mir den rechten Weg zu weisen. Denn ich fühlte mich vollkommen orientierungslos. Ich hatte immer geglaubt, dass mein Leben anders verlaufen würde. Ich hatte gedacht, mit meiner Kunst mittlerweile erfolgreicher zu sein und nicht länger in einem Massagesalon arbeiten zu müssen. Ich hatte geglaubt, dass ich mittlerweile mit Jeff verheiratet wäre und bereits unser erstes Kind erwartete. Ich hatte damit gerechnet, dass Kevin noch hier sein würde, um mich zum Altar zu führen.

Als die Wellen über mir zusammenschlugen, bat ich sie, meine Ängste und Sorgen mit sich fortzutragen.

Ich blieb etwa zehn Minuten lang im Wasser. Als ich wieder auf den Strand trat, sah ich Damian mit einem Handtuch auf mich zukommen. Neugierig blickte ich ihm entgegen.

»Machst du das jeden Abend?«, fragte er mich. »Ins Wasser gehen?«

»Ja. Ich mag es irgendwie.«

Sein Mundwinkel zuckte. Er sah auf das Handtuch und reichte es mir. »Hab mir gedacht, du könntest vielleicht ein Handtuch brauchen.« Ich dankte ihm. Er stand einfach da, mit seinen so ernst blickenden Augen, und ich lächelte, weil ich merkte, dass er noch etwas auf dem Herzen hatte.

»Was?«

»Nichts, es ist nur … ich war mir nicht sicher, ob wir es tun sollten. Und bei der Zeremonie war davon keine Rede, aber …« Er griff in seine Tasche und zog einen Ring mit einem großen schwarzen Kristall daraus hervor. Ich schnappte nach Luft. Er runzelte die Stirn. »Ich habe ihn Anfang der Woche gekauft und war mir nicht sicher, ob ich ihn dir geben sollte oder nicht. Also, hier ist er.« Er drückte ihn mir in die Hand und wandte sich zum Gehen.

Ich musste lächeln, als ich sah, wie nervös er war. Wie es schien, war ich nicht die Einzige, die sich zu viele Gedanken machte.

»Damian, warte!«, rief ich.

Er drehte sich um und sah mich mit einer hochgezogenen Augenbraue und dem mürrischen Gesichtsausdruck an. Ich wies mit dem Kinn auf ihn. »Danke für den Ring. Und für das Handtuch. Ehrlich gesagt, fühle ich mich, als wären wir zwei Kinder, die Familie spielen.«

»Ich habe mein ganzes Leben lang Familie gespielt. In unterschiedlichen Besetzungen.«

»Als Pflegekind?«, fragte ich. Er nickte. »In wie vielen Familien warst du, wenn ich fragen darf?«

»Zu viele, um sie zu zählen.«

Mein Herz zog sich zusammen. Ich konnte mir nicht vorstellen, wie es für ihn gewesen sein musste. Ohne Kevin wäre ich nach dem Tod meiner Mutter vielleicht in die gleiche Situation geraten. Je mehr ich über Damian erfuhr, desto besser verstand ich den harten Hummus.

Er hatte sein ganzes Leben lang tough sein müssen, denn vermutlich war er immer wieder abgewiesen worden. Da hätte ich an seiner Stelle auch ein Problem damit gehabt, anderen Menschen zu vertrauen.

Ich wollte noch mehr sagen, noch mehr über ihn erfahren, aber ich wusste mittlerweile, dass es keinen Zweck hatte, ihn auszufragen. Er hätte bestimmt sofort dichtgemacht.

Also dankte ich ihm stattdessen für das Handtuch.

»Gern geschehen.« Er rieb sich mit der Hand das Schulterblatt. »Ist es nicht das, was ein Mann für seine Frau tun würde?«

Ja, vermutlich ist es das.

10

DAMIAN

Der erste Monat mit Stella verlief einfacher, als ich es erwartet hatte. Die Nächte, die wir nicht gemeinsam im Haus verbringen mussten, verbrachte sie bei ihrem Freund Jeff. Ich hatte ihn noch nicht kennengelernt, aber sie sprach von ihm, als wäre er für sie Sonne und Mond in einem. Was erfahrungsgemäß bedeutete, dass er eine absolute Niete war. Stella schien alle Menschen auf dieser Welt durch eine rosarote Brille zu betrachten – mich eingeschlossen.

Ich selbst verbrachte die Tage, an denen ich das Anwesen verlassen durfte, nicht in meiner Wohnung in der Stadt. Es ergab einfach keinen Sinn, mittwochs und donnerstags hier auszuziehen, nur um zwei Tage später wieder zurückzukehren. Obwohl es etwas Neues war für mich, mit Stella zusammenzuwohnen, musste ich zugeben, dass das Haus ohne sie unangenehm still war.

Wenn sie da war, fühlte es sich an, als wäre der Zirkus in der Stadt. Nicht auf nervige Weise – na ja, vielleicht ein bisschen –, aber Stella schien einfach ein wenig mehr Licht ins Haus zu bringen. Sie schleppte ständig Blumen an, und wenn sie zu Hause war, leuchteten überall im Haus die Lichter. Es war beinahe, als hätte sie Angst vor der Dunkelheit. Und sie redete ständig mit sich selbst. Entweder sprach sie laut vor sich hin oder summte ein Lied und wackelte dabei mit den Hüften. Ihre übersprudelnde Art erschöpfte mich. Sie schien zu den Menschen zu gehören, die einfach immer glücklich waren, ohne einen besonderen Grund dafür zu brauchen. Bevor ich Connor kennenlernte, hatte ich nicht gewusst, dass solche Menschen wirklich existierten, und nun schien Stella sich zu ihm in ihren Winkel voller Sonnenschein und Regenbogen zu gesellen.

Sobald sie außer Haus war, bedeckte sich der Himmel, und die Gewitterwolken kehrten zurück.

Ich hatte mich noch immer nicht daran gewöhnt, mit einem anderen Menschen zusammenzuleben, es war einfach zu lange her. Beim letzten Mal war ich fünfzehn gewesen, bevor ich vor meiner Pflegefamilie davongelaufen war. Von da an hatte ich immer alleine gelebt.

Wenn man daran gewöhnt war, alleine zu leben, und dann gezwungen wurde, mit einem anderen Menschen zusammenzuziehen, wurden einem die eigenen schlechten Angewohnheiten plötzlich unangenehm bewusst. Zum Beispiel, das Geschirr abzuspülen, bevor man es in die Spülmaschine stellte, oder schmutzige Klamotten direkt in die Waschmaschine zu werfen statt in einen Wäschekorb. So etwas konnte ich jetzt nicht mehr machen, denn die Waschmaschine war nun so etwas wie Allgemeingut.

Doch Stella tat nicht viel, was mir auf die Nerven ging. Sie war ein unglaublich ordentlicher Mensch und ließ selten etwas herumliegen. Manchmal fragte sie mich, ob sie mir etwas mitbringen sollte, wenn sie aus dem Haus ging. Trotz unseres holprigen Starts war sie ausgesprochen aufmerksam.

Es wunderte mich ein wenig, dass Stellas Freund sie nicht schon lange geheiratet hatte. Zwar hatte ich nicht viel Erfahrung mit Beziehungen, aber Stella war ohne Zweifel eine Frau, von der Männer träumten. Sie war ziemlich albern, ja, aber auch sanft und gütig. Liebenswert und aufmerksam. Und wunderschön. So schön, dass ich sie manchmal heimlich betrachtete, wenn sie es nicht merkte. Hin und wieder, wenn sie sich unbeobachtet fühlte, bemerkte ich, wie sie über etwas auf ihrem Handy lachte. Dann warf sie den Kopf in den Nacken, und ihr Gesicht leuchtete vor Freude. Ihr Mund war weit offen, und sie schlug sich vor Lachen auf die Schenkel, vollkommen im Hier und Jetzt versunken. Manchmal grunzte sie sogar und, nun ja, wenn ich sie so sah, verstand ich unversehens, wie reine Freude aussah.

Das machte mich schrecklich neidisch. Bei ihr konnte ich diese Freude sehen, doch mein Verstand konnte sich einfach kein Bild davon machen, wie sie sich anfühlen mochte.

Manchmal fragte ich mich, wie Stella wohl war, wenn sie wütend wurde. Wurde sie überhaupt jemals wütend? Rastete sie jemals aus? Oder schaltete sie direkt von fröhlich auf traurig um? Oder auf verletzt?

Gleichzeitig fragte ich mich, warum ich mir überhaupt Gedanken darüber machte. Doch ich konnte nicht verhindern, dass sie sich immer wieder in meine Gedanken stahl, während ich arbeitete.

Jeden Abend ging sie vollständig bekleidet ins Wasser und tauchte in die Wellen ein. Ich gewöhnte mir an, ihr jedes Mal ein frisches Handtuch an den Strand zu bringen, damit sie sich abtrocknen konnte. Dabei fragte ich sie nie, warum sie immer angezogen ins Wasser ging. Sie würde schon ihre Gründe dafür haben – die ich oder jemand anders nicht verstehen mussten.

In gewisser Hinsicht ärgerte ich mich über meinen Verstand – ich ärgerte mich darüber, dass er Stella erlaubte, meine Gedanken zu erfüllen, wann immer ihm danach war.

Am Abend von Thanksgiving saß ich in meinem Büro und versuchte zu arbeiten. Stella hatte mich zu einem gemeinsamen Abendessen eingeladen, aber ich hatte abgelehnt. Zu Connor und Aaliyah nach New York hatte ich auch nicht fliegen können, da ich das Haus ja nicht länger als achtundvierzig Stunden verlassen durfte.

Zudem plagten mich ekelhafte Kreuzschmerzen, die ich mir beim Gewichtheben zugezogen hatte. Jedes Mal, wenn ich mich ein wenig zur Seite drehte, schoss ein Stechen durch meinen Körper und machte es mir beinahe unmöglich, konzentriert zu arbeiten.

Ein Klopfen an meiner Tür unterbrach meine Arbeit und meinen Schmerz.

»Herein«, rief ich.

Stella erschien mit ihrem üblichen Lächeln im Gesicht. »Hi.«

»Hallo.«

»Ich habe dir ein bisschen von unserem Thanksgiving-Dinner gebracht. Im Kühlschrank steht außerdem eine Auswahl an Desserts.«

Die aufmerksame Stella.

Die wenigsten Menschen waren wirklich aufmerksam, aber Stella war ein wahrer Profi.

»Danke«, sagte ich.

»Gern geschehen.« Sie hielt inne und musterte mich alarmiert. »Was ist mit deinem Rücken passiert?«

»Nichts«, sagte ich, und bemerkte erst jetzt, dass ich mich unbehaglich wand und mir immer wieder den unteren Rücken rieb. Ich hatte keine Ahnung, wie ich am nächsten Tag trainieren sollte.

»Du hast dir wehgetan. Wie ist das passiert?«

»Hab mir wohl beim Training einen Nerv eingeklemmt.«

»Warte, lass mich mal sehen«, sagte sie und trat zu mir. »Ich bin ausgebildete Masseurin.«

»Nein, wirklich, ist schon okay. Ich …«

Au Mann, tut das gut.

Stella legte mir ihre Hände ins Kreuz und begann sanft meine Muskeln zu kneten. Mit genau dem richtigen Druck gruben ihre Finger sich tiefer in meine Haut.

Ich schloss die Augen und seufzte. »Tiefer«, sagte ich. »Fester. Tiefer, tiefer …«

Oh Gott, das tut so gut.

»Das ist normalerweise eher das, was ich zu einem Mann sagen würde«, bemerkte sie scherzhaft.

Ich hatte nicht damit gerechnet, dass meine Kommentare so schmutzig geklungen hatten, aber ihr Lachen machte mir bewusst, wie unangebracht sie wirken mochten.

Dieses süße, fröhliche Lachen …

Voll echter Glücksgefühle.

Ich kam nicht mehr dazu, ihr zu antworten, denn sie ging tiefer, und ich stöhnte auf.

Ja. Ich stöhnte laut auf unter ihren Händen, die sich in mein Fleisch bohrten.

Ich beugte den Oberkörper über den Tisch, damit Stella besseren Zugriff hatte, und sie nahm das Angebot sofort an. »Fuck, fuck, fuck, fuck …«, brummte ich, und meine Beine zitterten vor Wonne. Meine Hand ballte sich zur Faust, und ich schlug mehrfach damit auf den Tisch. »Ja, ja, ja, genau da, genau da.«

Sie kicherte. Vermutlich klang ich furchtbar albern, aber das war mir gleichgültig. Ihre Hände waren einfach magisch, und es verschlug mir die Sprache.

Als sie fertig war, trat sie einen Schritt zurück. Ich brauchte einen Augenblick, um mich wieder aufzusetzen, und stellte überrascht fest, wie viel besser ich mich fühlte. Ich saß aufrechter. Mir war nicht einmal bewusst gewesen, wie schief ich mich vorher gehalten hatte. Auch wenn ich mir sicher war, dass meine Angestellten es bemerkt hatten.

»Das war …«, begann ich, noch immer halb in Trance. Ich räusperte mich. »Danke.«

»Wie oft in der Woche trainierst du mit Gewichten?«

»Sechsmal.«

»Und wie oft dehnst du dich?« Mein Schweigen war ohrenbetäubend. »Damian!«, schimpfte sie.

»Das ist doch nicht so wichtig.«

»Und ob das wichtig ist!«, rief sie. War es das? War sie jetzt wütend? Oder … nein. Es war eher Sorge. Wie sah Stella wohl aus, wenn sie richtig sauer war? Und wieso interessierte mich das überhaupt?

Sie sprach weiter, und mein Blick hing an ihrem besorgten Gesicht. »Du zerstörst deinen ganzen Körper. Du musst dich jedes Mal nach dem Training dehnen.«

»Aber …«

»Kein Aber. Das ist ein Befehl. Und du solltest dich einmal in der Woche massieren lassen. Du bist total verspannt, dein Körper wird es dir danken.«

»Ich habe keine Zeit für Massagen.«

»Doch, hast du.«

»Nein, hab ich nicht. Ich bin ein vielbeschäftigter Mann.«

Sie lächelte. »Dein Körper schreit geradezu um Hilfe. Wenn du ihn weiter so ignorierst, wird er irgendwann zusammenbrechen; und dann hast du alle Zeit der Welt, weil du so kaputt bist, dass du dich nicht mehr bewegen kannst.« Sie nahm einen Zettel und einen Stift vom Schreibtisch und schrieb etwas darauf. »Das ist der Name von meinem Massagestudio. Ruf einfach an, und wir machen einen Termin mit einem unserer besten Masseure.«

»Warum interessiert es dich überhaupt, was mit mir passiert?«, fragte ich trocken.

Sie sah mich irritiert an. »Weil du ein Mensch bist und es

verdient hast, dass andere sich für dein Wohlergehen interessieren.«

»Ist dir bewusst, dass die wenigsten Menschen so denken wie du?«

Sie zuckte mit den Schultern. »Dass andere Leute nicht so denken wie ich, heißt nicht unbedingt, dass sie recht damit haben. Wir brauchen mehr Menschen auf dieser Welt, die sich für das Wohlergehen anderer interessieren.«

»Ja, aber das ist eine Fantasiewelt.«

»Was soll ich dazu sagen? Ich stehe auf gute Geschichten. Außerdem glaube ich daran, dass es mehr gute Menschen auf der Welt gibt als schlechte.«

»Das ist eine Illusion. Der größte Teil der Welt unterliegt dem Bösen, etwas anderes zu denken, ist naiv.«

Stellas Mundwinkel sanken nach unten und zeigten mir, wie verletzt sie war. Vielleicht lag es an meinen Worten, aber ich hatte das Gefühl, es war mehr die Art, wie ich sie gesagt hatte. Ich wirkte oft kalt und abweisend, hatte deswegen aber nie ein schlechtes Gewissen. Wenn die Leute mich so sahen, hielten sie eher Abstand von mir.

Zumindest hatte ich deswegen bisher nie ein schlechtes Gewissen gehabt. Doch etwas an Stellas emotionaler Reaktion ließ mich beinah schlecht fühlen. Nein. Nicht beinah. Ich fühlte mich miserabel. Sie trug ihr Herz stets auf der Zunge. Ich dagegen verwahrte meine Gefühle tief unten in meiner Seele. Sie und ich waren in vielen Dingen das genaue Gegenteil.

»Wieso bist du immer so negativ?«, fragte sie.

»Muss es immer einen Grund für alles geben?«

»Es gibt immer einen Grund.«

Ich öffnete den Mund, um ihr zu antworten, doch ich wollte die Gedanken, die meinen Kopf erfüllten, nicht ausdrücken.

Ich kannte die Gründe, warum ich so war, wie ich war, hatte jedoch keinerlei Bedürfnis, sie mit meiner Ehefrau zu teilen.

Meiner vorübergehenden Ehefrau – einer Frau, an die ich nur für wenige Monate gebunden sein würde.

»Ich muss jetzt weiterarbeiten«, erklärte ich, und die Kälte in meinen Worten ließ mich zusammenzucken. Aber ich konnte nicht anders. Sie hatte meine Gedanken an dunkle Orte geführt, und nun sollte sie mich auf keinen Fall sehen, wenn über mir dunkle Wolken aufzogen.

»Wer hat dir so wehgetan, Damian?«, flüsterte sie, und ich hörte die Besorgnis in ihrer Stimme.

»Die Welt«, erklärte ich, ohne nachzudenken.

Ich wünschte, ich hätte nachgedacht, bevor ich es aussprach, denn es schien zu genügen, um Stellas zartes Herz zu brechen. Ihr besorgter Blick ließ mich ein wenig zusammenzucken. Sie sah mich an wie einen ausgesetzten Welpen, den sie ins Haus holen und mit Trost und Zuneigung überschütten wollte.

»Lass das«, warnte ich sie.

»Was?«

»Dir Gedanken über mich zu machen.«

»Ich kann nicht anders.« Sie rieb sich behutsam den Arm und zuckte mit den Schultern. »So bin ich nun mal.«

»Dann sei so bei jemand anderem. Ich bin …«

»… beschäftigt«, unterbrach sie mich. »Ja. Das hast du unmissverständlich klargemacht.«

Ich wandte den Blick ab, denn ich hielt es nicht länger aus, in ihre braunen Augen zu sehen, die fast jedes Mal den Wunsch in mir weckten, mich dafür zu entschuldigen, dass ich so war, wie ich war.

Sie stand noch einen Augenblick da und wartete darauf, dass ich etwas sagte, doch ich wusste nicht, was es da noch zu sagen gab. Wenn ich ehrlich war, fühlte ich mich ein wenig unwohl. Irgendetwas an Stella kam mir vertraut vor, obwohl ich mir nie gestattet hatte, Vertrautheit zu einem Teil meines Lebens werden zu lassen. Sie strich mit den Händen über ihre nackten Unterarme und nickte dann kurz. »Okay, gut. Okay. Vielleicht sollten wir mal miteinander reden und …«

Ich verzog das Gesicht und spürte einen Knoten im Magen. »Tut mir leid.«

»Was?«

»Dass ich so bin, wie ich bin?« Es klang wie eine Frage, obwohl es eigentlich eine Aussage sein sollte. »Tut mir leid, dass ich dich immer in so unbehagliche Situationen bringe. Ich, ähm, ich bin es nicht gewohnt, mit anderen Menschen zusammenzuleben. Ich bin es nicht gewohnt, zu verbergen, was ich denke. Ich bin *das hier* nicht gewohnt«, sagte ich und beschrieb einen Kreis um mich. »Den Umgang mit Menschen wie dir.«

»Menschen wie mir?«

»Guten Menschen.«

»Es tut mir leid, dass du in deinem Leben so wenigen guten Menschen begegnet bist, Damian.«

»Schon okay.«

»Nein.« Sie schüttelte den Kopf. »Ist es nicht. Aber ich verstehe dich. Unsere Situation ist verrückt, weshalb ich dich verstehen kann.«

»Es ist nicht nur die Situation«, gestand ich. »Ich bin einfach nicht besonders gut.«

»Worin?«

»Im Umgang mit anderen Menschen.«

»Oh«, sagte sie verständnisvoll. »Nun, der Umgang mit anderen Menschen wird manchmal überbewertet.«

»Du liebst Menschen.«

Sie lachte und zuckte mit den Schultern. »Ich kann einfach nicht anders.«

Mein Mundwinkel zuckte, während ich versuchte, meine Gedanken zu ordnen. »Ich werde mich bessern, wie ich dir versprochen habe. Tut mir leid, dass ich so ein Arschloch bin. Ich arbeite daran. Bitte, hab ein wenig Geduld mit mir.«

Ein weicher Zug legte sich um ihre braunen Augen. Mit zur Seite geneigtem Kopf sah sie mich an. Ihr Mund öffnete sich, und ich folgte in Gedanken der Kontur ihrer vollen, herzförmigen Lippen. Es war so leicht, sich in ihrer Schönheit zu verlieren. Stella sah aus wie ein Meisterwerk im Louvre.

Atemberaubend.

Selbst wenn ich mich ihr gegenüber wie ein Idiot verhielt, entging mir nicht, wie bemerkenswert sie war. Sie selbst wusste es nicht, aber manchmal fiel es mir schwer, mich in der Gegenwart ihrer Schönheit aufzuhalten.

»Du bist kein Arschloch, Damian«, flüsterte sie, und ihre Stimme war voller Güte, von der ich mir nicht sicher war, ob ich sie verdiente. »Du hast bloß gelegentlich Arschloch-Anwandlungen.«

Ich lachte.

Ihre Augen leuchteten.

Ich hörte auf zu lachen.

Das Leuchten in ihren Augen verblasste.

»Ich wünschte, es hätte länger angehalten«, sagte sie und meinte damit mein Lachen.

Ich hatte nicht den Mut, ihr zu gestehen, dass ich es ebenfalls wünschte.

»Ich lasse dich jetzt weiterarbeiten, aber bitte, Damian«, sagte sie, als sie zur Tür ging, »lass dich regelmäßig massieren. Dann schläfst du auch besser.«

»Wie kommst du darauf, dass ich schlecht schlafe?«

Sie lächelte – ein wissendes Lächeln – und ging hinaus.

Als sie weg war, wurde das Zimmer ein wenig dunkler.

Vielleicht hatte sie recht. Vielleicht war es wirklich so, dass die Dunkelheit mich verfolgte.

11

DAMIAN

Ich begann den Tag mit einem Workout im privaten Trainingsraum auf dem Anwesen. Schwere Gewichte zu stemmen und wieder fallen zu lassen, gehörte zu meinen liebsten Freizeitbeschäftigungen. Die einen machten eine Therapie, die anderen gingen ins Fitnessstudio. Ich gehörte eindeutig zu Letzteren.

Nach dem Training ging ich normalerweise unter die Dusche und machte mir dann Frühstück, doch heute klingelte es schon vor dem Ende des Trainings an der Tür. Ich fluchte genervt und ging nach vorne ins Foyer. Als ich die Tür öffnete, stand eine ältere Dame vor mir, den Arm voller Fotoalben. Ich kannte sie eigentlich nicht, hatte sie aber auf der Trauerfeier gesehen. Sie hatte die Hochzeitszeremonie geleitet und wohnte im Gästehaus des Anwesens.

Die Frau hatte volles graues Haar und trug eine Art blumiges Hippiekleid mit weißen Plateausandalen. Selbst mit ihren hohen Sohlen war sie kaum mehr als ein Meter siebzig groß. Sie war eine kleine Person, versprühte aber enorme Energie.

»Hallo.« Sie lächelte. »Ich habe dich zwar mit Stella verheiratet, aber wir haben uns noch gar nicht miteinander bekannt gemacht und ein wenig geplaudert. Ich wollte dir etwas Zeit geben, damit du dich hier einleben kannst. Ich bin Maple, Stellas Großmutter – im Herzen, wir sind nicht verwandt.«

»Sie ist nicht da«, erklärte ich.

»Ich weiß. Es ist Samstag. Sie ist in der Stadt bei ihrem Kunstkurs. Darf ich reinkommen?«, fragte Maple. Wobei, genau genommen war es keine Frage, denn sie marschierte einfach an mir vorbei ins Haus. »Bist du fertig mit deinem Training?«

»Noch nicht ganz«, log ich.

»Fällt es dir leicht zu lügen?«, fragte sie und ging an mir vorbei ins Esszimmer, wo sie die Alben auf den Tisch legte. Ich folgte ihr. Sie drehte sich um und stemmte die Hände in die Hüften. »Oder fühlst du dich dabei ein wenig schmutzig?«

Ich fühle so ziemlich überhaupt nichts.

»Ja.« Sie betrachtete mich mit einer solchen Besorgnis, als könnte sie meine Gedanken lesen. »Das sehe ich.«

»Entschuldigen Sie, kann ich irgendwas für Sie tun, oder …«

»Ich habe dir ein paar Alben mit Kevins Fotografien mitgebracht, weil ich mir dachte, du möchtest sie vielleicht sehen, weil du ja ebenfalls fotografierst.«

Woher wusste sie das? Ich sprach mit niemandem über mein Hobby. Aber vielleicht hatte sie meine Kameras herumliegen sehen oder mich dabei beobachtet, wie ich Aufnahmen von der Küstenlandschaft gemacht hatte.

Sie lächelte. »Ich habe einfach das Glück, andere Menschen durchschauen zu können, mein Sohn. Lass dich nicht von mir einschüchtern. Ich glaube nur an gute Magie.«

Wovon redete sie?

»Aber ich bin auch wegen meiner Stella gekommen«, fuhr Maple fort, während ich noch über ihre letzte Bemerkung nachdachte. War sie eine Hexe? Was zum Teufel …

»Ach?«, fragte ich und gab mir Mühe, mich nicht von dieser seltsamen Frau einschüchtern zu lassen.

»Du musst wissen, meine Stella ist sehr sensibel. Sie trägt ihre Gefühle ganz offen zur Schau und spricht sie offen aus. Sie möchte immer, dass es allen Menschen gut geht, selbst wenn es sie ihr eigenes Wohlergehen kostet.«

»Wieso erzählen Sie mir das?«

»Weil ich nicht so bin wie Stella. Ich bin eher so wie du, eine Pessimistin. Ein bisschen abweisend der Welt gegenüber.« Sie lächelte und nickte. »Und nicht besonders emotional. Aber für die wenigen Menschen, die mir wichtig sind, empfinde ich alles. Deshalb bin ich hergekommen, um dir zu sagen, wenn du meiner Stella wehtust …«

»Maple …«

»Ich mag es nicht, wenn man mich unterbricht, mein Sohn.«

Ich schloss den Mund wieder.

»Wenn du ihr wehtust, werde ich *dir* wehtun.«

Das Feuer in ihrer Seele loderte so heiß, dass ich das Gefühl hatte, meine eigene Haut stünde in Flammen. »Verstanden.«

Ihr Gesicht wurde ein wenig weicher. »Es tut mir leid, dass die Welt dich so sehr verletzt hat.«

»Hat Stella Ihnen das erzählt?«, blaffte ich.

»Nein.« Sie schüttelte den Kopf. »Aber so werden Menschen wie du und ich zu den Menschen, die wir sind. Die Welt stumpft uns ab. So, jetzt lasse ich dich aber in Ruhe. Ich wollte mich nur kurz vorstellen und dich warnen, was passiert, wenn du meinem Mädchen wehtust. Und ich hoffe, meine Nachricht ist angekommen.«

»Ist sie, und, keine Sorge, ich werde ihr nicht wehtun.«

»Danke, Damian.«

Ich nickte.

Sie wandte sich zum Gehen, doch nach ein paar Schritten warf sie mir noch einen Blick über die Schulter zu. »Du bist ein guter Mensch, Damian. Genau wie dein Vater.«

Ich verzog das Gesicht. »Sie kennen mich doch gar nicht.«

Sie lächelte. »Aber ich kannte deinen Vater.«

»Aber ich bin nicht bei ihm aufgewachsen.«

»Das stimmt. Aber wenn er von dir gewusst hätte, wäre er dir von Herzen gern ein Vater gewesen. Er hat sich immer gewünscht, Vater zu sein. Ich finde es schrecklich, dass ihm die Gelegenheit versagt geblieben ist, dir ein Vater zu sein.«

»Wie meinen Sie das, er hat nichts von mir gewusst?«

»Er hatte erst kurz vor seinem Tod von dir erfahren. Er hat nicht gewusst, dass es dich gibt.«

In meinem Magen entstand ein dicker Knoten. Ich hatte den größten Teil meines Lebens damit verbracht, meinen Vater zu hassen, weil ich geglaubt hatte, er hätte mich im Stich gelassen. Ich hatte meine gesamte Jugend damit verbracht, ihn zu suchen, um ihm sagen zu können, er solle sich gleich wieder verpissen. Und jetzt erfuhr ich, dass er überhaupt nichts von mir gewusst hatte. Ich war total überrumpelt.

»Damian, bitte glaube mir, dass Kevin dich gewollt hätte. Wenn er die Möglichkeit gehabt hätte, wäre er dein ganzes Leben lang nicht von deiner Seite gewichen.«

Ich räusperte mich. »Sie haben behauptet, Sie sind wie ich. Eine kalte, abweisende Pessimistin.«

»Ja.«

»Aber was Sie tun und sagen, ist das genaue Gegenteil.«

»Oh ja, ich weiß. Manchmal kommt die weiche Seite in mir zum Vorschein. Das ist der Stella-Effekt. Warte nur ab, es wird dir noch genauso ergehen wie mir.«

Sie ging hinaus, doch noch immer lag ein schwerer Druck auf meinem Brustkorb. Mein Herz raste, und meine Handflächen waren schweißnass.

»Maple!«, rief ich und fand mich wenige Sekunden später vor dem Haus wieder, wo sie gerade in ihr Auto stieg. Sie hielt inne und sah mich an. »Ich werde ihr nicht wehtun«, wiederholte ich. »Sie haben mein Wort.«

»Ich habe so ein Gefühl, dass dein Wort dir wirklich etwas bedeutet.«

»Das tut es.«

»Dann danke ich dir, dass du es mir gibst.« Sie lächelte Stellas Lächeln. Auch wenn sie nicht miteinander verwandt waren, sah ich die Ähnlichkeit. »Ich glaube dir. Pass gut auf sie auf, ja? Wenn sie es braucht.«

Keine Ahnung warum, aber ich versprach es ihr.

Später am Nachmittag kam Stella zurück, und irgendwie schien das Haus nicht mehr so dunkel wie vorher. Ich war in der Küche und machte Abendessen, als sie mit einer Tüte voll frischem Obst und Gemüse hereinkam.

»Oh, hi«, grüßte sie, offensichtlich überrascht, mich zu sehen.

»Hallo.«

»Das riecht herrlich«, sagte sie, während sie ihre Einkäufe auspackte. »Pasta?«

»Ja.«

Ihr Magen knurrte, und sie lachte auf. »Und hier bin ich, mit einer Packung Fertignudeln zum Abendessen.«

»Maple«, sagte ich.

Sie zog eine Augenbraue hoch. »Was?«

»Sie war heute Morgen hier und hat mir Fotos von Kevin gebracht.«

»Oh.« Sie legte beide Hände auf ihr Herz. »Es muss ganz schön viel für dich gewesen sein.«

»Ich habe sie mir noch nicht angeschaut.«

»Verstehe.«

Sie sagte nichts weiter, sah mich jedoch immer noch an. Ihr Blick war mir unangenehm, denn er war wie eine Art Trost, von dem ich nicht gewusst hatte, dass es ihn gab. Unbehaglich verlagerte ich das Gewicht von einem Fuß auf den anderen und konzentrierte mich wieder auf mein Essen. »Sie ist nett. Maple.«

»Sie ist einer der wundervollsten Menschen, die ich kenne. Sie ist heute auch bei mir im Kurs gewesen und hat dich erwähnt.«

»Was hat sie gesagt?«

»Sie hat mir das Versprechen abgenommen, dich nicht zu verletzen.«

Verdammt, Maple.

Zieh noch ein bisschen mehr an meinem zerrissenen, verletzten Herz.

Stella packte die letzten Sachen aus ihren Jutebeuteln und verstaute die Beutel in der Speisekammer. Als sie an mir vorbei aus der Küche in ihr Zimmer ging, knurrte ihr Magen erneut.

Fünfzehn Minuten später klopfte ich an ihre Tür.

Sie öffnete und lächelte mich an. »Hi.«

»Hallo.«

Der gleiche Wortwechsel wie jedes Mal. »Hi.« Und: »Hallo.«

»Ähm, kann ich irgendwas für dich tun?«, fragte sie verwirrt. »Ist alles in Ordnung?«

»Nein.«

»Was ist los?«

»Ich meinte, ja.«

»Okay?«

»Ich meine«, murmelte ich und rieb mir den Nacken. »Es ist noch was übrig.«

»Übrig wovon?«

»Essen.«

Ihr Lächeln wurde breiter, und sie sah mich aus schmalen Augen an. »Ich habe das Gefühl, das, was du sagen möchtest, wird jeden Moment klarer, aber ich fürchte, ich brauche noch ein wenig Hilfe.«

»Es gibt noch Nudeln, wenn du möchtest. Ich habe ziemlich viel gemacht.«

»Isst du die dann nicht immer am nächsten Tag? Machst du dir samstags nicht immer das Essen für die kommende Woche?«

Beobachtete sie mich wirklich so genau?

»Ich habe diese Woche einige Geschäftsessen. Ich werde es also nicht brauchen.«

»Ich möchte mich dir nicht aufdrängen, aber wenn du möchtest, dass ich mit dir …«

»Möchte ich nicht.«

Das Leuchten in ihren Augen verlosch, und ihre Mundwinkel zuckten, als machte meine barsche Antwort sie nervös. Maple hatte recht. Man konnte Stella jede Emotion vom Gesicht ablesen.

»Ich meine, ich muss arbeiten. Ich werde in meinem Büro essen. Aber du kannst gerne den Rest haben.«

»Das ist sehr nett von dir, und ich nehme es gerne an. Danke, Damian.«

»Ja.«

»Und falls du mal gemeinsam essen …«

»Kein Interesse, Stella.«

»Okay. Einen schönen Abend noch.«

Ich wollte sagen »Dir auch«, aber es kam einfach nicht über meine Lippen.

12

STELLA

Damian kochte einfach fantastisch. Als ich aufgegessen hatte, räumte ich die Küche auf und ging hinüber ins Wohnzimmer, wo ich den restlichen Abend damit verbrachte, mir meinen Lieblingsfilm anzuschauen. Mittlerweile kannte ich vermutlich jede romantische Komödie, die jemals gedreht worden war, selbst die, die es nur mit englischen Untertiteln gab.

Was für eine Liebesgeschichte es auch war, ich musste sie mir einfach ansehen – einschließlich der Tränen und allem, was sonst noch dazugehörte. Je kitschiger, desto besser. *Immer her mit dem Kitsch, Hollywood.*

Als ich so, in meine Decke gewickelt, im Wohnzimmer saß, kam Damian mit einem leeren Glas in der Hand über den Flur. Sein Blick fiel auf mich, dann auf den Fernseher. Er schnaubte und ging weiter.

»Lass das!«, rief ich.

»Was?«

»Über meine Filmauswahl zu schnauben.«

»Ich hab nicht geschnaubt.«

»Doch, hast du. Du schnaubst ständig.«

»Wenn ich ständig schnaube, woher weißt du dann, dass ich diesmal wegen deines Films geschnaubt habe?«

»Ich, ähm, weiß ich nicht, aber es war der Film. Du hast auf den Fernseher geguckt und dein typisches mürrisches Gesicht gemacht. Gib's ruhig zu.«

»Okay, ich geb's zu. Ich mag keine Liebesfilme. Sie setzen unrealistische Standards für reale Beziehungen.«

»Ähm, nur so zur Info, das ist der Sinn der Sache. Die Wirklichkeit ist schon trüb genug, Filme dürfen ruhig überzogen und kitschig sein.«

»Wieso schaust du dir so unrealistisches Zeug an?«

»Um unrealistische Standards für meine Wirklichkeit zu setzen.«

»Oh. So eine bist du.«

»Eine was?«

»Eine von denen, die glauben, ihr Leben allein durch Gedanken beeinflussen zu können.«

»Ja, ich glaube tatsächlich, dass Gedanken große Kraft besitzen. Mach dich ruhig über mich lustig, aber ich habe schon viele Dinge in meinem Leben beeinflusst, und wenn ich meine Gedanken fokussiere, funktioniert es noch besser.«

»Hast du mein Erscheinen beeinflusst, Cinderstella?«

»Nein. Ich versuche immer noch zu verstehen, wie zum Teufel du hier landen konntest.«

»Wahrscheinlich war es dieser eine schlechte Gedanke, den du letztes Jahr hattest«, scherzte er.

Er hatte einen Witz gemacht. Er scherzte mit mir. Jedenfalls nahm ich das an. Es war nicht leicht, Damian zu durchschauen, als wäre seine ganze Existenz in Altgriechisch geschrieben und ich müsste versuchen, alles aus dem Zusammenhang zu entschlüsseln.

»Wahrscheinlich hast du recht. Das muss nach der Nacht gewesen sein, als ich schrecklichen Durchfall hatte und das ganze Universum verfluchte und gefragt habe, ob es nicht noch ein bisschen mehr Mist für mich auf Lager hätte.«

Dieses Mal grinste er breit – und es hielt ein wenig länger als das letzte Lächeln.

Tu das ruhig öfter, Damian.

Er legte den Kopf schief und sagte freundlich: »Gern geschehen.«

Ich lachte.

Ich mochte diese leichtere Seite von ihm. Versteht mich nicht falsch, seine Körperhaltung war immer noch steif und schrecklich ernst, aber sein Blick wirkte plötzlich ein wenig weicher. Da ich mir nicht sicher war, ob ich unser Gespräch enden lassen wollte, wechselte ich schnell das Thema.

»Du stehst also nicht auf Liebesfilme?«, fragte ich.

»Nein.«

»Worauf dann?« Ich zog fragend eine Augenbraue hoch.

»Lass mich raten: Dokumentationen.«

»Wieso sagst du das so, als wäre es etwas Schlechtes?«

»Tu ich nicht. Es ist bloß langweilig.«

»Findest du mich langweilig?«

»Nein. Ich meine ... ich weiß nicht. Ich habe keine Ahnung, was dir gefällt. Du erzählst mir nicht besonders viel über dich.«

»Nimm's nicht persönlich. Auch wenn ich langsam das Gefühl habe, dass du alles persönlich nimmst.«

Ich setzte mich ein wenig auf. »Ich nehme nie ...«, setzte ich an, verstummte jedoch sofort wieder.

Ich nahm tatsächlich alles persönlich. Das war eines meiner größten Probleme.

»War das gerade ein Moment der Selbsterkenntnis?«, fragte er.

»Kann sein.«

»Ich bin stolz auf dich, Stella.«

Ich deutete auf der Couch eine Verbeugung an.

Er sah auf das Glas in seiner Hand und dann zur Küche. Doch statt weiterzugehen räusperte er sich. »Ich steh nicht auf Dokus.«

»Ach?«

»Die meisten basieren auf schlechten Ereignissen, und ich schaue mir nicht gerne traurige Sachen an. Davon habe ich selbst mehr als genug erlebt. Ich möchte meinem Verstand nicht noch mehr Traurigkeit zumuten.« Er rieb sich den Nacken. »Wär echt blöd, aus Versehen noch mehr Traurigkeit in meinem Leben erscheinen zu lassen.«

Ich lächelte und zeigte auf den freien Platz neben mir. »Weswegen du dir unbedingt diese romantische Komödie mit mir ansehen solltest. Ich stehe auf alles, das einem ein gutes Gefühl gibt.«

»Die sind doch sowieso alle gleich«, stöhnte er.

»Ich weiß. Genau deshalb mag ich sie ja. Egal, was passiert, egal, wie schwierig alles ist, es geht immer gut aus. Ich finde, die Welt könnte ein paar mehr gute Ausgänge brauchen. Also, wie gesagt …« Ich zeigte auf die verwaiste Seite des Sofas.

Er schnaubte. Aber es war nicht sein übliches genervtes Schnauben. In den vergangenen Wochen hatte ich gelernt, seine diversen Arten, zu schnauben, zu knurren und das Gesicht zu verziehen, zu unterscheiden. Manche benutzte er, wenn er wütend war, andere, wenn ihm alles zu viel wurde, und ein paar, wenn ihm eine Situation unangenehm war.

Diesmal war es Letzteres.

Hoffte ich wenigstens.

»Ich muss noch arbeiten«, lehnte er meine Einladung ab.

»Oh. Richtig. Natürlich. Nun, dann wünsche ich dir noch einen schönen Abend. Ich bin hier, falls du deine Meinung ändern solltest.«

Er nickte knapp und ging in die Küche, und ich widmete mich wieder meiner Kuscheldecke, meinen Snacks und meinem entsetzlich schnulzigen Film. Nach kurzer Zeit kam Damian mit einem vollen Glas zurück.

Ich bemerkte gar nicht, dass er stehen geblieben war, bis er sich räusperte.

»Ja?«, fragte ich.

»Ich, ähm, ich werde so ihn einer Dreiviertelstunde fertig sein. Falls du dann noch einen kitschigen Film gucken willst.«

Ich strahlte über das ganze Gesicht. Fragte er mich etwa gerade, ob ich den nächsten Film gemeinsam mit ihm schauen wollte?

»Natürlich. Der hier geht noch etwa eine Viertelstunde. Ich warte gerne auf dich.«

Er runzelte die Stirn. »Nein, schon gut. Schau einfach weiter. Kein Problem.«

Er wollte wieder gehen, doch ich rief: »Damian.«

»Ja?«

»Ich warte auf dich.«

Sein Mundwinkel zuckte, und er sah aus, als wollte er mein Angebot ablehnen, doch ich ließ ihn gar nicht erst zu Wort kommen.

»Ich mache dir sogar Popcorn.«

Die Falten auf seiner Stirn wurden noch ein wenig tiefer, und ich sah überrascht, wie attraktiv seine Stirnfalten waren. Ich hatte nicht gewusst, dass ein Stirnrunzeln so mühelos aussehen konnte.

»Mit Butter?«, fragte er.

»Und Salz«, antwortete ich.

Er grummelte ein wenig vor sich hin, und diesmal schien er tatsächlich nervös zu sein.

Bevor ich weiter darüber nachdenken konnte, nickte er und

tippte sich mit dem Daumen an die Nase. »Ich komme, sobald ich fertig bin.«

»Klingt super. Ich bin hier. Und stopfe mich mit schlechtem Essen voll. Gib mir vorher Bescheid, damit ich das Popcorn machen kann.«

Er lächelte beinahe, bevor er ging. Redete ich mir zumindest ein.

Zwanzig Minuten später schickte Damian mir eine Popcorn-Message. Acht Minuten später war er da. Diesmal nicht länger in dem Anzug, der so schrecklich unbequem aussah. Er trug ein weißes T-Shirt und eine graue Jogginghose, was ihn weitaus menschlicher wirken ließ als der Roboter, der er sonst zu sein schien.

Die Jogginghose ließ einen kleinen Schwarm Schmetterlinge in meinem Bauch flattern, denn es war nicht zu übersehen, wie gut Damian darunter ausgestattet war.

Ich strahlte und klatschte in die Hände, in dem Versuch, diese unangemessenen Gedanken zu vertreiben. »Perfektes Timing. Nächster Film: *Selbst ist die Braut*.«

»Lass mich raten, irgendein Heiratsschwindel.«

Ich zog die Augenbraue hoch. »Du kennst den Film?«

Er blinzelte ein paarmal, bevor er sich setzte und nach seinem Popcorn griff. »Ich lebe ihn.«

Touché.

»Hör zu, wenn du eine heimliche Leidenschaft für Liebeskomödien hast, die du nur nicht zugeben willst, lass es raus, Mann. Hier wird niemand verspottet, bloß weil er eine heimliche Leidenschaft hegt. Manche Frauen macht so was sogar an.« Ich schwieg. »Ich meine, falls du es darauf anlegen solltest. Es ist natürlich vollkommen okay, falls nicht, aber, ähm, bist du eigentlich mit jemand zusammen? Darüber haben wir noch gar nicht gesprochen, und …«

»Stella.«

»Ja?«

»Spielen wir *Das ist Ihr Leben?* oder schauen wir uns jetzt endlich den Film an?«

Ich setzte mich hoffnungsvoll auf.

Er unterschätzte anscheinend, wie gerne ich eine Runde *Das ist Ihr Leben?* mit ihm gespielt hätte.

»Nein, Cinderstella«, murmelte er.

»Aber Biest ...«

»Drück endlich auf Play.«

Ich zog einen Schmollmund, tat aber, was er wollte. Der Film begann. Hin und wieder machte Damian eine seiner typischen ätzenden Bemerkungen, auf die ich mit meinem typischen geistreichen Humor reagierte, und dann lächelte er beinahe, und ich freute mich beinahe, und so weiter und so weiter, wie in einem Hamsterrad.

Und dann sah es bei einer Szene sogar fast so aus, als bekäme er feuchte Augen. Doch er schob sich eine Handvoll Popcorn in den Mund, bevor sich die Tränen in seinen Augen einnisten konnten. Ich wollte gerade etwas dazu sagen, als mein Telefon klingelte.

Auf dem Display leuchtete Jeffs Name auf. Damian sah zu mir herüber, griff nach der Fernbedienung und drückte auf Pause.

»*Danke*«, flüsterte ich lautlos.

Er nickte und konzentrierte sich wieder auf sein Popcorn.

Ich nahm den Anruf entgegen und wandte Damian dabei halb den Rücken zu. »Hey, Jeff, was gibt's? Solltest du nicht ...«

»Ähm, hi, hier ist Kate«, sagte eine Stimme am anderen Ende der Leitung. »Ich rufe wegen Jeff an.«

Ich setzte mich auf. »Wer ist da? Woher haben Sie sein Handy?«

»Ich arbeite in dem Club, in dem Jeff auflegen sollte. Aber er war so besoffen, dass er den Gig nicht mal starten konnte. Es war schwierig genug, ihn dazu zu bringen, seine PIN in sein Handy zu tippen, damit ich dich anrufen kann. Kannst du kommen und ihn abholen?«

»Ach du je, geht es ihm gut?«

Aus dem Augenwinkel sah ich, wie auch Damian sich aufrichtete.

»Ja, er ist halt total besoffen. Und ein ziemliches Arschloch, aber manche werden so, wenn sie Alkohol trinken.« Kate nannte mir die Adresse des Clubs, und ich dankte ihr, legte auf und sprang auf die Füße. Damian stand ebenfalls alarmiert auf.

»Alles in Ordnung?«, fragte er.

Ich schüttelte den Kopf. »Nein. Jeff, ähm, er hat ein bisschen zu viel getrunken und braucht jemanden, der ihn nach Hause fährt. Ich muss los und ihn abholen.« Ich sah zum Fernseher hinüber und dann zu Damian. »Tut mir leid, dass wir den Film nicht zu Ende gucken können. Du kannst gerne weiterschauen, wenn du …«

»Ich warte, bis du zurück bist.«

Ich runzelte die Stirn. »Nein, schon okay. Schau ruhig weiter, das ist kein Problem.«

»Stella.«

»Ja?«

»Ich warte auf dich«, erklärte er freundlich, aber bestimmt und wiederholte damit den Wortwechsel, den wir etwas früher an diesem Abend schon einmal gehabt hatten. Ich hätte schwören können, dass sogar ein winziges Lächeln über sein Gesicht huschte, doch es war genauso schnell wieder weg, wie es gekommen war. Ich öffnete den Mund, um etwas zu erwidern, doch er schüttelte den Kopf. »Fahr los.«

Und so fuhr ich los.

Jeff war nicht besonders witzig, wenn er betrunken war. Im Gegenteil. Ich wusste, dass er vor einem großen Gig oft etwas trank, um seine Nerven zu beruhigen. Leider kannte er seine Grenzen nicht und war ein Profi darin, sie zu überschreiten.

»Jeff, was machst du denn da?«, fragte ich, als ich am *Club Forty-Four* ankam und meinen betrunkenen Freund mit seinem ganzen Zeug draußen auf einer Bank sitzen sah.

Er stand auf, murmelte irgendwas und torkelte auf mich zu. »Ist das zu glauben? Diese arroganten Arschlöcher! Sie haben mich rausgeschmissen!«, lallte er.

Vor dem Club standen jede Menge Leute, die darauf warteten, eingelassen zu werden, und ich wäre am liebsten vor Scham im Erdboden versunken, als alle uns anstarrten. Ich legte den Arm um meinen fast eins neunzig großen betrunkenen Freund, der sich schwer gegen mich lehnte, und flüsterte: »Schon okay. Lass uns zusehen, dass wir dich nach Hause schaffen. Wo ist dein Schlüssel?«

Er murmelte Unverständliches.

»Hey Lady, sehen Sie zu, dass Sie ihn hier wegschaffen!«, rief der Türsteher mit tief gefurchter Stirn.

»Leck mich, Arschloch!«, brüllte Jeff und griff sich demonstrativ in den Schritt. Starr vor Scham beschrieb nicht annähernd, was ich empfand.

»Hör auf damit, Jeff«, zischte ich und zog ihn mit mir.

»Hey Baby, du darfst mich auch lecken, wenn du Bock hast.« Er sah mich an und tippte mir auf die Nase. So schockierend es klingen mag, aber ein Blowjob war so ziemlich das Letzte, was ich gerade im Sinn hatte. Viel lieber hätte ich zu Hause gesessen und zugesehen, wie Sandra Bullock und Ryan Reynolds sich ineinander verliebten.

Ein paar ähnlich grobe Kommentare später hatte ich ihn endlich im Auto und warf sein DJ-Equipment in den Kofferraum – Equipment, das um einiges besser aussah als das, was ich von ihm kannte. Darüber würden wir uns bei Gelegenheit noch unterhalten müssen. Woher hatte er das Geld für solche Turntables?

Ich schloss den Kofferraum und stieg ein. Mein Freund schwankte auf dem Beifahrersitz betrunken vor und zurück. Ein seltsames Kribbeln erfüllte meine Eingeweide, als ich den Motor startete. »Hast du deinen Hausschlüssel, Jeff?«, fragte ich.

»Hast du deinen Hausschlüssel, Jeff?«, äffte er mich nach.

Ohne den Schlüssel konnte ich ihn nicht nach Hause bringen, und je länger ich es herauszufinden versuchte, desto genervter wurde ich.

»Vergiss es. Ich nehme dich mit zu mir«, erklärte ich, doch das schien ihn nicht sehr zu stören. Vielleicht hatte er mich auch gar nicht gehört. Er war zu sehr damit beschäftigt, seine Schuhe auszuziehen und sie auf mein Armaturenbrett zu feuern, während er über irgendeinen Musiker schwallte, den ich nicht kannte, weil ich nicht cool genug war – seine Worte, nicht meine.

Als wir die Auffahrt erreichten, redete Jeff immer noch ununterbrochen, teils irgendwelchen Unsinn, teils irgendwas, das ich nicht mal verstand, und ein paar Bemerkungen, die mich ein wenig verletzten.

Ich brachte ihn zum Haus, wobei er sich schwer auf mich stützte. Als ich die Tür öffnete, stand Damian vor mir, der die Szene schweigend betrachtete.

»Tut mir leid«, murmelte ich. »Er konnte seinen Haustürschlüssel nicht finden, und ich fürchte, er muss heute Nacht hierbleiben.«

Damian nickte.

Jeff sah auf und grinste. »Du musst der neue Mitbewohner von meinem Mädchen sein.«

»Das bin ich«, erwiderte Damian trocken.

»Aber wag es nicht, sie zu vögeln«, platzte Jeff heraus. Er stolperte zu Damian und klopfte ihm auf den Rücken. »Oder wir kriegen noch ein paar Millionen extra.« Er lachte, dabei war es alles andere als witzig.

Damian sah mich irritiert an und trat ein paar Schritte zurück, woraufhin Jeff das Gleichgewicht verlor und laut lachend zu Boden fiel, als wäre dies einer der witzigsten Augenblicke seines Lebens. Ich betrachtete ihn entsetzt.

»Du hast ja keine Ahnung, wie schnell ich sie für ein paar Millionen vermieten würde. Und sie würde es machen, was, Baby?«

»Hör auf damit, Jeff«, fuhr ich ihn an und spürte, wie meine Wangen heiß wurden.

»Hör auf damit, Jeff«, äffte er mich wieder nach und sah dann zu Damian hoch. »Bemuttert sie dich auch ständig? Ich schwör dir, diese Frau klebt mir so was von am Arsch, man könnte denken, ich stehe drauf, mich von einem Dildo ficken zu lassen.«

»Jeff!«, zischte ich geschockt. Mein Blick traf Damians. »Es tut mir so leid.«

Er antwortete nicht, sondern drehte sich wortlos um, ging zurück in sein Arbeitszimmer und schloss die Tür.

»Ich kann es einfach nicht glauben, Jeff!«, rief ich, während er mühsam wieder auf die Beine kam. Er war vollkommen wahnsinnig geworden, und ich war mir nicht sicher, wie ich Damian jemals wieder unter die Augen treten sollte, ohne mich in Grund und Boden zu schämen.

»Sei still, Frau. Das war'n Scherz«, brummte er und hickste. »Also, was ist? Lutschst du mir noch den Schwanz, oder soll ich so schlafen gehen?«, fragte er und rieb sich die Eier. Nichts turnte mich mehr ab als Jeff, wenn er trank, weswegen ich ihm Alkohol im Haus verboten hatte. Er wusste einfach nie, wann er genug hatte, und ich mochte den Menschen nicht besonders, in den er sich verwandelte, wenn er betrunken war.

Ich brachte ihn in eins der Gästezimmer und war erleichtert, als er sich einfach aufs Bett fallen ließ und innerhalb von Sekunden eingeschlafen war. Gut. Mehr hätte ich gerade nicht ertragen.

Zurück im Wohnzimmer begann ich, meine Snacks und alles andere von dem Filmabend, der viel zu früh geendet hatte, wegzuräumen.

»Das kann ich machen«, sagte eine Stimme, und als ich mich umdrehte, stand Damian hinter mir. Er hatte die Hände in den Taschen seiner Jogginghose vergraben und stand ernst und aufrecht da, ganz anders als mein Freund.

»Oh, nein, schon in Ordnung. Ich dachte mir, dass du nach diesem Zwischenfall eben keine Lust mehr haben würdest, den Film zu Ende zu schauen.«

»Hat er dir wehgetan?«

»Was?«

»Dein Freund. Hat er dir wehgetan?«

Ich lachte ein wenig, verwirrt von seiner Frage. »Was? Natürlich nicht. Er ist bloß betrunken und ...«

»... behandelt dich wie den letzten Dreck.«

Seine Worte jagten mir einen Schauer über den Rücken. Ich schüttelte den Kopf. »Ich weiß, es sieht so aus. Tut mir leid, wie er sich aufgeführt hat.«

»Es ist nicht deine Aufgabe, sich für einen erwachsenen Mann zu entschuldigen.«

»Ja, nein, ich weiß, aber ...« Warum war er so kurz angebunden und bissig? Warum bauschte er den Vorfall so auf? »Jeff ist nicht er selbst, wenn er getrunken hat.«

»Ich habe Männer wie ihn gesehen«, sagte Damian. »Er ist in diesem Augenblick mehr er selbst, als wenn er nüchtern ist.«

»Du kennst ihn doch gar nicht.«

»Ich kenne ihn gut genug.«

»Hör zu, ich weiß nicht, was du über ihn zu wissen glaubst, aber du weißt überhaupt nichts. Du hast keine Ahnung, wie es zwischen mir und Jeff steht, und ...«

»Ich hoffe sehr, dieses Arschloch würde dich genauso verteidigen, aber ich bezweifle es.«

Er war furchtbar kalt mir gegenüber, und ich verstand nicht, wieso. Sicher, Jeff war betrunken und hatte ein paar blöde Bemerkungen gemacht, aber nichts davon war so schlimm gewesen, dass es eine Reaktion rechtfertigte, wie Damian sie gerade zeigte. Er überschätzte das Ganze, und ich verstand nicht warum.

»Wieso interessiert dich das überhaupt?«, fragte ich.

»Tut es nicht.«

»Dann ist es wohl am besten, wenn du dich um deine eigenen Angelegenheiten kümmerst.« Ich rieb mir mit der Hand über den Arm.

»Ja. Vielleicht.«

»Gute Nacht, Damian.«

Er antwortete nicht, was mich nicht sonderlich überraschte.

Nachdem ich das Wohnzimmer aufgeräumt hatte, ging ich hinaus ans Meer, weil ich mich Mama und Kevin nah fühlen wollte. Die Wellen rauschten an den Strand, und ich ging ins Wasser, um meine Verunsicherung abzuwaschen.

Ich wollte Jeffs Ausbrüche und seinen Vollrausch abwaschen. Ich wollte Damians Kälte und seine Bemerkungen abwaschen. Ich wollte mich von aller äußeren Kritik befreien.

Und so tauchte ich ein in die Wellen und bat meine Ahnen, meine Wunden zu heilen.

13

STELLA

»Scheiße, mein Kopf!«, murmelte Jeff und wälzte sich im Bett herum. Seit Stunden wartete ich darauf, dass er aufwachte.

»Ein Wunder, dass du dich nicht übergeben musst«, sagte ich von der Kante seines Bettes.

Er drehte sich um, rieb sich beidhändig die Augen und stöhnte auf, als er sie öffnete. Die Helligkeit im Zimmer musste seine Kopfschmerzen noch verstärken.

»Wo bin ich?«, fragte er.

»In Kevins Haus. Ich musste dich gestern Abend im Club abholen. Erinnerst du dich nicht?«

»Nein. Ehrlich gesagt kann ich mich nicht mal mehr an meinen Auftritt gestern erinnern.«

»Das liegt daran, dass du gar nicht aufgetreten bist.«

»Was? Warum?«, rief er und schoss in die Höhe. Ich zuckte erschrocken zusammen.

»Keine Ahnung, Jeff. Sag du es mir. Ich meine, ich bekomme einen Anruf über dein Handy, von irgendeiner Frau, die mir sagt, ich soll dich abholen. Als ich ankomme, sitzt du mit deiner gesamten Ausrüstung zusammengesunken vor dem Club. Und wo wir gerade davon sprechen: Woher hast du das ganze Zeug überhaupt?«

Er rieb sich das Gesicht und knurrte: »Darüber werden wir jetzt nicht reden, Stella.«

»Wie bitte? Wir *müssen* darüber reden, Jeff, und zwar jetzt sofort. Hast du eigentlich eine Vorstellung, wie sehr du mich gestern Abend vor Damian blamiert hast? Und vor den Leuten draußen vor dem Club?«

Er sah mich an und legte den Kopf schief. Seine Brauen senkten sich, und er räusperte sich. »Hast du mein Equipment?«

Mein Herz sank.

Er musste bemerkt haben, wie sehr er mich verletzt hatte, denn er sprang auf die Füße. »Tut mir leid, Stella. Ich bin ein Idiot. Ich habe gestern alles vermasselt. Ich war so krass aufgeregt wegen des Gigs, aber dann habe ich immer nur die Stimme meines Vaters gehört, der mir gesagt hat, dass ich nicht gut genug bin, dass ich es niemals schaffen würde. Also hab ich mir ein paar Drinks gegönnt, um ihn aus meinem Kopf zu verscheuchen.«

»Du weißt doch, dass Alkohol dir nicht hilft.«

»Ja, aber weißt du …« Er tippte sich an den Kopf und zuckte mit den Schultern. »… Vaterkomplex und so 'n Scheiß. Tut mir echt leid.« Er kam zu mir und legte die Arme um mich. »Ich werde es nicht noch mal vermasseln«, versprach er.

»Okay. Aber was ist mit dem DJ-Equipment?«

»Kann ich nicht erst mal nüchtern werden, bevor wir weiterreden? Ich weiß genau, dass ich dafür einen Anschiss von dir bekomme.«

»Sag es mir einfach, Jeff.«

»Ich hab 'n kleinen Kredit aufgenommen, okay?«

»Was? Wieso? So was können wir uns nicht leis…«

»Doch, können wir«, unterbrach er mich, nahm meine Hände und drückte sie sanft. »Ich fürchte, du verstehst das nicht, Stella. Wir sind Multimillionäre, und das haben wir dem guten, alten Kevin zu verdanken.«

»Nur wenn wir die sechs Monate durchhalten. Außerdem solltest du dir kein Geld für Dinge leihen, wenn ...«

»Warum kannst du dich nicht einfach für uns freuen?«, rief er und wurde von Sekunde zu Sekunde wütender. »Du bittest doch ständig deine Meeresgöttin um Hilfe, und wenn sie dir Hilfe schickt, kannst du es nicht mal feiern.«

Ich spürte, wie sich in meinem Bauch ein harter Knoten schnürte. »Bitte, sprich nicht so laut.«

»Bitte, hör auf, immer so, so, so ...«

»So was, Jeff?«

»*So du zu sein!*«, brüllte er. »Du machst alles immer viel größer, als es sein müsste. Es macht mich echt fertig. Du machst mich fertig, Stella.«

Ein Schauer jagte mir über den Rücken, als ich in seine Augen mit den dicken Tränensäcken sah. Seine Worte schmerzten, und ich war sprachlos.

»Ist alles in Ordnung hier drin?«, fragte eine tiefe Stimme. Ich drehte mich um und sah Damian mit seinen breiten Schultern und vor der Brust verschränkten Armen im Türrahmen stehen. Sein Blick ruhte auf Jeff, und er war unverkennbar bereit zum Angriff.

»Wer bist du denn?«, fragte Jeff.

»Ich bin Damian, Stellas Mitbewohner.«

Mitbewohner. Ehemann. Alles dasselbe.

Jeff schob die Brust raus und sah mich an. »Das ist der Typ aus dem Testament?«

»Wir haben gestern Abend bereits Bekanntschaft gemacht«, sagte Damian kalt. »Ich gehe davon aus, du warst zu betrunken, um dich daran zu erinnern.«

»Ja, vermutlich.« Jeff starrte mich an. »Ich hole mir ein Glas Wasser, und dann werden wir diese Diskussion zu Hause beenden.«

Bevor ich etwas sagen konnte, schob Jeff sich an Damian vorbei und ging aus dem Zimmer.

Als er fort war, stieß ich die Luft aus, die sich in meiner Kehle festgesetzt hatte. Ich hatte gar nicht gemerkt, dass ich sie angehalten hatte. Meine Wangen glühten, als ich Damian ansah. »Tut mir leid, dass wir so laut waren.«

»Er hat dich angeschrien.«

»Ja. Er hat einen Kater und ist ein Morgenmuffel.«

»Es ist Mittag.«

»Richtig. Du hast recht. Aber, nun ja, er ...«

»Du musst das nicht tun, Stella.«

»Was?«

»Ihn entschuldigen.«

Ich wusste nicht, was ich sagen sollte, und er offenbar auch nicht, denn eine Weile standen wir schweigend da. Aber ich spürte, dass er noch etwas auf dem Herzen hatte, was er aber offenbar nicht mit mir teilen wollte.

»Raus mit der Sprache, Damian. Ich weiß, dass du etwas denkst, also sag es einfach.«

»Es stört mich«, erklärte er und richtete sich noch ein wenig weiter auf.

»Was stört dich?«

»Wie er trinkt, und wie er mit dir spricht, wenn er getrunken hat. Wie er dich anbrüllt, wenn er einen Kater hat. Das stört mich.«

»Ich ...«

»Tut er dir weh?«, unterbrach er mich und trat näher.

»Du kannst mich das nicht ständig fragen, Damian«, flüsterte ich.

»Ich höre auf zu fragen, wenn du aufhörst, mich anzulügen, Stella.«

Ich schluckte und spürte, wie sich auf meinen Armen eine

Gänsehaut ausbreitete. »Er hat mich nie geschlagen«, erklärte ich bestimmt.

Damians Gesichtsausdruck war herzergreifend. Seine meerblauen Augen glänzten beinahe verzweifelt, als er mich ansah. Unter seinem Blick wäre ich fast auf die Knie gesunken und in Tränen ausgebrochen.

»Stella«, flüsterte er und kam noch ein Stück näher – so nah, dass wir nur noch Zentimeter voneinander entfernt waren. So nah, dass ich die Wärme spürte, die sein Körper abstrahlte. Sein Mund öffnete sich, und er sprach eine Wahrheit aus, von der ich nicht gewagt hätte, sie zu offenbaren: »Das ist nicht die einzige Art, wie ein Mann einer Frau wehtun kann.«

»Ich … er ist …« Ich war verwirrt. Und nicht sicher, was Damian von mir hören wollte. »Jeff ist nicht so schlimm, wie du denkst.«

»Ich hoffe, du behandelst dich selbst ebenso gut, wie du andere Menschen behandelst, aber wenn ich deine Partnerwahl betrachte, dann bezweifle ich das.«

»Das ist gemein, Damian«, sagte ich leise und spürte, wie mir Tränen in die Augen schossen.

»Dann entschuldige ich mich dafür«, antwortete er. »Ich möchte dich nicht verletzen. Ich möchte nur die Fakten nennen.«

»Das sind keine Fakten. Das ist deine persönliche Meinung.«

»Glaub mir, Stella. Es sind Fakten.«

»Stella! Mein Handy ist platt. Du musst mich zu meinem Wagen zurückfahren«, rief Jeff. »Beeil dich, okay?«

Damian trat einen Schritt zurück.

Ich stand ganz still, noch immer erschüttert von der Situation. »Entschuldige mich«, murmelte ich und ging an ihm vorbei aus dem Zimmer.

»Stella.«

»Ja?«

»Er ist nicht der Held in deiner Liebeskomödie«, sagte Damian. Ich sah in seine blauen Augen, als er fortfuhr: »Er ist der Dreckskerl von Freund.«

Als Jeff und ich in unserem Haus ankamen, hatte er immer noch einen Kater. Ich machte ihm Frühstück. Es dauerte eine Weile, bis er zu einer Entschuldigung ansetzte, aber er sagte, dass es ihm leidtäte, wie er mich behandelt hatte. Und dann sagte er noch etwas, das mich aus allen Wolken fallen ließ.

»Was meinst du damit, du willst dich mit ihm treffen?«, fragte ich verwirrt. »Du hast ihn gerade getroffen.«

»Nein, ich meine richtig. Eine richtige Unterhaltung.«

»Wieso?«

»Wieso nicht? Findest du nicht, dass es eine gute Idee wäre, wenn dein Freund deinen Mann kennenlernt?«, sagte er, während er im Wohnzimmer seine Plattensammlung durchging. »Es sei denn, es gibt einen Grund, warum du so seltsam darauf reagierst.«

Seine Worte fühlten sich an, als hätte er mir eine Faust in den Magen gerammt. Ich setzte mich neben ihn auf den Boden. »Was? Nein. Natürlich nicht. Wieso solltest du das denken?«

»Ich war nicht zur Hochzeit eingeladen«, erwiderte er.

Ich lachte. »Du warst eingeladen. Du wolltest nicht kommen.«

»Natürlich wollte ich nicht kommen und zusehen, wie ein anderer Mann meine Frau heiratet. Aber ich finde es wichtig, den Mann kennenzulernen, mit dem du zusammenlebst. Ich meine, was, wenn er ein total gruseliger Typ ist? Oder ein Serienmörder?«

»Er ist kein Serienmörder.«

»Das weißt du nicht. Ich habe ihn recherchiert, nachdem wir wieder hier waren, und er hat eine saubere Weste, aber wie es scheint, hast du mir etwas über ihn verschwiegen.«

Ich zog eine Augenbraue hoch. »Und das wäre?«

»Dass er aussieht wie ein Calvin-Klein-Model.«

Ich verengte die Augen zu schmalen Schlitzen. »Was? Warte mal, bist du …?« Ich fing an zu kichern und sah in Jeffs ernstes Gesicht. »Bist du eifersüchtig?«

Er warf ergeben die Hände in die Luft. »Freut mich, dass du das lustig findest! Kommt schließlich nicht jeden Tag vor, dass deine Freundin einen scheiß gut aussehenden Typen heiratet.«

»Ich will dich nur daran erinnern, dass das nicht meine Idee war, Jeff, sondern deine. Ich wollte das nicht machen.«

»Ich weiß, okay? Ich weiß. Hatte ja keine Ahnung, dass du mit einem griechischen Gott zusammenziehen würdest.«

Ich rutschte ein Stück näher und legte die Arme um ihn. »Das ist mir noch gar nicht aufgefallen, ehrlich.«

Das war natürlich gelogen. Mir war sehr wohl aufgefallen, wie gut Damian aussah. Es wäre auch ausgeschlossen, es nicht zu bemerken.

Jeff wirkte erleichtert. »Du solltest dich von ihm fernhalten.«

Ich lächelte. »Ich erlebe deine eifersüchtige Seite nicht sehr oft. Das macht mich fast ein bisschen an.«

Er legte die Schallplatten weg und zog mich auf seinen Schoß. »Ach ja? Es turnt dich also an?«

»Mein Freund, der eifersüchtig auf meinen Schein-Ehemann ist? Oh ja. Das ist der Anfang von allem.«

Er sah Richtung Korridor. »Hast du ein bisschen Zeit?«

»Ja.« Schmetterlinge flatterten in meinem Bauch, als ich mich an ihn schmiegte und darauf wartete, dass wir ins Schlafzimmer gingen. Stattdessen klingelte Jeffs Telefon, und die winzige Verbindung, die wir aufgebaut hatten, zerriss, als er den Anruf annahm, noch immer mit mir auf dem Schoß.

»Hallo? Hey, ja. Was gibt's?« Jeff lauschte, während die Person am anderen Ende sprach, und seine Augen leuchteten auf. »Jetzt sofort? Verdammt, ja, ich bin dabei. Gib mir zwanzig Minuten. Ich bin schon unterwegs.« Er legte auf und sprang auf die Füße, sodass ich von seinem Schoß auf dem Boden fiel.

»Hey!«, rief ich.

»Sorry, Babe. Hab grad einen Anruf vom 5-90 bekommen. Die brauchen sofort einen DJ, und Cassie hat ihnen meinen Namen gegeben.«

»Cassie? Wer ist Cassie?«

»Eine DJane in der Stadt.« Er sah mich an, und ein gemeines Lächeln erschien auf seinen Lippen. »Wer ist jetzt eifersüchtig?«

»Was? Ich bin nicht …« Okay, vielleicht ein bisschen. Aber er musste es mir ja nicht gleich unter die Nase reiben. Jeff wusste alles über Damian, während ich den Namen Cassie noch kein einziges Mal gehört hatte. Aber ich wollte nicht streiten. »Du gehst also?«

»Ja. Das ist eine gigantische Gelegenheit für mich. Für uns. Ich muss los.«

»Warte, wir müssen immer noch miteinander reden. Vor allem über dein neues Equipment und …«

»Stella. Nicht jetzt. Ich habe gestern Geld verloren, und das kann ich mir nicht noch einmal leisten. Kannst du dich nicht mal für einen Moment entspannen?«

Ich schwieg.

Er seufzte und kniff sich in den Nasenrücken. »Lass mich raten. Du bist eingeschnappt.«

»Was? Nein. Es ist nur … ich habe das Gefühl, dass wir gerade nicht besonders miteinander verbunden sind.«

»Das liegt nur daran, dass du zu sensibel bist und immer zu viel nachdenkst. Wir sind total verbunden, Baby. Ich vergebe dir, dass du überreagiert hast.« Er beugte sich vor und gab mir einen Kuss auf die Wange, bevor er loslief, um seine Sachen zusammenzusuchen.

Hatte ich wirklich überreagiert? War ich wirklich zu sensibel?

Er hat recht. Ich grüble zu viel.

Als Jeff fertig war, saß ich immer noch im Wohnzimmer auf dem Fußboden, wo er mich hatte fallen lassen. Er trat zu mir und gab mir einen Kuss auf die Haare. »Wünsch mir Glück.«

»Glück«, murmelte ich.

»Wir sehen uns, okay? Und ich meinte das eben ernst. Organisier ein Abendessen. Er soll wissen, dass es mich gibt.«

»Okay. Ich liebe dich«, rief ich.

»Ich dich auch«, antwortete er und schlug die Tür hinter sich zu.

14

DAMIAN

Das ist er?

Das ist ihr Freund?

Sorry, aber …

Was zur Hölle?

Wie konnte jemand wie Stella bei einem solchen Typen landen?

Ich bekam es einfach nicht in meinen Kopf, wie ein so sanfter, fröhlicher Mensch wie Stella mit einem Kerl wie Jeff zusammen sein konnte. Er war der Prototyp eines rückgratlosen Arschlochs, der auf Frauen herumtrampelte und sie niedermachte, bloß um sich selbst ein paar Zentimeter größer zu fühlen.

Es ergab einfach keinen Sinn. Sicher, durch Kevins letzten Willen hatte Stella keine andere Wahl gehabt, als mich zu heiraten, aber ich verstand nicht, wie sie sich freiwillig für einen Mann wie Jeff hatte entscheiden können. Ihre Ansprüche waren mehr als niedrig, sie waren unterirdisch. Die Messlatte lag irgendwo in der Hölle, und Jeff hatte sie in Flammen gesetzt.

»Willst du weiter hier vor meiner Tür hin und her laufen, oder kommst du endlich rein?«, rief Maple von drinnen.

Ich erstarrte überrascht, weil sie mich bei meinem Tigermarsch erwischt hatte, obwohl sie mit dem Rücken zu mir saß.

»Öffne die Tür, mein Sohn«, sagte sie.

Ich trat ins Haus und schloss die Tür hinter mir. Maple saß inmitten von Kristallen und flackernden Kerzen am Esstisch und legte Tarotkarten. Der Tisch sah aus wie ein einziges Flammenmeer. Ich trat näher.

»Woher wussten Sie, dass ich draußen war? Die Jalousien sind unten«, fragte ich.

»Ich habe so eine Art sechsten Sinn.«

Ich trat noch einen Schritt näher, und sie blickte mich mit den Karten in der Hand an. »Zieh eine Karte.«

Ich schüttelte den Kopf. »Ich glaube nicht an so was.«

»Was meinst du mit ›so was‹?«

»Hexerei und Voodoo-Hokuspokus.«

Maple lächelte ungerührt. »Die Menschen glauben an so viele Dinge nicht. Was nicht bedeutet, dass sie nicht existieren. Aber ich verstehe dich. Widder-Männer tun sich schwer damit, an Dinge zu glauben, die sie nicht sehen können.«

»Ich bin Wassermann, nicht Widder.«

Sie zog eine Augenbraue hoch. »Ich dachte, du glaubst nicht an Hexerei und Voodoo-Hokuspokus?«

»Tu ich auch nicht. Aber man hat mir genug darüber erzählt, dass ich mein Sternzeichen kenne.«

»Sagt er wie ein echter Widder«, erklärte sie erneut und legte eine Reihe Karten auf den Tisch.

»Ich habe doch gesagt, ich bin kein Widder.«

»Natürlich bist du das nicht. Jedenfalls nicht im Sonnenzeichen. Aber ich spreche von deinem Mond, mein Lieber.«

Ich hatte keinen Schimmer, wovon sie redete, und als sie es merkte, wurde ihr Lächeln noch breiter. Sie legte die letzten Karten auf den Tisch, betrachtete sie und schien überrascht zu sein. Sie sah mich an, dann ihre Karten, dann wieder mich. »Hm.«

Dann blies sie die Kerzen aus, legte ihre Karten wieder auf einen Stapel und drehte ihren Stuhl so, dass sie mich ansehen konnte. »Was kann ich für dich tun, Damian?«

»Ich habe eine Frage.«

»Ich weiß. Frag mich.«

»Besteht die Möglichkeit, dass Jeff Stella gegenüber in irgendeiner Form gewalttätig ist?«

Maple zog die Augenbraue hoch. »Hat er ihr etwas angetan?«

»Ja. Nein. Jedenfalls nicht körperlich, soweit ich das sagen kann. Ich habe einfach ein ungutes Gefühl.« Ich trat ein wenig nervös von einem Bein auf das andere. »Er ist ausgesprochen grob zu ihr. Und macht sie runter. Und er ist ein Säufer.«

»Oh ja, das ist er.«

»Aber sie tut so, als würde sie immer nur das Beste in ihm sehen.«

»Oh, mein Lieber, sie tut nicht nur so. Genau das ist ihr Segen und ihr Fluch – immer nur das Beste in den Menschen zu sehen.« Maple griff nach einem Feuerzeug und zündete ein paar Zweige und Blätter an, die darauf zu glühen und zu rauchen anfingen. Dann wedelte sie mit den Händen, um den Rauch im Zimmer zu verteilen. »Salbei«, erklärte sie. »Vertreibt negative Energie.«

»Bei mir werden Sie wahrscheinlich eine Menge davon brauchen.«

Maple lächelte. »Nicht so viel, wie du denkst.« Sie stellte den Salbeizweig in eine Vase und wischte sich die Hände an einem Tuch ab, das auf dem Tisch lag. »Du glaubst also, dass Jeff gefährlich ist.«

»Ja, das tue ich.«

»Und du machst dir Sorgen um Stellas Sicherheit.«

»Nein.« Ich räusperte mich. »Ich habe keine Angst um ihr Leben oder so.«

Maple lachte, trat zu mir und legte mir eine Hand auf den Arm. »Es ist okay, sich Sorgen zu machen. Das bedeutet nicht, dass du schwach bist.«

Ich antwortete nicht, denn ich machte mir wirklich keine Sorgen.

Richtig? Richtig. Ich machte mir keine Sorgen. Aber …

»Er redet mit ihr, als wäre sie dumm.«

»Ja. Unter uns gesagt, ich finde ihn grässlich. Ich habe ihm schon ein paarmal die Leviten gelesen, aber … Nun, er ist kein guter Mensch.«

»Schließen Sie das aus Ihren Tarotkarten?«

»Ja, und aus meinen Erfahrungen mit ihm.«

»Wieso ist sie immer noch mit ihm zusammen? Es ist doch offensichtlich, wie schrecklich dieser Kerl ist.«

»Wie ich schon sagte, sie sieht immer nur das Beste in den Menschen, und du …« Sie ging in die Küche und schaltete den Wasserkocher an. »Du siehst das Schlechte.«

»Mein Segen und mein Fluch«, murmelte ich.

»Du begreifst sehr schnell.«

»Was soll ich tun? Wie kann ich ihr klarmachen, dass er nicht gut für sie ist, ohne sie in die Defensive zu drängen?«

»Das ist schwierig. Sie verteidigt die Menschen, die sie liebt, mit Klauen und Zähnen. Sogar diejenigen, die es nicht verdient haben. Sobald du etwas Schlechtes über einen dieser Menschen sagst, greift sie dich an.«

»Ich bin kein besonders diplomatischer Mensch.«

»Das glaube ich nicht.« Sie warf irgendetwas, das nach Kräutern aussah, in einen Becher, goss heißes Wasser darüber und reichte ihn mir. »Ich glaube, dass du tief in deinem Herzen ein sehr sanftmütiger Mensch bist.«

Ich schnaubte und nahm den Becher, den sie mir hinhielt. »Haben Ihre Tarotkarten Ihnen das über mich verraten?«

»Nein. Deine Augen. Du bist nicht der Einzige, der ein gutes Gespür für andere Menschen hat. Ich studiere die Menschen schon länger, als du auf der Welt bist. Mit und ohne meine Karten.«

Ich kostete den Tee und verzog das Gesicht.

Sie lachte. »Die meisten Menschen reagieren so auf Katzenpisse.«

Ich riss die Augen auf. »Wie bitte?«

Ihr Lachen hallte von den Wänden wider. »Das war ein Scherz, und deine Reaktion war Gold wert. Löwenzahntee schmeckt für einige Menschen etwas bitter. Aber der Lavendel müsste den Geschmack ein wenig abmildern.«

»Ich bin kein großer Teetrinker.«

»Ich weiß.« Sie lächelte, und ich ärgerte mich darüber. Ich ärgerte mich, weil sie mich ansah, als ob sie alles von mir wüsste. Ich mochte Menschen nicht, die in der Lage waren, mich zu durchschauen. Unter ihren Augen fühlte ich mich verletzlich. »Mein Rat? Sei für Stella der Mensch, der Jeff nicht ist.«

Ich legte die Stirn in Falten. »Wie soll ich das machen?«

»Ganz einfach. Sei du selbst.«

»Ich bin kein besonders netter Mensch.«

»Nur weil du dir das immer wieder einredest, ist es nicht unbedingt die Wahrheit. Weißt du, was Stella braucht? Einen Freund, der ihr zur Seite steht und sie verteidigt, wenn sie es selbst nicht kann.«

»Sie möchten, dass ich ihr Freund bin?«

»Nein.« Sie schüttelte den Kopf. »Du möchtest ihr Freund sein. Deswegen bist du vor meiner Tür auf und ab gestiefelt und hast dir Gedanken gemacht.«

»Was, wenn sie meine Freundschaft gar nicht will?«

»Für einen Menschen, der so gut darin ist, andere Menschen zu durchschauen, warst du in dem Punkt wohl ein wenig blind, hm?« Maple lachte. »Sei nicht naiv, Damian. Stella versucht seit dem ersten Tag, dir eine Freundin zu sein.«

Ich verzog das Gesicht und dankte ihr für ihren Rat, auch wenn er mir nicht sonderlich hilfreich erschien. Ich wandte mich schon zur Tür, zögerte jedoch und drehte mich noch einmal zu Maple um, die wieder über ihren Karten saß. »Haben Sie auch über mich Karten gelegt?«, fragte ich.

»Ja, das habe ich.«

»Und was haben die Ihnen gesagt?«

»Was spielt das für eine Rolle?« Sie lächelte breit, die Art von Lächeln, die eine Großmutter ihren Enkelkindern schenkte, wenn sie noch zu jung waren, um etwas zu verstehen. »Du glaubst doch gar nicht an dieses Zeug. Ich wünsche dir noch einen guten Tag, Damian.«

Wochenlang hatte ich meine Treffen mit den bösen Stiefmüttern vor mir hergeschoben, aber irgendwann musste ich mich der Tatsache stellen, dass ich jede von ihnen persönlich treffen musste. Rosalina war die Erste. Sie lud mich zu einem Musical ein, und ich war ihr ein wenig dankbar dafür, da es bedeutete, dass wir zumindest für zwei Stunden nicht miteinander reden mussten.

Doch ich konnte mich nicht recht auf die Vorstellung konzentrieren. Stattdessen ertappte ich mich dabei, wie ich Rosalina heimlich musterte. War das meine Nase? Hatte sie mein Profil? Wenn ich nervös war, tippte ich immer mit den Fingern auf irgendetwas herum, genau wie sie es während der Vorstellung tat. War sie nervös? Und wenn, wieso? Wegen des Geldes? Wegen des Musicals? Weil sie meine Mutter war?

Bist du meine Mutter, Rosalina?

Nach der Vorstellung gingen wir essen. Sie aß einen Salat, ich ein Ribeye-Steak. Die ganze Zeit redete sie über die Schauspieler im Musical, als könne sie alles besser als sie. Was ich jedoch bezweifelte. Doch wer weiß, vielleicht spielte sie mir ja in diesem Augenblick etwas vor und tat so, als wäre sie nicht meine Mutter.

Bist du meine Mutter, Rosalina?

»Also, was denkst du?«, fragte sie, und ich merkte, dass ich ihr gar nicht zugehört hatte, sondern mit den Gedanken ganz woanders gewesen war.

»Hm?«

»Über Denise und Catherine. Wer denkst du, ist deine Mutter?«

Mein Magen zog sich schmerzhaft zusammen. »Ich habe kein Interesse, über die anderen beiden zu sprechen.«

»Aber natürlich. Entschuldige. Ich wollte dich nicht in eine unangenehme Situation bringen. Aber du verdienst es, so etwas zu erfahren. Ich kann mir vorstellen, wie schwer du es im Leben gehabt haben musst.«

»Auch darüber spreche ich nicht gerne«, murmelte ich.

Sie sah mich mitfühlend an, und ich nahm es ihr sogar beinahe ab. Doch dann erinnerte ich mich wieder daran, dass sie Schauspielerin war. Wahrscheinlich war die ganze Welt ihre Bühne.

»Möchten Sie noch ein Dessert?«, fragte der Kellner.

»Oh, nein. Ich esse keinen Zucker«, erklärte Rosalina und wedelte ihn fort, bevor sie sich wieder an mich wandte. »Das war das Schlimmste daran, mit Kevin und Stella zusammenzuwohnen. Stella ist förmlich süchtig nach Zucker. Kein Wunder, dass sie so dick ist.«

Halt die Klappe, Rosalina.

»Sie hat jeden Abend eine ganze Schüssel Mint-Chocolate-Chip-Eis gegessen. Richtig reingeschoben hat sie es sich, mit einem ganzen Berg Regenbogenstreusel. Ich sage dir, sie hat mehr davon gegessen als eine ganze Kompanie Arbeiter, und das sieht man ihr auch an.«

»Sie ist in Ordnung so, wie sie ist«, fauchte ich.

Rosalina lachte und beugte sich zu mir nach vorne. »Bitte, Damian, du musst nicht den netten Ehemann spielen. Es ist kein Geheimnis, wie dick sie ist. Ich wette, sie ist nur eine Kugel Eis davon entfernt, Diabetes zu bekommen.«

Bitte sei nicht meine Mutter, Rosalina.

Ich stand auf und ging, ohne noch ein einziges Wort zu sagen. Selbst wenn sich herausstellen sollte, dass diese Frau meine Mutter war, so würde sie keinen Cent von Stella oder mir bekommen.

15

STELLA

Acht Jahre alt

Grams wohnte im Gästehaus und unterstützte Kevin, wo sie konnte. Sie kochte, putzte und sorgte dafür, dass ich pünktlich in der Schule war. Ja, sie half mir sogar mit meinen Haaren. »Kevin hat ein gutes Herz, aber er hat keinen blassen Schimmer, wie man die Haare einer schwarzen Frau bändigt. Ich kann dich doch nicht wie eine Irre rumlaufen lassen. Deine Mutter würde mich umbringen«, sagte Grams immer, während sie meine krausen Locken bürstete und zu zwei Puscheln zusammenband. Grams Haare waren genau wie meine, nur deutlich grauer.

Sie hatte recht. Kevin hatte bei dem Versuch, meine Haare zu frisieren, bestimmt fünf Kämme zerbrochen, und meist fing ich an zu weinen, weil es so schrecklich ziepte. Also hatte Grams es übernommen, mich morgens für die Schule fertig zu machen. Sie war deutlich sanfter.

Kevin wirkte in letzter Zeit traurig, und manchmal, wenn ich an seinem Arbeitszimmer vorbeikam, hörte ich ihn weinen. Dann klopfte ich an die Tür und fragte, ob ich irgendetwas tun könne, doch er tat immer so, als wäre alles in Ordnung.

Grams sagte, er würde sich verstellen, damit seine Traurigkeit mich nicht auch noch traurig machte, und er würde deshalb immer mit verschiedenen Frauen ausgehen, weil er die Hoffnung hatte, dann nicht länger traurig zu sein.

»Warum muss ich heute überhaupt meine Haare machen?«, murrte ich, denn es war Sonntagmorgen.

Normalerweise frisierte Grams mich an fünf Tagen in der Woche, und Sonntag war keiner davon.

»Ich habe es dir doch schon gesagt. Wir lernen heute seine neue Freundin kennen, und da musst du ordentlich aussehen.«

»Kennst du sie?«

»Ja.«

»Magst du sie?«

Grams runzelte die Stirn und hielt inne, was nein bedeutete, aber sie mochte Kevins Freundinnen meistens nicht und sagte immer, er sei zu gut für sie.

»Ich denke, sie könnte ihn glücklich machen, und das ist alles, was zählt, wo er immer so einsam ist«, antwortete sie.

»Wieso ist er einsam? Er hat doch uns!«

Grams lachte. »Das stimmt, aber manchmal braucht ein Mensch einfach einen Partner. Und deine Mutter und er waren die besten Freunde, sogar schon bevor sie so alt waren wie du jetzt. Sie standen sich so nah, dass ihre Seelen sich wahrscheinlich ineinander verschlungen haben. Ich bin mir ziemlich sicher, mit ihr ist auch ein Teil von Kevins Herz gestorben und nun da draußen bei ihr im Ozean.«

Ich kaute auf meinen Nägeln und blickte zu Boden. »Warum redet er nicht mit Mama im Meer?«

»Nun, Liebes, man muss an die Magie des Ozeans glauben, um mit ihr kommunizieren zu können. Und ich fürchte, seit deine Mutter von uns gegangen ist, hat Kevin den Glauben ein wenig verloren. Aber er wird sich schon wieder fangen. Vielleicht hilft es ihm, wenn er jemanden an seiner Seite hat.«

»Meinst du, sie wird mich mögen?«

Grams drückte mir einen Kuss auf die Stirn. »Es ist unmöglich, dich nicht zu mögen, Stella.« Sie beendete ihre Arbeit an meinen Haaren und klopfte mir auf die Schulter. »Und jetzt geh. Zieh das gelbe Kleid an, das ich dir aufs Bett gelegt habe. Rosalina wird jeden Augenblick hier sein, und ich möchte, dass du dann fertig bist.«

Gehorsam lief ich in mein Zimmer und zog das Kleid an. Gelb war nach Petrol meine zweite Lieblingsfarbe. Die meisten Sachen in meinem Schrank waren gelb oder petrol. Ich liebte Petrol, weil es meine Lieblingsfarbe war, und Gelb, weil es Mamas Lieblingsfarbe gewesen war.

Mein Bauch kribbelte ein wenig, während ich mich anzog. Hoffentlich mochte Rosalina mich. Es wäre schön, noch eine Frau im Haus zu haben. Kevin verstand nicht immer, was in mir vorging, und ich konnte ihm unmöglich erzählen, wenn ich in einen Jungen verliebt war. Manchmal konnte ich mit Grams darüber reden, aber das war nicht dasselbe.

Ich war nicht auf der Suche nach einer neuen Mama, denn meine war ja immer noch da draußen im Meer, aber vielleicht konnte Rosalina meine Freundin werden. In der Schule hatte ich nicht viele Freunde, daher wäre es schön gewesen, sie als Freundin zu haben.

Als ich fertig war, rannte ich ins Esszimmer zurück, um auf Rosalina zu warten. Als ich um die Ecke bog, stieß ich mit Kevin zusammen. Ich stolperte, doch er fing mich auf, bevor ich zu Boden fiel.

»Hopsa, du Wildfang«, sagte er.

Ich blickte auf und sah in seine Augen. Früher hatten sie viel öfter gelächelt. Mama hatte immer gesagt, wie sehr sie es liebte, dass Kevins Augen manchmal der glücklichste Teil seines Gesichts waren. Aber jetzt wirkten sie traurig. Und das machte auch mich traurig.

»Tut mir leid«, murmelte ich.

Er tippte mir auf die Nase und stieß dann seine Faust gegen meine, wie wir es immer taten. »Schon okay. Bist du bereit, Rosalina kennenzulernen?«

»Ja! Grams sagt, sie wird mich mögen, vielleicht können wir Freundinnen sein.«

»Natürlich wird sie dich mögen! Du bist doch ein echtes Sternchen!«

Ich stellte mich in Position. »Ich weiß. Ich leuchte.«

Er lachte, und seine Augen sahen nicht mehr ganz so traurig aus. »Du bist genauso frech wie deine Mutter. Das weißt du, nicht wahr?«

Ich senkte die Brauen. »Vermisst du sie?«

»Jeden Tag.«

»Warum sprichst du dann nicht mit ihr, unten im Meer? So mache ich das nämlich. Und Grams auch! Du könntest es auch, wenn du wolltest.«

»Oh Kleines.« Er rieb sich den Nacken und beugte sich zu mir herunter. Dann lagen seine Hände auf meinen Schultern, und er flüsterte: »Ich spreche mit dem Ozean. Aber er spricht nicht mit mir.«

Ich beugte mich vor und flüsterte: »Weil du nicht gut genug hinhörst.«

Er öffnete den Mund, um etwas zu erwidern, doch da läutete es an der Tür, gefolgt von einem lauten: »Honey, ich bin wieder zu Hause!«

»Rosalina ist da«, sagte er.

Mein Herz schlug Rad in meiner Brust, so aufgeregt war ich.

Kevin lächelte und gab mir einen Kuss auf die Stirn. Mama hatte das auch immer gemacht. Hoffentlich hörte Kevin niemals damit auf. Grams nannte diese Küsse Ozeanküsse, weil dabei immer eine wohlig warme Welle durch meinen Körper wogte. Sie sollten mich daran erinnern, dass ich geliebt wurde.

»Ich weiß, ich war schon mit vielen Frauen zusammen, aber das mit Rosalina ist anders«, sagte Kevin zu mir, aber ich hatte das Gefühl, dass er es eigentlich zu sich selbst sagte. »Versprochen, Stella.«

Ich nickte, und er richtete sich wieder auf. Dann sah er mich mit seinen traurigen Augen lächelnd an. »Du wirst deiner Mutter immer ähnlicher. GU, weißt du?«

Ich lächelte. »GU.«

GU stand für »Geschenke des Universums« – für kleine Dinge, die sich anfühlten wie winzige Geschenke des Universums. Die meisten unserer seltsamen Redewendungen und Rituale hatten wir von Grams. Sie stand total auf Magie und Tarotkarten und Kristalle und Salbei und so was alles. Und wenn es ums Universum ging, wusste Grams fast alles. GU war nur eins von Millionen Dingen, die sie Kevin und mir beigebracht hatte.

»Komm.« Er nahm meine Hand. »Wir begrüßen sie zusammen.«

Wir traten ins Wohnzimmer, und da stand Rosalina, groß und aufrecht in High Heels und schickem Kleid. Ihr Fahrer trug ein paar von ihren Koffern herein. Sie tippte ununterbrochen auf ihrem Handy und trug eine riesige schwarze Sonnenbrille, die ihr gesamtes Gesicht verdeckte.

Als sie uns sah, hörte sie auf zu tippen und verstaute das Handy in ihrer Handtasche. »Kevin!«, rief sie und lief zu ihm. Kevin ließ meine Hand los, und ich trat einen Schritt hinter ihn, während die beiden sich umarmten.

Sie war unglaublich schön. Ich hatte noch keine Frau gesehen, die schöner war als Mama oder Grams.

»Du hast mir gefehlt, Baby.« Rosalina nahm ihre Sonnenbrille ab und verstaute sie ebenfalls in ihrer Handtasche. Dann legte sie beide Hände an Kevins Wangen und küsste ihn ganz doll. Und sehr, sehr lange.

Igitt.

Ich verzog angewidert das Gesicht und sah weg. Es war echt fies, Erwachsene so was tun zu sehen.

Kevin löste sich von Rosalina und drehte sich zu mir um. »Stella, möchtest du Hallo sagen?«

Ich klammerte mich an sein Bein und versteckte mich hinter ihm. Doch er zog mich nach vorne, sodass ich zwischen den beiden stand. Rosalinas Nasenflügel blähten sich wie bei einem Walross, aber sie lächelte, beugte sich nach vorne und sah mich an.

»Stella, du bist ja so groß geworden!«, rief sie und tippte mir auf die Nasenspitze. »Komm und nimm deine neue Mutter in den Arm.«

Ich sah zu Kevin, dann zu ihr, und wieder zu Kevin.

Kevin verzog das Gesicht. »Wir wollten es dir eigentlich erst heute Abend sagen. Rosalina und ich haben in Vegas geheiratet.«

»Was?«, rief ich, und mir wurde ganz schlecht. Aber das machte sie noch lange nicht zu meiner Mama, richtig? Ich wollte doch bloß eine Freundin.

»Ich weiß, Schätzchen, ist das nicht wundervoll?« Rosalina zog mich furchtbar fest in ihre Arme. Dann drückte sie mich so sehr, dass ich Angst hatte, zerquetscht zu werden oder so.

Als sie mich wieder losließ, kam Grams ins Zimmer und sagte, dass das Essen fertig sei.

Während des gesamten Essens sagte ich kein Wort. Ich wusste einfach nicht, was ich sagen sollte. Sie war nicht meine neue Mama. Ich hatte eine Mama, mit der ich jeden Tag redete. Dass manche Leute zu blind waren, um es zu sehen, hieß noch lange nicht, dass meine Mama nicht immer noch in den Wellen bei mir war.

Nach dem Essen ging ich mit Bauchschmerzen in mein Zimmer.

»Stella!« Rosalina stürmte herein, ohne anzuklopfen. Ich war gerade dabei, ein Bild zu malen. Meine Mama war eine Künstlerin gewesen, und wenn ich groß war, wollte ich auch Meisterwerke erschaffen wie sie.

Rosalina kam einfach so in mein Zimmer. Kevin und Grams kamen nie einfach herein, ohne vorher zu fragen.

»Hey, Stella, ich finde, es ist an der Zeit, dass wir beide uns mal unterhalten. Kevin verteilt gerade das Dessert für uns, damit wir ein wenig feiern können, auch wenn du eigentlich schon dick genug bist.« Sie kam an meinen Maltisch und zog sich den anderen Stuhl heran, um sich vor mir niederzulassen. »Es war ganz schön unhöflich von dir, beim Essen kein Wort zu sagen.«

Ich zuckte mit den Schultern.

Sie verzog das Gesicht. Als ihre Haare nach vorn fielen, schob sie sich die Strähnen hinter die Ohren. »Du weißt schon, dass Kevin mich liebt, oder?« Ich antwortete nicht. Sie lüpfte eine Augenbraue. »Ich war ein wenig schockiert, als er mir erzählt hat, er hätte dich adoptiert. Aber er liebt Wohltätigkeit, und du, Stella, bist ein wahrer Hauptgewinn. Aber ich bin die Liebe seines Lebens, und er hat mir ganz klar gesagt, wenn er sich zwischen dir und mir entscheiden müsste, dann würde er sich für mich entscheiden, seine Frau. Hast du das verstanden?«

»Kevin würde mich niemals im Stich lassen!«, rief ich wütend.

»Oh doch, das würde er. Und Maple auch. Das haben mir beide bereits versichert. Und sie sagen auch, wenn du ihnen gegenüber davon sprichst, packen sie deine Sachen und schicken dich fort. Also, wie wäre es, wenn wir beide eine Verabredung treffen? Wir werden einen Weg finden, wie wir *beide* in diesem Haus leben können.«

Ich fühlte mich nicht gut. Je länger sie redete, desto heftiger wurde mein Bauchgrimmen.

Rosalina lächelte, aber es fühlte sich nicht an wie ein nettes Lächeln. Es fühlte sich gemein an. Alles, was sie tat, fühlte sich gemein an. »Stella, du brauchst dringend mehr Disziplin. Da ich nun mit Kevin verheiratet bin, werde ich mich von jetzt an um dich kümmern. Du wirst in jeder Hinsicht makellos sein. Du wirst deine Pflichten erfüllen, ohne dass man dich darum bitten muss. Du wirst dich anziehen wie eine richtige Lady. Du wirst nicht länger so ein wildes Kind sein und du wirst niemals deine Stimme erheben. Deine Aufgabe ist es, so unsichtbar wie möglich zu bleiben, damit wir anderen uns wohlfühlen. Du wirst nur sprechen, wenn du gefragt wirst, sonst wirst du bestraft. Drei Verwarnungen, und du bist weg vom Fenster. Hast du das verstanden, Stella?«

»Aber …«, rief ich.

»Ah, ah, ah!« Rosalina hob warnend den Zeigefinger. »Du sollst doch nicht die Stimme erheben.«

Ich senkte den Kopf und starrte auf meine Hände.

Ich wollte, dass sie wegging.

Rosalina legte einen Finger unter mein Kinn und hob es an, sodass ich ihr in die Augen sehen musste. »Und mach nicht so einen runden Rücken. Sei mehr wie eine Dame. Und weniger wie du.«

Ich wusste nicht mal, was das heißen sollte. Aber ich wollte nicht mit ihr streiten, denn ich hatte Angst, dass Kevin mich dann fortschickte. Er und Grams würden mir schrecklich fehlen.

»Und vergiss nicht, ich tue das für dich. Damit Kevin dich nicht irgendwann leid ist und fortschickt. Das Ganze bleibt also unser kleines Geheimnis, okay?«

Ich nickte langsam und merkte, wie ihre Worte mich erzittern ließen.

Plötzlich spürte ich ihre Hände an meinen Wangen. Ihre Augen sahen aus, als würde sie jeden Augenblick anfangen zu weinen, während sie mein Gesicht hin und her wiegte und flüsterte: »Ich habe Bilder von ihr gesehen, weißt du. Du siehst deiner Mutter so ähnlich.« Dann kniff sie mir in die rechte Wange und schüttelte den Kopf. »Wie schade, dass du so hässlich bist.«

»Klopf, klopf.« Kevin klopfte an die Tür. Im Unterschied zu Rosalina kam er nicht einfach rein.

»Komm rein«, sagte Rosalina. »Ganz ehrlich, ich finde es albern, dass du anklopfst. Es gibt keinen Grund, warum du in deinem Haus nicht jedes Zimmer betreten solltest, wenn dir danach ist.«

»Nun, wir glauben daran, dass es wichtig ist, einen sicheren Ort zu haben. Das hier ist Stellas sicherer Ort«, erklärte Kevin. »Das Dessert ist fertig.«

Wir gingen zurück ins Esszimmer und setzten uns an den Tisch. Vor mir stand ein Stück von meinem Lieblingskuchen: Apple Crumble Pie mit Vanilleeis. Kevin und Rosalina ließen es sich schmecken, doch ich schob den Kuchen auf meinem Teller hin und her und aß nur wenig, weil ich die ganze Zeit daran denken musste, dass Rosalina mich fett genannt und gesagt hatte, dass ich besser keinen Nachtisch essen sollte.

Sie räusperte sich und warf mir einen Blick zu. Dann setzte sie sich demonstrativ auf und straffte die Schultern, um mir zu zeigen, wie ich zu sitzen hatte. Ich setzte mich ein wenig gerader hin und nahm die Ellbogen vom Tisch. Sie lächelte zufrieden.

»Stella, möchtest du gar nichts essen?«, fragte Kevin.

»Hab keinen Hunger«, murmelte ich.

»Hm? Sprich lauter, Schätzchen.« Rosalina sagte es freundlich, aber es klang trotzdem gemein.

»Ich habe keinen Hunger«, wiederholte ich laut.

»Das ist vermutlich auch besser so. Du hast ja reichlich zu Abend gegessen«, bemerkte sie und konzentrierte sich wieder auf ihren Kuchen.

»Kann ich wieder in mein Zimmer gehen?«, fragte ich Kevin.

»Natürlich. Es war ein langer Tag. Ich komme gleich noch und sage dir Gute Nacht, okay?«

»Okay.« Ich schob meinen Stuhl zurück und wollte in mein Zimmer laufen.

»Im Haus wird nicht gerannt, süße Stella«, sagte Rosalina. »Gehe wie eine Dame.«

Ich verlangsamte meine Schritte und tappte auf Zehenspitzen weiter, aus Angst, Rosalina könnte mich verwarnen.

Kurze Zeit später klopfte es an meine Tür. »Darf ich reinkommen?«, fragte Kevin.

»Ja.«

Ich lag schon unter der Bettdecke und hatte mein Nachtlicht eingeschaltet, als er eintrat. Er lächelte und zog einen Stuhl neben mein Bett.

»Heute war ein großer Tag«, sagte er.

Ich zuckte mit den Schultern, denn ich wusste nicht, was ich sagen sollte.

Er runzelte die Stirn. Obwohl Rosalina ihn eigentlich aufmuntern sollte, sah er immer noch traurig aus.

»Ich habe das Gefühl, dass ich dir nicht immer gerecht geworden bin, Stella. Als wäre ich nicht genug für dich«, gestand er.

Ich hätte am liebsten geweint. Er klang, als wollte er mich weggeben, wie Rosalina gesagt hatte. »Du bist mein bester Freund«, sagte ich. Seine Augen wurden feucht, und er beugte sich nach vorne und gab mir ein paar Ozeanküsse.

»Und du bist meine beste Freundin, Kleines.«

»Warum bist du traurig, Kevin?«, fragte ich.

Er legte den Kopf schief. »Wie meinst du das?«

»Du weinst.«

Er berührte seine Wangen, als hätte er es noch gar nicht bemerkt. »Oh. Ich weiß es nicht. Es war einfach ein verrückter Tag. Aber ich glaube, ab heute wird alles besser. Du magst Rosalina, nicht wahr, Stella? Sie sagt, ihr beide hättet euch wunderbar unterhalten.«

Ich zupfte an meiner Decke und dachte an unsere Unterhaltung. Ich wollte ihm sagen, was ich wirklich fühlte, aber ich hatte schreckliche Angst, dass er mich dann fortschickte. Außerdem wollte ich, dass er nicht mehr so traurig war, und vielleicht konnte Rosalina ihn ja wieder fröhlich machen. Und so tat ich, was man von mir erwartete, und sagte: »Ja.«

Kevin lächelte ein wenig und tätschelte meine Hand. »Okay. Gut. Ich mag sie auch. Aber du ...« Mehr Ozeanküsse. »Du bist mein Geschenk des Universums.«

16

STELLA

Gegenwart

Als Damian nach dem Treffen mit Rosalina nach Hause kam, wirkte er niedergeschlagen. Ich konnte ihn verstehen. Rosalina war nicht unbedingt die einfachste Person der Welt. Ich erinnerte mich noch gut daran, wie es gewesen war, mit ihr zusammen zu sein. Sie saugte anderen Menschen förmlich die Energie aus.

»Hi«, sagte ich lächelnd und schaltete meine Liebeskomödie auf Pause.

»Hallo«, antwortete er, einen Beutel in der Hand.

»Alles in Ordnung?«

Damian legte die Stirn in tiefe Falten. Dann blickte er auf seinen Beutel. »Ich hab dir Mint-Chocolate-Chip-Eis mitgebracht, wenn du magst.«

Ich riss die Augen auf, und meine Hände flogen an meine Brust. »Ich liebe Mint-Chocolate-Chip-Eis!«

»Wirklich?«

»Ja. Als Kind habe ich es ständig gegessen.«

»Ich kann dir ein bisschen davon in eine Schüssel tun.«

»Ähm, dieses Angebot werde ich nicht ablehnen. Und du kannst mitgucken, wenn du willst. Unser letzter Filmabend wurde ja leider unterbrochen.«

»Nein danke.«

Ich war ein wenig enttäuscht, als hätte ich eine Gelegenheit verpasst, so etwas wie eine Freundschaft zwischen uns zu etablieren. »Okay.«

Er ging in die Küche und brachte mir kurz darauf eine Schüssel mit Eis. Ich lächelte, als ich sah, dass er sogar Regenbogenstreusel darübergestreut hatte. »Ich liebe Streusel!«, sagte ich, und er lächelte beinahe. Dabei sah er mich an, als überlegte er etwas. »Was?«, fragte ich.

»Nichts. Du ...« Er murmelte etwas und trat nervös von einem Fuß auf den anderen. »Du siehst gut aus heute.«

Mit roten Wangen blickte ich auf mein T-Shirt und die Jogginghose. Zudem hatte ich einen Klecks Eis am Kinn. »Tatsächlich?«

»Ja. Du siehst schön aus.«

Wo kam das denn jetzt her?

»Danke, Damian.«

»Wie wäre es, wenn wir ihn verschieben? Den Filmabend?«

»Oh ja, natürlich. Das wäre wundervoll.«

»Gute Nacht, Cinderstella.«

»Gute Nacht, Biest.«

Er ging und ließ einen ganzen Schwarm Schmetterlinge in meinem Bauch zurück, die allerdings sofort aufhörten, mit ihren Flügeln zu schlagen, als Jeff mir eine Nachricht schickte.

Jeff: Hab mir gedacht, wir könnten uns vielleicht zusammen mit Dillon treffen.
Stella: Damian.
Jeff: Richtig. Wie heißt das Mädel bei dir im Studio, mit der du dich so gut verstehst? Die du an Thanksgiving mitgebracht hast. Kelsey?

Wenigstens *ihren* Namen hatte er sich gemerkt. Was in Anbetracht der Tatsache, dass sie seit drei Jahren alle Geburtstage und Feiertage mit uns verbracht hatte, wohl auch zu erwarten gewesen war. Sie war vor ein paar Jahren allein aus England nach Los Angeles gezogen, um Schauspielerin zu werden, und wir hatten uns auf Anhieb gut verstanden. Kelsey brauchte eine Familie, und ich war gern bereit gewesen, sie in meine kleine Welt aufzunehmen.

Stella: Ja.
Jeff: Du hast doch gesagt, sie ist Single. Wie wär's mit einem Blind Date?
Stella: Oh Gott, nein. Ich weiß nicht mal, auf welche Art von Männern Kelsey steht.
Jeff: Ich hab den Kerl gesehen. Auf den würde jede Frau stehen. Und du hast gesagt, dass er gerade niemanden hat. Was ist also so schlimm daran, Kelsey ebenfalls einzuladen? Es sei denn, du willst nicht, dass er mit einer anderen Frau ausgeht.
Stella: Quatsch. Aber ich muss erst mal schauen, ob er überhaupt Interesse hat.
Jeff: Ich reserviere einen Tisch für vier.

Ich schrieb ihm, er solle lieber warten, bis ich Damian gefragt hatte, aber Jeff reservierte trotzdem und meinte, er würde die Reservierung eben ändern, wenn es sein müsste.

Jeff: Ich hole euch alle am Mittwochabend ab, und danach kommst du mit mir nach Hause.

Ich antwortete nicht, denn ich spürte, dass er in einer seltsamen Stimmung war.

»Hi«, sagte ich, als ich Damian traf, der gerade die Waschmaschine befüllte.

»Hallo.« Er blickte auf meinen Wäschekorb. »Ich kann mein Zeug rausnehmen, wenn du deins zuerst waschen willst«, bot er an.

»Oh, nein, schon gut.« Ich winkte ab. »Ich kann warten. Tatsächlich freue ich mich, dich zu sehen. Ich wollte dich nämlich etwas fragen.«

»Nur heraus damit.«

»Hast du Lust, mit Jeff und mir essen zu gehen? Er möchte dich noch einmal offiziell kennenlernen. In nüchternem Zustand. Dann wirst du sehen, dass er nicht so schlimm ist, wie er sich beim ersten Mal präsentiert hat.«

»Der erste Eindruck ist nur schwer wieder zu löschen.«

»Stimmt. Aber viele Leute sind beim ersten Vorsprechen schlecht. Deshalb gibt es Callbacks.«

»Okay.«

Ich zog eine Augenbraue hoch. »Was?«

»Ich sagte okay. Ich bin dabei.«

»Wirklich?«, fragte ich überrascht. Das war sehr viel einfacher gewesen, als ich gedacht hatte.

»Wenn es dir hilft, besser mit dieser Situation klarzukommen.«

»Es geht vor allem darum, dass er damit klarkommt, was mir natürlich wichtig ist. Also, ja, wenn er klarkommt, komme ich auch klar.«

»Was hilft dir sonst noch dabei? Abgesehen davon, dass sich andere wohlfühlen.«

Ich kniff die Augen zusammen. »Wie meinst du das?«

»Vergiss es.«

»Nein.«

»Vergiss es, Stella«, erklärte er sehr bestimmt, und ich fragte nicht weiter – vor allem, da ich noch eine weitere Bitte hatte.

»Okay. Gut. Noch etwas …« Ich verschränkte die Finger ineinander und hoffte, dass er nicht wütend wurde. »Es ist eine Art Verabredung zu viert, wenn das okay für dich ist.«

»Das ist nicht okay für mich.«

»Das habe ich mir schon gedacht. Okay.« Ich wandte mich zum Gehen, drehte mich aber noch einmal zu ihm um. »Es ist nur … Jeff denkt, dass zwischen uns was läuft.«

»Zwischen uns läuft nichts.«

»Ich weiß das, du weißt das, aber Jeff weiß es nicht.«

»Er vertraut dir nicht?«

»Nein. Er vertraut *dir* nicht.«

»Und was habe ich mit dem Vertrauen in eurer Beziehung zu tun?«

»Nichts.« Ich schüttelte den Kopf. »Er ist einfach unsicher, das ist alles.«

Damian schwieg, doch ich konnte sehen, dass er gründlich nachdachte. Dabei war ich mir nicht sicher, ob ich überhaupt hören wollte, was er dachte, denn es war gewiss nichts Positives.

Ich kaute auf meiner Unterlippe. »Ich gebe dir zehn Dollar, wenn du mitmachst«, platzte ich heraus.

Er schnaubte. »Denkst du wirklich, ich bin so billig zu haben?«

»Nein. Ich bin einfach nur verzweifelt. Jeff scheint ein Problem damit zu haben, dass wir zusammenleben, und …«

»Okay.«

»Was?«

»Ich sagte okay. Ich mache es.«

»Wirklich?«, fragte ich überrascht.

»Wenn dieses Gespräch damit beendet ist, dann mach ich's.«

»Okay. Ja. Großartig. Danke, Damian.«

Er reichte mir seine Hand. Ich hob meine, die gerade nicht den Wäschekorb hielt, und schlug ein, als hätte er mich abklatschen wollen. Na ja, oder mir wenigstens die Hand schütteln wollen.

»Du schuldest mir was.«

»Ich schulde dir was?«

»Zehn Dollar.«

»Oh. Ja, richtig. Natürlich.« Ich blickte mich um und stellte fest, dass ich kein Geld dabeihatte. »Meine Geldbörse ist in meinem Zimmer, und ...«

»Stella.«

»Ja?«

»Das war ein Scherz. Ich will dein Geld nicht.«

»Oh. Ja. Cool. Ein Scherz.«

Ein Scherz?

Ein Scherz?

Hatte Damian Blackstone gerade einen Scherz gemacht?

Mit mir?

Nun gut. Das hatte mir gerade beträchtlich den Tag versüßt.

17

STELLA

Am Abend der Viererverabredung war ich furchtbar nervös. Und Jeff machte es mir kein bisschen leichter, als er kam, um uns abzuholen.

»Woher hast du dieses Auto?«, platzte es aus mir heraus, als er aus einem aufgebrezelten BMW weit jenseits unserer Möglichkeiten stieg. Mein Unterkiefer rammte beinahe den Bordstein, als ich an den Wagen trat, der eindeutig nicht sein vierzehn Jahre alter Honda war.

»Hab ein Upgrade bekommen«, erklärte er und warf glückselig die Hände in die Luft. »Sag mir, dass das keine heiße Karre ist, und ich sage dir, du lügst.«

Ich kniff die Augen zusammen. »Aber … Du hast kein Geld für so was. Und dann dein neues DJ-Equipment …« Mir wurde schwindelig.

Damian und Kelsey tranken im Haus ihren Wein aus, bevor es losging. Die beiden schienen sich großartig zu verstehen.

Bloß, warum störte es mich, dass sie sich so gut verstanden?

Ich räusperte mich und konzentrierte mich wieder auf Jeff. »Ist das ein Designeranzug, Jeff?«

»Du wolltest wohl sagen: ›Du siehst einfach umwerfend aus, Jeff‹«, erwiderte er und trat zu mir. Er warf einen Blick zum

Haus und küsste mich dann. Leidenschaftlich. Und extrem lange.

»Was ist denn mit dir los?«, fragte ich und wich zurück. Er blickte wieder zum Haus, und ich sah Damian durch das Fenster zu uns herüberschauen. Als er verschwand, entspannte sich Jeff spürbar.

»Nichts. Ich markiere nur mein Revier«, erklärte er selbstgefällig.

»Ich bin doch kein Baum, und du bist kein Hund, der mich anpinkelt«, sagte ich. »Außerdem scheint es zwischen Damian und Kelsey echt gut zu laufen.«

»Echt jetzt? Wirklich? Sie mag ihn?«

»Du wirkst überrascht.«

»Ich war mir einfach nicht sicher, ob sie auf Typen wie ihn steht.«

Ich lachte. »Du hast doch gesagt, jede Frau würde auf ihn stehen.«

»Richtig. Ich meine nur, nach allem, was du mir erzählt hast, scheint er ein wenig kühl zu sein.«

»Ist er, aber er kann auch sehr warmherzig sein, wenn er sich wohlfühlt. Außerdem warst du doch derjenige, der ein Doppeldate wollte. Aber zurück zu den wichtigen Dingen: Woher hast du das ganze Zeug?«

Jeff warf sich ein paar Pfefferminzbonbons in den Mund. »Hab ein paar kleinere Kredite aufgenommen.«

»Was? Jeff, wir verdienen nicht genug Geld, um irgendwelche Kredite zurückzuzahlen.«

»Oh doch«, erwiderte er. »Ich meine, wir sind mehr oder weniger Multimillionäre, Baby. Wird Zeit, dass wir uns auch so benehmen.«

»Das ist noch ein bisschen früh. Außerdem will ich nicht, dass materialistische Dinge uns verändern.«

»Tu das nicht, Stella«, sagte er leise.

»Was?«

»Die Spielverderberin sein. Mal ehrlich, wir haben eine Menge zu feiern. Ich bekomme immer mehr Gigs. Du bekommst mehr Geld. Es geht bergauf, Baby! Und nichts und niemand wird uns die Laune verderben – dich eingeschlossen.« Er küsste mich erneut, lange und leidenschaftlich, was bedeutete, dass Damian uns von irgendwo zusah. Jeff war nicht der Typ, der mich oft küsste. In dieser Hinsicht war er weitaus reservierter als ich; das Turteltäubchen in unserer Beziehung war ich.

»Süß siehst du aus«, sagte er.

Süß wie ein Welpe, nicht atemberaubend wie der Ozean.

Hör auf, die beiden miteinander zu vergleichen, Stella.

Zu meiner Überraschung verlief das Essen ziemlich gut. Damian redete deutlich mehr, als ich erwartet hatte, und gab sich Jeff und Kelsey gegenüber überraschend offen. Er lachte sogar ein paarmal, was mich ehrlich schockte. Damian war nicht der Typ, der viel lachte, und als ich es jetzt hörte, ließ es mich praktisch von Kopf bis Fuß vibrieren. Ich mochte sein Lachen. Und ich wünschte mir, er würde häufiger lachen.

Während des Essens meldete sich mein Handy. Ich griff danach, um es lautlos zu stellen, und schnappte nach Luft, als ich auf dem Display eine neue Nachricht angezeigt sah. »Oh mein Gott!«, kreischte ich und öffnete sie hastig. »Ich bin dabei!«, rief ich geschockt. »Ich bin dabei!«

»Wobei?«, fragte Kelsey.

»Bei der Ausstellung in Mateos Galerie. Jemand ist in letzter Minute abgesprungen, und ich stand auf der Warteliste. Oh mein Gott!« Ich rastete komplett aus. Ich konnte einfach nicht glauben, dass dieser Traum wahr werden sollte. Ich durfte meine Werke, meine Leidenschaft, in einer Galerie vor Hunderten von Leuten ausstellen.

Wie hatte ich nur solches Glück gehabt?

»Heilige Scheiße, ich hätte nie gedacht, dass du das mal schaffst«, sagte Jeff. »Glückwunsch, Babe! Das ist echt fett.«

Ich sah, wie Damians Gesichtsausdruck sich veränderte, als er Jeff ansah, doch dann wandte er sich wieder mir zu, und sein Gesicht wurde sanft. »Du hast es verdient. Herzlichen Glückwunsch, Stella.«

Was war das für ein Blick?

»Danke. Ihr müsst alle kommen! Ich meine, natürlich nur, wenn ihr wollt. Es ist ein Donnerstagabend. Wenn ihr nicht wollt, dann braucht ihr natürlich nicht zu kommen, aber ...«

»Ich werde da sein«, erklärten Damian und Jeff unisono.

Sie sahen sich an.

Nach den Spannungen zwischen den beiden zu urteilen, bezweifelte ich allerdings, dass sie jemals beste Freunde werden würden.

Kelsey erklärte ebenfalls, dass sie kommen wollte.

»Vielleicht können wir zusammen hingehen, Damian?«, fragte sie.

Jeff senkte die Brauen, sagte aber nichts. Damians Lippen verzogen sich zu einer Grimasse, doch er sagte Kelsey zu.

»Wunderbar«, sagte sie und klatschte in die Hände, bevor sie eine Hand auf Damians Oberschenkel legte. Das schien mir ein bisschen viel für ein erstes Date. Musste sie ihn ernsthaft mit ihren Pfoten begrapschen?

Hör auf damit, Stella. Guck woanders hin!

»Wir brauchen ein paar Schnäpse, um das zu feiern!«, rief Jeff und winkte der Kellnerin. »Geht auf mich.«

»Jeff, nein, schon gut. Ehrlich.« Er hatte bereits mehr als genug getrunken. Und außerdem warf er mit Geld um sich, als

gäbe es kein Morgen mehr, was mir ernsthaft Sorgen bereitete.
»Wir brauchen keine weiteren Drinks.«

»Was ist dein Problem, hm? Ich will mit dir feiern!«, fauchte er.

»Wie wäre es, wenn du dann nicht mit ihr reden würdest, als wäre sie eine Belastung«, sagte Damian. Man sah ihm an, wie genervt er von Jeff war, und in meinem Bauch breitete sich Unbehagen aus. »Außerdem bist du der Fahrer, da solltest du lieber nicht noch mehr Alkohol trinken.«

»Was hast du gesagt?«, fragte Jeff und starrte Damian wütend an. »Wie wäre es, wenn du dich da raushältst? Ich kann mit meiner Freundin sprechen, wie ich will.«

»Da hast du recht. Ich verstehe nur nicht, warum du so mit ihr redest«, antwortete Damian und richtete sich ein wenig auf seinem Platz auf. Die beiden Männer bauten sich voreinander auf, als wollten sie sich prügeln, doch zum Glück ging Kelsey dazwischen, bevor es ernst wurde.

»Ein Toast auf Stella und ihre erste Kunstausstellung!«, rief sie und erhob ihr Weinglas. »Möge es die Erste von vielen sein!«

Die beiden Männer rissen sich zusammen und entspannten sich wieder ein wenig. Alle hoben die Gläser und stießen auf mich an.

Der unbehagliche Moment war vorbei, und wir beendeten das Essen ohne Blutvergießen. Anschließend fuhren wir zurück zur Villa, und Kelsey machte sich, nachdem sie mit Damian Telefonnummern ausgetauscht hatte, ebenfalls auf den Heimweg.

Echt jetzt? Er gab ihr seine Nummer? Das war gut, nahm ich an. Richtig. Das war es. Das war genau das, was ich mir gewünscht hatte. Sicher. Natürlich.

Da es ein Mittwoch war, hatte ich meine Tasche schon gepackt, um mit Jeff nach Hause zu fahren.

»Ich geh nur schnell rein und hole meine Tasche, dann können wir fahren«, sagte ich zu ihm.

»Ja. Ich warte hier.«

Ich lief ins Haus, um meine Sachen zu holen, und sah Damian in der Küche stehen, wo er sich ein Glas Wasser eingoss.

»Danke noch mal, dass du heute Abend mitgekommen bist. Du und Kelsey scheint euch großartig verstehen. Und auch mit Jeff ist es ja ganz gut gelaufen, bis auf ein paar unbehagliche Momente und …«

»Wieso bist du mit ihm zusammen?«

»Was?«

»Jeff. Wieso bist du mit ihm zusammen? Er hat keine einzige Hirnzelle im Kopf, und seine Fähigkeit, sich einen Scheiß für andere Menschen zu interessieren, ist wahrlich bemerkenswert.«

»Das ist nicht wahr.«

»Doch, es ist wahr, und ich weiß, dass du intelligent genug bist, um das auch selbst zu erkennen. Macht er das oft?«, fragte Damian.

»Was?«

»Dich und deine Träume schlechtmachen?«

»Oh. Nein. Ich meine, du hast seine Reaktion auf die Ausstellung bestimmt falsch interpretiert. Jeff ist Realist. Er weiß, dass meine Kunst nicht gut genug ist, um davon leben zu können. Ich verliere manchmal ein wenig die Bodenhaftung, und dann geht meine Fantasie mit mir durch und ich stelle mir ein Leben vor, in dem ich von meiner Kunst leben kann, und, nun ja, das ist natürlich albern.«

»Warum?«

»Weil ich nicht gut genug bin.«

»Wer sagt, dass du nicht gut genug bist?«

Wo soll ich bloß anfangen?

Ich zwang mich zu einem Lächeln. »Schon okay, Damian. Nicht alle Träumer erleben, dass ihre Träume wahr werden. Manche landen einfach wieder in der Wirklichkeit.«

Er verzog das Gesicht und füllte weiter sein Glas.

»Okay, also, ich wünsche dir eine gute Nacht. Danke noch mal, dass du mitgekommen bist. Ich weiß, dass es nicht der angenehmste Abend für dich war.« Ich wandte mich zum Gehen, hielt aber inne, als ich ihn sagen hörte: »Was, wenn es Maple wäre?«

»Wie bitte?«

»Was, wenn Jeff zu Maple sagen würde, dass ihre Träume unrealistisch sind und sie nicht genug Talent hat, um sie wahr werden zu lassen? Wie würdest du darauf reagieren?«

»Ich wäre stinksauer.«

Er schob die Hände in die Taschen seiner Stoffhose. »Dann schenke dir selbst ebenso viel Liebe und Protektion, wie du sie Menschen zukommen lässt, die dir wichtig sind. Und nur damit du es weißt, ich habe deine Arbeiten gesehen.« Er trat zu mir, bis er nur noch wenige Zentimeter entfernt war, und sagte leise: »Du bist mehr als gut genug.«

Worte …

Es waren bloß Worte, doch jedes Mal, wenn Damian so etwas sagte, wollte ich mehr davon hören.

Er ging hinaus, während mir immer neue Schauer über den Körper jagten und mein Herz sich wieder zu beruhigen versuchte, nachdem Damian es wie wild hatte schlagen lassen.

18

STELLA

»Atme, Stella, atme«, murmelte ich leise.

Es war der Tag der Ausstellungseröffnung, und ich war ein Nervenbündel. Und der Umstand, dass es mir den ganzen Tag nicht gelungen war, Jeff zu erreichen, machte es nicht besser. Er hatte am Vorabend einen Gig gehabt, und ich wusste, dass er danach immer eine Weile brauchte, um sich wieder zu sammeln, aber ich hoffte inständig, dass er nicht zu heftig gefeiert hatte, weil er wusste, dass der nächste Abend der größte in meiner bisherigen Karriere sein würde.

Stella: Wo bist du?

Ich hatte Jeff mittlerweile vier Nachrichten geschrieben und fünfmal versucht ihn anzurufen, aber ohne Erfolg.

»Er wird schon kommen. Er wird mich heute ganz sicher nicht im Stich lassen. Wahrscheinlich ist sein Akku leer. Es gibt sicher einen Grund, warum er noch nicht hier ist, an einem so wichtigen Tag für mich.«

Ich stand in der Galerie vor dem Toilettenspiegel und versuchte meine Nervosität wegzuatmen, ebenso wie die Tatsache, dass Jeff noch immer nicht aufgetaucht war. Mittlerweile war es Viertel nach neun. Die Vernissage hatte um acht Uhr angefangen, doch weit und breit keine Spur von meinem Freund.

Ich musste aufhören, mich auf der Toilette zu verstecken, sonst würden die Leute sich fragen, warum die Künstlerin nicht bei ihren Werken war.

»Stella? Jemand hat nach dir gefragt. Ich glaube, es ist dein Freund«, sagte Marie, die die Ausstellung organisiert hatte, hinter der Tür.

Sogleich flatterte ein ganzer Schwarm Schmetterlinge in meinem Bauch. Ich wollte wütend auf Jeff sein, weil er zu spät erschien, andererseits wünschte ich mir nichts sehnlicher, als meine Kunst mit jemandem zu teilen, der mir wirklich etwas bedeutete.

»Er ist da?«, fragte ich und drehte mich schwungvoll zur Tür um. Als ich über mein weißes Kleid strich, spürte ich, dass meine Wangen schon wehtaten, weil ich so breit grinste. Es war mir unglaublich wichtig, die Ausstellung in dieser Galerie mit ihm zu teilen, weil es so lange nur ein Traum gewesen war. Endlich hatte ich etwas, das ich ihm zeigen konnte, worauf ich stolz sein konnte. Etwas, das bewies, dass ich meine künstlerische Arbeit so ernst nahm wie er seine.

»Ja, er ist hier. Du hast gar nicht erzählt, wie gut er aussieht. Du meine Güte, das ist mal ein attraktiver Mann.« Marie warf ergeben die Hände in die Luft. »Aber nur um das klarzustellen, ich werde mich *nicht* an ihn ranschmeißen. Dafür habe ich meinen eigenen Kerl«, scherzte sie.

Ich dankte Marie, dass sie mir Bescheid gegeben hatte, doch als ich in die Galerie zurückkehrte, musste ich schockiert feststellen, dass mein Freund nirgends zu sehen war. Dafür stand mein extrem gut angezogener Ehemann vor mir. Wie immer perfekt gestylt, betrachtete Damian die Bilder an den Wänden.

Nachdem ich mich von dem Schock erholt hatte, dass mein Freund immer noch nicht aufgeschlagen war, ging ich zu Damian, um ihn zu begrüßen. »Biest«, sagte ich und stellte mich hinter ihn, während er eins meiner Lieblingsbilder betrachtete. Es hieß *Blau*. »Du bist gekommen.«

»Ich hatte es dir versprochen.«

»Wenn doch nur andere ihre Versprechen ebenso ernst nehmen würden«, murmelte ich.

Er zog fragend eine Augenbraue hoch.

Ich schüttelte den Kopf und zwang mich zu lächeln. »Vergiss es. Ist Kelsey auch da?«

»Wir waren zusammen essen, haben dann aber entschieden, nicht gemeinsam herzukommen.«

»Oh nein, ist alles okay zwischen euch? Sie hat so viel Gutes über dich erzählt ...«

»Ich möchte lieber nicht über sie sprechen.«

Ich runzelte die Stirn. Irgendetwas musste vorgefallen sein, aber ich wollte ihn nicht bedrängen. Mittlerweile kannte ich Damian gut genug, um zu wissen, dass ich dann erst recht nichts aus ihm herausbekommen würde. »Soll ich dich rumführen?«

»Okay.«

Wir gingen durch die Ausstellung, und jedes Mal, wenn er etwas Gutes über meine Arbeiten sagte, wollte ich ihm am liebsten um den Hals fallen. Doch stattdessen sagte ich: »Danke, dass du heute Abend gekommen bist.«

»Es ist ein wichtiger Abend für dich.«

»Ja.«

»Dann ist es mir eine Ehre, dabei sein zu dürfen.«

Oh Damian.

Ich gab mir alle Mühe, mein galoppierendes Herz zu ignorieren.

Für ein so toughes Biest hatte er auch eindeutig sanftmütige Seiten.

»Das Thema der Ausstellung ist Trauer. Ich habe schon als Kind damit angefangen, nachdem meine Mutter gestorben war. Das letzte Bild habe ich nach Kevins Tod gemalt. Ich verwende eine Kombination aus Kohle und Acryl. In letzter Zeit habe ich vor allem damit experimentiert, die Farbe zu gießen, aber von den Bildern hat keins es in die Auswahl für die Ausstellung geschafft. Ich fühle mich in dieser Technik noch nicht sicher genug, um diese Bilder auch zu zeigen.«

»Wenn sie auch nur halb so gut sind wie diese hier, versteckst du wahre Meisterwerke.«

Ich sah ihn überrascht an. »Hat das Biest mir etwa gerade ein Kompliment gemacht?«

»Lass es dir aber nicht zu Kopf steigen.«

»Zu spät. Mein Ego plustert sich jetzt schon auf.«

Ein winziges Lächeln zuckte um seine Mundwinkel, doch es verschwand so schnell, wie es gekommen war. »Wie viele Bilder hast du schon verkauft?«

»Noch keins. Wahrscheinlich werde ich gar nichts verkaufen. Es waren schon ein paar Leute hier, doch niemand wollte etwas kaufen. Aber das ist in Ordnung. Es ist schon wahnsinnig aufregend, meine Arbeiten überhaupt präsentieren zu dürfen. Außerdem ist es vermutlich meine Schuld, ich hätte andere Preise angeben sollen. So viel bin ich wahrscheinlich gar nicht wert.«

Damian betrachtete mich stirnrunzelnd. Dann trat er näher an das Bild heran, um das Preisschild lesen zu können.

Er schnaubte. »Du hättest einen höheren Betrag draufschreiben sollen. Du bist mehr wert als das.«

Und wieder tat mein Herz einen seltsamen Hüpfer.

»Hast du den Gästen, die hier ein- und ausgegangen sind, QR-Codes in die Hand gedrückt?«

»Nein. Aber ich habe meine Webseite angegeben, auf der man Bilder kaufen kann.«

Er wirkte enttäuscht. »Die Leute sind faul. Und schlimmer noch als ihre Faulheit ist, dass die meisten von ihnen die

Aufmerksamkeitsspanne eines Kleinkinds haben. Die Gesellschaft mag einem einreden, dass die Menschen im Laufe ihres Lebens aus dem Kleinkindalter herauswachsen, aber sie werden einfach nur größer und verhalten sich trotzdem noch wie Kinder. Die Leute brauchen alles direkt vor ihrer Nase, sonst vergessen sie es sofort wieder.«

»Du hast recht. Aber so kurzfristig konnte ich …«

»Nächstes Mal kommst du zu mir«, bot er an. »Ich habe einen der besten Assistenten auf diesem Planeten. Er kann alles für dich erledigen.«

»Ich … wow. Damian, danke. Das ist super.«

»Visitenkarten?«

»Was?«

»Hast du Visitenkarten?«

»Nein, noch nicht.«

Er seufzte und murmelte etwas vor sich hin. Dann räusperte er sich und schob die Hände wieder in die Taschen. In diesem Moment kamen ein paar Leute in die Galerie. Er sah zu ihnen hinüber.

»Ich kann mich alleine umschauen. Geh ruhig und kümmere dich um deine Gäste«, sagte er.

»Richtig. Natürlich. Ähm, wenn du irgendetwas brauchst, weißt du ja, wo du mich findest.«

»Newsletter«, sagte er.

Ich zog fragend eine Augenbraue hoch.

»Bring sie dazu, deinen Newsletter zu abonnieren.«

»Ich habe keinen Newsletter.«

»Ab morgen hast du einen. Notier dir ihre E-Mail-Adressen auf einem Stück Papier.«

Ich lächelte ihm zu und tat, was er mir geraten hatte. Alle, die hereinkamen, gaben mir ihre Adressen, und ich freute mich über meine kleine Sammlung. Damian verbrachte den restlichen Abend in der Galerie. Er blieb für sich und betrachtete ausgiebig jedes einzelne meiner Bilder, als würden sie ihm eine Geschichte erzählen.

Am Ende war er mit mir und den anderen Künstlern der Letzte, der noch da war.

Er trat zu mir und strich sich den Anzug glatt. »Danke, dass ich dabei sein durfte, Stella.«

»Danke, dass du gekommen bist. Es bedeutet mir sehr viel.«

Er öffnete den Mund, als wollte er noch etwas sagen, schloss ihn jedoch wieder und sagte stattdessen »Wir sehen uns zu Hause« und öffnete die Tür zur Straße.

»Damian, warte. Was wolltest du gerade sagen?«

»Nichts. Es geht mich nichts an.«

»Was geht dich nichts an?«

»Stella, es ist nicht wichtig.«

»Aber was, wenn es für mich wichtig ist?«, fragte ich.

Er seufzte und rieb sich den Nacken. »Wo ist Jeff?«

»Ich … ich weiß es nicht genau.« Ich spürte, wie mir Tränen in die Augen schossen, als mir aufs Neue aufging, dass ich gerade meine erste Ausstellungseröffnung gefeiert hatte und Jeff nicht gekommen war. »Bestimmt ist ihm etwas dazwischengekommen.«

»Bitte weine nicht.«

»Ich bin Fische im Sonnen-, Krebs im Mondzeichen und Zwilling im Aszendenten, Damian.«

»Ich habe keine Ahnung, was du mir damit sagen willst«, erwiderte er trocken, »aber es klang ziemlich nach Maple.«

»Ganz und gar nach Maple.« Ich kicherte, als ich sah, wie verwirrt er war. »Das bedeutet, dass Weinen bei mir einfach dazugehört.«

»Dann verschwende deine Tränen wenigstens auf wichtige Dinge.«

Ich zwang mich zu einem Lächeln und wischte mir die Tränen aus dem Gesicht. »Gute Nacht, Damian.«

Wieder öffnete er die Tür, drehte sich zu mir um und ließ sie wieder zufallen. »Ich weiß, unser Anfang war nicht besonders gelungen, und ich bin sicher nicht der einfachste Mensch. Ich bin nicht mal ein guter Mensch. Du aber schon, und du bist es wert, dass man deinetwegen auftaucht, Stella. Und jeder, der es nicht tut, hat deine Tränen nicht verdient.«

Er ging hinaus und ließ mich mit galoppierendem Herzen und den restlichen Tränen zurück.

Marie trat zu mir und lächelte. »Im Ernst, Stella. Dein Freund ist echt heiß.«

»Er ist nicht mein Freund.«

»Ach?«

»Er ist mein Mann.«

Sekunden später rannte ich ihm nach und rief seinen Namen. »Damian, warte!« Er drehte sich um, und seine meerblauen Augen blickten furchtbar schmerzlich. Ein wenig überrascht trat ich näher. »Was ist los?«

Er räusperte sich und schüttelte den Kopf. »Nichts.«

»Du lügst. Was ist los? Ist alles in Ordnung?« Ohne nachzudenken legte ich eine Hand auf seinen Arm. Damian schaute auf die Stelle, an der ich ihn berührte, dann blickte er wieder in meine Augen. Er sah aus, als stünde er kurz davor, mir mehr von seinen Gefühlen zu offenbaren, als es ihm normalerweise gegeben war.

Er tippte sich mit dem Finger gegen die Nase. »Du bist ein guter Mensch, Stella.«

Für einen Moment gehörte mein Herz ihm.

»Danke, Damian.«

»Nein.« Er schüttelte den Kopf. »Du verstehst nicht. Du bist wirklich ein guter Mensch. Du siehst überall und in den

Menschen nur das Gute, auch wenn sie es gar nicht verdienen.«

»Damian …«

»Du bist ein guter Mensch, der sich um andere sorgt, und damit meine ich nicht die falsche, gespielte Sorge, die Leute einem meistens vorgaukeln. Du liebst die Menschen, tief in deiner Seele, und deshalb bin ich so wütend, denn guten Menschen wie dir passieren so viele schreckliche Dinge, die ihnen nicht passieren sollten. Maple hat mir gesagt, dass ich in der Lage bin, alles nicht immer nur so unverblümt zu formulieren, aber ich weiß nicht, wie ich es anders sagen soll, und das macht mich ebenfalls wütend.«

Langsam machte er mich nervös. »Was ist los, Damian?«

»Kelsey ist heute Abend nicht mit mir zur Ausstellungseröffnung gekommen, weil wir vorher zusammen essen waren.«

»Ist irgendwas passiert?«

»Ja. Ich hatte sie beobachtet und es bereits vermutet, aber ich brauchte Gewissheit, bevor ich es dir mitteilen konnte. Deshalb war ich mit ihr essen.«

»Sei mir nicht böse, aber ich habe keine Ahnung, worauf du hinauswillst.«

Er rieb sich den Mund, und seine Anspannung machte mich noch nervöser. Als er schließlich redete, klangen seine Worte wie in einer fremden Sprache. »Sie schlafen miteinander.«

Ich erstarrte. »Wer schläft miteinander?«

»Jeff und Kelsey. Sie schlafen miteinander, und ich habe das Gefühl, das läuft schon eine ganze Weile so.«

Ich lachte, was sollte ich auch sonst tun? »Unsinn.«

»Es ist wahr.«

»Was? Nein, ist es nicht.« Instinktiv schüttelte ich den Kopf. Ich konnte nicht glauben, wie er so etwas sagen konnte. »Wovon redest du da? Nein, das tun sie nicht.«

»Doch, Stella.«

»Was ist los mit dir? Warum sagst du so etwas? Ich … das ergibt überhaupt keinen Sinn. Kelsey steht auf dich.«

»Nein, tut sie nicht.«

»Aber ja! Sie hat es mir selbst erzählt! Auf der Arbeit redet sie die ganze Zeit nur von dir und …«

»Die beiden schlafen miteinander.«

»Hör auf, das zu sagen«, stieß ich hervor und spürte, wie mein Brustkorb sich vor Entsetzen zusammenzog. »Du irrst dich.«

»Ich wünschte, es wäre so.«

»Nein, wirklich! Hör zu, ich weiß nicht, worauf du hinauswillst, Damian, aber das geht zu weit. Wie kannst du es wagen. Diese beiden Menschen bedeuten mir sehr viel, und …«

»Du bist ein guter Mensch«, unterbrach er mich.

»Hör auf, das zu sagen«, zischte ich.

»Kann ich nicht, denn das ist der Grund, warum du es nicht siehst. Ich sehe es, weil ich kein guter Mensch bin, weil ich die dunkle Seite der Menschen sehe. Ich sehe das Schlechte, während du immer nur das Gute siehst. Deswegen kannst du es nicht erkennen.«

Ich schnaubte. »Willst du damit sagen, ich bin naiv?«

»Nein.« Er kniff irritiert die Augen zusammen. »Ich sage, dass du ein guter Mensch bist.«

»Aber du sagst es so herablassend.«

»Nein, das tue ich nicht. Es ist die Wahrheit.«

»Du sagst, dass ich zu dumm bin zu erkennen, dass meine beste Freundin mit meinem Freund ins Bett geht.«

»Ich habe dich niemals dumm genannt, Stella.«

»Doch, hast du! Ich kann einfach nicht …« Meine Hirnwindungen verknoteten sich, während ich zu verarbeiten versuchte, was Damian gerade gesagt hatte. Warum tat er das? Wir waren auf so einem guten Weg gewesen. Wir hatten allmählich so etwas wie eine Freundschaft entwickelt, jedenfalls hatte ich das geglaubt. Aber warum tat er das jetzt? »Ich gehe wieder rein.«

Er öffnete den Mund, um etwas zu sagen, doch es kamen keine Worte heraus.

Was, Damian?

Sag es.

Sag irgendwas. Entschuldige dich. Nimm alles zurück.

Sein Schweigen zeigte mir deutlich genug, dass dieses Gespräch beendet war.

Ich drehte mich um und wollte wieder hineingehen, als er rief: »Frag Kelsey. Sie wird es dir sagen. Vielleicht nicht mit Worten, aber mit ihren Augen. Jeff ist ein guter Lügner. Er hat kein Herz und kennt keine Schuldgefühle. Aber Kelsey, sie wird dir die Wahrheit sagen, mit ihren Augen.« Sein Mundwinkel zuckte, und ich sah mehr Gefühl in seinem Blick als jemals zuvor. »Ich halte dich nicht für dumm, und wenn du meine Worte so verstanden hast, dann tut es mir leid. Ich weiß, dass ich nicht sehr diplomatisch bin. Ich weiß nicht, wie man etwas richtig ausdrückt, aber wenn ich mit dir spreche, dann immer nur mit dem höchsten Respekt. Ich möchte dir nicht wehtun. Wenn meine Worte dich verletzt haben, dann entschuldige ich mich dafür, denn ich bin dein Freund, Stella. Du bist meine Freundin, und du bist alles andere als dumm.«

Und damit drehte er sich um und ließ mich ziemlich verloren zurück.

Als ich nach Hause kam, war Damian in seinem Zimmer und hatte die Tür geschlossen. Noch immer mit einem Knoten im Bauch, ging auch ich in mein Zimmer. Immer wieder musste ich daran denken, was Damian mir über Kelsey und Jeff gesagt hatte.

Mit der Hand vor dem Mund, weil mir so übel war, lag ich auf meinem Bett und tippte und löschte wieder unzählige Nachrichten an Kelsey und Jeff. Ich hatte nicht den Mut, die Nachrichten abzuschicken und ihnen etwas so Grausames vorzuwerfen. Und im Grunde wusste ich, dass ich das Problem ohnehin nicht mit einer Textnachricht klären konnte.

Ich musste ihnen in die Augen sehen.

Zumindest Kelsey.

Gegen Mitternacht stand ich schließlich auf, schlüpfte in meine Tennisschuhe und ging hinaus. Zwanzig Minuten später stand ich vor Kelseys Tür und klopfte mehrfach.

Endlich öffnete sie die Tür und schien überrascht, mich zu sehen. Ihre Mundwinkel hoben sich zu dem herzlichen Lächeln, das ich schon so lange kannte, und ich konnte einfach nicht glauben, dass sie mich so hinterging, wie Damian es behauptet hatte. Doch warum sollte er lügen?

Zu wissen, dass einer von drei Menschen, die mir so viel bedeuteten, mich belog, tat furchtbar weh.

»Stella, hi. Was machst du denn hier?«, fragte sie und verschränkte die Arme vor der Brust.

Ein kühler Wind strich über meine Haut und ließ mich schaudern. »Schläfst du mit Jeff?«, platzte ich heraus.

Damian hatte recht gehabt.

Es waren ihre Augen.

Sie schauten zur Seite.

Sie verrieten mir, was ihr Mund nicht sagen konnte.

»Oh mein Gott.« Ich fuhr taumelnd zurück.

»Stella, warte, ich … ich meine, ich …« Tränen schossen ihr in die Augen, und sie schlug die Hand vor den Mund und schüttelte immer wieder den Kopf. »Ich …«

Tiefe Atemzüge. Zitternder Körper. Schuldiger Körper. Schuldige Freundin. Freundin. Kelsey. Nein …

»Es tut mir so leid, Stella. Es hätte bei einem einzigen Mal bleiben müssen. Ich war bei einem seiner Gigs, und, na ja, wir haben zu viel getrunken«, gestand sie, und Tränen liefen über ihre Wangen, als wäre sie es, die betrogen worden war. Als wäre sie es, die verletzt worden war. Als erwartete sie, dass ich sie tröstete. »Aber dann haben wir Gefühle füreinander entwickelt. Aber Jeff bekam nach einiger Zeit ein schlechtes Gewissen und meinte, wir sollten nicht … und das haben wir auch nicht! Nicht seit Kevins Tod, ich schwöre es dir, Stella! Deshalb dachte ich, mit Damian auszugehen, würde es endgültig beenden, und das hat es auch. Die Sache mit Jeff und mir ist vorbei. Versprochen.«

Versprochen.

Wie viel mochte ihr Versprechen wert sein?

»Wie lange?«, keuchte ich.

»Stella, bitte …«

»*Wie lange?*«, fuhr ich sie an und spürte, wie Wut mich überkam, oder Traurigkeit. Oder beides? Verwirrung? Angst? Schmerz? Jedes Gefühl, das das Gegenteil von Freude war, jagte durch meine Adern.

»Ich … ähm, drei Jahre.«

Drei Jahre.

Drei Jahre Weihnachten und Thanksgiving. Drei Jahre gemeinsam gefeierte Geburtstage. Drei Jahre lang eine Affäre hinter meinem Rücken, während sie mir in die Augen sahen und mir sagten, wie gern sie mich hatten.

Ich trat einen Schritt zurück. Mein Knöchel knickte um, und mein Fuß rutschte auf der obersten Treppenstufe aus. Ich stolperte, fiel alle fünf Stufen hinab und schlug hart auf den Asphalt auf, wobei ich mir die Handflächen aufschürfte.

»Stella! Alles in Ordnung?«, fragte Kelsey und kam zu mir gelaufen. »Deine Hand blutet.« Sie beugte sich herunter, um mir zu helfen, doch ich stieß sie fort.

»Fass mich nicht an! Und wage es nicht, jemals wieder mit mir zu sprechen. Wir sind fertig miteinander«, sagte ich und kam langsam wieder auf die Beine. Mein Knöchel pochte heftig. Ich hinkte zum Auto und fuhr nach Hause. Wie sehr wünschte ich mir, ein Mädchen zu sein, das nicht immer alles so intensiv fühlte.

19

DAMIAN

Als Stella das Haus verließ, fragte ich mich, wohin sie wollte. Statt mich schlafen zu legen, ging ich in mein Arbeitszimmer, um noch ein wenig zu arbeiten. Es gab ohnehin mehr als genug zu tun.

Ich hörte sie, als sie zurückkam, ging aber nicht zu ihr, denn ich war mir sicher, dass sie mich nach dem, was sie von mir erfahren hatte, nicht sehen wollte. Mittlerweile bereute ich es, ihr überhaupt gesagt zu haben, was ich bei dem Essen mit Kelsey herausgefunden hatte. Die Bemerkungen, die sie über Jeff gemacht hatte, hatten mir Gewissheit gegeben. Ich war ein Meister darin, andere Menschen zu durchschauen und zu erkennen, warum sie so waren, wie sie waren. Und Details zu entdecken, die sie nicht einmal selbst über sich wussten. Ihre tiefsten, dunkelsten Geheimnisse zu erfahren, bevor sie irgendetwas darüber sagten.

Die meisten Menschen redeten nicht über ihre dunklen Seiten, doch ich war ausgesprochen gut darin, sie trotzdem aufzudecken.

Connor nannte mich einen Totengräber, weil ich so ziemlich alles über jeden Menschen ausgraben konnte. Doch bei Kelsey und Jeff wusste ich, dass ich Beweise brauchte, denn ich hätte Stella niemals das Herz gebrochen, wenn auch nur die geringste Chance bestanden hätte, dass ich mich irrte.

Als Kelsey beim Essen ihr Handy auf dem Tisch liegen ließ, nahm ich es und suchte nach Nachrichten von Jeff. Leider gab es Hunderte Beweise ihrer Affäre.

Mir wurde übel, während ich sie las.

Als Kelsey zurückkehrte, hatte sie keine Ahnung, wie sehr ich sie hasste, und dass ich sie für den letzten Dreck auf dem Planeten hielt. Jeder Mensch, der so skrupellos war, einem Menschen wie Stella wehzutun, war in meinen Augen wertlos.

Doch ich zeigte es nicht. Kelsey sollte nicht wissen, dass ich es wusste, bevor ich Gelegenheit hatte, es Stella zu sagen.

Allerdings hätte ich es ihr auf bessere Art beibringen können.

Gegen zwei Uhr früh kam Stella in mein Arbeitszimmer.

»Denkst du wirklich, ich bin gut genug?«, fragte sie mit einem Glas Wein in der Hand. Offensichtlich hatte sie schon ein bisschen was getrunken, denn nüchtern wäre sie niemals einfach so in mein Büro geplatzt. Und ihre Frage wirkte, als hätte sie sie gerade aus der Luft gegriffen.

»Ja«, antwortete ich.

»Warum?«

»Es spielt keine Rolle, warum ich dich für gut genug halte, sondern nur, dass du dich selbst nicht für gut genug hältst.«

Mit nicht mehr ganz kontrollierten Bewegungen fläzte sie sich mir gegenüber in einen Sessel und nippte an ihrem Wein.

»Wieso denke ich, dass ich nicht gut genug bin?«, fragte sie.

»Ich weiß es nicht. Meist kommt es daher, dass man auf die Meinung anderer Leute hört.«

»Hast du dich schon jemals so gefühlt? Als wärst du nicht gut genug?«

»Die meiste Zeit meines Lebens.«

»Wie hast du es überwunden?«

»Indem ich angefangen habe, mich mit anderen zu umgeben.« Ich zuckte mit den Schultern. »Ich habe jemanden getroffen, der mir gesagt hat, dass ich gut genug bin. Und er hat es so lange wiederholt, bis ich angefangen habe, selbst daran zu glauben.«

»Connor?«

Ich nickte.

»Er ist dein bester Freund.«

»Er ist meine Familie.«

Sie lächelte und folgte mit dem Daumen der Rundung ihres Glases. »Wie ist es ihm gelungen, nah genug an dich heranzukommen, sodass du ihm vertraut hast? Du wirkst ziemlich distanziert.«

»Er ist mir erbarmungslos auf die Nerven gegangen und hat kein Nein akzeptiert. Wenn ich versucht habe, ihn loszuwerden, ist er mir nur noch näher auf die Pelle gerückt. Er hat mich einfach nicht aufgegeben, selbst als ich mich selbst aufgegeben habe.«

»Ein GU.«

»Ein was?«

»Ein Geschenk des Universums. Grams hat den Begriff erfunden. Das ist ein Mensch oder eine Sache, die sich anfühlt wie ein Geschenk des Universums. Etwas, das fast zu gut ist, um wahr zu sein. Der hellste Punkt im Leben eines Menschen. Ein Geschenk des Universums eben. Und das ist Connor für dich.«

Interessantes Konzept von einer interessanten Frau. »So ähnlich.«

»Vielleicht lässt du mich ja irgendwann auch mal so nah an dich heran.«

Ich lachte. »Die meisten geben schnell wieder auf.«

»Ja, aber ich bin nicht wie die meisten.« Sie leerte ihr Glas und stand auf. Dabei schwankte sie, sodass ich über den Schreibtisch griff, um sie zu stützen.

»Vorsicht«, warnte ich.

Sie kicherte und blickte auf die Stelle, an der meine Hand ihre Haut berührte. »Vorsicht«, wiederholte sie.

Mein Herz fühlte sich an, als hätte jemand daran gerührt. Seltsam.

Ich ließ sie los, und sie richtete sich auf.

Dabei betrachtete sie mich, als suchte sie nach Antworten auf Fragen, die sie noch gar nicht gestellt hatte.

Schließlich blinzelte sie und schüttelte den Kopf. »Ich bin manchmal ein wenig ungeschickt.«

»Schon okay.«

»Jeff hat immer gesagt, es wäre nervig.«

»Jeff ist ein Arschloch.«

Sie sah mich überrascht an.

Sofort bereute ich meine Worte, auch wenn sie wahr waren. »Entschuldige«, murmelte ich.

»Schon okay.« Sie blickte sich um, beugte sich dann nach vorne und flüsterte: »Er ist wirklich irgendwie ein Arschloch. Aber das bleibt unter uns.«

Ich antwortete in der gleichen Lautstärke: »Ein Typ mit Arschloch-Anwandlungen?«

»Nein.« Sie schüttelte den Kopf. »Einfach ein riesiges, wurstköpfiges Arschloch.«

Ich grinste. »Wurstköpfig. Das schreibe ich auf meine Liste von Beleidigungen.«

»Falls es dich interessiert, ich habe eine ganze Sammlung fieser Namen für fiese Leute. Wie furzgesichtiger Fucker. Blechköpfiger Bastard. Pickelpopelnder Pinkelfurz.«

Ich lachte. »Die klingen alle total albern.«

»Ich bin albern.«

»Passt gut zu dir«, setzte ich unser flüsterndes Gespräch fort.

»Warum flüsterst du?«, fragte sie noch immer so leise wie ein Mäuschen.

»Weil du flüsterst. Warum flüsterst du?«, fragte ich.

»Weil ich betrunken bin, Dummie.« Ich musste lächeln. Sie tippte mit dem Finger auf meine Lippen. »Wenn ich wieder nüchtern bin, kannst du das mit deinen Lippen dann öfter machen?«

»Was?«

Sie trat einen Schritt zurück, und sofort vermisste ich die Berührung ihres Fingers auf meinen Mund. Am liebsten hätte ich langsam daran gesaugt, daher war es wohl ganz gut so.

Sie zeigte auf ihre Lippen und lächelte demonstrativ. »Lächeln. Mir gefällt dein Lächeln.«

»Deins gefällt mir besser«, gestand ich und fühlte mich dabei unendlich verletzlich.

»Ich gebe dir ein paar von meinen, wenn du mir ein paar von deinen gibst.«

Du hast keine Ahnung, was du mit mir machst, Frau, dachte ich.

Ich war nicht in der Lage, mit ihrer Schlagfertigkeit mitzuhalten, und so stand ich einfach nur da, ohne recht zu wissen, was ich mit mir anfangen sollte. Zum Glück war sie zu betrunken, um es zu bemerken.

»Sie war da«, sagte sie und sah mich an.

»Wer war da?«

Ihre Augen glänzten. »Die Wahrheit. In ihren Augen.«

»Kelsey.«

Sie nickte. »Ja.«

»Es tut mir leid, Stella.«

»Ich weiß. Hey, Biest?«

»Ja?«

»Hast du Lust, unten am Wasser noch mehr Wein mit mir zu trinken und die Wellen zu zählen?« Sie sah auf meinen vollgepackten Schreibtisch. »Es sei denn, du musst arbeiten.«

»Ich habe tatsächlich jede Menge Arbeit.«

Sie wirkte enttäuscht, und das gefiel mir nicht.

»Okay. Du weißt ja, wo du mich findest, wenn du eine Pause brauchst.«

Sie ging hinaus, und ich setzte mich wieder an meinen Schreibtisch. Das Problem war nur, ich konnte einfach nicht aufhören, an sie zu denken. Stella schob sich vor jeden einzelnen Gedanken, der mir durch den Kopf ging.

Es fühlte sich an, als hätte sie mein Arbeitszimmer vor einer Ewigkeit verlassen, doch als ich hinausging, um sie zu suchen, stand sie noch in der Küche und füllte gerade ihr Glas auf.

»Ich glaube, ich könnte jetzt schon eine Pause brauchen«, sagte ich. Sie hatte mich offenbar nicht kommen hören, denn sie zuckte zusammen und fuhr zu mir herum. Als sie mich sah, jubelte sie und klatschte in die Hände, bevor sie noch ein zweites Weinglas aus dem Schrank holte und es ebenfalls bis zum Rand füllte. So erklärte sich auch ihr mangelndes Gleichgewicht.

»Bitte sehr«, sagte sie und reichte mir das Glas, wobei sie ein wenig Wein verschüttete. »Oh! Wir sollten anstoßen. Du darfst sagen, worauf wir anstoßen.«

»Ich habe noch nie einen Toast ausgesprochen.«

»Keine Angst, du kannst eigentlich nichts falsch machen. Und selbst wenn, wäre ich viel zu betrunken, um es zu merken.«

»Also gut. Auf dich.«

»Mich?«

»Dich.«

»Oh.« Ihre Augen glänzten feucht, als sie ihr Glas erhob, um mit mir anzustoßen. »Auf mich allein hat noch nie jemand angestoßen.«

»Es gibt immer ein erstes Mal.«

»Können wir auch auf dich trinken?«

»Nur wenn du unbedingt willst.«

Sie hob ihr Glas noch ein wenig höher. »Auf mich. Und auf dich. Auf uns.«

Unsere Gläser klirrten. »Auf uns«, erklärte ich.

Uns.

Etwas, von dem ich nie gedacht hätte, dass ich es einmal haben würde.

Sie lächelte und führte mich hinaus zu den Wellen. Stella verbrachte die meisten Abende am Wasser, und zum ersten Mal hatte sie mich eingeladen, ihr Gesellschaft zu leisten.

Während sie auf die heranrollenden Wellen blickte, veränderte sich etwas in ihr. Sie schien wieder nüchterner zu werden, und in ihren Augen glitzerten Tränen.

»Denkst du, er hat mich überhaupt jemals geliebt, Damian?«

»Nein.«

Ich sagte es zu schnell, doch es war das einfachste Nein, das ich je ausgesprochen hatte.

Doch meine Antwort schien sie nicht getroffen zu haben, und die Tränen, die nun über ihre Wangen liefen, zeigten mir, dass sie es bereits selbst gewusst hatte.

»Ich denke, er hat es geliebt, wie sehr du ihn geliebt hast. Wie sehr du dich verbogen hast, um ihm das Leben leicht und bequem zu machen, während er überhaupt nichts für dich tun musste.«

Immer mehr Tränen liefen über ihr Gesicht.

Ich umklammerte mein Glas. Es fiel mir schwer, sie so zu sehen. Meist fand ich, dass die Menschen es mit ihren Gefühlen übertrieben. Doch neben der weinenden Stella wollte ich ihr einfach ihren Schmerz nehmen und ihn an ihrer Stelle tragen.

»Denkst du, dass ich ihn liebe?«, fragte sie.

»Ja.« Auch das sagte ich, ohne zu zögern. »Aber das ist keine Überraschung, denn du liebst die ganze Welt.«

»Und wie viel von dieser Welt liebst du?«

»Nichts.«

Das ließ sie noch heftiger weinen.

»Das ist wirklich traurig, Damian.«

Ich zuckte ungerührt mit den Schultern. »Es ist am einfachsten so.«

»Warum sagst du das?«

»Weil die Welt dir nicht wehtun kann, wenn du sie nicht liebst.«

»Ja, aber wenn du die Welt nicht liebst, kann sie deine Liebe auch nicht erwidern.«

»Das stimmt. Sobald die Liebe ins Spiel kommt, wird's kompliziert.«

Sie nahm einen Stein und warf ihn in die Wellen. »Ich liebe lieber kompliziert als gar nicht.«

»Jedem das Seine«, erwiderte ich, trank einen großen Schluck Wein und stellte mein Glas dann neben mich in den Sand. Mein Magen fühlte sich an, als hätte er sich verknotet. Ich wollte ihr so viele Fragen stellen, wollte Dinge von ihr wissen, die mich nichts angingen. Normalerweise hätte ich meine Gedanken für mich behalten, aber diesmal konnte ich es nicht. Sie zerfraßen mich förmlich.

»Wieso warst du mit ihm zusammen?«

Sie sah mich fragend an. »Mit Jeff?«

»Ja. Ich möchte nicht verletzend klingen, aber ihr beide scheint überhaupt nichts gemeinsam zu haben. Und, nun ja, er hat dich wie den letzten Dreck behandelt.«

»Du hast ihn nur zweimal getroffen.«

»Ich wusste schon nach einer Stunde, was für ein Mensch er ist.«

»Und was für ein Mensch ist er?«

»Einer, der nicht gut genug für dich ist.«

»Weil ich gut genug bin?«, fragte sie.

»Mehr als das.«

»Warum glaube ich dann nicht daran?«, flüsterte sie mit einem Hauch Verärgerung in der Stimme.

Ich wusste nicht recht, was ich darauf sagen sollte, denn sie war offensichtlich wütend, aber auch furchtbar traurig. Außerdem war ich nicht besonders gut darin, andere Menschen zu trösten. Das Einzige, was mir einfiel, war, zu Jeff zu fahren und ihm die Nase zu brechen, aber ich bezweifelte, dass es Stella in ihrer aktuellen Lage geholfen hätte.

»Wer war der erste Mensch, der dir das Gefühl gegeben hat, nicht gut genug zu sein?«, fragte ich.

»Ich weiß es nicht.«

»Doch, du weißt es. Das erste Mal vergisst man nicht. Glaub mir. Denk nach.«

Sie legte ihre Stirn in tiefe Falten und stand auf. Mit unsicheren Schritten, die mir deutlich sagten, dass sie nicht noch mehr Wein brauchte, ging sie zum Wasser. Ich stieß wie zufällig ihr Glas um und leerte auch meines. Sie bemerkte es nicht.

»Stella, sei schön brav, sonst hat Kevin dich nicht mehr lieb«, sagte sie. Es klang, als wiederholte sie die Worte von jemand anderes. Ihre Hüften schwankten unsicher. »Setz dich, Kind. Benimm dich, Kind. Zieh etwas anderes an, Kind. Sprich nicht so laut, Mädchen. Trag nicht so kurze Röcke, Mädchen. Lächle dem Mann zu, Schätzchen. Guck nicht so zickig. Unterhalte dich mit ihnen. Sei freundlich. Gib keine Widerworte. Setz dich. Knie dich hin. Bete. Sei leise. Eine Dame will man sehen, nicht hören. Sei still. Sprich lauter. Setz dich, Kind. Benimm dich, Kind. Zieh etwas anderes an, Kind. Du bist zu fett, Stella. Du bist so hässlich, Stella. Du wirst nie gut genug sein.« Sie kicherte vor sich hin und schwankte, dann stolperte sie über ihre eigenen Füße und fiel. Als ihr Knöchel wegknickte, zuckte ich allein beim Zusehen gequält zusammen.

Ich fing sie auf, bevor sie auf den Boden aufschlagen konnte.

Und sie sah mich mit Augen an, die mich zwangen, lebendig zu sein. »Sieh dir das an. Das Biest rettet Cinderstella.«

»Es tut mir so leid, Stella«, sagte ich, von so vielen Emotionen erfüllt, wie ich sie seit Jahrzehnten nicht mehr empfunden hatte.

»Was?«

»Jede einzelne Verletzung, die dir ein anderer Mensch beigebracht hat.«

Sie senkte den Kopf ein wenig. »Das sind ziemlich viele«, flüsterte sie so leise, dass ich ihre Worte fast nicht verstanden hätte. Doch ich hörte genau hin. Meine gesamte Aufmerksamkeit gehörte nur ihr.

»Wer hat all das zu dir gesagt?«, fragte ich. »Dass du niemals gut genug sein würdest?«

»Meine drei Stiefmütter aus der Hölle«, antwortete sie. »Sie haben mir unmissverständlich klargemacht, dass die Gefühle aller anderen Menschen wichtiger waren als meine eigenen.«

»Deshalb hast du es zugelassen, dass andere Menschen dich so behandeln, weil du dachtest, dass du es nicht besser verdienst.«

»Ich wollte sie nur glücklich machen«, erklärte sie. »Alles, was ich je wollte, war, andere Menschen glücklich zu machen.«

»Selbst wenn es bedeutete, dich selbst unglücklich zu machen?«

»Immer.« Sie befreite sich aus meinen Armen, und ich ließ sie los.

Mit einem traurigen Lächeln sah ich sie an. Verdammt, ich lächelte andere Menschen normalerweise nicht an, und innerhalb weniger Sekunden verwandelte mein Lächeln sich in eine verzerrte Grimasse. Mit dem Daumen an ihren Lippen betrachtete sie mich eine Weile.

»Sie war fast da«, flüsterte sie und strich sich über die Unterlippe. »Da, auf deinen Lippen.«

»Was war fast da?«

»Deine Seele. Aber ich kann sie auch in deinen Augen sehen.«

Sie drehte sich um und hinkte langsam davon.

»Dein Knöchel!«, rief ich, denn er tat ihr noch erkennbar weh.

Sie blickte sich nicht um, als sie murmelte: »Es geht schon.« Und dann ging sie und ließ mich allein zurück, und ich wollte jeden einzelnen Menschen, der für Stellas Schmerz verantwortlich war, eigenhändig umbringen.

»Damian, Damian, wach auf.«

Ich schreckte hoch und setzte mich alarmiert auf. Im Zimmer war es noch dunkel, und auch von draußen drang noch kein Licht herein, was bedeutete, dass es noch vor Sonnenaufgang sein musste.

»Was zum Teufel?«, knurrte ich und rieb mir mit den Handballen die Augen. Als ich die Hände wieder runternahm, sah ich das Paar braune Augen, das mich seit Wochen hypnotisierte. »Stella, was machst du denn hier?«, fragte ich.

Ihr Gesicht war von dem Make-up befreit, das sie am Abend getragen hatte, und ihre Augen blickten voller Sorge. Die instinktive Abwehrhaltung, mit der ich aus dem Schlaf geschreckt war, verschwand augenblicklich.

»Was ist? Was ist passiert?«

»Mein Knöchel«, sagte sie leise, und eine Träne lief über ihre Wange. Sie wischte sie rasch fort und wies schniefend mit dem Kinn auf ihren Fuß.

Grummelnd streckte ich die Hand nach der Lampe auf meinem Nachttisch aus und schaltete sie an. »Ach je«, rief ich, als mein Blick auf ihren Knöchel fiel. Er war so dick wie eine Melone, und ihr halbes Bein war blauviolett. Es musste furchtbar wehtun.

»Wir müssen dich ins Krankenhaus bringen«, sagte ich, jetzt hellwach, und sprang aus dem Bett.

»Okay.« Noch immer liefen ihr Tränen übers Gesicht, und sie versuchte nicht einmal, sie wegzuwischen. Es musste wirklich furchtbar wehtun. »Kannst du mich hinfahren?«

Ich zögerte. »Ich rufe einen Fahrer, der uns hinbringt.«

»Nein, schon gut. Du kannst mein Auto nehmen«, sagte sie. »Der Schlüssel liegt unten im Foyer.«

Doch ich hatte bereits mein Handy in der Hand und rief meinen Fahrer an. »Hey, Chris? Du musst kommen und mich abholen. Wir müssen Stella ins Krankenhaus bringen. Okay.« Ich legte auf. »Er ist in einer Viertelstunde da.«

Sie öffnete schon den Mund, um mir zu widersprechen, schloss ihn aber wieder. Offenbar tat ihr Knöchel so weh, dass ihr nicht mal eine witzige Bemerkung einfiel.

Ich blickte hinunter auf ihren Knöchel. »Wir müssen ihn kühlen.«

»Okay.«

»Und du darfst ihn nicht belasten«, erklärte ich. »Darf ich dich ins Wohnzimmer tragen?«

Sie nickte, während ihr weiter Tränen lautlos über die Wangen liefen.

Ich ging zum Schrank und zog mir ein graues T-Shirt und eine schwarze Jogginghose an, bevor ich wieder zu ihr zurückkehrte. Dann streckte ich die Hände aus und fragte: »Darf ich?«

»Ja«, flüsterte sie.

Ich legte die Arme um sie, wobei ich darauf achtete, ihren verletzten Knöchel nicht zu berühren, und hob sie hoch. Sie versteifte sich nicht, wie ich es gesehen hatte, wenn andere Männer sie in den Arm nahmen, sondern lehnte sich an mich und legte sogar den Kopf an meine Schulter.

Im Wohnzimmer setzte ich sie aufs Sofa, und ging Eis für ihren Knöchel holen. Als ich zurückkam, hatte sie die Augen geschlossen.

»Vorsicht, es wird kalt«, warnte ich, damit sie nicht erschrak. Als ich den Eisbeutel auf ihre Haut legte, zuckte sie kurz zusammen, entspannte sich aber gleich wieder.

Chris brauchte nicht lange, um herzukommen, und ich trug Stella zum Wagen. Schweigend fuhren wir zum Krankenhaus, wo wir mehr als anderthalb Stunden warteten. Die Anmeldung war mich schon ziemlich bald leid, weil ich immer wieder nach vorn marschierte und fragte, warum zur Hölle das alles so lange dauerte.

Stella sagte, es sei schon in Ordnung, aber das sah ich anders. Sie hatte einen wahren Elefantenfuß, und diese Leute taten so, als hätte sie bloß einen Kratzer am Arm oder so etwas.

Endlich kam ein Mitarbeiter, um sie nach hinten ins Untersuchungszimmer zu führen.

Stella versteifte sich ein wenig und sah mich an. »Kannst du mitkommen?« Das alles war ihr eindeutig unangenehm, doch sie versuchte, es nicht zu zeigen.

»Sicher.«

Ich reichte ihr meinen Arm, sodass sie sich aufstützen konnte, um ihren verletzten Fuß nicht allzu sehr zu belasten.

Der Mann führte uns nach hinten, wo man Stella zum Glück einen Rollstuhl anbot, und ich schob sie in das Sprechzimmer, das man uns angewiesen hatte.

Während wir warteten, spielte sie nervös mit ihren Fingern und schabte immer wieder mit den Zähnen über ihre Unterlippe. Schließlich kam eine Schwester herein und untersuchte ihren Fuß. Zu unserer Erleichterung war es nur eine Verstauchung. Sie gab Stella Schmerztabletten, verband ihren Knöchel und besorgte ihr ein Paar Krücken, die sie wohl einige Zeit benötigen würde.

Die Schwester ging hinaus, um die Entlassungspapiere zu holen. Stella und ich hatten die ganze Zeit kein Wort miteinander gesprochen. Ich hatte es nicht so mit Small Talk, und sie auch nicht, wenn sie nüchtern war. Doch jetzt sah sie mich an und fragte: »Du kannst es nicht, oder?«

»Was?«

»Autofahren.«

Ich rutschte auf meinen Stuhl hin und her und zuckte mit den Schultern. »Ich bin in New York aufgewachsen und hatte nie einen Grund, es zu lernen. Mit der U-Bahn kommt man da überall hin. Und wenn nicht, nimmt man ein Taxi.«

»In Kalifornien kommst du damit nicht sehr weit.«

»Was du nicht sagst«, schnaubte ich. Selbst für fünf Meilen brauchte man fünfzehn Jahre. Es gab einiges, was ich an Kalifornien nicht mochte, und der Verkehr stand ganz oben auf meiner Liste. In New York fuhren wenigstens die U-Bahnen regelmäßig, und man musste nicht endlos an roten Ampeln und auf verstopften Freeways herumstehen.

Stella drehte den Kopf, der auf einem Krankenhauskissen lag, sodass sie mich ansehen konnte. Sie atmete tief ein, wandte sich wieder ab und sagte: »Okay.«

»Okay?«

»Ich werde es dir beibringen.«

»Autofahren?«

»Ja.«

»Vielen Dank, aber kein Interesse.«

»Hast du eine Ahnung, wie viel Geld du sparen kannst, wenn du niemanden dafür bezahlen musst, dass er dich die ganze Zeit durch die Gegend fährt? Ich weiß ja, wie sehr du es hasst, mit anderen Menschen zusammen zu sein. Wäre es dir nicht viel lieber, alleine im Auto zu sitzen?«

»Mein Fahrer weiß, dass er nicht mit mir reden soll.«

»Ja, aber du bist immer noch du, was bedeutet, dass du es bestimmt hasst, mit jemand anderem im gleichen Fahrzeug sitzen zu müssen.«

Touché.

»Außerdem«, sagte sie schulterzuckend, »fahre ich schon mein ganzes Leben. Kevin hat es mir beigebracht, als ich acht war.«

Ich wusste, dass es nicht so gemeint gewesen war, aber ihre Worte waren für mich wie ein Schlag in den Magen. Der Mann, der mir diese Dinge hätte beibringen sollen, hatte sie stattdessen anderen Kindern beigebracht.

Tief in meinem Herzen wusste ich, dass es nicht Stellas Schuld war, aber es ärgerte mich trotzdem.

»Es tut mir leid«, sagte sie und riss mich damit aus meinen Gedanken. »Dass er nicht für dich da war.«

»Woher …« Wie konnte sie wissen, was ich gerade gedacht hatte? Normalerweise war ich ziemlich stolz auf mein Pokerface. Wenn ich mich über etwas ärgerte, dann sah man mir das noch lange nicht an. Meine Dämonen wüteten hinter einer Brandmauer.

»Dein Mundwinkel. Er zuckt, wenn du traurig bist.« Sie verzog den Mund zu einem winzigen Lächeln. »Du hast als mein Mann so manches an mir beobachtet, aber als deine Frau weiß ich auch einiges über dich.«

»Zum Beispiel?«

»Die Fältchen um deine Augen werden tiefer, wenn du wütend bist, und deine Nasenlöcher blähen sich. Wenn dir etwas nicht schmeckt, verkrampft sich dein Kiefer ein wenig. Wenn du Stress auf der Arbeit hast, brummst du immer ein paarmal hintereinander wie ein Bär. Wenn du nervös bist, kratzt du dir die Handfläche. Wenn du dir Sorgen um mich machst, schaust du mir lange in die Augen.«

»Und was mache ich, wenn ich glücklich bin?«

Sie legte nachdenklich den Kopf schief. »Das habe ich noch nicht rausgefunden.«

»So, Herrschaften, Sie sind entlassen. Hier sind Ihre Unterlagen.« Die Schwester kehrte mit einem strahlenden Lächeln zurück. »Und seien Sie schön vorsichtig mit Ihrem Fuß, okay?«, warnte sie Stella.

»Das werde ich.«

Die Schwester wandte sich an mich. »Und Sie passen mir gut auf sie auf, Mister.«

Ich blickte zu Stella hinüber, die mich ansah. »Das werde ich.«

Als wir nach Hause kamen, weckte die Sonne gerade den Himmel. Ich brachte Stella in ihr Zimmer und half ihr mit ihren Krücken, sich im Bett einzurichten.

»Alles in Ordnung?«, fragte ich, nachdem ich sie zugedeckt hatte.

Ja, ich deckte sie zu.

Seit wann war ich jemand, der andere Menschen ins Bett brachte?

Was machst du mit mir, Frau?

»Ja. Danke für alles, Damian.«

»Ruh dich aus«, sagte ich und wünschte ihr eine gute Nacht.

20

DAMIAN

Als ich aufwachte, roch es nach Essen. Schokoladenduft erfüllte mein Zimmer, und mein Magen knurrte hörbar.

Ich rollte mich auf die Seite und schaute auf mein Handy.

13 Uhr 03.

So lange hatte ich seit Ewigkeiten nicht mehr geschlafen, aber Stella und ich waren auch erst gegen sechs Uhr aus dem Krankenhaus zurückgekommen.

Ich setzte mich auf und erstarrte, als ich vor meiner Tür jemanden singen hörte.

Ein Knoten formte sich in meiner Brust, während ich lauschte. »Raus aus den Federn, Knurrgesicht, Zeit für dein fröhliches Frühstücksgericht.«

Wie sich herausstellte, war der Knoten in meiner Brust kein Knoten, sondern mein Herz. Es hüpfte vor Freude über sie. Stella vor meiner Tür singen zu hören, erinnerte mich an einen Himmel, von dem ich nicht gewusst hatte, dass ich an ihn glaubte.

Klopf, klopf. Hüpf, hüpf.

Und das alles nur ihretwegen.

Ich stand auf und öffnete ihr die Tür. Da stand sie, mit ihren Krücken und einem schiefen Lächeln im Gesicht, und balancierte ein Tablett mit Essen und einer kleinen schwarzen Rose in einer Vase.

»Himmel, Stella, was machst du da?«, schimpfte ich und nahm ihr das Tablett ab. »Du solltest nicht so schwer tragen. Wie geht es deinem Knöchel?«, fragte ich besorgt.

Sie zog ihre Jogginghose ein Stück nach oben und zeigte mir ihren Fuß, der zum Glück nicht mehr ganz so dick geschwollen war.

»Er tut noch weh, aber es geht schon«, sagte sie eilig.

Ich zog eine Augenbraue hoch. »Bist du immer noch betrunken?«

Sie schüttelte den Kopf. »Nein.«

Und dieser Muskel in meiner Brust?

Klopf, klopf. Hüpf, hüpf.

»Du hättest nicht für mich kochen müssen.«

»Ich schulde dir weit mehr als nur ein Tablett mit Essen. Und auch nicht nur für letzte Nacht, sondern für alle Tage, die zu dem Tag gestern geführt haben. Für jeden Moment, an dem du beschlossen hast, ehrlich zu mir zu sein. Auch wenn es wehtat.«

Mein linker Mundwinkel zuckte. »Soll ich dir was total Kitschiges sagen?«

»Ich liebe Kitsch.«

Ich konnte nicht glauben, dass ich das wirklich sagen wollte, aber ich konnte nicht anders. Verlegen räusperte ich mich. »Du machst etwas mit mir, von dem ich nicht geglaubt habe, dass es überhaupt noch möglich ist.«

»Was?«

»Du bringst mich dazu, mich für einen anderen Menschen zu interessieren.«

Sie lächelte. Und wie sie lächelte!

Wieder spürte ich ein Ziehen in der Brust, von dem ich nicht gewusst hatte, dass ich so etwas spüren konnte, also lenkte ich das Gespräch auf vertrauteres Gebiet. »Hast du deine Tabletten genommen?«

»Hab ich.« Sie errötete ein wenig und zuckte mit den Schultern. »Danke, dass du dich für mich interessierst.«

»Danke, dass du mich dazu gebracht hast.«

Ein wenig nervös balancierte sie auf ihren Krücken und sah zu Boden. »Jedenfalls wollte ich dir Frühstück bringen. Ich habe ein paar Pfannkuchen mit Apfelstückchen und Schokosplittern gemacht.«

»Das ist mein …«

»… Lieblingsgericht«, ergänzte sie und nickte. »Du machst sie dir jedes Wochenende. Ich bezweifle, dass die hier so gut sind wie deine eigenen, aber ich habe es versucht.« Sie schaute mit rosigen Wangen auf, und unsere Blicke trafen sich. »Ich muss mich für mein Verhalten gestern Abend entschuldigen. Normalerweise trinke ich nicht so viel Alkohol«, sagte sie leise und sichtlich beschämt.

»Schon okay«, antwortete ich. »Ich mache mir mehr Sorgen darum, ob es dir gut geht.«

Sie schenkte mir das traurigste Lächeln, das ich je gesehen hatte. »Es geht mir gut«, log sie und wandte sich zum Gehen.

Ich rief ihr hinterher und zeigte auf das Tablett. »Das hier reicht auch für zwei.«

Ihr Mund öffnete sich, und ihre Augen wurden schmal. »Du möchtest, dass ich bleibe?«

»Bitte. Ich meine, natürlich nur, wenn du willst.«

Bitte bleib.

Wieder zeigte ich auf das Tablett. »Wie gesagt, es ist genug für zwei da.«

Ihre traurigen Augen leuchteten auf, und sie atmete scharf ein.

Dann humpelte sie an mir vorbei ins Zimmer. Sie setzte sich auf die linke Seite des Betts, und ich auf die rechte. Das Tablett stellten wir zwischen uns.

Eine Weile aßen wir schweigend, doch schließlich räusperte Stella sich und sagte: »Ich muss heute mit Jeff sprechen. Er hat schon zigmal angerufen, aber ich bin bisher nicht drangegangen. Kelly hat ihm sicher erzählt, dass ich weiß, was zwischen den beiden gelaufen ist.«

»Es tut mir leid, dass du dich mit dieser Geschichte rumschlagen musst.«

»Das braucht es nicht. Ich war so was von dumm. Es gab so viele rote Flaggen, aber ich habe sie alle ignoriert.«

»Nein. Man hat dir als Kind beigebracht, dass rote Flaggen nicht rot sind. Es ist nicht deine Schuld, dass du sie nicht gesehen hast. Aber da wir gerade davon sprechen, warum waren deine Stiefmütter dir gegenüber eigentlich solche Monster?«

»Ich weiß es nicht. Als Kind habe ich zu ihnen aufgeschaut. Nach dem Tod meiner Mutter habe ich mir sogar heimlich gewünscht, ihnen näherzukommen. Nicht als Ersatz für meine Mom, ich hätte einfach gern eine andere Frau in meinem Leben gehabt, der ich mich anvertrauen konnte. Aber so war es nicht. Sie haben mich geduldet, weil ich zu Kevin gehörte, das war alles.«

»Das klingt ehrlich furchtbar. Ich weiß bereits, dass Rosalina grässlich ist, aber ich glaube nicht, dass ich über die anderen beiden anders denken werde.«

»Ja, trotzdem tun sie mir irgendwie leid.«

Ich lachte. »Sie sind die Bösen, sie können dir nicht leidtun.«

»Natürlich können sie. Genau das unterscheidet uns ja von ihnen.«

»Aber es ändert nichts an dem, was sie sind.«

»Vielleicht hast du recht.« Mit zusammengekniffenen Augen stocherte sie in den Pancakes herum. »Ich habe Angst, dass ich nie fähig sein werde zu unterscheiden, wann ich nur auf mein Trauma reagiere und wann nicht.«

»Natürlich kannst du das.«

»Woher weißt du das?«

»Weil du alles kannst.« Es klang wie ein Spruch aus einer Liebesschnulze, aber es stimmte trotzdem. »Du musst nur die richtigen Leute finden, die dir dabei helfen. Wenn du mich brauchst, bin ich da. Du kannst zu mir kommen, wenn du dich überfordert oder verwirrt fühlst.«

Ihre Wangen wurden rot, als wäre ihr unangenehm, was ich gerade gesagt hatte. »Nein, Damian, das kann ich unmöglich von dir verlangen.«

»Ich möchte es aber.«

»Wieso?«

»Weil ich dich mag.« Sie lachte überrascht auf. Ich hob eine Augenbraue. »Was ist daran so lustig?«

»Dass es keinen Sinn ergibt. Du magst mich nicht.«

»Doch, Stella, das tue ich.«

»Was genau magst du denn an mir?«, fragte sie.

»Wenn ich das beantworten würde – was ganz einfach wäre –, würdest du mir nicht glauben.«

»Warum sagst du das?«

»Wie könntest du mir glauben, dass ich dich mag, wenn du dich nicht einmal selbst magst?«

»Ich mag mich«, behauptete sie. »Manche Dinge zumindest.«

»Okay, gut. Nenn sie mir.«

»Was soll ich dir nennen?«

»Die Dinge, die du an dir magst.«

Sie öffnete den Mund, sagte aber nichts. Ich konnte förmlich sehen, wie sie fieberhaft überlegte und nach irgendetwas suchte, das sie mir anbieten konnte. Aber sie fand nichts.

Irgendwann schloss sie den Mund wieder, und ihre Augen füllten sich mit Tränen. Alles, was ich wollte, alles, was ich in letzter Zeit wirklich gewollt hatte, war, sie zu trösten. Es nagte an meiner Seele, denn ich wollte sie einfach nur in den Arm nehmen und ihr versichern, dass alles gut werden würde.

»Wann habe ich aufgehört, mich selbst zu lieben?«, flüsterte sie. Als ihre Stimme brach, brach mit ihr mein kaltes Herz.

»Ich weiß es nicht«, sagte ich. »Vielleicht als die Welt dir weisgemacht hat, du seist es nicht wert, geliebt zu werden.«

»Du willst mir wirklich helfen, mich selbst wiederzufinden?«

»Wenn du meine Hilfe möchtest. Ich werde mich dir nicht aufdrängen, wenn du es allein tun willst.«

»Nein, ich, also, ich …« Sie schluckte und lächelte. Und ich wollte mehr davon. Ich wollte mehr von ihrem Lächeln. »Ich nehme deine Hilfe sehr gerne an.«

»Dann werde ich dir helfen.«

Sie lächelte noch etwas mehr.

Ich dachte daran, sie zu küssen.

Was ich natürlich nicht tat, aber der Gedanke war da.

Ihr Handy klingelte, und ich sah Jeffs Namen auf dem Display aufleuchten. Keine Ahnung, warum mir das einen Stich versetzte.

»Argh. Ich bereite mich besser auf das Gespräch mit Jeff vor.« Sie stand vom Bett auf und wischte sich die Hände an einer Serviette ab. »Danke, Damian.«

»Jederzeit, Stella.«

Ich sagte »jederzeit«, und, seltsam, ich glaubte es auch so zu meinen.

Beinah berührte ihre Hand meine, als sie ihre Serviette aufs Tablett legte.

Natürlich tat sie es nicht, aber ich wünschte mir, sie hätte es getan.

Als Stella auf ihren Krücken Richtung Tür humpelte, sprach ich noch einmal, und meine Worte ließen sie innehalten. »Ich mag es, wie aufmerksam du bist. Wie viele Dinge dir auffallen, wenn niemand hinsieht. Wie du zu den Wolken hinauflächelst, und über jede gelbe Blume am Wegesrand. Wie du in der Dusche vor dich hin pfeifst und laut mit dir selbst redest. Wie du andere Menschen liebst. Ich mag deine Kunst. Dein Talent. Deine Augen. Das klingt oberflächlich, und ich hasse Oberflächlichkeit, aber ich liebe deine Augen wirklich. Ich mag es, wie du mitsummst, wenn du Radio hörst, und zuhörst, wenn andere reden. Ich mag es, wie du dich bewegst. Ich mag die Rundungen deines Körpers. Und ich mag dein Herz. Dass es nach allem, was das Leben dir angetan hat, noch immer schlägt«, sagte ich. Sie wandte mir noch immer den Rücken zu, und ich sah, dass sie kaum merklich zitterte. Ich wollte sie nicht zum Weinen bringen, aber sie sollte wissen, wie viel an ihr es wert war, geliebt zu werden. Ich räusperte mich. »Nur für den Fall, dass du eine Liste von allem brauchst, was du an dir selbst mögen könntest.«

Sie drehte sich um und sah mich mit Tränen in den Augen an. »Damian?«

»Ja?«

»Ich bin froh, dass du mein Mann bist.«

Ich sagte es nicht, aber ich fühlte mich überglücklich, so eine wunderschöne Ehefrau zu haben.

Während Stella sich für das Gespräch mit Jeff wappnete, hatte ich einen Abend mit Denise vor mir. Ich freute mich nicht besonders darauf, nachdem ich die Horrorgeschichten über die drei Frauen gehört hatte und wie sie Stella behandelt hatten.

Ich hasste Denise schon, bevor ich sie richtig kennengelernt hatte.

Sie wählte ein überteuertes Restaurant und erschien in einem Kleid, das aussah, als wollte sie zu einer Oscarverleihung gehen. Alles an ihr bewies, dass sie sich für besser hielt als andere Menschen.

Die Art, wie sie Fremde behandelte – allen voran das Servicepersonal, das ja da war, um zu helfen –, sagte viel über sie aus.

Denise war eine Bedrohung für unsere Gesellschaft.

»Ich hatte weiche Butter bestellt, die hier ist steinhart«, fuhr sie die arme Kellnerin an, die kaum älter als neunzehn sein konnte.

Das Mädchen, Josie, erbebte beinahe unter Denises Tonfall. »Entschuldigen Sie, Ma'am, ich hole Ihnen sofort …«

»Wie inkompetent kann man eigentlich sein?«, schimpfte Denise. »Es war eine einfache Bitte, und nicht einmal das haben Sie hinbekommen.«

Josie entschuldigte sich erneut. Ich versicherte ihr, sie solle sich keine Gedanken machen, und sie eilte davon.

»Einfach unglaublich, nicht wahr?«, sagte Denise und schürzte verächtlich die Lippen. »Diese gewöhnlichen Kreaturen haben wirklich ein Talent dafür, selbst die einfachsten Dinge falsch zu machen.«

»Du bist ein verdammter Dämon«, knurrte ich.

»Was hast du gesagt?«

»Nichts.«

Bitte lass sie nicht meine Mutter sein.

»Weißt du, an wen diese Kellnerin mich erinnert?«, fragte Denise, nachdem diese uns unter zahllosen Entschuldigungen ein Schälchen mit weicher Butter gebracht hatte und eilig wieder verschwunden war.

»An wen?«

»Stella«, hauchte sie. »Diese Frau hätte nicht mal Rückgrat, wenn man es ihr auf dem Silbertablett servieren würde. Und sie schafft es nicht, die einfachsten Aufgaben zu erledigen, und … Hey, wo gehst du hin?!«, rief Denise, als ich vom Tisch aufstand.

Weit, weit weg.

21

STELLA

Zwölf Jahre alt

»Ich dachte, ich hätte dich gebeten, den Müll rauszutragen, Stella«, sagte Denise, die in der Küche stand. Der Mülleimer war weit geöffnet, und sie starrte mich an, als hätte ich ihr nichts Schlimmeres antun können.

Ich hätte schwören können, dass ich ihn rausgebracht hatte. *Ich meine, ich bin mir ganz sicher. Oder?*

Manchmal trug Denise mir Dinge im Haushalt auf, und bevor ich mich versah, kamen noch mehr hinzu.

Ich schüttelte verwirrt den Kopf. »Ich hatte den Müll rausgebracht.«

»Ist das eine Frage oder eine Aussage?«, fuhr sie mich an und schnippte mit den Fingern in meine Richtung.

»Ei-eine Aussage«, murmelte ich mit zitternder Stimme. Kevin war nicht zu Hause, er war arbeiten. Ich hasste es, wenn er arbeiten war, denn dann war ich mit Denise allein im Haus. In Kevins Gegenwart tat sie immer lieb und nett, doch sobald er ging, nahm sie ihre freundliche Maske ab, und dann war sie richtig gemein zu mir. Obwohl ich nie gemein zu ihr war.

»Dann sprich lauter, Stella, und hör auf, vor dich hin zu murmeln. Lieber Himmel, ich verstehe nicht, wieso Kevin dir das durchgehen lässt. So, und jetzt sieh zu, dass der Müll rauskommt.«

Hastig griff ich nach der Mülltüte, lief nach draußen und warf sie in die Tonne. Dann drehte ich mich um, um wieder ins Haus zu gehen, doch mein Herz raste. Und so hockte ich mich neben die Mülltonnen, schlang die Arme um die Knie und schaukelte ohnmächtig vor und zurück.

»Du musst es besser machen, Stella. Mach es nächstes Mal besser«, sagte ich zu mir und hatte Bauchschmerzen, weil Denise meinetwegen wütend war. Ich hatte etwas falsch gemacht, und jetzt war sie wütend auf mich. Aber ich wollte nicht, dass sie wütend auf mich war, denn dann erzählte sie es womöglich Kevin, und ich wollte nicht, dass er auch noch wütend auf mich war.

Mach es besser!

Es war nicht nur mein Magen, der schmerzte, sondern auch meine Brust. Schwer atmend schaukelte ich immer stärker und stärker und rieb mir über die Arme. Meine Nägel bohrten sich in meine Haut, und die Welt vor meinen Augen verschwamm.

Tränen liefen über mein Gesicht, und mein Brustkorb fühlte sich an, als wollte er explodieren. Was war nur los mit mir? Warum fühlte ich mich so?

Mach's besser. Sei normal. Sei so, wie Denise es erwartet.

Ich rieb mir die schweißnassen Handflächen an der Hose ab. Meine Hände zitterten, doch ich sprang augenblicklich auf die Füße, als ich meinen Namen hörte.

»Stella!«, schrie Denise von drinnen.

Meine Brust schmerzte noch immer, mir war übel, doch ich rannte, so schnell ich konnte, ins Haus zurück. Ich musste mich beeilen, sonst würde Denise mich zusammenstauchen, weil ich so langsam war. Als ich in die Küche kam, starrte sie mich wütend an. Vor ihr auf dem Fußboden lag ihr Smoothie.

»Sieh nur, was deinetwegen passiert ist, Stella!«, sagte sie.

»Ich ... ich ...«, stotterte ich zitternd.

»Was?«

»Ich war doch g-gar n-nicht hier«, platzte es aus mir heraus. Es konnte gar nicht meine Schuld sein. Ich war schließlich nicht da gewesen. Oder war es doch meine Schuld? Wie hatte ich das angestellt? Was hatte ich falsch gemacht?

Mach's besser.

Sei besser ...

»Doch, hast du. Wenn du da bist, ist immer überall Chaos. Alles ist deine Schuld. Und jetzt sieh zu, dass du das aufwischst«, befahl sie und schleuderte mir einen Lappen entgegen.

Ich tat, was sie gesagt hatte, und sie sah mir mit einem schmalen Grinsen im Gesicht dabei zu.

»Das ist genau der Grund, warum du auf ein Internat gehen solltest. Das habe ich Kevin auch schon gesagt. Du bist bloß für alle um dich herum eine Belastung. Ich meine, ganz ehrlich, wie kannst du nur so eine Katastrophe sein?«, schimpfte Denise.

»Was glaubst du eigentlich, mit wem du da sprichst?«, unterbrach sie eine Stimme.

Ich blickte auf und sah Kevin in der Küche stehen und mich anschauen. Meine Hände waren knallrot von Denises Smoothie. Kevin kam zu mir und half mir auf die Beine. »Was tust du da, Stella? Du musst das nicht aufwischen.«

Denise verwandelte sich sofort in die nette Person, die sie in Kevins Gegenwart zu sein vorgab. »Schatz, was machst du denn hier? Ich dachte, du musst heute länger arbeiten.«

»Ich dachte mir, es wäre nett, mit meiner Familie zu Abend zu essen«, antwortete er.

Denise lächelte immer noch. »Natürlich. Ich kann im Restaurant anrufen und ...«

»Denise«, unterbrach Kevin sie.

»Ja?«

»Pack deine Sachen und verlasse augenblicklich mein Haus.«

»Wie bitte?«, fragte sie irritiert.

»Du hast mich verstanden. Ich habe gehört, wie du Stella angeschrien hast. Ich werde das nicht zulassen. Wenn du denkst, so mit meiner Tochter sprechen zu können, hast du dich geirrt«, erklärte Kevin.

»Deine Tochter? Ich bitte dich. Kevin, sie ist nicht mal dein leibliches Kind.«

Noch immer zitternd versteckte ich mich hinter Kevins Beinen.

»Stella ist mehr meine Familie, als du es jemals sein wirst«, erwiderte er. »Und jetzt geh, pack deine Sachen und verschwinde.«

Sie stritten noch eine Weile, doch am Ende packte Denise ihre Koffer und zog aus. Kevin schickte mich unter die Dusche, um die Smoothie-Reste abzuwaschen, und als ich wieder in mein Zimmer kam, saß er da und wartete auf mich.

»Ist alles in Ordnung, Stella?«

Ich nickte, auch wenn es mir noch immer den Magen umdrehte.

»War das das erste Mal, dass Denise so mit dir gesprochen hat?«, fragte er.

Ich schüttelte den Kopf.

Er brummte etwas, das ich niemals hätte sagen dürfen, und rieb sich dann mit dem Daumen über die Nase, bevor er mich wieder ansah. Seine Augen wurden feucht, und er schluchzte fast.

»Es tut mir so leid, dass ich dich traurig gemacht habe, Kevin«, sagte ich.

»Nein. Nein, das hast du nicht, mein Schatz.« Er zog mich in seine Arme und gab mir einen Kuss auf die Stirn. »Es ist meine Schuld, weißt du? Es tut mir leid, dass ich diese Frau in unser Haus gebracht habe. Ich fürchte, ich habe in den falschen Menschen nach etwas gesucht.«

»Was suchst du denn?«, fragte ich.

Er öffnete den Mund, um etwas zu sagen, schloss ihn jedoch rasch wieder. Dann erklärte er: »Wie wäre es mit Abendessen? Nur du und ich?«

»Und vielleicht auch Grams?«

Er lächelte. »Ja, natürlich. Grams auch.«

22

STELLA

Gegenwart

»Das ist jetzt nicht dein Ernst.« Jeff stand da und sah mich entgeistert an, nachdem ich ihm erklärt hatte, dass es zwischen uns aus war. »Nach allem, was ich für dich getan habe, wagst du es, mit mir Schluss zu machen?«

»Was du für mich getan hast? Jeff, du hast mich drei Jahre lang mit meiner Kollegin betrogen. Du hast mir ins Gesicht gelogen. Wer weiß, mit wem du noch alles geschlafen hast.«

»Da mache ich mal einen einzigen Fehler, und sofort schickst du mich in die Wüste?«

Einen Fehler? Meinte er das wirklich ernst? Ein Fehler wäre es gewesen, die Pizza anbrennen zu lassen, nicht, immer wieder mit meiner Freundin zu schlafen. Das war kein Fehler – das war eine Entscheidung, die er bewusst getroffen hatte.

Wenn ich an die zahllosen Stunden dachte, die wir drei gemeinsam verbracht hatten, kam ich mir vor wie eine Idiotin. Immer wieder überlegte ich, ob es Anzeichen dafür gegeben hatte, dass die beiden mich betrogen – es musste sie gegeben haben, wenn man bedachte, wie schnell Damian es bemerkt hatte.

Ich wünschte mir, ich wäre in der Lage gewesen, Menschen

so leicht zu durchschauen wie er. Es hätte mir einigen Herz-schmerz erspart.

»Das war nicht ›ein einziger Fehler‹. Du hast mich systema-tisch hintergangen«, sagte ich.

Er verdrehte die Augen. »Hör auf damit, Stella. Dein ganzes Ich-bin-das-arme-betrogene-Mädchen-Getue geht mir auf den Sack. Ich war immer gut zu dir. Zehn verdammte Jahre lang hab ich es mit dir und deinem emotionalen Scheiß aus-gehalten. Ich habe zugesehen, wie du immer fetter geworden bist, und dich trotzdem gevögelt. Ich habe deine Gewichts-komplexe ertragen, dich wie ein Freak mit dem Meer quasseln lassen und mir deine dämlichen Träume angehört. Ich habe dich unterstützt! Und jetzt wagst du es, mich mit Füßen zu treten und das unschuldige Opfer zu spielen?«

Aber ich ...

Ich war unschuldig.

Tief getroffen blinzelte ich ein paarmal. Dann räusperte ich mich. »Das Haus hier läuft auf mich, und ich habe die Rech-nungen dafür bezahlt. Du musst ausziehen.«

»Wie bitte? Nein. Jetzt mach mal langsam. Wir können doch über alles reden. Ich meine, wir waren beide nicht treu, und ...«

»Wir?« Ich schnappte nach Luft. »Jeff, ich bin dir immer treu gewesen.«

»Oh, bitte, Stella. Hör auf, die treue Seele zu spielen. Denkst du etwa, ich bin blöd? Denkst du, ich sehe nicht, wie du ihn an-glotzt? Oder er dich? Er starrt dich an, als wärst du die scheiß Sonne. Und ich soll dir glauben, dass ihr beide es nicht schon die ganze Zeit miteinander treibt?«

»Ähm ja, weil es nämlich stimmt. So etwas würde ich nie-mals tun!« Außerdem sah Damian mich nicht so an. Er war bloß ein Freund.

Jeff kniff sich in den Nasenrücken. »Du bist eine verdammte Lügnerin! Ich bin mir sicher, dass du ihn von Anfang an gevögelt hast, denn du bist schwach und könntest der Versuchung niemals widerstehen. Ich meine, verdammt, Stella, du hast einen Mann geheiratet, während du mit einem anderen zusammen warst.«

»Deinetwegen! Du hast gesagt, dass ich es tun soll.«

»Das war ein Scherz!«, sagte er. »Wieso sollte ich wollen, dass meine Freundin einen anderen Mann heiratet? Schalt mal deinen Verstand ein, Stella, auch wenn ich weiß, dass es dir schwerfällt.«

Es war nichts als Gaslighting. Ich spürte es tief in meiner Seele, als er anfing, die Lage so zu verdrehen, dass ich am Ende nicht mehr wusste, was stimmte und was nicht. Er machte mich zur Schurkin dieser Geschichte, während ich einem Mann treu gewesen war, der mich nie geliebt hatte.

Ich öffnete den Mund, um etwas zu sagen, um mich zu verteidigen, aber wozu eigentlich? Manche Menschen waren einfach entschlossen, einen nicht zu verstehen, um sich selbst nicht die Schuld an den Verletzungen geben zu müssen, die sie anderen zugefügt hatten.

»Leg deinen Schlüssel in die Küche. Ich komme an meinem freien Tag, um mir einen Überblick zu verschaffen«, erklärte ich.

»Wow ...« Er stieß eine Wolke heißer Luft aus. »Das war's also? Einfach so? Nach all den Jahren lässt du zu, dass dieser Kerl, den du gerade mal sechs Wochen kennst, eine solide Beziehung zerstört?«

»Ich weiß nicht, ob unsere Beziehung jemals solide war, Jeff.« Sonst wäre sie wohl kaum so schnell in sich zusammengestürzt. Eine lange Beziehung bedeutete überhaupt nichts, wenn weder Liebe noch Vertrauen ein Teil von ihr waren. Millionen von Paaren blieben nur deshalb zusammen, weil viel Zeit vergangen war und sie sich einredeten, dass es zu spät wäre, um noch zu gehen.

Weder Mama noch Kevin hätten gewollt, dass ich an einem Ort ohne Liebe lebte.

»Was ist mit meinen Krediten?«, fragte er.

»Womit?«

»Mit dem Geld, das ich mir geliehen und ausgegeben habe. Ich hab einen Haufen Schulden, Stella.«

»Ich habe dir gesagt, dass du keinen Kredit aufnehmen sollst. Das war nie Teil des Plans.«

»Okay, aber du kannst mich jetzt nicht am langen Arm verhungern lassen. So eine Bitch bist du nicht.«

Ich sah ihn aus schmalen Augen an. »Du hast recht. Ich bin keine Bitch. Aber ich bin auch nicht für deine falschen Entscheidungen verantwortlich.«

»Das bist nicht du. Es ist dieses Arschloch, nicht wahr? Du bist nicht so selbstbewusst und stark, wie du gerade tust. Dieses Arschloch hat dich manipuliert.«

Ich zog eine Augenbraue hoch. »Willst du damit sagen, ich bin nur wegen Damian in der Lage, für mich selbst einzustehen?«

»Absolut.«

Verblüfft sah ich ihn an. Hielt er wirklich so wenig von mir? Hatte ich wirklich zugelassen, dass ein anderer Mensch derart schreckliche Dinge über mich dachte? Wie hatte ich nur so dumm sein können zu glauben, dass Jeffs Gefühle für mich auch nur im Geringsten mit Liebe zu tun hatten? Wenn das hier Liebe war, dann wollte ich lieber Hass.

Doch so ganz unrecht hatte er nicht. Damian hatte mir tatsächlich geholfen, ein Selbstvertrauen zu entwickeln, von dem ich nicht gewusst hatte, dass es mir zustand.

»Leg den Schlüssel in die Küche, Jeff. Ich komme dann in ein paar Tagen.«

Ich drehte mich um und verließ das Haus. Mit einem flauen Gefühl im Magen.

Er lief mir nach und brüllte: »Das wirst du noch bereuen! Er wird sich nie auch nur einen Scheiß für dich interessieren! Er will nur das Geld, Stella. Danach bist du wieder ganz alleine. Ich habe dir einen Gefallen getan, indem ich dich geliebt habe.«

Mit Tränen in den Augen sah ich ihn an. Wie konnte er nur so kalt sein? Wer war dieses Monster, das ich jahrelang geliebt hatte? »Leb wohl, Jeff«, flüsterte ich mit zitternder Stimme.

Er lachte unsicher, weil ich offensichtlich trotz allem entschlossen war zu gehen. »Sag ihm, er soll dich im Dunkeln ficken. Das macht es einfacher, das ganze Fett an dir zu verdauen.«

Ich weinte den ganzen Weg nach Hause. Vor der Tür blieb ich im Auto sitzen und weinte noch ein paar Stunden. Dann ging ich ins Bett und weinte die ganze Nacht.

Am nächsten Morgen traf ich Damian im Esszimmer. Er sprang sofort auf, als ich eintrat. Ich musste so schlimm aussehen, wie ich mich fühlte, denn sein Blick war voller Traurigkeit. Ich konnte das Mitgefühl, das aus seinen blauen Augen sprach, förmlich spüren.

»Hi«, sagte ich leise.

»Hallo«, antwortete er.

»Wie war dein Abend mit Denise?«

Er verzog das Gesicht.

Das passte.

»Es tut mir leid, dass du mit solchen Menschen aufwachsen musstest. Ich kann verstehen, dass sie einen kaputtmachen können. Wie sie sich der Bedienung gegenüber aufgeführt hat, war echt eine Zumutung.«

»Denise ist gut darin, anderen das Gefühl zu geben, sie seien verrückt«, sagte ich leichthin. »Was vermutlich einige meiner Probleme erklärt.«

»Ich hasse sie.«

»Tu's nicht. Wer weiß, vielleicht ist *sie* ja deine Mutter.«

»Ist mir egal. Ich hasse sie trotzdem.« Er blickte sich um und schien unsicher zu sein, was er als Nächstes tun oder sagen sollte. Dann räusperte er sich und kratzte sich den Nacken. »Ist alles in Ordnung? Nach dem Gespräch mit Jeff gestern Abend?«

»Nein.«

»Hast du überhaupt geschlafen?«

Ich schüttelte den Kopf. Tränen brannten in meinen Augen. »Nein.«

»Weine nicht.«

»Okay.«

Ich weinte.

Er trat näher. »Du weinst.«

»Entschuldige.«

»Du musst dich nicht entschuldigen.«

»Okay.«

Er griff in seine Tasche und zog ein Taschentuch heraus. »Hab mir gedacht, dass du vielleicht weinst, also hab ich das hier eingesteckt.«

»Danke.« Ich nahm es und wischte mir die Augen.

»Hast du vor, heute auf alles so einsilbig zu antworten?«

Ich nickte. »Ja.« Wenn ich mehr sagte, würde ich nur komplett die Fassung verlieren. Ich wollte nicht darüber reden, was passiert war, denn es tat einfach zu weh. Ich wollte nicht darüber nachdenken, dass mein Freund mich weiß Gott wie lange hintergangen hatte. Wenn ich es aussprach, würde ich zusammenbrechen.

»Ich … ich meine … sie …« Mein Verstand war zu erschöpft, um einen ganzen Satz zu formen.

»Worte werden ohnehin überbewertet«, sagte er und sah zu Boden. Als er wieder aufblickte, hatte er die Lippen fest zusammengepresst. »Es trifft mich ebenfalls.«

»Was?«

»Wenn Arschlöcher dich zum Weinen bringen. Deshalb habe ich etwas für dich.«

Ich sah ihn neugierig an.

Er schob die Hände in die Taschen seiner grauen Jogginghose. »Wenn ich wütend bin oder verletzt, suche ich mir einen Wutraum. Das ist ein Ort, an dem ich alles Mögliche kaputt machen kann, um diese Energie wieder aus mir herauszubekommen. Aber ich dachte mir, dass du damit vielleicht nicht ganz so viel anfangen könntest, deshalb habe ich etwas anderes für dich.«

»Was?«

»Komm mit.«

Ich folgte ihm. Er führte mich nach draußen zum Poolhaus, und als er die Tür öffnete, sah ich zu meiner Überraschung, dass der ganze Boden mit Plastikfolie ausgelegt war. Die Möbel waren hinausgetragen worden, und die Wände sahen aus, als wären sie frisch geweißt worden. Der Küchenbereich war ebenfalls abgedeckt, und im Raum selbst standen Eimer voller Farbe. Vierundzwanzig, um genau zu sein. In allen Schattierungen. Daneben lag eine Schwimmbrille.

Ich sah Damian an. »Was ist das?«

»Ein Wutraum – nach Stella-Art. Der gesamte Raum – die Wände, die Decke – ist deine Leinwand. Im Unterschied zu mir, der einfach alles kurz und klein schlägt, dachte ich mir, du könntest deine Wut in etwas Schönes verwandeln.«

Ein leises Lachen stahl sich auf meine Lippen. »Ich denke nicht, dass ich das, was ich gerade fühle, in etwas Schönes verwandeln könnte.«

»Ich habe deine Bilder gesehen. Glaub mir, es wird schön sein.«

»Warum hast du das für mich getan?«

»Es geht dir gerade nicht besonders. Also dachte ich mir, ich helfe dir ein wenig, denn das ist es, was Freunde tun.«

Mein Herz setzte einen Schlag aus. »Freunde?«

»Freunde«, bestätigte er.

Ich schlug die Hände an mein Herz. »Du möchtest mein Freund sein?«

Er seufzte. »Jetzt mach nicht so einen Aufriss, Cinderstella«, sagte er, aber in einem sanften Ton. »Und bitte, weine nicht!«

»Du hast gerade gesagt, dass du mein Freund sein möchtest, Biest. Das ist Grund genug zu weinen.«

»Eigentlich nicht. Es ist alles andere als ein Grund für Gefühlsausbrüche.«

»Das sagst du bloß, weil du selbst nichts fühlst.«

»Möglich.«

Ich lächelte.

Möglich.

Er ging hinüber zu der Schwimmbrille, nahm sie und zog sie mir über die Augen. »Also los, veranstalte eine ordentliche Sauerei. Schrei. Kreische. Weine. Lass alles raus, ich räume später auf.«

Er ging hinaus und ließ mich mit den Farbeimern allein. Und ich tat, was er gesagt hatte. Ich zog mit meinen Gefühlen in den Kampf, tauchte die Hände in die Farben und schleuderte sie gegen die leeren Wände. Ich schrie, während ich mit den Händen über die Wände strich. Ich weinte, als ich die Wut spürte, die sich in mir aufgestaut hatte. Ich bedeckte die Wände und auch mich selbst mit allen möglichen Tönen von Rot, Blau, Lila, Grün. Farbe tropfte von meinen Fingern, meinen Ellbogen, auf meine Kleidung. Meine Zehen waren voller Farbe, und mein Herz schrie, als ich sie gegen die Wände schleuderte.

Die Energie, Kunst zu nutzen, um den Schmerz zu lindern, den Jeffs Betrug verursacht hatte, fühlte sich kraftvoll und mächtig an. Als ob etwas Schönes aus der Zerstörung entstehen könnte, auch wenn es schmerzte.

Als ich Stunden später meine Arme sinken ließ, waren die Wände voller Leben. Nie zuvor hatte ich nur mit meinen Händen etwas erschaffen, das so von Emotionen strotzte. Ehrfurchtsvoll trat ich zurück, dann fiel ich auf die Knie und weinte bitterlich. Ich weinte um das Mädchen, das ich einmal gewesen war und das geglaubt hatte, um seine Familie zusammenzuhalten, ein bestimmter Mensch sein zu müssen. Ich weinte über den Verrat, den man an mir begangen hatte. Ich weinte jedoch auch, weil ein großer Teil von mir dankbar war, dass ich das über Jeff und Kelsey herausgefunden hatte.

Ich hatte diesen Grund gebraucht, um endlich frei zu sein.

Nachdem ich all diese Empfindungen zugelassen hatte, ging ich zurück ins Haus und in Damians Arbeitszimmer, da ich wusste, dass ich ihn dort finden würde. Seine Tür stand weit offen.

In den ersten Wochen hatte diese Tür nie offen gestanden, doch mittlerweile konnte ich jedes Mal, wenn ich an ihr vorbeikam, dem Blick seiner Augen begegnen.

Diesen blauen Augen, die ich anfangs für kalt gehalten hatte, während sie in Wahrheit nur einsam waren.

Als er aufsah, spielte ein winziges Lächeln um seine Lippen. »Besser?«

Ich nickte. »Besser.«

»Ich habe dir doch gesagt, dass es schön wird«, sagte er.

Ich lachte. »Du hast es doch noch gar nicht gesehen.«

»Doch.« Er blickte auf und dann wieder in seine Unterlagen. »Habe ich.«

Noch ein paar Herzsprünge, um den Abend zu beenden. »Gute Nacht, Biest«, flüsterte ich.

Er sah nicht hoch, als er antwortete: »Gute Nacht, Cinderstella.«

23

DAMIAN

»Nein«, sagte ich nachdrücklich zu Stella, die vor mir stand. Seit dem Wochenende waren ein paar Tage vergangen, und wir gewöhnten uns langsam an einen neuen Rhythmus. Unter der Woche sah ich sie nur selten, denn ich verließ schon früh das Haus und kehrte erst spät zurück.

Stella widmete sich ganz ihrer Kunst. Wenn sie im Kreativmodus war, schloss sie sich ein, und ich sah keinen Grund, sie bei der Arbeit an ihren Meisterwerken zu unterbrechen. Denn sie schuf Meisterwerke. Noch nie in meinem Leben hatte ich eine Kunst wie ihre gesehen. Vielleicht war ich nicht ganz neutral in meiner Einschätzung, weil sie meine Frau war, aber für mich war sie die beste Künstlerin, die ich kannte.

Sie wusste es nicht, aber ich schickte immer wieder Kunden von mir zu ihr. Wenn ich ein Haus verkaufte, gab ich den Käufern immer auch ihre Karte, sodass sie Bilder von ihr kaufen konnten. Wahrscheinlich wäre sie mir böse gewesen, wenn sie es erfahren hätte, aber das war mir gleichgültig.

Die Welt verdiente es, ihre Bilder in großem Stil zu erleben.

Aber all das hatte nichts mit dem zu tun, was gerade passierte.

Stella stand, mittlerweile nur noch auf einer Krücke, vor mir und grinste wie der albernste Mensch auf dem Planeten. »Komm schon, Damian! Wir müssen das unbedingt tun.«

»Noch einmal: Nein«, sagte ich. »Wir werden das auf gar keinen Fall tun.«

»Bitte«, flehte sie. »Es ist Freitagabend, und wir sind endlich mal beide zur gleichen Zeit zu Hause. Mir ist langweilig, und dir ist langweilig, also wäre es genau das Richtige, etwas gemeinsam zu unternehmen.«

»Wir können gerne gemeinsam etwas unternehmen, solange es nicht dieses Etwas ist.«

Sie schob die Unterlippe vor und wimmerte, während sie mit dem Schlüssel vor meiner Nase herumklimperte. »Biiiittteeeeeee?«

Ich hasste sie dafür, dass sie so verdammt süß war, denn es machte es mir nicht eben leicht, mein gleichmütiges Selbst zu bewahren. Wenn sie mich so ansah, wollte ich ihr alles geben, was sie sich wünschte.

»Hör auf damit«, warnte ich.

»Womit?«

So perfekt zu sein.

Ich verdrehte Augen. »Bist du überhaupt dafür ausgebildet, anderen Menschen das Autofahren beizubringen?«

Sie seufzte. »Dafür braucht man keine Ausbildung, Damian.«

»Aber natürlich.«

»Stell dich nicht so an. Das wird toll. Komm schon. Bitte. Ich möchte wirklich ein wenig Zeit mit dir verbringen.«

Jetzt hatte sie mich. Sie gab zu, Zeit mit mir verbringen zu wollen, und mein gefrorenes Herz begann zu tauen wie eine Hühnerbrust in der Mikrowelle. Ich war Knetmasse in den Händen dieser Frau.

»Aber wir bleiben hier auf dem Gelände«, warnte ich.

Als sie erkannte, dass sie mich überredet hatte, führte sie einen kleinen Freudentanz auf.

Noch ein Punkt auf der Liste der Dinge, die ich an Stella mochte.

Es gefiel mir, dass es in letzter Zeit normal geworden war zu lächeln, wenn wir uns ansahen.

»Ich mag das«, gestand sie. »Ich mag es, dich anzusehen, wenn du weich wirst.«

Wie gerne hätte ich ihr noch mehr gesagt. Ich wollte ihr sagen, dass ich in ihrer Gegenwart dahinschmolz, dass sie mich vollkommen durcheinanderbrachte und mich Dinge fühlen ließ, die ich nicht fühlen wollte und von denen ich nicht gewusst hatte, dass ich sie fühlen konnte. Stattdessen zuckte ich nur mit den Schultern und nahm ihr die Autoschlüssel ab.

»Na dann, ab auf die Straße, auch bekannt als Einfahrt«, sagte ich.

Wir gingen nach draußen und, nun ja, ich erwies mich als entsetzlich schlechter Autofahrer.

»Das ist okay, Damian«, lachte Stella, als ich den Wagen wie ein Idiot vor- und zurückhopsen ließ. Wer hatte behauptet, dass ich einen Schaltwagen fahren musste? »Du kannst süß sein *und* ein schlechter Fahrer. Nennen wir es ausgleichende Gerechtigkeit.«

Ich grinste, und der Wagen machte einen Satz nach vorn. »Du findest mich süß?«

Sie verdrehte die Augen. »Lass es dir aber nicht zu Kopf steigen.«

Oh, und ob es mir in ein Körperteil stieg, allerdings nicht in jenes, das sie gemeint hatte.

Ich rutschte unbehaglich auf meinem Sitz herum und zupfte an meiner Jeans, damit sie das Biest nicht bemerkte, das in letzter Zeit geneigt schien, ihr zu salutieren, wann immer es ihre Nähe spürte. »Nein, nein. Mach nur. Sag mir noch mal, wie süß ich bin«, scherzte ich.

Sie stöhnte. »Ich wollte bloß nett sein, weil die meisten Leute dich wegen deiner breiten Stirn für furchtbar hässlich halten. Du bist halt auf ganz eigene Art süß. Na ja, ich meine, deine Ohrläppchen hängen ein bisschen, und dein Oberkörper ist viel zu lang, und, klar, deine Lippen sehen aus wie Pfannkuchen, aus denen man die Luft rausgelassen hat, aber wenigstens hast du eine Nase.« Sie legte den Kopf schief und sah mich an. »Oh, warte. Die ist auch krumm.«

»Machst du dich etwa über mich lustig, Mrs Blackstone?«

»Vielleicht ein bisschen, Mr Blackstone.«

Ich mochte diese Seite an ihr.

Ich mochte es, wie sie mich neckte.

Ich mochte die albernen Gesichter, die sie zog.

Ich mochte … sie.

Als der Wagen abermals nach vorn hüpfte, erfüllte Stellas Lachen den Innenraum.

Und einfach so gehörte ich ihr, und sie wusste es nicht einmal.

»Können wir zusammen Weihnachten feiern?«, fragte Stella nach einer weiteren Fahrstunde. Weihnachten war nur noch zwei Wochen entfernt, aber in Kalifornien wollte nicht die geringste Weihnachtsstimmung aufkommen. Ich war es gewohnt, um diese Jahreszeit durch schmutzigen Schnee zu stapfen und in den Straßen von New York von irgendwelchen Fremden beschimpft zu werden.

»Stehst du auf Weihnachten?«, fragte ich, auch wenn ich die Antwort bereits kannte.

Stellas Augen leuchteten auf, und sie nickte enthusiastisch. »Und wie. Ich habe Leute bestellt, die morgen kommen und das Haus schmücken, aber ich dachte mir, vielleicht können wir in der Vorweihnachtszeit was zusammen unternehmen. Wie im Norden Schlitten fahren, oder die Weihnachtsbeleuchtung anschauen, oder …

»Oder *Liebe braucht keine Ferien, Tatsächlich Liebe* oder *Mein Schatz, unsere Familie und ich* anschauen und dabei heiße Schokolade trinken?«, fragte ich.

Sie sah mich mit offenem Mund an und zeigte mit dem Finger auf mich. »Du kennst die Filme?«

»Möglicherweise habe ich weihnachtliche Liebeskomödien recherchiert, um sie mir mit dir gemeinsam anzusehen, weil ich mir dachte, dass du Weihnachten liebst. Und ich habe uns Karten für den *Nussknacker* besorgt.«

»Woher wusstest du, dass ich Weihnachten liebe?«

»Weil ich aufmerksam bin. Ich sehe, wie du reagierst, und überlege mir, was dir gefallen könnte.«

Sie schlug die Hände vor die Brust und schüttelte ungläubig den Kopf. »Mein harter Hummus.«

Ich zog eine Augenbraue hoch. »Wie bitte?«

»Ach, gar nichts. Ich …« Sie weinte, aber das war okay. Ich hatte schon früh gelernt, dass sie ihre Gefühle mit Tränen kundtat. Es war ein Privileg, sie Freudentränen vergießen zu sehen. Und schrecklich, der Anlass zu sein, wenn sie weinte, weil sie traurig war. Aber ich wusste, dass sie in diesem Moment Freudentränen vergoss, und das freute mich.

Und ich hatte auch gelernt, immer ein paar Taschentücher für mein sanftmütiges Mädchen bereitzuhalten.

Mein sanftmütiges Mädchen?

Nein. Sie war nicht *mein* Mädchen, aber manchmal gefiel es meinem vernarbten Herzen, so zu tun, als ob.

Sie schniefte und sah mich lächelnd an. »Du bist der netteste Mensch, den ich kenne.«

»Und du die wundervollste Frau auf diesem Planeten«, antwortete ich, ohne nachzudenken.

Wieder dachte ich daran, sie zu küssen.

Natürlich tat ich es nicht, aber, ja, ich dachte darüber nach.

»Tu's nicht, Damian«, flüsterte sie.

»Was soll ich nicht tun?«

»Mein Herz deinetwegen hüpfen lassen.«

Die Tage vor Weihnachten verbrachten wir mit allen erdenklichen Weihnachtsaktivitäten, und ich beobachtete, wie Stellas Augen beim geringsten Anlass aufleuchteten. Wir gingen durch die Straßen und bewunderten die Weihnachtsbeleuchtung. Wir fuhren in den Norden, um unseren eigenen Baum zu schlagen, und dekorierten ihn mit Girlanden aus Popcorn, wie sie es immer mit ihrer Mutter getan hatte, und Froot Loops, wie ich es einmal mit einer meiner Pflegefamilien getan hatte.

Eine Woche vor Weihnachten saßen wir auf der Couch, tranken heiße Schokolade und sahen uns einen weiteren Weihnachtsfilm an. Diesmal *Ist das Leben nicht schön?* Ich kannte den Film noch nicht, aber Stella erzählte mir, dass sie ihn sich jedes Jahr gemeinsam mit Kevin angeschaut hatte.

Wenn sie in letzter Zeit von ihm sprach, spürte ich keinen Hass mehr auf ihn, sondern eher so etwas wie Faszination. Ich wollte mehr über den Mann erfahren, bei dem sie aufgewachsen war, und der keine Gelegenheit gehabt hatte, auch mich bei sich aufwachsen zu lassen. Wäre das hier auch unsere Tradition gewesen? Hätte er auch mit mir Scones gegessen?

Wir saßen auf der Couch, und es wäre gelogen, wenn ich behauptete, dass es mich nicht berührte, als sich am Ende die ganze Stadt um George versammelte.

»Weinst du?«, fragte Stella und sah mich an – mit Tränen in den Augen, versteht sich.

Ich hatte wahrhaftig Tränen in den Augen. »Nein, das ist bloß eine Allergie.«

Sie lachte und stieß mir gegen den Arm. »Lügst du?«

»Ja.« Ich log.

Jedes Mal, wenn sie mich berührte, lief mir ein Schauer über den Rücken.

Stoß mich noch mal, Stella.

»Ich mag diese Seite von dir, weißt du?«, sagte sie. »Die weiche Seite.«

»Aus irgendeinem Grund kommt sie nur bei dir zum Vorschein.«

»Fühlst du dich bei mir sicher, Biest?«

Ich wollte eine sarkastische Bemerkung machen, ihren Kommentar einfach wegwischen, weil ich mich so emotional zu verwundbar fühlte. Stattdessen sagte ich: »Ja.«

Sie lächelte, und, oh mein Gott, wie gerne hätte ich dieses Lächeln geküsst, um mit ihren Lippen zu verschmelzen.

»Gut«, sagte sie und trank einen Schluck Kakao. »Weil ich mich bei dir auch sicher fühle.«

Schlag weiter, mein Herz.

»Oh! Weißt du, was ich gedacht habe? Wir sollten unbedingt wichteln!«, rief sie plötzlich und griff nach einer Schüssel auf einem der Beistelltische. »Ich habe sogar schon unsere Namen auf Zettel geschrieben.«

Ich lachte. »Wir sind doch sowieso nur zu zweit.«

»Stimmt, aber das gehört einfach zum Wichteln dazu.«

»Okay.« Ich grinste, griff in die Schüssel, zog ein Zettelchen heraus und öffnete es. »Damian.«

Stella rümpfte die Nase und nahm mir den Zettel aus der Hand. »Nein, nein. Zieh noch mal.«

Ich lachte und zog noch einmal. Als ich ihren Namen vorlesen wollte, warf sie die Arme in die Luft. »Nein! Du darfst mir nicht verraten, wen du gezogen hast! Das ist ein Geheimnis!«, rief sie.

»Du bist echt umwerfend.« Ich lachte.

Ihre braunen Augen wurden groß, als sie das hörte. Ich redete in jüngster Zeit eindeutig zu oft, ohne vorher nachzudenken.

»Entschuldige«, murmelte ich ein wenig verlegen.

»Nein, nein. Bitte nicht. Du … du sagst nur Dinge, die noch nie jemand zu mir gesagt hat.«

»Zum Beispiel?«

»Wie gerade. Oder du nennst mich atemberaubend. Oder erstaunlich. Oder bemerkenswert. Niemand hat je solche Wörter für mich verwendet.«

Ich verzog das Gesicht. Wie furchtbar. »Es tut mir leid, dass dir noch nie jemand die Wahrheit gesagt hat, Stella. Du bist all das, und noch viel mehr.«

Ihre Wangen röteten sich verlegen. »Danke, Ehemann.«

»Gern geschehen, Ehefrau.«

Je mehr Zeit wir miteinander verbrachten, desto mehr erfuhren wir übereinander. Wir erzählten uns unsere schönsten Weihnachtserinnerungen. Eines ihrer schönsten Erlebnisse war ein Skiausflug mit Maple nach Colorado gewesen, und eines von meinen war ein Weihnachtsfest mit einer Pflegefamilie, die zu Weihnachten einen Welpen bekommen hatte. Aber wir sprachen nicht nur über die guten Erinnerungen, sondern auch über die traurigen. Eines Abends, nachdem wir uns wieder einmal eine Liebeskomödie angeschaut hatten, erzählte sie mir von ihrem Kampf gegen ihre Essstörung, die sie sogar ins Krankenhaus befördert hatte.

»Danach hat Kevin darauf geachtet, dreimal am Tag gemeinsam mit mir zu essen, selbst noch, nachdem ich ausgezogen war. Er hat jeden Tag eine Mittagspause gemacht, um dafür zu sorgen, dass es mir gut ging«, erklärte Stella. »Es hat lange gedauert, aber ich hab's geschafft.«

»Ich bin froh, dass es dir wieder gut geht, und dass du dich jetzt wohlfühlst in deiner Haut.«

Sie zuckte mit den Schultern. »Es ist jeden Tag ein neuer Kampf. Als ich mit Jeff Schluss gemacht habe, hat er ein paar gemeine Bemerkungen über mein Gewicht gemacht, und sofort kamen die leisen Stimmen in meinem Kopf zurück: ›Lass das Frühstück lieber aus.‹ ›Keine Kohlehydrate diese Woche.‹ Es wird niemals wirklich aufhören.«

»Ich hasse ihn«, sagte ich.

»Ich auch«, stimmte sie mir zu. »Aber vor allem hasse ich den Teil von mir, der ihm immer noch glaubt.«

»Ich sage das nicht, um dir zu schmeicheln oder damit du dich besser fühlst, Stella, sondern weil es wahr ist.« Ich setzte mich so, dass ich sie ansehen konnte. »Du bist die wundervollste Frau, der ich jemals begegnet bin. Du bist vom Kopf bis zu den Füßen einfach atemberaubend. Und wenn ich deine Persönlichkeit dazunehme, gibt es für mich niemanden, der schöner ist als du.«

Wieder wurde sie verlegen und rieb sich über die Arme. »Ich bin es nicht gewohnt, schön genannt zu werden.«

»Okay«, erklärte ich, »dann werde ich es von nun an öfter sagen.«

Sie lächelte und schüttelte den Kopf. »Witzig, Jeff hat gesagt, du würdest mich ansehen, als wäre ich …«

»… die Sonne«, beendete ich ihren Satz.

Ihre Augen weiteten sich vor Überraschung. »Ja, wie die Sonne.«

»Nun …« Ich zuckte mit den Schultern. »… ich nehme an, er hat mich genauso durchschaut wie ich ihn.«

24

STELLA

Die Gespräche mit Damian entwickelten sich auf eine Weise, die ich kaum glauben konnte. Es war wundervoll zu sehen, wo wir begonnen hatten und wohin sich unsere Beziehung in nur zwei Monaten entwickelt hatte. Unsere Wohnzimmergeständnisse während der Weihnachtsfilme wurden für mich zum schönsten Teil jedes Abends.

»Deine Fotografien sind unglaublich«, sagte ich, als er mir endlich ein paar seiner Arbeiten zeigte.

Er verzog das Gesicht und zuckte mit den Schultern. »Es ist nur ein Hobby.«

»Die sind zu gut, um bloß ein Hobby zu sein.« Ich setzte mich auf. »Du solltest eine Ausstellung machen, so wie ich.«

Er lachte. »So gut sind sie nicht, Cinderstella.«

»Doch, das sind sie«, widersprach ich und blätterte durch seine Bilder. Sie waren extrem ausdrucksstark. »Du bist großartig, Damian. So etwas habe ich noch nie gesehen.«

»Ich habe Kevins Arbeiten gesehen. Er war besser.«

»Nein.« Ich schüttelte den Kopf. »Nur anders. Ich kann es nicht erklären, aber wenn ich deine Bilder sehe, könnte ich weinen, weil sie so atemberaubend sind.«

Er lächelte verlegen. »Danke.«

»Versprichst du mir etwas?«

»Hängt davon ab, was es ist.«

»Versprich mir, dass du deine Arbeiten ausstellst, sobald du dich dazu bereit fühlst. Versprich mir, sie mit der Welt zu teilen.«

Er lachte. »Im Ernst?«

»Im Ernst.«

»Okay. Wenn ich bereit dazu bin, werde ich es tun.«

Ich sah ihn aus schmalen Augen an. »Gib mir dein Wort.«

»Ich gebe dir mein Wort.«

Ich biss mir auf die Unterlippe. »Wie viel ist dir dein Wort wert?«, fragte ich und wiederholte damit eine der ersten Fragen, die er mir gestellt hatte.

»Alles«, antwortete er leise, sein Blick wanderte zu meinen Lippen. Und als sein Blick wieder meine Augen traf, sagte er es noch einmal, diesmal lauter: »Es bedeutet alles.« Er stand auf und ging aus dem Zimmer. Kurz darauf kam er mit seiner Kamera in der Hand wieder zurück. Er wies damit in meine Richtung. »Darf ich?«

Ich richtete mich noch ein wenig mehr auf und setzte mich auf den Polstern zurecht. »In welcher Pose möchtest du mich?«, fragte ich scherzend und warf die Arme in die Luft.

»Sei einfach du selbst«, sagte er und begann zu fotografieren. Ich lachte und fühlte mich albern und ein wenig verlegen. Er lächelte und biss sich auf die Unterlippe. »Ja«, flüsterte er. »Genau so.«

Wärme erfüllte meinen Bauch, als ich in die Kamera lächelte und beobachtete, wie er sich der gleichen Leidenschaft hingab, die Kevin sein ganzes Leben lang begleitet hatte. Und obwohl Damian seinen Vater nie kennengelernt hatte, war es nicht zu übersehen, dass er einiges von ihm in seiner Seele trug.

Und in diesem Augenblick, mit der Kamera in der Hand,

wirkte Damian tatsächlich glücklich. Und frei. Mehr er selbst als je zuvor.

Genau so, Damian.

Genau so.

Manchmal führten unsere abendlichen Unterhaltungen uns an vollkommen unerwartete Orte.

»Was meinst du damit, er hat dich nie da unten geleckt?«, fragte Damian fassungslos. »Das ist doch wohl das Mindeste, das ein Mann tun sollte, um eine Frau zu verwöhnen.«

Ich zuckte mit den Schultern. »Wir waren noch jung, als wir zusammenkamen. Jeff hat gesagt, er will es nicht. Er fand es eklig und hat seine Meinung nie geändert.«

»Nur ein Idiot würde so einen Mist erzählen. Eine Frau zu lecken ist wie in sein Lieblingsrestaurant zu gehen und rauszufinden, dass es ein All-you-can-eat-Buffet mit den leckersten Sachen gibt.«

Ich lachte. »Bei dir klingt es wie Disney World – der glücklichste Ort auf der Welt.«

»Glaub mir, Stella, eine Frau zu lecken ist besser als jede Disney-Attraktion.« Er schwieg einen Augenblick, stützte sich dann auf die Ellbogen und musterte mich eingehend. »Warte mal. Mit wie vielen Männern warst du vor Jeff zusammen?«

»Mit keinem. Er war der Einzige.«

Zunehmend besorgt setzte er sich aufrecht hin. »Also hat nicht nur Jeff dich noch nie so verwöhnt, du bist noch nie von einem Mann geleckt worden?«

Ich schüttelte den Kopf.

Er seufzte, knöpfte seine Hemdsärmel auf und krempelte sie hoch. »Okay. Dann los.«

Jetzt war ich es, die sich auf die Ellbogen stützte. »Was?«

»In meinem ganzen Leben habe ich noch nie etwas so Deprimierendes gehört, und als dein Ehemann werde ich dieses Malheur in Ordnung bringen und dir zeigen, was du verpasst hast.«

»Das meinst du nicht ernst.« Ich lachte, während die Schmetterlinge in meinem Bauch Loopings flogen. Natürlich meinte er das nicht ernst.

Er zog eine Augenbraue hoch und legte den Kopf schief. »Natürlich meine ich es ernst.«

Mein Herz hämmerte wie verrückt, während ich ihn ungläubig anstarrte.

Er verzog das Gesicht. »Es sei denn, du willst nicht …«

»Nein!«, rief ich und schüttelte den Kopf. »Okay. Tun wir's.«

Er stand auf und reichte mir die Hand. »Dein Zimmer oder meins?«

»Bist du sicher, dass du nicht lieber das Licht ausschalten willst?«, fragte ich und spürte, wie ich immer nervöser wurde, während ich in BH und Tanga dasaß und meinen Körper mit den Armen zu bedecken versuchte.

»Ganz sicher nicht«, erklärte er selbstbewusst und legte sich aufs Bett. »Komm her, setz dich auf meine Brust.«

Ich mühte mich zu tun, was er gesagt hatte, und spürte, wie das Adrenalin durch meine Adern raste.

»Stella«, flüsterte er streng und setzte sich auf. Ich verharrte über ihm, die Beine rechts und links neben seiner Hüfte, und achtete darauf, mich nicht mit meinem ganzen Gewicht auf seine Brust zu setzen, aus Angst, ich könnte ihn erdrücken. Seine Hände legten sich auf meine Hüften. »Wenn ich sage, du sollst dich auf meine Brust setzen …«, er zog mich nach unten, bis ich ganz auf ihm saß, »… dann meine ich das auch so.«

Ich biss mir auf die Unterlippe. »Was, wenn ich dir wehtue?«

»Du kannst mir nicht wehtun.«

»Aber …«

»Du kannst mir nicht wehtun«, wiederholte er mit einer Sicherheit, die mich noch mehr erregte, als ich es ohnehin schon war.

Ich entspannte mich, und je mehr ich mich auf ihm entspannte, desto breiter wurde sein Lächeln. Und je mehr er lächelte, desto entspannter wurde ich. Ich konnte kaum glauben, wie gut wir zusammenpassten, wie gut es uns gelang, uns gegenseitig ein Gefühl der Sicherheit zu geben, indem wir einfach wir selbst waren.

»Braves Mädchen.« Er beugte sich vor und folgte mit der Zunge der Form meiner Brüste, die von meinem Push-up nach oben gedrückt wurden. Hitze sammelte sich zwischen meinen Schenkeln, als er mich ein braves Mädchen nannte, und ich wünschte mir nichts sehnlicher, als ihm eine gehorsame Schülerin zu sein.

Meine Angst, ihn zu erdrücken, verflog mit jedem seiner Küsse, die er wie Perlen an einer Schnur auf meiner Haut verteilte. Er liebkoste alle Stellen, die ich sonst lieber verbarg, küsste und streichelte sie mit größter Ehrfurcht. Ich schloss die Augen, als seine Hände über meinen Körper glitten, die Rollen an meinem Bauch nicht ausließen, sich nicht scheuten, mich an Stellen zu berühren, die Jeff nie erkundet hatte. Ohne Furcht, mich im Hellen zu küssen. Und was mich dabei am meisten erregte, war, zu sehen, dass er selbst ebenso erregt war wie ich. Sein hartes Glied drückte gegen meinen Schenkel, sodass ich ihm am liebsten die Boxershorts ausgezogen und meine Lippen um seinen Schwanz geschlossen hätte.

Und wie er mich ansah!

Als wäre ich die Sonne.

Noch mehr Schmetterlinge flatterten in meinem Bauch. Ich bezweifelte, dass sie jemals wieder verfliegen würden.

»Und jetzt …« Er legte sich zurück und sah mich mit seinen Augen, die meinen Herzschlag kontrollierten, und einem verschmitzten Lächeln auf den Lippen an. »… setz dich auf mein Gesicht.«

Ich schnappte nach Luft und lachte zugleich. »Was? Auf keinen Fall. Das ist was für zierlichere Frauen.«

»Das ist was für alle Frauen, dich eingeschlossen. Tu, was ich gesagt habe. Setz dich auf mein Gesicht!«

Ich kniff die Augen zusammen. »Du meinst, knie dich über mich?«

Er schüttelte den Kopf. »Wenn ich das gewollt hätte, hätte ich es gesagt.«

Ich biss mir auf die Lippe. »Was, wenn du keine Luft bekommst?« Er lachte, und ich schlug ihm auf den Arm. »Ich meine es ernst, Damian! Was ist, wenn ich zu schwer bin?«

Er setzte sich auf und schob mich ein wenig nach unten, sodass sein hartes Glied meinen Tanga berührte. Mit kleinen Bewegungen seiner Hüfte steigerte er dieses Gefühl sofort um ein Zehnfaches. Seine Finger griffen um meinen G-String und zogen ihn hinunter. »Stella, glaube mir, wenn ich das sage.« Seine Zunge wanderte zu meinem Ohr und leckte es langsam, bevor er an meinem Ohrläppchen saugte und mir flüsternd versicherte: »Nichts an dir ist zu viel für mich.« Und dann zog er mir den String ganz aus und warf ihn zur Seite. »Und jetzt«, sagte er und legte sich wieder hin, »setz dich.« Mühelos hob er die Hüften unter mir an. »Auf.« Er zog die Augenbraue hoch. »Mein.« Er massierte meine Pobacken. »Gesicht.«

»Dazu muss du mich schon zwingen.«

Ohne Zögern hob er mich hoch und setzte mich auf sein

Gesicht. »Setz dich richtig hin«, warnte er mich, denn er musste gespürt haben, dass ich mich noch immer wehrte. »Entspannen Sie sich, Mrs Blackstone«, sagte er, und meine Ängste schmolzen dahin. »Ich passe auf dich auf«, versprach er.

Ich senkte mich ganz auf ihn hinab, hielt mich mit den Händen am Kopfende fest und …

»Oh mein Gott«, stöhnte ich vollkommen überwältigt von dem, was mit mir geschah. Damian hatte die Arme um meine Beine gelegt, während sein Mund, seine Zunge … du meine Güte, seine Zunge!

Er schob sie in mich hinein und wieder hinaus, während meine Hüften über sein Gesicht rieben. Ich konnte mein Stöhnen nicht länger unterdrücken, als er mich in einem langsamen Rhythmus leckte, der plötzlich und ohne Vorwarnung schneller wurde, aber ich beschwerte mich nicht.

Er genoss es offensichtlich, was mich noch ein wenig mehr entspannte. Ich vergaß meine Sorgen und spürte seine Zunge tief in mir. Wenn sie nicht in mir war, saugten seine Lippen an meiner Klitoris, sodass ich mich vor Erregung wand. Das Kopfende schaukelte mit mir und schlug immer wieder gegen die Wand, während ich unter den Tricks und Kniffen, die Damian mir zuteilwerden ließ, ekstatisch aufschrie.

»Ich … Damian, ich …«, keuchte ich, unfähig einen ganzen Satz zu formulieren. Meine Augen rollten vor Lust in ihren Höhlen. Ich hatte nicht gewusst, dass es sich so anfühlen konnte. Ich hatte nicht gewusst, dass es so etwas überhaupt gab. Ich …

»*Ja!*«, schrie ich, und seine Hände hielten meine Beine fester. Ich kam auf seinem Gesicht, meine Beine zitterten unter dem besten – vielleicht sogar einzigen – Orgasmus, den ich je erlebt hatte. Seine Zunge leckte weiter über meine Lippen, als wollte sie jeden einzelnen Tropfen meiner Lust einfangen. Doch je mehr er mich leckte, desto feuchter wurde ich, während mein gesamter Körper erbebte.

Ich wollte ihn.

Ich brauchte ihn.

»Damian«, flehte ich und zog mich ein wenig zurück.

Er sah mich an, und sein Gesicht glänzte von meiner Nässe.

»Kannst du …«

Mehr brauchte ich nicht zu sagen.

Er packte meine Hüften und legte mich aufs Bett. Mit vor Lust geweiteten Augen sah er mich an, und ein Grollen drang tief aus seiner Seele. Er warf seine Boxershorts zur Seite, griff in den Nachttisch und riss das Kondompäckchen auf. Ich nahm ihm das Kondom aus der Hand und rollte es über seinen harten, pulsierenden Schwanz. Er schloss die Augen. Ich legte die Hände um ihn und spürte, wie groß er war.

»Stella, wenn du das tust … Ich will dich.« Er öffnete die Augen und sah mich an. Dann senkte er sich auf mich und flüsterte an meinen Lippen: »Ich will dich so sehr, dass es mich fast umbringt.«

»Ich gehöre dir.« Ich küsste seine Lippen und spürte sein Verlangen, als er meinen Kuss erwiderte. »Ganz und gar dir«, schwor ich.

Als er in mich hineinglitt, schrie ich auf, weil ich nicht gewusst hatte, dass es sich so anfühlen konnte. Und damit meinte ich nicht mal den Sex. Ich meinte die Verbindung. Das mächtige Gefühl, jemanden ebenso zu wollen, wie er einen selbst wollte. Dieses Verlangen wortlos und nur durch die Verbindung zweier Körper ausdrücken zu können.

Damian behandelte meinen Körper wie ein kostbares Gut. Er ließ sich Zeit mit mir, während ich ihn erkundete. Wir bewegten uns im Einklang. Wir liebten uns in demselben Rhythmus.

Wir liebten uns.

So also fühlte es sich an, von einem anderen Menschen so begehrt zu werden, wie man selbst ihn begehrte.

Ich bin dabei, mich in dich zu verlieben. Ich bin dabei, mich in dich zu verlieben. Ich …

In Dauerschleife wiederholten sich diese Worte in meinem Kopf, während er in mich hinein- und wieder hinausglitt und mit jedem Stoß einen Teil von mir befreite, der viel zu lange eingesperrt gewesen war.

Verlieben.

Lieben.

Liebe …

»Ich weiß«, flüsterte er mir ins Ohr, als ich seinen Namen stöhnte. »Ich auch«, sagte er, als könne er meine Gedanken lesen. Als dächte er das Gleiche wie ich. Als wären wir eine Seele in zwei Körpern.

Ich war mir nicht sicher, ob ich an Seelenverwandtschaft glaubte, aber in dieser Nacht glaubte ich an uns.

Und das genügte mir.

25

STELLA

Den Rest der Woche wachte ich jeden Morgen in Damians Bett auf. Er zeigte mir so viele Dinge, die ich nie zuvor erfahren hatte. Er drehte meinen Körper in Positionen, von denen ich nie gedacht hätte, dass ein Körper sich so drehen konnte. Er verwöhnte mich viele Male, bevor er an seine eigene Befriedigung dachte. Ich war mir nicht einmal sicher, was wir taten, aber ich liebte es, wie sehr wir zusammenpassten. Waren wir ein Paar? Waren wir Freunde mit besonderen Vorzügen? Ein verheiratetes Ehepaar, das keine Ahnung hatte, was seine Gefühle mit ihm machten?

Ich versuchte nicht allzu viel darüber nachzugrübeln, denn zum ersten Mal seit langer Zeit fühlte ich wahre, ehrliche Freude, ohne aufgesetztes Lächeln und innere Unsicherheit.

Und ich fing an, den Ring zu tragen, den er mir am Tag unserer Hochzeit geschenkt hatte.

Am Weihnachtsmorgen war ich mir sicher, dass ich vor lauter Aufregung vor Damian wach sein würde, doch als ich mich im Bett umdrehte, sah ich zu meiner Überraschung, dass er bereits aufgestanden war. Ich setzte mich auf und reckte mich, bevor ich in meine Pantoffel schlüpfte und aus dem Zimmer lief. Als Frühstücksduft in meine Nase stieg, musste ich lächeln.

Es roch nach Glück und frischem Gebäck.

Als ich in die Küche trat, stand Damian mit einer mehlbestäubten Schürze vor dem Ofen. Er wandte mir den Rücken zu und hatte mich nicht kommen hören.

»Frohe Weihnachten!«, rief ich, und er zuckte zusammen, bevor er sich zu mir umdrehte.

»Du hast mich erschreckt.« Lächelnd trat er zu mir, zog mich an seine Brust und gab mir einen Kuss auf die Stirn.

Schmetterlinge flatterten in meinem Bauch.

Ozeanküsse.

»Frohe Weihnachten«, flüsterte er und hielt mich noch fester. Es fühlte sich nach mehr an als einer freundschaftlichen Umarmung. Vielleicht hoffte ich auch nur, dass wir mehr waren als Freunde.

»Ich dachte, du würdest ein bisschen länger schlafen«, sagte er und trat wieder an den Backofen, um sein Werk im Auge zu behalten.

»Oh nein. An Weihnachten schlafe ich nie lange. Als Kind habe ich Kevin jedes Mal um vier Uhr morgens geweckt, um die Geschenke auszupacken. Es war immer schon eine ganz besondere Zeit für mich. Aber heute habe ich doch ein bisschen länger geschlafen«, erklärte ich.

Er zog eine Augenbraue hoch. »Es ist halb fünf.«

»Ich weiß!«, rief ich. »Ich kann einfach nicht glauben, dass ich so lange geschlafen habe. Aber was machst du hier?«

»Dein Weihnachtsgeschenk.« Er runzelte die Stirn. »Aber jetzt ist alles andere noch nicht fertig. Ich wollte dir ein richtiges Festtagsfrühstück zubereiten.«

»Das macht nichts! Es riecht köstlich. Was ist das?«

Er streifte ein Paar Ofenhandschuhe über, öffnete die Backofentür und zog ein Blech mit Scones heraus.

Selbst gemachte Blaubeerscones.

»Ich hatte nicht daran gedacht, dass Weihnachten dieses Jahr auf einen Samstag fällt, und die Bäckerei nimmt schon seit Wochen keine Bestellungen mehr an. Deshalb konnte ich dir deine Scones nicht besorgen. Also dachte ich, ich versuche mich mal selbst daran.«

Mein Herz ...

»Du hast Blaubeerscones für mich gebacken?«

»Ja. Ich habe das noch nie versucht, deshalb habe ich ein paar Probedurchgänge absolviert, während du letzte Woche bei der Arbeit warst, aber ich glaube, jetzt habe ich es raus. Sie sind nicht so gut wie die von *Jerry's*, aber ...«

»Du hast geübt, Scones für mich zu backen?«, unterbrach ich ihn.

»Ja. Ich wollte dir schließlich als Teil deines Geschenks kein ungenießbares Zeug vorsetzen.« Er verzog den Mund und kniff sich in den Nasenrücken. »Aber ehrlich gesagt, hatte ich sie noch in eine schöne blaue Schachtel packen und hübsch präsentieren wollen. Ich hätte wohl damit rechnen müssen, dass du früh aufstehst, und ...«

Bevor er weitersprechen konnte, stand ich vor ihm und drückte meine Lippen auf seine. Es war ein ungestümer Kuss, während ich versuchte, die Tränen zurückzudrängen, die sich in meine Augen gestohlen hatten. »Das ist das schönste Geschenk, das ich je bekommen habe.«

Er lachte. »Es sind doch bloß Scones.«

»Nein. Sie sind sehr viel mehr als das.«

Ich küsste ihn erneut und spürte, dass es tatsächlich mehr war. Mehr als nur Freundschaft. Mehr als eine arrangierte Hochzeit. Mehr als ...

Er erwiderte meinen Kuss und legte die Arme um meine Taille. Seine Finger massierten meine Haut, und meine Hände legten sich auf seine Brust.

»Wäre es sehr schlimm, wenn ich dich noch einmal mit ins Bett nehmen würde?«, fragte er.

Ich lächelte. »Ich könnte noch ein wenig ausruhen«, antwortete ich, gespielt schüchtern.

»Vertrau mir, Cinderstella. Wir gehen nicht ins Bett, um uns auszuruhen.«

Er nahm meine Hand und führte mich zu unserem Zimmer.

Unser Zimmer? War es unser Zimmer?

Waren wir ein »Unser«?

Konzentriere dich aufs Hier und Jetzt, Stella. Denk nicht so viel.

Er hatte recht. Wir ruhten nicht aus. Wir fanden zusammen und liebten uns leidenschaftlich, während die weiße Lichterkette am Fenster das Zimmer erhellte. Wenn Damian mich berührte, fühlte es sich immer romantisch an. Friedvoll. Richtig.

Anschließend lagen wir schwer atmend und schweißüberströmt auf dem Bett. Ich rollte mich von ihm hinunter – ich hatte keine Angst mehr davor, auf ihm zu liegen – und schnappte erschöpft nach Luft.

»Das war …« Ich seufzte.

»Ja«, antwortete er seinerseits mit einem wohligen Seufzer.

Wir lagen schweigend in der Dunkelheit und fühlten nichts als das Licht in uns selbst. Schließlich drehte er den Kopf und sah mich mit einem verschmitzten Lächeln an. »Weißt du, was jetzt perfekt wäre?«, fragte er.

Ich lächelte noch breiter, als könnte ich seine Gedanken lesen. »Blaubeerscones.«

Wir liefen nackt in die Küche und nahmen uns die frischen Scones vor. Damian kochte eine Kanne Kaffee, und wir zogen weiter ins Esszimmer, wo ich mich auf seinen Schoß setzte und er mich mit Scones fütterte, während wir kuschelten und den wunderschönen Weihnachtsbaum auf der anderen Seite des Flurs betrachteten.

»Diese Scones sind fast noch besser als die von *Jerry's*«, sagte ich und biss noch einmal hinein.

Damian lachte. »Du musst nicht lügen.«

»Nein, wirklich. Die brauche ich von jetzt immer an Weihnachten.«

»Geht klar.« Er zuckte mit den Schultern. »Kein Problem.«

Mein Verstand grübelte mal wieder zu viel. Ich lehnte den Kopf an seine Schulter, unfähig, meine Gedanken für mich zu behalten. »Darf ich für einen Moment verletzlich sein und dich etwas fragen?«

»Jederzeit.«

»Was ist das zwischen uns?« Ich biss mir auf die Unterlippe. »Ich weiß, dass wir auf dem Papier verheiratet sind. Und ich weiß, dass wir Freunde sind. Aber sind wir Freunde mit besonderen Vorzügen, oder sind wir … mehr?«

Ich senkte den Blick, denn meine Frage war mir etwas peinlich.

»Stella …« Er legte einen Finger unter mein Kinn. »Du hast ja keine Ahnung, wie lange ich schon mehr von dir möchte.«

»Wirklich?«

»Ja. Ich wollte es nicht ansprechen, weil du ja gerade erst die Beziehung mit Jeff beendet hast. Aber das mit uns ist alles, was ich mir wünsche. Alles, was ich will, bist du. Alles von dir. Deinen Körper und deine Seele.«

Meinen Wangen schmerzten, weil ich so strahlte. »Ich auch.« *Oh ja, ich auch.*

»Es ist immer schön, wenn so etwas auf Gegenseitigkeit beruht«, scherzte er.

»Macht die Sache deutlich einfacher«, stimmte ich zu.

Er wurde ein wenig verlegen und setzte sich mit mir auf dem Schoß im Stuhl zurecht. »Ich hatte noch nie eine richtige Freundin.«

»Nun, zum Glück hast du eine Frau, und ich habe mir sagen lassen, dass du der beste Ehemann der Welt bist.«

Er lachte, und ich liebte diesen Laut. »Ist das so?«

»Ja. Deine Frau hat's mir erzählt.«

»Sie ist wirklich umwerfend.«

Ich zuckte mit den Schultern. »Du solltest warten, bis du siehst, was sie dir zu Weihnachten schenkt. Dann wirst du sie wirklich lieben.«

Er küsste mich.

Ich liebte es.

»Das ist das beste Weihnachtsfest, das ich je hatte«, sagte er und zog mich fest an sich. Ich drehte mich auf seinem Schoß um, sodass ich ihn ansehen konnte, schlang die Arme um seinen Hals und drückte ihn fest. »Ist das so?«

»Ja. Ich kann mir kein Geschenk vorstellen, das noch besser wäre als du.«

Ich lachte. »Langsam klingen Sie wie eine Liebeskomödie, Sir.«

»Das ist der Stella-Effekt.« Er lachte und gab mir noch mehr Ozeanküsse. »Ich verbringe zu viel Zeit mit dir.«

»Möchtest du dein Geschenk sehen? Ich muss Grams bitten, es rüberzubringen, aber wie ich sie kenne, ist sie schon wach.«

»Das ist gut, dann kann ich ihr auch das Geschenk geben, das ich für sie besorgt habe«, antwortete er.

Mein Herz setzte fast aus. Er hatte Grams ebenfalls ein Geschenk besorgt?

Ob er es wusste? Ob er wusste, was für ein wundervoller Mensch er war?

Wir zogen uns an und riefen Grams an, und sie kam mit den Geschenken für Damian und mich herüber.

»Frohe Weihnachten!«, rief sie und strahlte über das ganze

Gesicht. Wir nahmen uns in den Arm und begrüßten uns und gingen dann ins Wohnzimmer, um die Geschenke zu öffnen.

»Neue Tarotkarten?«, sagte sie, als sie Damians Geschenk auspackte: Tarotkarten, Kristalle und Bücher über Zaubersprüche, Salbei und Tee. »Das ist ja wundervoll.«

»Ich habe keine Ahnung, was das alles ist, aber es hat mich irgendwie an dich erinnert.«

»Du kennst mich gut«, antwortete sie, ohne darauf einzugehen, dass Damian sie zum ersten Mal geduzt hatte.

Ich musste lachen, als die beiden sich umarmten und ich anschließend Maple mein Geschenk überreichte.

»Was ist so witzig?«, fragte sie.

»Du wirst schon sehen. Mach es auf.«

Sie lachte, als sie die gleichen Tarotkarten hervorzog, die auch Damian ihr geschenkt hatte. »Ihr beide habt nicht gewusst, dass ihr mir die gleichen Karten gekauft habt?«

»Nein«, versicherte ich.

»Verwandte Seelen.« Sie lächelte uns beide an. »Eure Seelen müssen sehr eng miteinander verbunden sein.«

Ich lächelte Damian an, und er lächelte zurück.

Grams grinste und klatschte in die Hände. »Ich wusste es.«

»Was wusstest du?«, fragte ich.

Sie zeigte auf Damian und mich. »Das.«

Ich errötete, sagte aber nichts dazu, und auch sie ging nicht weiter darauf ein, sondern reichte uns ihre Geschenke für uns. Für mich hatte sie ein neues Set Pinsel und Kunstmaterialien besorgt, die ich gut gebrauchen konnte. Damians Geschenk war etwas ganz Besonderes. Er nahm es entgegen und öffnete es.

Es war eins von Kevins kostbarsten Besitztümern – seine Lieblingskamera.

»Er hat mich gebeten, sie dir zu geben«, sagte Grams. »Er sagte, du würdest gut auf sie aufpassen. Und er sagte auch, wie sehr er sich gewünscht hat, deine Bilder strahlen zu sehen.«

Damians Augen glänzten feucht, als er das Geschenk seines Vaters, den er nie kennengelernt hatte, in Händen hielt. Er räusperte sich und rang um Fassung. »Danke, Maple.«

»Das war seine Lieblingskamera«, erklärte ich. »Mit ihr hat er seine besten Bilder gemacht.«

»Ich werde gut darauf aufpassen«, sagte er, um Fassung ringend.

»Also, auch wenn ich nur zu gerne mit euch beiden hier sitzen und heulen würde – Stellas Geschenk für dich steht draußen vor der Tür, Damian, und da sollte es nicht allzu lange stehen. Deshalb werde ich jetzt wieder gehen und euch beide allein lassen.« Grams stand auf, nahm mich in den Arm und gab mir ein paar Ozeanküsse auf die Stirn, bevor sie auch Damian umarmte. Als sie sich wieder voneinander lösten, legte sie beide Hände an seine Wangen. »Du bist ein guter Mensch.«

Das trieb mir die Tränen in die Augen.

Als sie gegangen war, holte ich tief Luft und klatschte in die Hände. »Bist du bereit?«

»Ich denke schon.«

»Okay, dann folge mir nach draußen.«

An der Tür blieb ich noch einmal stehen. »Ich glaube, ich sollte dir vorher noch sagen: Ich finde, du verdienst die ganze Welt, Damian. Du bist ein wundervoller Mensch, und es bricht mir das Herz, zu wissen, wie sehr die Welt dich verletzt hat. Also dachte ich mir, ich schenke dir etwas, das man dir weggenommen hat. Und auch wenn es nicht dasselbe ist, hoffe ich, dass du die Liebe fühlst.« Ich seufzte und spürte, wie Nervosität und Zweifel in mir aufstiegen.

»Was auch immer es ist, es ist mehr als genug.«

Das hoffte ich sehr.

Ich trat zur Seite, damit er vorangehen konnte, und folgte ihm nervös.

Er erkannte sofort, was es war. Auf der vorderen Veranda stand ein großer Käfig mit einer riesigen Schleife. Darin saß ein junger Golden Retriever, wie Damian ihn als Kind für kurze Zeit selbst gehabt hatte.

Ich konnte seine Reaktion nicht erkennen. Schweigend, und mit dem Rücken zu mir, machte er einen Schritt auf den Käfig zu. Doch statt ganz zu dem Hund zu gehen, trat er ans Geländer und blickte hinaus in die Ferne. Mein Herz sank, während ich beobachtete, wie seine Hände das Geländer umklammerten. Er schwieg ein wenig zu lange, und meine Anspannung steigerte sich ins Unermessliche.

»Es tut mir leid«, platzte es aus mir heraus, denn ich hatte das Gefühl, einen riesigen Fehler begangen zu haben. »Ich habe mich einfach daran erinnert, wie du mir von dem Welpen erzählt hast, den ihr zu Weihnachten bekommen habt, als du klein warst, und wie du ihn verloren hast, als du in ein neues Zuhause umziehen musstest. Und ich dachte … o Gott. Das war eine furchtbare Idee, und es tut mir leid, wenn …«

»Stella«, flüsterte er, noch immer mit dem Rücken zu mir. Das Herz klopfte mir bis zum Hals, als er nicht weitersprach. Langsam drehte er sich um, und Tränen liefen über sein Gesicht. Ich hatte Damian bereits erlebt, als er kurz davor gestanden hatte zu weinen, erst gerade, als Grams ihm das Geschenk von Kevin überreicht hatte, aber ich hatte ihn noch nie diesem Gefühl nachgeben sehen.

Er räusperte sich, verschränkte die Arme und schniefte überwältigt. »Er ist für mich?«, fragte er leise, mit zitternder Stimme.

»Für immer«, antwortete ich. »Wenn du ihn haben möchtest.«

Er sah auf den Käfig und dann wieder zu mir. »Darf ich?«

Ich lachte. »So wie er mit dem Schwanz wedelt, denke ich, das würde ihm gefallen.«

Damian ging zu dem Hund und öffnete den Käfig.

»Sein Name ist Milo«, erklärte ich. »Er ist zwei Jahre alt und hatte bisher nicht das beste Zuhause. Seine Besitzer haben ihn misshandelt, und er wurde mehrfach weitergereicht, weil alle meinten, er sei nicht erziehbar, aber ich glaube das nicht. Er sollte schon eingeschläfert werden, aber als ich ihn sah, habe ich tief in meiner Seele gespürt, dass er zu dir gehört.«

»Und ich zu ihm«, sagte Damian leise.

Noch immer liefen ihm Tränen übers Gesicht, als der nervöse Hund langsam aus dem Käfig heraus auf ihn zulief. Er rieb sich an Damians Bein und erlaubte ihm dann, ihn hochzuheben. Milo legte den Kopf an Damians Schulter und drückte sich an ihn, als wären sie schon immer füreinander bestimmt gewesen.

»Danke, Stella«, sagte Damian und sah mich an. »Dass du daran geglaubt hast, dass er noch eine Chance verdient hat. Und ich auch.«

Ich ging zu ihm und wischte ihm die Tränen aus dem Gesicht. »Frohe Weihnachten, Damian.«

»Ich glaube, ich bin dabei, mich in dich zu verlieben«, antwortete er, und die Worte purzelten förmlich von seinen Lippen. »Entschuldige.« Er verzog das Gesicht. Dann schüttelte er den Kopf. »Warte, nein. Es tut mir *nicht* leid. Ich bin froh, dich zu kennen und in deiner Nähe sein zu können. Du bist albern und gütig, und ich bin dabei, mich in dich zu verlieben. Du bist wunderschön und witzig, und ich bin dabei, mich in dich zu verlieben. Du bist mein erster Gedanke am Morgen und der letzte am Abend, und ich bin dabei, mich in dich zu verlieben. Stella …« Er hielt Milo auf einem Arm und streichelte mit der anderen Hand zärtlich meine Wange. »Ich bin dabei, mich in dich zu verlieben.«

»Ich …«

»Warte.« Er räusperte sich. »Du musst nicht darauf antworten, nur weil ich das zu dir gesagt habe. Du kannst warten. Ich weiß, dass du gerade erst eine Beziehung hinter dir hast, und ich möchte niemanden dazu drängen, so etwas zu mir zu sagen, und …«

»Ich bin nicht dabei, mich in dich zu verlieben.« Ich nahm seine Hand. »Ich habe mich bereits in dich verliebt.«

Er legte seine Stirn an meine und schloss die Augen. »Ich habe nicht geglaubt, dass ich das jemals erleben könnte.«

»Dass du was erleben könntest?«

»Dich.«

Ich hatte nicht gewusst, dass Herzen vor Freude aussetzen konnten, aber jetzt war es so weit.

»Und Milo gehört wirklich uns?«, murmelte er, als könne er noch immer nicht glauben, dass sein neuer Freund real war.

Unser.

Uns.

Wir.

Cinderstella und das Biest.

»Ja«, antwortete ich.

Er küsste mich, und seine Lippen schmeckten nach Träumen, die wahr wurden.

»Darf ich dir jetzt mein Geschenk für dich zeigen?«, fragte er.

»Ja.«

»Okay. Aber du musst dir Schuhe anziehen, und ich muss uns dort hinfahren.«

Ich sah ihn schockiert an. »Du fährst?«

Er grinste und räusperte sich. »Möglicherweise habe ich vor ein paar Tagen meinen Führerschein gemacht.«

»Damian! Du lügst!« Ich schlug ihm spielerisch gegen den Arm.

Er lachte. »Nicht weinen.«

»Tu ich nicht.«

»Tust du wohl.«

»Ich weiß.« Ich lachte und wischte mir die Tränen aus dem Gesicht. »Ich bin so stolz auf dich.«

Er lachte ebenfalls und sah mich kopfschüttelnd an. »Dann los. Milo kann bei dir auf dem Schoß sitzen.«

Nach fünfzehn Minuten Fahrt hielt er vor einem Haus.

Er parkte den Wagen – mit überraschendem Geschick – und blickte an dem Gebäude empor. »Ich habe es entdeckt, als ich Kunden ein paar Immobilien gezeigt habe. Und als ich es mir näher angeschaut habe, wusste ich, dass es genau das Richtige für dich ist.«

»Wie meinst du das, es ist das Richtige für mich?«

Er griff in die Tasche, zog einen Schlüssel heraus und legte ihn in meine Hand. »Ich habe dir ein Atelier gekauft.«

Mein Herz.

Schlug einen Salto.

Es drehte sich.

Und flog in die Höhe.

»Du hast was?«

»Ich meine, wenn es dir nicht gefällt, dann …«

»Du hast was?«, rief ich noch einmal. »Du hast mir ein Atelier gekauft?«

»Ja. Ich weiß, dass du nicht viel Platz zum Arbeiten hast, und da du nach deiner Ausstellung vermutlich deutlich mehr Aufträge bekommen wirst als bisher, dachte ich mir, du brauchst einen Ort, an dem du arbeiten kannst.«

»Damian.«

»Ja?«

»Du bist ein Schatz.«

Er lachte und hob Milo von meinem Schoß. »Du hast es doch noch gar nicht gesehen. Vielleicht gefällt es dir überhaupt nicht.«

»Ich bin mir sicher, dass es mir gefallen wird.« Ich wurde ganz kribbelig und rieb mir die Hände. »Können wir reingehen?«

»Sicher.«

Ich hatte kaum den Türknauf gedreht, als mir das Herz bis zum Hals schlug. Es war wundervoll, das Tageslicht erfüllte den gesamten Raum. Die Wände waren weiß gestrichen, und es hatte raumhohe Fenster und es gab zahlreiche Plätze, an denen ich meine Utensilien verstauen konnte.

»Es hat fast dreihundert Quadratmeter, und ich dachte mir, dass du deine Arbeiten vielleicht hier ausstellen könntest. Du könntest schicke Ausstellungen veranstalten, und diesmal ordentliche Preise für deine Bilder verlangen. Ich habe dir auch Visitenkarten drucken lassen. Wenn dir das Design nicht gefällt, kannst du es natürlich ändern, aber ...«

Ich unterbrach ihn mit einem Kuss auf die Lippen. Er setzte Milo auf den Boden und zog mich in seine Arme.

»Gefällt es dir?«

»Es ist großartig. Das habe ich nicht verdient.«

»Du verdienst alles Gute auf der Welt, Stella.«

Und einfach wuchs die Liebe, die ich für diesen Mann empfand, noch ein wenig mehr.

Nachdem wir noch eine Weile im Studio – meinem Studio – verbracht hatten, fuhren wir zurück nach Hause. Milo lag den größten Teil des Tages zwischen Damian und mir. Als es dunkel wurde, legten wir ihn in sein Bett und gingen hinaus ans Meer.

Damian hielt meine Hand, während das Wasser um unsere nackten Füße spielte. Im Stillen dankte ich Kevin dafür, dass er Damian in mein Leben geführt hatte. Und ich erzählte Mama, wie gut es sich anfühlte, glücklich zu sein – vielleicht zum ersten Mal seit langer Zeit.

Ich musste mich nicht länger fragen, ob Damian das Gleiche empfand wie ich für ihn, denn jedes Mal, wenn er mich berührte, wusste ich es.

Wir hatten uns am Weihnachtsmorgen geliebt, und wir liebten uns am Weihnachtsabend im Sand.

26

STELLA

Auch ein paar Tage nach Weihnachten schwebte ich noch immer wie auf Wolken. Milo und Damian waren unzertrennlich, und jedes Mal, wenn ich die beiden zusammen sah, wurde mir warm ums Herz. Ich verbrachte den Vormittag damit, alles für mein neues Atelier zu organisieren. Am Computer schrieb ich Listen mit all den Dingen, die ich brauchen würde, und überlegte, wie ich den Raum einrichten wollte. Es gab so viele Möglichkeiten, und ich freute mich irrsinnig darauf, sie alle auszuprobieren.

Während ich am Computer saß, erhielt ich eine E-Mail. Ich schnappte nach Luft. Dann kam wieder eine. Und noch eine.

Eine ganze Flut von Aufträgen flatterte in meine Inbox. »Du meine Güte«, murmelte ich aufgeregt und rannte zu Damian ins Arbeitszimmer. Ohne Einleitung rief ich: »Fünf!«

Er hob den Kopf von seiner Arbeit. »Fünf?«

»Entschuldige. Ich bin so aufgeregt. Bevor ich noch platze: Hi, wie geht's? Wie war dein Tag?«, fragte ich und versuchte mühsam, meine Aufregung unter Kontrolle zu halten.

Er lachte. »Gut und gut. Und jetzt erzähl mir, was los ist, bevor du noch explodierst.«

»Ich habe fünf Aufträge für Bilder bekommen!« Ich führte einen kleinen Freudentanz auf und schlug die Hacken zusammen.

Er riss die Augen auf und sprang von seinem Stuhl auf. »Wow, das ist ja großartig!«

»Ich weiß. Ich meine, ich habe gerade erst meine Webseite eingerichtet, und ich promote kaum was auf Social Media. Deshalb kann ich es noch kaum glauben.«

»Du bist einfach umwerfend. Kein Wunder, dass es den Leuten auffällt.«

Ich spürte, wie meine Wangen warm wurden, was sie immer taten, wenn Damian mir ein Kompliment machte. »Ich weiß, es ist nicht viel. Ich meine, andere Leute haben viel mehr Aufträge, und ...«

»Nein.«

Ich sah ihn an. »Was meinst du mit ›nein‹?«

»Nein, damit fangen wir gar nicht erst an.«

»Womit?«

»Deine Aufregung über diese tolle Leistung kleinzureden.« Er trat um seinen Schreibtisch herum, setzte sich auf dessen Kante und sah mich mit verschränkten Armen an. »Wir sollten das feiern. Lass mich dich heute Abend zum Essen ausführen.«

»Nein«, entgegnete ich und schüttelte den Kopf. »Das ist keine große Sache. Außerdem habe ich gehört, wie du am Telefon gesagt hast, dass du schrecklich viel Arbeit hast. Tut mir leid, ich hätte nicht so in dein Büro platzen dürfen, da ich doch wusste, wie viel du in letzter Zeit zu tun hast.«

»Ja, ich habe viel zu tun, aber nie zu viel für dich. Und ja, ich werde dich heute Abend zum Essen ausführen.«

Ich lächelte. »Das musst du wirklich nicht, Damian. Entschuldige. Ich habe mich einfach von meiner Aufregung hinreißen lassen.«

Er betrachtete mich von oben bis unten, und ein winziges Lächeln erschien auf seinen Lippen, bevor er den Blick senkte und zu mir trat. Er rieb mir die Arme. »Sei um acht Uhr fertig. Ich reserviere uns einen Tisch.«

»Damian …«

»Ich bin so verdammt stolz auf dich.«

Sieben Wörter.

Sieben Herzsprünge.

Sieben Sekunden, bevor sich meine Augen mit Tränen füllten.

Ich konnte mich nicht erinnern, wann zuletzt ein Mann – abgesehen von Kevin – zu mir gesagt hatte, dass er stolz auf mich sei.

»Danke«, brachte ich hervor.

»Jederzeit.«

Ich drehte mich um, damit er seine Arbeit fortsetzen konnte, doch er rief: »Stella, warte.«

»Ja?«

Er rieb sich mit dem Daumen über die Nase. Seine Mundwinkel hoben sich zu dem Lächeln, das ich so liebte, und er sagte: »Hi.«

Schmetterlinge. So viele Schmetterlinge, als ich verlegen antwortete: »Hallo.«

27

DAMIAN

Der Dezember war der Monat, um das Glück zu finden, und der Januar war der Monat der Liebe.

So ließen sich die Monate zusammenfassen.

Wir liebten uns im Wohnzimmer, auf dem Küchentresen, am Strand, unter der Dusche. Stellas Körper hatte sich bereits auf jedem Zentimeter des Hauses an meinen gepresst. Und jedes Mal, wenn ich sie liebte, fühlte es sich an, als verspräche sie mir die Ewigkeit.

Ich hoffte, dass sie auch meine Versprechen spürte, die ich ihr im Stillen gab.

Ich hatte nie so etwas wie Ewigkeit gekannt, aber jetzt wünschte ich mir nichts sehnlicher, als sie mit ihr zu teilen.

Sie hatte es sich zur Gewohnheit gemacht, abends in ihrem Atelier zu arbeiten, und ich freute mich wahnsinnig für sie. An manchen Tagen nahm ich meinen Laptop mit und arbeitete dort, denn ich liebte es, Stella in ihrem Element zu beobachten. Wir sprachen dann kaum, doch allein in ihrer Nähe zu sein, machte diese Besuche für mich wertvoll.

Milo entwickelte sich zu einem perfekten Begleiter. Jedes Mal, wenn ich ihn ansah, konnte ich einfach nicht glauben, wie jemand diesem süßen Kerl hatte wehtun oder sogar daran denken können, ihn einzuschläfern, bloß weil es nicht so einfach war, ihn zu trainieren.

Er und ich hatten viel gemeinsam. Wir waren beide gebrannte Kinder und hatten es trotzdem geschafft, der Liebe noch eine Chance zu geben. Es war Stella, die die Fähigkeit besaß, die traurigsten Seelen aufzuspüren und sie daran zu erinnern, wie sich Liebe anfühlte.

Auch die Gespräche zwischen Stella und mir entwickelten sich weiter. An einem Sonntagmorgen lagen wir nach einer weiteren Runde Sex im Bett, und ich hielt sie in meinen Armen. Manchmal bemerkte ich, dass sie zwar kein Problem mehr mit mir und meinen Händen auf ihrem Körper hatte, aber sie selbst schien noch immer nicht ganz mit ihrem Körper im Reinen zu sein.

»Du kannst mit mir darüber reden, weißt du«, sagte ich. »Über dein Unbehagen und alle Probleme, die dich beschäftigen.«

Sie drehte den Kopf ein wenig, sodass sie mich anschauen konnte. »Du durchschaust mich so gut, hm?«

»Ich habe eben ein Talent dafür.«

Sie zuckte mit den Schultern und winkte ab. »Ich bin einfach zu sensibel. Jedes Mal, wenn ein trauriger Gedanke in mir aufsteigt, schiebe ich ihn so weit weg wie irgend möglich. Das ist unglaublich gesund«, scherzte sie.

Ich lachte nicht.

»Gestattest du dir jemals, traurig zu sein? Ich meine, über längere Zeit? Als du Kevin verloren hattest, hast du Witze erzählt. Oder nach der Sache mit Jeff, da hast du dich geweigert, dich deinen Gefühlen wirklich zu stellen, und stattdessen sofort in den Weihnachtsmodus geschaltet. Also, gestattest du dir manchmal, deine eigene Traurigkeit zu spüren?«

»Du meine Güte, nein. Das klingt schrecklich. Ich weiß, dass es nicht viel bringt, traurig zu sein, also bin ich lieber fröhlich.«

»Das ist nicht besonders gesund.«

Sie lachte. »Depressionen sind auch nicht gesund. Ich würde mich jederzeit fürs Fröhlichsein anstatt fürs Traurigsein entscheiden.«

»Aber es ist keine echte Fröhlichkeit. Außerdem denke ich, dass auch in Traurigkeit Schönheit liegen kann. Du musst dir nur gestatten, sie eine Weile zu spüren. Du solltest alle Gefühle zulassen, sonst machen sie dich kaputt.«

»Sprichst du aus Erfahrung?«

»Ja.« Er nickte. »Früher habe ich nicht nur meine Traurigkeit unterdrückt, sondern auch meine Freude. Ich war all meinen Gefühlen gegenüber wie taub, bis ich darunter zusammengebrochen bin. Es ist wie bei einem Damm. Du baust einen Damm, um deine Emotionen zurückzuhalten. Aber glaub mir, jedes Mal, wenn du deine Gefühle unterdrückst, bekommt dieser Damm einen kleinen Riss. Und irgendwann bricht er zusammen.«

Sie kaute nervös auf ihrer Unterlippe. »Ich bin mir nicht sicher, ob ich bereit bin, all das zu empfinden.«

»Das macht nichts. Sei dir nur bewusst, dass der Damm brechen kann, und dann bricht alles auf einmal über dich herein.«

»Ist deiner mal gebrochen?«, fragte sie.

»Ja.«

»Wann?«

»Damals war ich sechzehn. Ich habe versucht, mir das Leben zu nehmen.«

Sie sah mich mit großen Augen an und setzte sich auf. »Oh mein Gott, Damian.«

»Es ist okay«, beruhigte ich sie und sah, wie ihr die Tränen in die Augen stiegen. »Ich bin ja noch da. Ich habe es überwunden. Aber damals war ich so überfordert, dass es mich beinahe umgebracht hätte. Ich möchte nicht, dass dir das Gleiche passiert. Stell dich deinen Gefühlen, Stella. Auch den unangenehmen.«

Sie legte sich wieder hin, und ich schloss sie in meine Arme. Sie kuschelte sich an mich und legte den Kopf an meine Brust. »Damian?«

»Ja?«

»Ich bin froh, dass du noch da bist.«

Eines Abends, als ich noch lange in meinem Büro in der Agentur saß und Verträge für abgeschlossene Verkäufe aufsetzte, klopfte es an meiner Tür. Ich blickte überrascht auf.

»Damian, richtig?« Catherine stand in der Tür. Sie trug eine Designer-Sonnenbrille und Designer-Schuhe. Ihre roten Lippen bildeten einen Schmollmund, als sie die teure Brille absetzte.

»Was machst du denn hier?«, fragte ich. Sie war die Letzte, die ich in meinem Büro erwartet hätte. »Woher weißt du, wo ich arbeite?«

»Wenn man es wirklich will, ist es ziemlich einfach, einen Menschen zu finden.« Sie trat ins Zimmer, ohne dass ich sie hereingebeten hätte, und setzte sich. »Ich dachte mir, es ist höchste Zeit, dass wir beide uns mal unterhalten. Im Testament steht, dass uns ein Abend zusteht.«

»Ich bin mir dieser Tatsache bewusst und werde mich mit dir in Verbindung setzen, wenn ich so weit bin.«

Es fiel mir schwer, sie anzusehen, denn ich musste die ganze Zeit an die Geschichten denken, die Stella mir über Catherine erzählt hatte. Dass sie einer der Gründe war, warum Stella so viele Ängste mit sich herumtrug. Warum sie kaum Selbstwertgefühl besaß und an ihrem Selbstwert zweifelte.

Wenn Hass ein Mensch wäre, dann wäre er Catherine Michaels. Und Rosalina. Und Denise. Wenn Kevin eine Gabe besessen hatte, dann die, schreckliche Frauen zu heiraten.

»Nun, ich habe demnächst eine Veranstaltung, die du dir ansehen solltest. Ich habe für Ende des Monats eine große Wohltätigkeitsveranstaltung organisiert. Wir spenden jedes Jahr eine riesige Summe. Es ist das Beste vom Besten.«

»Aha.«

»Du solltest kommen. Es ist für einen guten Zweck: ein Hilfsprogramm, das Kinder aus gefährdenden Familien- und Wohnverhältnissen herausholt und in Heimen oder Pflegefamilien unterbringt. Das müsste doch genau dein Thema sein.«

Verflucht, ja, das war es.

Ich wusste, wie hart es sein konnte, in diesem System aufzuwachsen, weshalb mir sehr viel daran lag, ein paar der Programme in meiner Heimatstadt New York zu unterstützen.

»Ich bin selbst so aufgewachsen, weißt du«, sagte sie.

Das berührte mich, aber ich zeigte es nicht. »Sind wir hier fertig? Ich habe noch zu tun.«

Sie griff in ihre Tasche und zog eine Karte heraus. »Das ist die Gala. Komm wenigstens vorbei und sieh dir an, was wir tun, bevor du es abtust.«

Schweigend nahm ich die Karte entgegen.

Sie wirkte zufrieden, als sie aufstand. »Tust du mir einen Gefallen?«, fragte sie, wobei es eher so klang, als wollte sie mir einen Befehl erteilen.

»Was?«

»Komm ohne Stella. Die Gala erfordert ein gewisses Prestige, das Stella nicht mitbringt.«

»Ich werde es mir merken.«

Sie verließ mein Büro mit dem gleichen arroganten Gesichtsausdruck, mit dem sie es betreten hatte.

Nach der Arbeit fuhr ich zu Stella ins Atelier. Ich wusste, dass sie da war und an etwas arbeitete, als ich aus ihren Lautsprechern Old School R&B hörte.

Die Fenster standen offen, um ein wenig frische Luft in den Raum zu lassen. Ich klopfte ein paarmal an die Tür, ohne dass jemand öffnete.

Als ich durchs Fenster schaute, sah ich, warum sie mich nicht gehört hatte. Sie war damit beschäftigt, vor ihrer Leinwand zu Toni Braxton zu tanzen. Ihre weiße Latzhose war ebenso voller Farbe wie ihre nackten Füße. Der linke Träger der Hose war weit über ihre Schulter gerutscht, während sie jede Zeile des Lieds laut und theatralisch mitsang. Ihre Hüften schwangen vor und zurück, und, oh Mann, ich konnte die Augen nicht von ihnen lassen. Ich betrachtete sie so, wie sie abends die Wellen betrachtete – fasziniert und voller Liebe.

Dann drehte sie sich um, blickte zufällig über die Schulter und schrie erschrocken auf, als sie mich sah. Ich erstarrte und fühlte mich wie ein Stalker, doch bevor ich etwas sagen konnte, seufzte sie und lachte. Sie lief hinüber und schaltete die Musik aus, und wenige Sekunden später stand sie in der Tür und strahlte mich an.

»Du hast mich erschreckt!«, sagte sie und rieb sich mit dem Daumen über die Nase, ohne zu merken, dass sie sich dabei gelbe Farbe ins Gesicht schmierte.

»Entschuldige. Ich habe geklopft, aber die Musik ...«

»Ich habe mich ein bisschen darin verloren.«

Nun rieb sie sich mit dem Daumen die Wange. Noch mehr Farbe. »Was gibt's?«

Einen Augenblick lang versank ich in meinen Gedanken. Ich verlor mich in ihren Gesichtszügen. Es war einfach unglaublich, wie es ihr gelang, mich zu hypnotisieren.

Konzentrier dich, Damian.

»Oh, ähm, ich wollte dich etwas fragen.«

»Nur raus damit.«

»Wie es scheint, veranstaltet Catherine jedes Jahr eine Wohltätigkeitsgala.«

»Ah, ja. Die luxuriöse Wintergala. Eine feste Institution in der Stadt.« Sie zog die Augenbraue hoch. »Ist das deine Verabredung mit ihr?«

»Davon gehe ich aus.«

»Die Gala ist eine ziemlich große Sache. Es gibt eine Versteigerung und alles Mögliche.«

»Ich hasse sie«, sagte ich.

»Warum?«

»Wegen der Geschichten, die du mir von ihr erzählt hast. Weil sie dich so behandelt hat.«

»Oh, du brauchst sie nicht meinetwegen zu hassen, Damian.«

»Doch«, widersprach ich, »das tue ich. Aber sie hat mich zu dieser Gala eingeladen, und es ist eine gute Möglichkeit, die Forderung im Testament hinter mich zu bringen.«

Stella lächelte. »Es ist eine Riesensache.«

»Das habe ich mir sagen lassen.« Ich trat von einem Fuß auf den anderen. »Sie hat gesagt, ich soll dich nicht mitbringen.«

»Oh?«

»Ja. Also … also, willst du trotzdem mit mir hingehen?«

Ihr Lächeln verschwand, und es tat mir leid, dass ich derjenige war, der es hatte verschwinden lassen. »Ist das der Grund, warum du mich gefragt hast? Weil sie mich nicht dabeihaben will?«

»Unter anderem.« Ich konnte sie nicht anlügen. Ein Grund war, es Catherine heimzuzahlen, dass sie mir vorschreiben wollte, was ich zu tun hatte. »Aber hauptsächlich, weil ich die meisten Menschen nicht leiden kann. Vor allem Menschen wie Catherine, und ich dachte, dass auf dieser Gala bestimmt viele Leute wie sie sein werden.«

Sie lachte. »Wohl wahr.«

»Ich hasse Menschenansammlungen und fühle mich in diesen Kreisen nicht besonders wohl. Da wäre es schön, mit jemandem hinzugehen, den ich wirklich mag.«

»Dann werde ich dich begleiten.«

Ohne nachzudenken befeuchtete ich meinen Daumen und wischte ihr den Farbklecks von der Nase.

»Farbe«, murmelte ich und zeigte ihr meinen gelben Daumen.

»Oh. Danke. Ich bin mir sicher, ich habe Farbe an allen möglichen Körperstellen. Selbst an denen, die man gerade nicht sieht.«

Oh Stella. Bring mich nicht auf schmutzige Gedanken. Denn ich würde dir liebend gern die Farbe vom Körper reiben. Vor allem von den Stellen, die man nicht sieht.

Nicht jetzt.

Sie arbeitet, Damian.

»Ich lasse dich jetzt weiterarbeiten. Wollte bloß vorbeischauen, um …« *Dich zu sehen. In deiner Nähe zu sein. Dir in die Augen zu schauen.* »… dich zu fragen, ob du mitkommst. Und wenn du nach Hause kommst, sag mir Bescheid, wenn du unter die Dusche gehst, damit ich dir helfen kann, die Farbe abzuwaschen.«

Sie küsste mich, und es gefiel mir sehr.

»Gibt es dieses Jahr einen Dresscode für die Gala?«, fragte sie.

»Du wählst das Kleid, und ich passe mich dir an.«

Sie kaute nervös auf ihrer Unterlippe. »Das macht mir Sorgen, denn Catherine ist eine wahre Schönheitskönigin und dachte immer ziemlich abwertend über meine Kleidung und über mein Aussehen.«

»Na und? Du bist kein kleines Mädchen mehr. Scheiß auf ihre Ansichten. Du bist perfekt, wie du bist.«

»Einfacher gesagt als getan, wenn man eine ganze Bibliothek an Erinnerungen hat, die einem was anderes erzählen.«

28

STELLA

Fünfzehn Jahre alt

»Du willst das da doch hoffentlich nicht wirklich anziehen«, sagte Catherine, als sie in mein Zimmer trat, um zu sehen, welches Kleid ich für den Schulball ausgesucht hatte. Es war gelb, Mamas Lieblingsfarbe, natürlich, und endete knapp über meinen Knien.

Ich sah in den Spiegel und dann zu Catherine. Kevin war die ganze Woche unterwegs, sodass nur Catherine und ich und ihre negativen Gedanken über mich das Haus erfüllten.

Und auch wenn Rosalina und Denise schon lange fort waren, schwirrten auch deren negative Gedanken noch immer deutlicher durch meinen Verstand, als mir lieb war.

»Was stimmt denn nicht mit dem Kleid?«, fragte ich, obwohl ich wusste, dass ich es lieber nicht hätte tun sollen, aber ich spürte eine Unsicherheit, von der ich nicht wusste, was ich damit anfangen sollte. Ich hatte geglaubt, gut auszusehen. Hübsch sogar. Doch Catherine war unübersehbar anderer Ansicht.

»Das Kleid macht dich dick. Und deine Knie sehen komisch aus. Außerdem ist es zu kurz. Mädchen wie du sollten keine so kurzen Kleider tragen. Das gehört sich wirklich nicht für eine Dame. Außerdem könntest du in diesen Absätzen niemals laufen, selbst wenn du monatelang übst, ohne auszusehen wie ein Truthahn in Pumps.«

Mein Magen krampfte sich zusammen, als ihre Worte einsanken. Denn sie bedeuteten für mich nur: *Du bist nicht gut genug.*

Sie trat zu mir, fasste mein Kinn, hob es an und runzelte enttäuscht die Stirn. »Und dein Gesicht ist voller Pickel. Pflegst du auch regelmäßig deine Haut mit den Präparaten, die ich dir zusammengestellt habe?«

»Aber das sind jeden Abend mehr als zwanzig«, erwiderte ich genervt. »Und ein paar von den Sachen brennen auf der Haut, wenn ich sie auftrage.«

»Schönheit bedeutet Schmerz, Stella.« Sie musterte mich kritisch. »Aber du hast eindeutig noch nicht viel Schmerz erlebt.«

Mir war zum Heulen zumute, als sie mich so ansah. Ob sie überhaupt bemerkte, wie sehr ihre Worte mich verletzten?

»Warum magst du mich nicht, Catherine?«, platzte es aus mir heraus, und ich spürte, wie meine Gefühle mich übermannten. Zitternd saß ich vor ihr und sah ihr in die Augen, die so ganz anders waren als meine. Tränen liefen über meine Wangen. Als ich weitersprach, klang es zittrig und unsicher. »Was habe ich dir getan? Warum bin ich nie gut genug für dich?«

Catherines Augen glänzten feucht. Ich hatte nicht gewusst, dass sie in der Lage war, etwas zu fühlen, und sie blinzelte auch rasch dagegen an. »Oh, Schätzchen.« Sie nahm mein Gesicht in beide Hände und drückte mir einen Kuss auf die Stirn. »Ich mag dich so gern, dass ich den Mut habe, deine Fehler anzusprechen. Das ist Liebe, weißt du? Jemanden zu haben, der bereit ist, dir die Wahrheit zu sagen.«

Sie gab mir Ozeanküsse, doch sie fühlten sich an wie Sand.

»Kopf hoch«, sagte sie und wischte mir die Tränen von den Wangen. »Lass mich dein Make-up übernehmen. Und wir suchen dir ein passenderes Kleid.«

Sie veränderte alles an mir und kleisterte mir eine Tonne Make-up ins Gesicht. Dann steckte sie mich in ein schwarzes Kleid und meinte, ich sollte lieber nicht allzu sehr auffallen. Es war ein weiter schwarzer Kartoffelsack, der meinen Körper komplett verbarg. Dann stellte sie mich vor den Spiegel und lächelte zufrieden.

»Siehst du? Ist das nicht viel besser?«

Ich runzelte die Stirn. »Ich sehe gar nicht aus wie ich.«

»Ich weiß.« Sie tippte mir mit dem Finger auf die Nase und strahlte mich an. »Ganz genau.«

29

STELLA

Gegenwart

»Wow«, hauchte ich, als Damian aus seinem Zimmer kam. Er sah aus, als wäre er gerade vom *People*-Magazine zum Sexiest Man Alive gekürt worden. Über einem weißen Button-down-Hemd trug er ein blaues Jackett aus Velourleder, das aussah, als hätte man es ihm auf den durchtrainierten Körper geschneidert. Ergänzt hatte er es mit einer goldenen Uhr, einem Lederarmband und zwei braunen Ringen. Er war perfekt rasiert, und seine braunen Haare lagen elegant und mühelos so, wie sie sollten.

Er sah einfach umwerfend aus.

»Wow«, erwiderte er und sah mich an.

Mein Kleid war ebenfalls aus blauem Wildleder, das bei mir jedoch nicht die gleiche Wirkung hatte wie bei Damian. Seine Augen leuchteten so sehr, dass ich ihn kaum anzusehen wagte, so gut sah er aus.

»Stella, du siehst wunderschön aus«, sagte er.

Ich zupfte unsicher an meinem Kleid. »Ist es nicht ein bisschen zu eng?«

»Glaub mir«, er seufzte bewundernd, trat zu mir und legte die Hände auf meine Hüften, »das ist es keineswegs.«

»Es ist ganz schön auffällig. Ich möchte aber gar nicht so

viel Aufmerksamkeit auf mich lenken. Besser, ich ziehe mich schnell noch mal um.« Ich wollte mich aus Damians Armen lösen, doch er hielt mich fest.

»Stella«, flüsterte er und zog mich noch näher an sich. Seine Lippen liebkosten meinen Hals, und sein heißer Atem verschmolz mit meiner Haut, als er mich zärtlich küsste. »Hör nicht auf die Stimmen.«

»Die Stimmen?«

»Die Stimmen in deinem Kopf, die dir Lügen erzählen. Die gehören nicht dir. Lass sie nicht laut werden.«

Ich schloss die Augen und holte tief Luft. Je mehr Zeit ich mit Damian verbrachte, desto bewusster wurde mir, dass meine Gedanken mein Leben lang nicht meine eigenen gewesen waren. Sie waren eine Kombination aus Gedanken der Menschen, die früher einmal um mich gewesen waren.

Ich wünschte, ich hätte in meiner Jugend mit besseren Menschen gelebt. Vielleicht wäre es mir dann leichter gefallen, bessere Gedanken zu denken.

Ich seufzte, als Damian noch einmal meinen Nacken küsste. »Mehr als genug.«

Mehr als genug.

Wir fuhren zu der Gala, und obwohl ich mich unter all den Menschen fehl am Platze vorkam, fühlte ich mich mit Damians Arm um meine Taille ganz zu Hause. Langsam begann ich zu glauben, dass mein Leben in seiner Gegenwart aufblühte. Kaum vorstellbar, dass wir uns vor wenigen Monaten noch nicht mal gekannt hatten. Mittlerweile konnte ich mir eine Welt ohne Damian Blackstone gar nicht mehr vorstellen.

Er blieb den ganzen Abend in meiner Nähe und bemühte sich erfolgreich, meine Angst zu vertreiben, dem hier herrschenden Schönheitsideal nicht zu genügen. Als ein paar

Frauen sich vor meiner Nase an ihn heranmachten, legte Damian jedes Mal den Arm um mich und zog mich an sich.

Einmal flüsterte er mir »Mein« ins Ohr.

Ich knabberte zärtlich an seinem Ohrläppchen und gab leise zurück: »Mein.«

Wir waren zwei Misfits in einer Welt, zu der wir nicht gehörten. Und doch fühlten wir uns nicht unwohl, denn wir hatten einander. Das war ein ganz neues Gefühl für mich, und es kam mir ganz selbstverständlich vor.

»Könntest du mir ein Glas Wasser holen? Mir ist nicht ganz wohl«, bat ich Damian.

»Natürlich«, sagte er. »Bin gleich zurück.«

Ich nickte und setzte mich an einen Tisch. Während ich ihm nachsah, musste ich daran denken, dass Jeff mich in dieser Situation faul genannt hätte, weil ich mir mein Wasser nicht selbst holte. Damian dagegen tat es ohne negativen Gedanken. Ich hatte nicht gewusst, dass Männer wie er außerhalb meiner Liebeskomödien existierten. Er war so nachsichtig mit meinem manchmal verzweifelten Herzen und sagte mir dennoch, dass ich mehr als genug war.

Kaum war er gegangen, sah ich zu meiner Entgeisterung Catherine auf mich zusteuern. Sie sah großartig aus, was mich nicht überraschte. Ihr Gesichtsausdruck allerdings gab mir das Gefühl, wieder das kleine Mädchen zu sein, das sich immer so sehr nach ihrer Anerkennung gesehnt hatte.

»Stella«, sagte sie kalt. »Ich habe Damian doch gesagt, dass er dich nicht mitbringen soll.«

»Er ist nicht der Mann, der folgsam alle Regeln befolgt«, antwortete ich und zwang mich zu lächeln. Ich erhob mich von meinem Stuhl und versuchte den leichten Schwindel zu unterdrücken, den ich empfand. »Du siehst großartig aus, Catherine.«

»Ja.« Sie nickte. »Und du siehst ...« Sie musterte mich vom Scheitel bis zur Sohle und schürzte die Lippen. »Ich schätze, du siehst auch *irgendwie* aus.«

Ich spürte, wie das Gefühl der Unsicherheit mich erfüllte, als ihre herablassenden Kommentare ihre Widerhaken in meine Seele trieben. Sie bekamen meinen Nerven so schlecht, dass ich das Gefühl hatte, mich übergeben zu müssen.

Moment.

Nein.

Ich übergab mich tatsächlich.

Oh mein Gott.

Ich kotzte auf Catherines Designerschuhe.

Der ganze Saal starrte mich ungläubig an.

Bevor ich auch nur daran denken konnte, mich zu entschuldigen, überkam mich eine erneute Welle der Übelkeit und zwang mich, zu den Toiletten zu rennen. Kaum war ich in einer der Kabinen, übergab ich mich erneut. Da spürte ich zwei Hände mein Haar zurückstreichen, während ich meinen Mageninhalt der Toilettenschüssel übergab.

Als ich fertig war, ließ ich mich auf die Fersen zurücksinken.

»Alles in Ordnung?«, fragte Damian.

Ich wollte ihm antworten, doch stattdessen überkam es mich erneut.

»Vielleicht hast du etwas Schlechtes gegessen?«, überlegte er, doch ich hatte einen anderen Verdacht und rechnete fieberhaft nach. Wann hatte ich zum letzten Mal meine Periode bekommen? Es konnte noch nicht allzu lange her sein, oder? Allerdings war sie bei mir noch nie regelmäßig gekommen.

Meine Gedanken rasten. Ich schüttelte den Kopf. »Können wir von hier verschwinden?«, bat ich.

Wir standen in unserer Abendgarderobe vor dem Tampon-Regal im Drogeriemarkt, nur dass wir leider nicht hier waren, um Tampons zu kaufen.

Ich starrte auf die Auswahl an Schwangerschaftstests. Eine neue Welle der Übelkeit überkam mich, aber ich war mir nicht sicher, ob es die gleiche Art Übelkeit war wie vorhin, oder ob diese nicht eher von der Vorstellung herrührte, dass ich schwanger sein könnte.

»Ich habe keine Ahnung, welchen ich nehmen soll«, flüsterte ich Damian zu.

»Dann nimm alle«, sagte er, griff ins Regal und warf eine ganze Ladung Tests in den Einkaufskorb, den er für mich trug.

Obwohl die Möglichkeit, schwanger zu sein, mich aus der Bahn warf, erschreckte mich der Gedanke, Damians Kind unter meinem Herzen zu tragen, nicht annähernd so sehr, wie er es hätte tun sollen. Ich hätte deutlich mehr Panik verspüren sollen, doch Damians ruhige Art beruhigte meine Nerven ein wenig. Wir hatten jedes Mal verhütet, wenn wir miteinander geschlafen hatten, aber natürlich bestand immer die Möglichkeit, dass es doch einmal passierte.

An der Kasse saß ein junges Mädchen. Sie blickte auf den Inhalt unseres Korbs, blies ihren Kaugummi auf und schüttelte den Kopf. »Herzlichen Glückwunsch«, sagte sie und zog die Packungen über den Scanner. »Oder mein Beileid, wenn der Test negativ ist«, sagte sie. »Oder mein Beileid, wenn er positiv ist. Wie auch immer.«

Wir sagten nichts. Damian bezahlte, und wir gingen hinaus. Auf der Rückfahrt sprach er nicht viel. Genauer gesagt, er sprach gar nicht. Er fuhr schweigend, und als wir zu Hause ankamen, öffnete er mir die Tür und brachte mich ins Haus.

»Soll ich sofort einen machen?«, fragte ich.

»Möchtest du?«

»Ich weiß nicht. Ja, ich denke schon. Vielleicht? Himmel, ich weiß nicht, warum ich so nervös bin.«

»Mach dir keine Gedanken. Mach jetzt zwei, und wenn nötig, kannst du später noch mehr machen.« Er hielt mir zwei zufällig ausgewählte Tests hin, ich atmete tief durch und nahm sie. Als ich mich umdrehte, um ins Badezimmer zu gehen, legte er eine Hand auf meinen Arm. »Stella.«

»Ja?«

»Was auch immer passiert, egal, wie es ausgeht, ich bin dabei.«

Ich öffnete den Mund, um etwas zu sagen, doch es kam nichts heraus. Seine Worte waren mehr als genug, um mir den Mut zu geben, der mir bisher gefehlt hatte. Ich packte die beiden Tests aus, pullerte auf die Stäbchen, stellte sie aufs Waschbecken und rief Damian zu mir ins Bad.

Wir setzten uns auf den Fußboden, und er legte seinen Arm um mich. Zehn Minuten lang saßen wir da und sagten kein Wort. Hin und wieder massierte er sanft meinen Unterarm und schenkte mir damit Wellen von Sicherheit und Trost.

Der Timer klingelte. Damian sah mich an.

»Kannst *du* nachschauen? Ich bin zu nervös«, murmelte ich, mir war wieder kotzübel.

Er stand auf, schaute auf die Tests und hielt sie hoch. »Baby.«

»Baby?« Ich stand mühsam auf und nahm ihm die Tests aus der Hand, mein Herz fühlte sich an, als wollte es mir jeden Augenblick aus der Brust springen. »Baby.«

»Ja.«

Ich sah Damian an und fragte mich, was er dachte, wie es ihm ging, ob es in Ordnung war. »Bist du glücklich, oder hast du Angst?«, fragte ich leise.

Er legte die Tests wieder zurück, verschränkte die Finger mit meinen und trat näher. Seine Stirn legte sich an meine, und ich schloss die Augen. »Glücklich.« Ich spürte Tränen auf meiner Wange, aber es waren nicht meine. Damians Gefühle strömten aus ihm heraus, und er zog mich noch enger an sich. »Unendlich glücklich.«

Wir blickten uns an, und für den Bruchteil einer Sekunde sah ich Angst in seinen Augen, bevor er meine Hand an seine Lippen führte und sanft meine Handfläche küsste. »Bist du glücklich, oder hast du Angst?«, fragte er.

Jetzt war ich es, die weinte. Mein Herz raste, jedoch nicht vor Angst – sondern weil ich hoffte. Ich hätte panische Angst haben müssen. Ich hätte zu Grams laufen und ihr erzählen müssen, was passiert war. Hätte weinen müssen, weil ich von einem Mann schwanger war, den ich erst ein paar Monate kannte.

Doch nichts davon geschah.

Ich fühlte mich einfach nur: »Glücklich.«

Er zog mich in seine Arme und hielt mich fest. Ich legte den Kopf an seine Brust und lauschte seinem rasenden Herzen. Und ich spürte es. Ich spürte, dass er glücklich war.

30

DAMIAN

Ein Baby.

Unser Baby.

Stella war schwanger. Mein Verstand hatte es noch immer nicht vollständig begriffen. Die Vorstellung hätte mir eine wahnsinnige Angst einjagen sollen, aber ich konnte nur daran denken, dass mein Leben sich endlich zum Guten wandelte. Ich würde bekommen, was ich mir immer gewünscht hatte – eine Familie. Etwas, das mir gehörte, etwas, das ich berühren, spüren und festhalten konnte. Bei jeder anderen Frau wäre ich ausgestiegen. Aber nicht bei Stella.

Sie war alles, was ich mir jemals gewünscht hatte, schon bevor ich wusste, was ich mir wünschte.

In dieser Nacht hielt ich sie in meinen Armen und rieb ihr sanft und beruhigend den Rücken.

Ihre großen braunen Augen sahen zu mir hoch, und jedes Mal, wenn sie das taten, verfiel ich ihrem Zauber. Ich glaubte nicht an Maples Tarotkarten- und Salbei-Gedöns, aber ich glaubte fest daran, dass etwas an Stella magisch war. Denn jedes Mal, wenn ich sie ansah, war ich wie verzaubert.

»Ich wollte immer Vater sein«, flüsterte ich, meine Lippen nur Millimeter von ihren entfernt.

»Ja?« Sie klammerte sich an mich, als fürchtete sie, ich könnte verschwinden, wenn sie mich losließ.

Ich werde nirgendwohin gehen, Stella.

Ich nickte. »Ja. Schon als Kind. In einigen Pflegefamilien habe ich beobachtet, wie die Väter mit ihren leiblichen Kindern umgegangen sind, und wie sie mit mir umgegangen sind. Und ich weiß noch, dass ich dachte: Wenn ich die Möglichkeit bekomme, werde ich besser sein. Ich werde mehr Geduld haben. Mehr Liebe. Mehr von allem. Oft kam es mir so vor, als würden die Männer sich nur darauf einlassen, ein Pflegekind aufzunehmen, damit ihre Frauen sie endlich mit dem Thema verschonten. Und ein paar haben es natürlich wegen des Geldes gemacht.«

»Hattest du jemals einen guten Pflegevater?«

»Ja.« Ich nickte. »Er hieß Peter. Er und seine Frau Sandy waren schon etwas älter. Ich war sechs Monate bei ihnen. Damals war ich etwa zwölf und kaputter, als ein Zwölfjähriger sein sollte. Aber Peter hat mir beigebracht, wie man Basketball spielt. Er hat sechs Monate lang jeden Abend mit mir auf dem Basketballplatz verbracht und Körbewerfen trainiert. Und jede Woche war er mit mir Eis essen und hat mit mir über das Leben und alles Mögliche geredet.«

»Was war das Beste, das er dir je gesagt hat?«

Ich legte die Stirn in Falten. »Dass ich gut genug bin.«

»Hast du ihm damals geglaubt?«

»Nein.«

»Glaubst du ihm jetzt?«

Ich lächelte, antwortete aber nicht, was ihr jedoch zu genügen schien.

Stella nahm mein Gesicht in ihre Hände und drückte ihre Lippen auf meine. Ihre Stirn lag an meiner. »Mehr als genug, Damian.«

Ich seufzte leise und spürte, wie Emotionen mich durchströmten. »Mehr als genug?«

»Mehr als genug«, wiederholte sie.

Ich schloss die Augen. »Ich habe Angst, dass ich bei ihm oder ihr alles falsch mache. Dass ich nicht gut genug für unser Kind und für dich bin. Ich habe Angst, dass meine Vergangenheit alles kaputtmachen könnte.«

»Ich glaube, das geht nicht nur dir so. Ich habe auch schreckliche Angst. Ich glaube, alle Eltern haben am Anfang Angst.«

»Du wirst die beste Mutter sein, die es gibt.«

Sie lächelte. »Ich hoffe es. Schließlich stamme ich von der besten ab.«

Stella sprach nie viel über ihre Mutter, daher wollte ich mehr wissen. Ich wollte alles darüber wissen, was Stella zu der Frau gemacht hatte, die sie war.

»Erzähl mir mehr von ihr«, bat ich.

Und das tat sie.

Ihr Name war Sophie, und sie war bei einem Autounfall ums Leben gekommen. Sie hatte Stella allein großgezogen – mit der Hilfe ihres besten Freundes Kevin. Die beiden hatten sich seit der Grundschule gekannt. Maple hatte für Kevins Familie gearbeitet, und Stella und ihre Mutter waren auf dem Grundstück aufgewachsen, auf dem wir jetzt lebten. Es war immer eine platonische Freundschaft gewesen, aber Stella war sich fast sicher, dass ihre Mutter und Kevin Seelenverwandte gewesen waren.

Sie schwieg und sah mich an. »Es tut mir leid. All das über Kevin zu hören, muss hart für dich sein …«

Ich zuckte mit den Schultern. »Ich war sehr lange wütend auf ihn, aber zu wissen, dass er nie von meiner Existenz erfahren hat, macht es mir schwer, ihn zu hassen. Und außerdem wäre ich dir ohne ihn nie begegnet. Also …«

Sie lächelte, und ich liebte ihr Lächeln. »Er war ein guter Mensch. Und er wäre stolz gewesen, dein Vater zu sein.«

»Denkst du, er hätte mich geliebt?«

Sie legte eine Hand an meine Wange. »Wie hätte er dich nicht lieben können?«

»Kannst du mir auch mehr über ihn erzählen?«

»Was möchtest du denn wissen?«

Ich schluckte und spürte, dass mein Herz schneller schlug. »Alles.«

Er ging gerne wandern und mochte keine Himbeeren. Er trank Whiskey in seinem Kaffee am Morgen und einen Schuss Espresso in seinem Whiskey am Abend. Er rauchte Zigarren, bis er krank wurde, und dann kaute er aus Gewohnheit auf ihrem Ende herum, ohne sie anzuzünden. Er liebte Stella – sie sagte es nicht, aber ich konnte es spüren. Wenn sie von ihm sprach, leuchteten ihre Augen, und es schmerzte mich, dass ich ihn nie persönlich kennenlernen würde. Ich saugte alles auf, was Stella mir über ihn erzählte, und wir blätterten durch den Band mit seinen Fotografien, den Maple mir gebracht hatte, als ich eingezogen war. Bisher hatte ich nicht den Mut gefunden, mir seine Bilder anzuschauen, doch mit Stella an meiner Seite fiel es mir ein wenig leichter.

»Du warst ein bezauberndes Mädchen«, sagte ich und betrachtete die alten Fotos von ihr. »Und du siehst genauso aus wie deine Mutter.« Ihre Mutter hatte das gleiche strahlende Lächeln wie Stella. Man konnte ihre Seele selbst aus den Bildern leuchten sehen.

»Warte, ich zeige dir die Fotosammlung, die Kevin von meiner Mom und mir gemacht hat«, sagte sie dann und stand auf. Auf Zehenspitzen lief sie in ihr Zimmer – Stella war eine Frau, die sich wie eine Fee auf Zehenspitzen bewegen konnte – und kam mit einem großen Fotoalbum zurück. Auf dem Cover stand: *GU*.

»Geschenke des Universums«, sagte ich, denn ich erinnerte mich, dass Stella das erwähnt hatte.

»Ja. Er hat immer gesagt, Mama und ich seien seine größten Geschenke.«

»Denkst du, er hat sie geliebt? Vielleicht waren seine Exfrauen deshalb so gemein zu dir – weil sie es wussten.«

»Das habe ich mich auch immer gefragt. Vielleicht habe ich sie zu sehr an meine Mutter erinnert.«

»Das ergibt Sinn.« Ich blätterte durch die Fotos, fasziniert von Kevins Fähigkeiten als Fotograf. Er hatte ein unglaublich sicheres Gespür dafür gehabt, das Licht einzufangen. Und der Blick, mit dem Stellas Mutter ihre Tochter ansah …

Ich hatte nicht gewusst, dass Liebe für alle Ewigkeit in Bildern weiterleben konnte.

»Ich wünschte, ich hätte so etwas auch«, gestand ich. »Fotos von meiner Mutter. Ich weiß, es klingt albern, aber einer meiner größten Wünsche war es immer, zu wissen, wer sie war. Aber jetzt, da ich weiß, dass es eine dieser drei Frauen ist … na ja, dieses Happy End wird mir wohl verwehrt bleiben.«

»Es tut mir so leid, Damian. Vielleicht wendet sich ja doch noch alles zum Guten, wenn du endlich weißt, wer es ist?«

»Es ist schon in Ordnung, Stella, wirklich. Vielleicht muss ich meine Vergangenheit hinter mir lassen, um mich auf unsere Zukunft konzentrieren zu können.«

Manchmal musste man das Gestern loslassen, um ein besseres Morgen zu erleben.

Stella bat mich, sie zu ihrem Termin bei ihrer Gynäkologin zu begleiten, was ich natürlich tat. Ich wollte von Anfang an dabei sein, sie bei jedem Schritt auf dieser Reise begleiten.

»Meinst du, wir werden schon erfahren, ob es ein Junge oder ein Mädchen wird?«, fragte ich sie, während wir auf die Ärztin warteten.

Sie lachte. »Ich glaube, dafür ist es noch ein bisschen zu früh.«

»Richtig, du hast recht.« Ich verzog das Gesicht. »Ich bin nur so neugierig.«

»Möchtest du lieber einen Jungen oder ein Mädchen?«, fragte sie. Meine Hand hielt ihre, und ich hatte nicht vor, sie in absehbarer Zeit wieder loszulassen.

»Ich freue mich über beides.«

Als die Ärztin hereinkam, konnte ich meine Nervosität einfach nicht verbergen. Meine Hände waren schweißnass, und meine Beine zitterten. Als sie ein klares Gel auf Stellas Bauch verteilte und mit dem Ultraschallgerät darüberglitt, fragte ich: »Ist das der Herzschlag?«

»Nein, nur das Gerät«, erklärte die Ärztin.

»Oh.« Stella kicherte, als ich enttäuscht das Gesicht verzog.

»Aber das da«, sagte die Ärztin und lächelte mir zu, »ist der Herzschlag.«

Stella weinte und schlug die Hand vor den Mund, während wir auf den Bildschirm starrten. Sie schaute mich an und sah die Emotionen, die ich vor der Ärztin nicht zeigen wollte. »Das ist unser Baby«, flüsterte Stella.

Ich beugte mich zu ihr hinunter und küsste ihre Tränen.

»Ich bin überrascht, wie viel ich schon sehen kann«, sagte Stella.

»Verrückt, nicht wahr? In zwei oder drei Wochen können wir Ihnen vermutlich schon das Geschlecht des Kindes mitteilen.«

Ich zog eine Augenbraue hoch. »So schnell?«

»Oh ja. Da Sie schon im vierten Monat sind, müssten wir es Ihnen bald sagen können, sofern Sie es möchten.«

Stella setzte sich auf. »Entschuldigen Sie, wie bitte?«

Die Ärztin hielt inne. »Gibt es ein Problem?«

»Ähm, ja. Sie sagten gerade, dass ich schon im vierten Monat bin.«

»Ja. Tut mir leid, ich dachte, das wüssten Sie.« Die Ärztin blickte uns an und sah die Panik in unseren Gesichtern.

Nein.

Das hatten wir nicht gewusst.

Vor drei Monaten hatten Stella und ich noch gar nicht miteinander geschlafen.

Wir waren kaum so etwas wie Freunde gewesen.

Was bedeutete, dass das Kind ... das Baby ... unser Baby ... Ihr Baby ...

Nicht meins war.

Es fühlte sich an, als würde ein Lkw gegen meine Brust donnern und den Traum zermalmen, den ich nicht einmal zu Ende hatte träumen können. Die Wirklichkeit, nach der ich mich so sehr gesehnt hatte, gehörte mir gar nicht.

Das Kind war Jeffs – nicht meins. Mein ohnehin verletztes Herz zersprang in eine Million Scherben.

31

STELLA

Schweigend fuhren wir nach Hause. Keiner von uns wusste etwas zu sagen. Ich hatte das Gefühl, mich bei Damian entschuldigen zu müssen, aber ich hatte keine Ahnung, wie ich es formulieren sollte.

Hey, tut mir leid, ich bin ein furchtbarer Mensch, ich habe zugelassen, dass du dich auf ein Kind freust, nachdem du dich dein ganzes Leben lang nach einer Familie gesehnt hast, nur um dir diesen Traum, der dich so glücklich gemacht hat, wieder wegzunehmen. Ha, ha, sorry, meine Schuld. Wollen wir noch ein Eis essen gehen?

Ich fühlte mich wie der schrecklichste Mensch auf dem Planeten.

Als wir vor dem Haus hielten, stieg Damian eilig aus, lief um den Wagen herum und half mir auszusteigen. Noch immer sagte er kein Wort. Ich sah die Traurigkeit in seinen Augen, und dennoch gelang es ihm zu lächeln. Ich hatte nicht gewusst, dass ein Lächeln so traurig sein konnte.

»Danke«, sagte ich leise.

Er nickte, unfähig, etwas zu sagen.

Wir gingen hinein, und er murmelte, noch arbeiten zu müssen. Ich bedrängte ihn nicht, denn ich wusste, wie es in seinem Kopf aussah. Eine Weile saß ich in meinem Zimmer und starrte auf mein Handy, ohne recht zu wissen, was ich Jeff sagen sollte. Ich meine, ich musste es ihm sagen, richtig? Natürlich.

Aber allein bei der Vorstellung, mit ihm sprechen zu müssen, wurde mir speiübel.

Ich konnte mich unmöglich mit diesem Gedanken befassen, bevor ich nicht versucht hatte, mich mit Damian auszusprechen.

Nachdem meine Gedanken etwas zu lange den Magen umgedreht hatten, ging ich in die Küche, um mir einen Pfefferminztee zu kochen. Während ich am Tresen stand, blickte ich hinaus aufs Meer. Da draußen stand Damian, ohne Hemd, die Hosenbeine hochgekrempelt, in den Wellen.

Sein durchtrainierter Körper wirkte entspannt, und ich fragte mich, was er da machte. Langsam stellte ich meinen Becher ab und ging hinaus.

»Damian? Alles in Ordnung?«

Er drehte sich zu mir um, und ich sah die Gefühle, die seine Seele überfluteten. Er sprach kein Wort.

Ich verschränkte fröstelnd die Arme, als Angst mich überkam. »Was ist los? Es ist ziemlich kalt hier draußen. Was machst du da?«

Er runzelte die Stirn und zog etwas aus seiner Tasche. Weiße Blumen. »Ich habe mit dem Ozean gesprochen und wollte ihm ein kleines Opfer bringen und ihn bitten, auf dich aufzupassen.«

Ich zog eine Augenbraue hoch. »Du redest mit dem Ozean?«

»Nur für dich.« Er kam zu mir, nahm meine Hände und blickte auf unsere verschränkten Finger. »Ich weiß, es war hart heute, aber ich habe es ernst gemeint. Was auch immer passiert, egal wie es ausgeht, ich bin dabei«, wiederholte er seine Worte, und ich verliebte mich noch einmal aufs Neue in ihn.

»Selbst wenn es von Jeff ist?«, fragte ich mit bebender Stimme. Die Worte taten mir tief in der Seele weh.

»Selbst dann.«

»Damian?«

»Ja?«

»Ich liebe dich.«

»Willst du ein Geheimnis hören?«

»Ja.«

Sein Blick wurde so sanft, wie ich ihn noch nie gesehen hatte. Er küsste meine Handfläche. »Ich glaube, ich habe dich schon geliebt, bevor ich wusste, was Liebe ist.«

Ich hatte nicht das geringste Bedürfnis, Jeff zu sehen. Als ich ihn anrief, war er abweisend, ließ aber zu, dass ich ihn in seiner neuen Wohnung aufsuchte. Sie lag in einem ziemlich heruntergekommenen Viertel, und ich fühlte mich schuldig, als ich eintrat.

»Willkommen im Paradies«, scherzte Jeff und wies auf sein Ein-Zimmer-Apartment, in dem das totale Chaos herrschte. Der Küchentresen war mit Schnapsflaschen und Bierdosen übersät. Auf dem Sofatisch stapelten sich Pizzakartons, und das Bett war nicht gemacht. Ich sah einen Haufen Rubbellose und war mir sicher, dass keines davon ein Hauptgewinn gewesen war.

»Geht es dir gut, Jeff?«, fragte ich und wünschte mir, es wäre mir egal, aber das war es nicht. Er wirkte bereits betrunken, aber zumindest sprach er noch normal.

»Was willst du, Stella?«, knurrte er und ließ sich auf sein winziges Sofa fallen. Ich setzte mich auf einen Stuhl ihm gegenüber und drückte meine Tasche an meine Brust.

»Ich, ähm, ich habe Neuigkeiten.«

»Da bin ich ja mal gespannt.«

Ich holte tief Luft. »Ich bin schwanger.«

Er zog eine Augenbraue hoch. »Von mir oder von diesem Arschloch?«

»Es ist dein Kind.«

»Wie willst du dir da so sicher sein? Schließlich hast du zur gleichen Zeit mit uns beiden gevögelt.«

»Was? Nein, das habe ich nicht.«

»Bitte, Stella. Ich bin nicht blöd.« Er stand auf und ging zum Kühlschrank, um sich ein Bier zu holen. »Ihr beide habt doch von Anfang an was miteinander gehabt.«

»Hör auf damit, Jeff. Das stimmt nicht. Du hast mich betrogen, nicht andersherum.«

»Und, wie lange hast du gebraucht, um über unsere Beziehung hinwegzukommen? Hast du ihn noch in derselben Nacht gefickt? Oder eine Woche später? Zwei? Moment mal, willst du etwa behaupten, du schläfst nicht mit ihm?«

Ich öffnete den Mund, doch es kam kein Wort heraus.

Jeff öffnete sein Bier. »Sag ich doch.« Er setzte es an und trank.

Ich erhob mich. »Hör zu, ich wollte dich nur über die Schwangerschaft informieren. Ich weiß nicht, ob du eine Rolle im Leben des Kindes spielen willst, aber es ist nun einmal da. Wir können bei Gelegenheit noch mal darüber sprechen, inwieweit du dich einbringen möchtest, falls überhaupt.«

Er verdrehte die Augen. »Meine Damen und Herren, ich präsentiere Ihnen die passiv-aggressive Stella.«

Er war so kalt, so verbittert. Ich sah ihn an und fragte mich, wie ich jemals hatte glauben können, dass er mein Weg in ein glückliches Leben sein könnte.

»Hör auf damit, Jeff, darauf werde ich mich nicht einlassen.«

»Dann hau ab.«

»Ja, das werde ich.« Ich zog den Riemen meiner Handtasche über meine Schulter, ging zur Tür und öffnete sie.

Ein eisiger Schauer jagte mir über den Rücken, als er sagte: »Du könntest noch mal machen, was du schon einmal gemacht

hast, weißt du. Damals schien es dir nicht besonders viel aus-
zumachen.«

Seine Worte stachen tief in meine Seele, aber darauf hatte
er es auch angelegt. »Wann bist du nur so grausam geworden,
Jeff?«

»Das war ich immer schon, Stella«, erwiderte er. »Du hast es
nur immer ignoriert. Und wenn du nur eine Sekunde glaubst,
dass ein Mann wie Damian einer Frau wie dir treu bleiben wird,
dann bist du ganz schön naiv. Niemand liebt Menschen wie
dich. Früher oder später werden dich alle allein lassen. Du bist
für andere Menschen nichts weiter als ein gedeckter Scheck.«

In diesem Augenblick spürte ich, wie der Damm in mir die
ersten Risse bekam.

32

DAMIAN

Stella stand in meiner Tür. Sie sah ziemlich erschlagen aus. Ich schob meinen Stuhl zurück und lächelte, da ich ahnte, wie schwer dieser Tag für sie gewesen sein musste.

»Hi«, flüsterte sie und lehnte sich gegen den Türrahmen.

»Hallo.« Ich stand auf und schob die Hände in die Hosentaschen. »Was brauchst du jetzt?«

Sie seufzte und rieb sich mit beiden Händen das Gesicht. »Eine Umarmung?«

Das war leicht.

Ich zog sie an mich, und sie ließ sich in meine Umarmung fallen. Ihr Kopf lag an meiner Schulter, und sie schloss die Augen, als sie sagte: »Die dünnen, spitzen Gürkchen, nicht die ganzen. Ich weiß, alle sagen, sie schmecken gleich, aber das stimmt nicht.«

Ich lachte. »Sollst du haben. Ich fahre sofort los.«

»Danke.«

Ich machte es ihr im Wohnzimmer auf dem Sofa bequem, wickelte sie in eine Decke und startete eine Liebeskomödie.

»Ruf mich an, wenn dir sonst noch was einfällt«, sagte ich und gab ihr einen Kuss auf die Stirn.

»Danke.«

»Jederzeit.« Als ich zur Tür ging, lugte Stella über die Rückenlehne und rief meinen Namen. »Ja?«

»Und vielleicht ein paar Tacos?«

»Sollst du haben.«

»Okay, danke.« Sie glitt zurück auf die Couch, richtete sich aber gleich noch mal auf. »Oh, und Damian?«

»Ja?«

»Ich bin dir unendlich dankbar.«

Keine Ahnung, ob erwachsene Männer Schmetterlinge im Bauch haben konnten, aber in meinem flatterten jedes Mal welche, wenn sie mir ein Kompliment machte oder mich bestätigte. »Ich bin gleich wieder da.«

Als ich nach Hause kam, sah ich zu meinem Schrecken Jeffs Wagen in der Einfahrt stehen. Die Haustür stand weit offen, und ich hörte ihn drinnen herumbrüllen. Alarmiert lief ich hinein.

»Du bist betrunken, Jeff«, sagte Stella mit zitternder Stimme. Sie stand in der Halle, mit dem Rücken zur Treppe.

»Was ist hier los?«, fragte ich und starrte Jeff an, der eindeutig sturzbetrunken war. Er stand vor Stella und sah aus, als wäre er vollkommen durchgeknallt. Sofort trat ich zwischen sie und stieß ihn von ihr weg. Er taumelte zurück.

»Fick dich, Arschloch. Ich bin hier, um mit Stella über mein Kind zu sprechen. Das geht dich überhaupt nichts an«, lallte er.

»Doch, das tut es, wenn du sie so angehst.«

»Ich bin nicht hier, um eine Szene zu machen.« Er zuckte mit den Schultern und erinnerte mich an den Menschen, als den ich ihn vor ein paar Monaten kennengelernt hatte. »Ich sage nur, dass ich einen Anteil von Stellas Geld verdiene, wenn sie das Baby bekommt. Das Kind verdient den gleichen Lebensstil wie zu Hause, wenn es bei mir ist.«

»Das Kind wird niemals bei dir sein, wenn du so viel trinkst,

Jeff. Du brauchst Hilfe«, sagte Stella ruhig, obwohl ich die Angst in ihren Augen sehen konnte.

»Halt die Schnauze, Stella. Das Kind gehört mir genauso.«

»Ich weiß, und wir können zwei Anwälte bitten …«

»Scheiß auf deine Anwälte!«, brüllte er. »Denkst wohl, du könntest mir vorschreiben, was ich mit meinem Kind tun darf und was nicht? Das erste hast du mir schon weggenommen und umgebracht, und jetzt willst du mir auch das zweite nehmen. Verdammt, Stella! Und das nach allem, was ich für dich getan habe! Ich habe die Kredite für uns aufgenommen. Ich habe mir das Geld für unsere Zukunft geliehen, und jetzt willst du mit diesem Arschloch und meinem Kind ein neues Leben anfangen!«

»So ist es nicht, Jeff. Du irrst dich«, sagte Stella und versuchte immer noch, den Kerl irgendwie zur Vernunft zu bringen.

»Du bist kein bisschen besser als ich, Stella«, sagte er.

Sie runzelte die Stirn. »Darum geht es nicht, Jeff. Hör zu, vielleicht solltest du dich erst mal ausruhen und wieder nüchtern werden. Ich hole dir ein Glas Wasser, und …« Als sie in die Küche gehen wollte, streckte Jeff die Arme aus, als wollte er sie packen. Doch bevor es dazu kam, holte ich unwillkürlich aus und rammte ihm meine Faust ins Gesicht. Er ging zu Boden und rührte sich nicht mehr.

»Oh mein Gott!« Stella schnappte nach Luft.

»Mist«, murmelte ich und starrte kopfschüttelnd auf Jeff hinunter. »Tut mir leid, Stella. Ich dachte, er wollte dir wehtun, da habe ich einfach reagiert.«

»Schon gut. Vielleicht können wir ihn ins Gästezimmer schaffen, damit er seinen Rausch ausschlafen kann. Mir wäre es sowieso nicht recht gewesen, wenn er in diesem Zustand noch Auto gefahren wäre.«

Sie war so fürsorglich, selbst denen gegenüber, die ihre Fürsorge nicht verdienten.

Ich trug Jeff ins Gästezimmer und warf ihn aufs Bett. Er fing sofort an zu schnarchen, was mir als Lebenszeichen genügte.

Als ich ins Wohnzimmer zurückkehrte, um nach Stella zu sehen, stand sie zitternd da und rieb sich immer wieder mit den Händen über die Arme.

»Alles in Ordnung?«, fragte ich.

»Was Jeff eben über meine letzte Schwangerschaft gesagt hat ... Ich meine, du denkst jetzt bestimmt alles Mögliche über mich, aber lass mich ...«

»Stella ...«

Sie hob die Hand. »Warte. Bitte lass es mich erklären. Jeff wollte seit Jahren, dass ich schwanger werde. Aber ich habe es nie über den dritten Monat geschafft, und ich hatte mehrere Fehlgeburten. Auch bei der letzten Schwangerschaft gab es Komplikationen, ein Abbruch schien die beste Option zu sein. Es beschäftigt mich noch immer jeden Tag, aber ich glaube nach wie vor, dass ich damals die richtige Entscheidung getroffen habe. Ich weiß, du denkst jetzt vermutlich das Schlimmste über mich, aber ...« Sie stolperte über ihre Worte und begann am ganzen Leib zu zittern.

Ich trat zu ihr und nahm ihre Hände, um sie zu beruhigen. »Es tut mir leid.«

»Schon okay. Es ist nicht deine Schuld. Ich habe diese Entscheidung getroffen, und ...«

»Nein. Ich meine, es tut mir leid, dass ich dir den Eindruck vermittelt habe, du müsstest dich vor mir rechtfertigen. Was auch immer du getan hast, war allein deine Entscheidung. Ich würde dich niemals dafür verurteilen. Ich würde dich niemals für irgendetwas verurteilen, das du getan hast, und es tut mir leid, wenn du diesen Eindruck hattest. Es tut mir leid, wenn du mich für einen Mann gehalten hast, der dir so etwas antun würde. Stella, in meinen Augen kannst du nichts Falsches tun. Ich werde mich in Zukunft bemühen, es dir noch deutlicher zu zeigen.

Ihre Augen füllten sich mit Tränen, und sie hatte Mühe, zu sprechen. »Wie machst du das?«, flüsterte sie und sah mich mit ihren braunen Augen an. »Wie schaffst du es, den vielen schmerzenden Wunden in mir Frieden zu schenken?«

»Auf dieselbe Weise, wie du es für mich tust.«

Ich brachte Stella in mein Zimmer – unser Zimmer – und startete eine Liebeskomödie für sie, dann wartete ich vor dem Gästezimmer, in dem Jeff schnarchte. Es dauerte Stunden, bis er endlich aufwachte. Er knurrte etwas von Kopfschmerzen, die von meiner Faust an seinem Kiefer herrühren mochten – oder von dem Alkohol, den er in sich hineingeschüttet hatte. Jedenfalls ging es ihm nicht gut.

»Was zur …«, brummte er, stand auf und ging zur Tür. »Was ist passiert?«

»Du bist ohnmächtig geworden«, erklärte ich. »Nachdem du Stella wie Dreck behandelt hast.«

»Das war echt hart. Man erfährt schließlich nicht jeden Tag, dass man ein Kind bekommt.«

»Ja, aber das ist keine Entschuldigung für die Art, wie du mit ihr umgesprungen bist. Du brauchst Hilfe, Jeff.«

»Ich weiß. Deshalb bin ich ja hergekommen, um das Geld zu bekommen und meine Kredite zu bezahlen und …«

»Ich meine professionelle Hilfe bei deinem Alkoholproblem.«

Er starrte mich wütend an. »Hör zu, Arschloch. Das Letzte, was ich brauche, ist, mir von dir sagen zu lassen, was ich zu tun oder zu lassen habe.«

»Ich sage dir nicht, was du zu tun hast. Aber Stella ist schwanger, und das Kind verdient einen Vater. Jedes Kind verdient es, einen Vater zu haben, aber das bedeutet noch lange nicht, dass jeder Vater auch sein Kind verdient. Also, mach es besser. Sei besser!«

»Ich habe kein Geld, um mir Hilfe zu suchen«, sagte er.

»Ich bezahle die Klinik, wenn du eine findest. Geld ist nicht das Problem.«

Er schnaubte. »Du hältst dich wohl für einen Superheld, was? Bildest dir ein, besser zu sein als ich.«

»Nein, das tue ich nicht.«

Er fuhr sich durch die Haare. »Ich muss mit Stella sprechen.«

»Nicht jetzt. Du musst nach Hause fahren und dich entscheiden, was du wirklich willst und welche Rolle du im Leben deines Kindes spielen willst.«

Er murrte, nickte aber. Ich sah ihm nach, als er zur Tür hinaus und die Treppe hinunter ging. Mit den Händen in den Hosentaschen rief ich: »Jeff?«

»Ja?«

»Betrete nie wieder ungefragt mein Haus. Und wenn du Stella noch einmal zu nahe kommst, breche ich dir den Hals.«

Er öffnete den Mund, um etwas zu sagen, doch es kam nichts heraus.

Ich meinte es ernst. Ich würde diesen Kerl in zwei Teile zerbrechen, um Stella und das Kind vor ihm zu schützen.

»Jeff, warte.« Stella war hinter mir aufgetaucht. Er blickte auf und wartete darauf, dass sie weitersprach. Sie ging zum Tisch und griff nach ihrer Handtasche. »Möchtest du am Leben dieses Kindes teilnehmen, oder willst du Geld?«

»Wie meinst du das?«, fragte er.

»Willst du dieses Kind lieben, oder willst du lieber Geld?«, fragte sie geradeheraus und zog ein Scheckbuch aus der Tasche. »Denn wenn es dir ums Geld geht, will ich dich nicht im Leben unseres Kindes haben. Also, du kannst entweder ein Teil unseres Lebens sein und Vater werden, oder ich kann dir einen Scheck schreiben.«

»Stella«, sagte ich warnend.

Sie hob die Hand und bedeutete mir zu schweigen.

Jeff zog eine Augenbraue hoch. »Wie meinst du das?«

»Ich meine, dass ich dich dafür bezahle, uns in Ruhe zu lassen. Wie viel willst du?«

Er runzelte die Stirn. »Ist das dein Ernst?«

»Ja, aber du musst einen Vertrag unterschreiben, in dem du mir das volle Sorgerecht überträgst. Du wirst keinen Anteil am Leben dieses Kindes haben«, erklärte sie.

»Eine halbe Million«, sagte er, ohne nachzudenken.

Ich sah, wie Stella alle Farbe aus dem Gesicht wich, als sie erkannte, dass Jeff wirklich der letzte Dreck war.

Ich glaube, ihr weiches Herz hatte sich eine andere Antwort erhofft, und in diesem Moment verblasste ein wenig von ihrem Licht. Ich hasste es, zusehen zu müssen, wie ihr weiches Herz sich gegen die Welt zu verhärten begann. *Werde nicht wie ich, Stella. Bleibe für immer du.*

Sie blinzelte ein paarmal und stellte dann den Scheck aus. »Ich gebe dir die Hälfte jetzt, und die andere Hälfte, wenn der Vertrag unterzeichnet ist.« Sie riss den Scheck aus dem Block und hielt ihn Jeff hin.

Der nahm ihn, ohne zu zögern, und huschte aus dem Haus wie die Ratte, die er war.

Als er davonfuhr, wandte ich mich an Stella.

»Alles in Ordnung?«, fragte ich. »Bist du sicher, dass du das tun möchtest?«

»Ich habe euch beide reden hören«, sagte sie mit einem Lächeln, das leider viel zu finster für sie war. »Du hattest recht.

Jedes Kind verdient es, einen Vater zu haben. Aber nicht jeder Vater verdient ein Kind.«

Ich nahm ihre Hände, zog sie an mich und legte meine Stirn an ihre. »Lass nicht zu, dass sich dein Herz darüber verhärtet«, flüsterte ich. »Lass nicht zu, dass Menschen wie Jeff dich hart machen.«

»Wie könnte mein Herz hart werden, wenn es mit dir zusammen ist?«

Ich hörte ihre Worte, doch ich spürte einen Hauch von Kälte. Und ich wusste, wie es sich anfühlte, wenn ein Herz begann, sich vor der Welt zu verschließen. Ich gab ihr einen Kuss auf die Stirn. *Bleib bei mir, Stella.* »Wollen wir ans Meer gehen?«

Sie schüttelte den Kopf und legte die Hände auf ihren Bauch. »Nein. Ich fühle mich nicht besonders und werde mich ein wenig hinlegen.«

Es war der erste Abend, seit ich Stella kannte, an dem sie nicht ins Meer ging. Ich konnte nicht genau sagen, warum, aber es beunruhigte mich.

33

STELLA

Damian wusste nichts davon, aber es passierte – mein Damm brach.

Seit Wochen war ich von Angst erfüllt.

Jede Schwangerschaft hatte mit einer solchen Angst begonnen – mit der Angst, das Baby zu verlieren. Aber das Schlimmste war, dass ich mich diesmal selbst unwohl fühlte. Es war beinahe so, als wollte mich meine Seele warnen, dass etwas Schreckliches geschehen würde.

In der vergangenen Woche hatte mich eine neue Dimension von Ängsten geplagt, die ich nicht hatte begreifen können. Ich war nicht ans Wasser gegangen, und ich wusste nicht einmal, warum. Jeden Morgen, wenn ich erwachte, war mir nach Weinen zumute, und jeden Abend fiel es mir schwer, Schlaf zu finden.

Ich war nicht mehr ans Meer gegangen, weil mich jedes Mal, wenn die Wellen meine Füße berührten, eine seltsame Traurigkeit überkam. Als wäre Mamas Liebe zu weit entfernt. Jede neue Welle schien unsere Verbindung weiter zu lösen. Vielleicht lag es an mir, vielleicht war es mein Kopf, doch was auch immer es war, die Ruhe, die das Wasser mir sonst immer gegeben hatte, war tiefer Beunruhigung gewichen.

Damian spürte, dass etwas nicht in Ordnung war, wusste aber nicht, wie er es ansprechen sollte. Ich nahm es ihm nicht übel, denn ich wusste ja nicht einmal selbst, ob und wie ich darauf angesprochen werden wollte. Zuerst dachte ich, Ursache meiner Unruhe sei, dass Jeff keine Rolle im Leben des Kindes spielen wollte, aber das war es nicht. Im Grunde war ich tief in meinem Innern sogar erleichtert.

Seit Tagen musste ich immerzu an Mama und Kevin denken. Ich fühlte mich, als hinge eine dunkle Wolke über mir, von der ich nicht genau wusste, was sie bedeutete. Aber ich wusste, dass etwas nicht in Ordnung war.

»Gönn deinem Kopf ein wenig Ruhe«, sagte Grams und massierte mir den Nacken, während ich bei ihr am Esstisch saß.

»Ich kann nicht, Grams. Ich habe das Gefühl, dass irgendetwas nicht stimmt.« Ich drehte mich zu ihr um. »Meinst du, du könntest mir die Karten legen? Nur eine kleine Reihe, um mir zu sagen, ob alles gut ausgeht?«

Sie runzelte die Stirn. »Stella, du kennst meine Regeln. Wenn wir derart angespannt sind, verwenden wir keine Magie. Wir müssen im Reinen mit uns sein, um unsere Gabe zu nutzen. Außerdem, nach der letzten …« Sie sprach nicht weiter.

»… Fehlgeburt«, sagte ich.

Ich sah ihr an, wie unangenehm ihr dieses Gespräch war, aber sie wusste, sie erlebte mich nicht zum ersten Mal in diesem Zustand. Jedes Mal, wenn ich schwanger war, litt ich unter den gleichen Ängsten. »Genau«, sagte sie. »Wir müssen auf das Universum vertrauen.«

»Das Universum hat mich schon mal im Stich gelassen«, unterbrach ich sie.

Grams Augen füllten sich mit Sorgen, die ich sofort zu zerstreuen versuchte.

»Nein, ich weiß. Ich weiß, dass ich dir Sorgen mache, aber es geht mir gut, Grams. Bitte, ich fühle mich einfach … Bitte«, flehte ich. »Nur eine Lesung?«

Ihre Augen füllten sich mit Tränen. Von ihren Gefühlen übermannt, nahm sie meine Hand. »Alles folgt einem höheren Wohl. Glaube mir.«

Ich zog meine Hand aus ihrer. »Was soll das heißen?«

»Stella …«

»Hast du die Karten bereits gelegt?«

Sie schwieg.

»Grams, sag es mir.«

»Vielleicht sollten wir ein wenig spazieren gehen. Die Füße ins Wasser halten.«

»Ich will meine Füße nicht ins Wasser halten, Grams. Was ist es? Was hast du gesehen?«

Sie beugte sich vor, um mir einen Ozeankuss zu geben, aber ich entzog mich ihr.

»Nein. Ich habe Angst, Grams. Sag mir, was du gesehen hast.«

»Mit dir ist alles in Ordnung, Stella. Du bist okay, und das Baby auch.«

»Was willst du mir dann nicht sagen?«

»Alles, was ich dir sagen kann, ist ohnehin nur eine Möglichkeit, mein süßes Mädchen. Nichts ist in Stein gemeißelt.«

»Letztes Mal, als du das gesagt hast, war es so«, sagte ich. »Also sag es mir noch einmal.«

»Ich habe gesehen, wie schmerzhaft der letzte Verlust für dich war, Stella. Ich habe gesehen, wie es dir das Herz gebrochen hat, und ich weigere mich, dir mit diesen albernen Karten noch mehr Zweifel und Ängste zuzumuten.«

»Jetzt sind sie plötzlich albern?«

»Ja«, erklärte sie mit Nachdruck. »Sie sind albern, wenn man sich von ihnen abhängig macht, anstatt an sich selbst zu glauben. Du bist okay, und das Baby ist es auch. Mein liebes Kind.«

Sie nahm mein Gesicht in ihre Hände und wiegte es sanft.

»Lebe jetzt. Versuche nicht einer Zukunft nachzujagen, die noch gar nicht feststeht. Lebe jetzt!«

Sie verriet mir nicht, was sie gesehen hatte. Mir wurde übel. Ich stand auf und ging nach Hause, ohne noch auf Grams zu hören, die mir nachrief. Damian saß in seinem Arbeitszimmer und telefonierte. Sobald unsere Blicke sich trafen, sprang er von seinem Stuhl auf.

»Ich ruf dich zurück«, sagte er zu seinem Gesprächspartner und legte auf.

In der nächsten Sekunde hatte er die Arme um mich gelegt, und ich weinte in seinen Armen.

Es dauerte noch drei Wochen.

Drei Wochen voller Angst. Drei weitere Wochen Panikattacken. Drei Wochen mit quälenden Vorahnungen, bevor es so weit war.

Ich lag neben Damian im Bett und spürte ein scharfes Stechen in der Seite. Schwer atmend setzte ich mich neben meinem schlafenden Mann auf und legte die Hand auf meinen Bauch. Ich schaltete die Nachttischlampe ein und wurde von einem überwältigenden Gefühl der Angst ergriffen, als ich auf das Laken blickte und Rot sah.

Mein Baby …

»Damian!«, rief ich und rüttelte ihn mit zitternden Händen. »Damian, wach auf!«

Er richtete sich auf und rieb sich den Schlaf aus den Augen. »Alles in Ordnung?«, fragte er schläfrig.

»Das Baby«, flüsterte ich.

Seine Augen öffneten sich ein wenig mehr, und er bemühte sich, den Schlaf abzuschütteln. Als er das Blut sah, war er augenblicklich hellwach.

»Das Baby«, wiederholte ich mit tränenüberströmten Wangen.

Er fuhr mich sofort ins Krankenhaus.

Doch ich wusste bereits, was nun kam.

Unter Tränen starrte ich den Arzt ungläubig an.

»Es ist alles in Ordnung?«, fragte ich zum hundertsten Mal. Damian hielt meine Hand, und obwohl ich nervlich völlig fertig war, hielt sein Trost mich aufrecht.

»Ja. Wie gesagt, es handelt sich um eine sogenannte Präeklampsie, die in Anbetracht Ihrer Probleme bei früheren Schwangerschaften überwacht werden muss. Ihr Blutdruck ist sehr hoch, und Ihre Knöchel sind geschwollen, sodass ich Ihnen für den Rest der Schwangerschaft zur Bettruhe rate. Zusätzlich zu den erwähnten Medikamenten besteht die Möglichkeit, ihren Zustand durch eine Umstellung Ihrer Ernährung zu stabilisieren.«

»Liegt es an meinem Gewicht?«, fragte ich zitternd. Ich hörte Jeffs Stimme in meinem Kopf, die mir einredete, dass die vorangegangenen Fehlgeburten allein meine Schuld gewesen seien. »Ist es meine Schuld?«

Der Arzt lächelte und schüttelte den Kopf. »Eine Präeklampsie kann viele Ursachen haben. Das Wichtigste ist, dass wir sie früh genug erkannt haben und von nun an im Auge behalten können.«

»Und mit Bettruhe meinen Sie hinlegen und ...«, fragte Damian.

»Gute Frage. Ja, in Anbetracht von Stellas Blutwerten und ihrem erhöhten Blutdruck raten wir zu strikter Bettruhe«, antwortete der Arzt.

Mein Brustkorb zog sich zusammen. »Ich bin gerade erst im sechsten Monat. Wollen Sie mir sagen, dass ich die nächsten Monate im Bett verbringen muss?«

Er sah mich an, natürlich war ihm bewusst, dass das keine

besonders angenehme Vorstellung war. »Ich weiß, das kann ein wenig unangenehm ...«

»Soll das ein Witz sein? Ich muss arbeiten. Ich muss zahlreiche Aufträge erfüllen«, erklärte ich. »Und würde das dem Baby wirklich helfen? Besteht trotzdem die Gefahr, dass ich es verlieren könnte?«

Ich spürte, wie jemand meine Hand drückte, und sah Damian an. Seine meerblauen Augen hielten meinen panischen Blick fest. »Wir lassen uns was einfallen.«

»Aber ...«

»Ich passe schon auf dich auf, Stella«, flüsterte er.

Ich öffnete den Mund, um etwas zu erwidern, und Tränen strömten über meine Wangen. Doch ich brachte kein Wort heraus. Überwältigt von der Furcht, auch dieses Kind zu verlieren, schloss ich die Augen.

»Ich passe auf dich auf«, wiederholte Damian, und eine Welle des Trostes durchströmte mich. Dann wandte er sich an den Arzt und fragte, worauf wir in den nächsten Monaten achten sollten.

Als dieser von möglichen Thrombosen während der langen Liegezeit sprach, lächelte Damian beruhigend und erklärte: »Wie es aussieht, werde ich dich in nächster Zeit regelmäßig massieren müssen.«

Er passt auf uns auf, dachte ich und versuchte wieder zu atmen.

Damian fuhr uns nach Hause, und ich schwieg während der ganzen Fahrt, obwohl meine Gedanken in mir schrien. Als ich schließlich den Mund öffnete, waren meine Worte nicht so positiv, wie Damian es von mir gewohnt war.

»Ich kann einfach nicht glauben, dass ich dem Baby so etwas angetan habe«, sagte ich leise.

»Du hast nichts falsch gemacht, Stella.«

»Doch, hab ich. Ich wusste es. Genau wie bei den anderen. Es ist mein Übergewicht. Das war immer schon so. Wenn ich nicht ... Wenn ich damals doch nur auf meine Stiefmütter gehört hätte, die mir immer gesagt haben, dass ich abnehmen sollte. Wenn ich doch bloß ...«

»Du bist mehr als genug«, sagte er und strich mir über mein Bein. »Tu das nicht, Stella. Du hast nichts falsch gemacht. Gib dir nicht selbst die Schuld.«

Doch das war beinah unmöglich.

Vor dem Haus hielt Damian an und drehte sich so, dass er mich ansehen konnte. »Alles in Ordnung?«, fragte er.

Ich saß nur da und starrte vor mich hin, unfähig, ihm zu antworten.

Unfähig, irgendetwas zu tun.

Er stieg aus, ging um den Wagen herum, öffnete meine Tür und hob mich auf seine Arme. Er trug mich ins Haus, in sein Zimmer, und legte mich dort aufs Bett. Ich rollte mich auf die Seite, und er legte sich zu mir. Wir sahen einander an, und er strich mir eine Haarsträhne aus dem Gesicht.

»Es ist nicht deine Schuld«, wiederholte er.

Eine einsame Träne kullerte über meine Wange. Ich war mir nicht sicher, ob ich überhaupt noch Tränen hatte.

Damian beugte sich vor und küsste sie fort. Dann legte er seine Stirn an meine.

»Es ist nicht deine Schuld«, sagte er noch einmal.

Fünf Worte.

Es waren die einzigen fünf Worte, die er in dieser Nacht sprach. Er wiederholte sie wie ein Plattenspieler, sagte sie, während jeder Atemzug Kampf und Schmerz für mich war. Er sagte diese Worte, während meine Lider schwer wurden und sich der Schlaf über mich senkte, dann schmiegte er seinen Körper um meinen.

Er schenkte mir diese fünf Worte, und bevor sich die Dunkelheit über meine Seele senkte, gab ich ihm vier Worte zurück. Sie kamen leise, gebrochen, verletzt, aber sie waren alles, was ich ihm anbieten konnte, nachdem er so viele Stunden bei mir geblieben war.

Als meine Augen sich schlossen, öffnete ich die Lippen und flüsterte: »Ich liebe dich auch.«

Ich versank in einem Meer aus Furcht und konnte das Gefühl nicht abschütteln, dass etwas nicht in Ordnung war. Es legte sich schwer auf meine Brust und erfüllte mich mit Angst vor der Zukunft. Meine Gedanken versanken in den finstersten Abgründen. Irgendetwas stimmte nicht mit dem Kind. Ich wusste es. Ich spürte tief in meinem Bauch, dass mit dem Wesen, das ich am meisten liebte, etwas nicht in Ordnung war.

Ich ertrug es nicht, allein zu sein.

Ich fühlte mich furchtbar deswegen, aber wenn ich alleine war, überrollte mich meine Angst. Ich hatte Angst, dass etwas passieren und niemand da sein könnte, um mir zu helfen. Ich hatte Angst, mitten in der Nacht eine Panikattacke zu bekommen, ohne dass Damian da war, um mich zu beruhigen.

Meine Arbeit litt unter meinen Panikattacken. Ich konnte nicht mehr so kreativ sein, wie ich es sein musste, was mich zusätzlich belastete. Was mich wiederum in Panik geraten ließ.

Ich hatte Angst vor der Schwangerschaft. Ehrlich gesagt hatte ich nach dem letzten Mal nicht damit gerechnet, jemals wieder schwanger zu werden. Zumindest hatten die Ärzte das damals gesagt. Die schreckliche Erkenntnis, dass alles, was ich tat, einem anderen menschlichen Wesen schaden könnte …

Meinem Baby.

Ich kann das nicht. Ich bin nicht genug …

34

DAMIAN

Stella ans Bett gefesselt zu erleben, war schrecklich. Nicht weil sie nicht in der Lage war, sich so frei zu bewegen, wie sie es wollte, sondern weil sie so furchtbar verzweifelt war und sich nicht daraus befreien konnte. Sie gönnte ihren Gedanken keine Ruhe, ihr Licht war erloschen.

Ich wünschte mir, ich hätte es ihr zurückgeben können. Ich wünschte mir, ich hätte ihr den Schmerz nehmen und ihn tief in meiner eigenen Brust versenken können. Menschen wie sie sollten niemals so leiden müssen. Sie war so rein und hatte es nicht verdient, diese Finsternis zu erleben.

Sie hatte es nicht verdient zu leiden.

»Ich habe verloren, was mir das Wichtigste im Leben war«, flüsterte sie, und ich sah die Erschöpfung in ihren Augen. Sie schlief nicht gut in letzter Zeit. Ich konnte es ihr nicht verübeln, und dennoch wünschte ich, ich könnte die Gedanken, die durch ihren Verstand rasten, abschalten. Ich wollte ihr die Qual nehmen und sie an ihrer Stelle ertragen.

»Erst meine Mama, dann Kevin, und meine Schwangerschaften ... Und jetzt verliere ich vielleicht auch dieses Baby. Es tut so weh, Damian«, sagte sie, zitternd in meinen Armen. »Es tut so weh, einfach nur zu atmen.«

»Es tut mir so leid, Stella. Aber dem Baby geht es gut ... alles wird gut ausgehen.«

»Das weißt du nicht.«

Sie hatte recht, aber es *musste* gut ausgehen, denn ich war mir nicht sicher, ob sie es überleben würde, wenn es nicht gut ausging.

Sie presste sich noch enger an mich, und ich hielt sie fest, als hinge unser beider Leben davon ab. Endlich schloss sie die Augen und legte den Kopf an meine Brust. »Versprich mir, dass du bei mir bleibst«, sagte sie, so sehr mit mir verschmolzen, dass ich nicht mehr wusste, wo ich aufhörte und wo sie begann. »Versprich mir, dass du morgen früh hier sein wirst, und neben mir in der Nacht.«

»Ich verspreche es dir.«

»Für immer.«

»Und ewig.«

Sie schlief ein, und ich gab ihr dieses Versprechen in Gedanken wieder und wieder.

»Ich mache mir Sorgen um sie«, sagte ich zu Maple. Ich saß an ihrem Esstisch und trank ekligen Tee. März und April waren die Monate des Schmerzes. Stella so mit sich kämpfen zu sehen, in einem konstanten Zustand der Angst, war der markerschütterndste Schmerz, den ich je erlebt hatte.

»Sie wird es schaffen. Es braucht einfach Zeit«, versicherte mir Maple und tätschelte meine Hand, um mir Trost zu spenden. Den ich nur zu gerne Stellas Seele geschenkt hätte.

»Ja, aber sie ist schon seit Wochen nicht mehr sie selbst. Ich weiß einfach nicht, wie ich ihr noch helfen kann. Ich weiß nicht, wie ich ihr dabei helfen kann, wieder zu sich selbst zurückzufinden.«

»Oh Schatz …« Maple seufzte und sah mich mit einem traurigen Lächeln an. »Es dauert einfach, solch erschreckende Nachrichten zu verarbeiten. Deshalb lautet die eigentliche

Frage eher: Wie gut kannst du damit umgehen, dass sie nicht der Mensch ist, der sie einmal war, bis diese Schwangerschaft vorüber ist?«

»Ich liebe jede Version von ihr. Wenn sie jetzt so ist, dann werde ich sie so lieben. Aber ich wünschte, sie könnte wenigstens malen. Ich wünschte, sie könnte noch mit dem Ozean sprechen.«

Stella war seit Wochen nicht mehr ans Meer gegangen.

Ich hatte sie jeden Morgen gefragt, ob ich sie begleiten sollte, doch sie hatte jedes Mal abgelehnt.

»Früher hat das Wasser ihr geholfen, ihre Wunden zu heilen«, sagte Maple und rührte in ihrem Tee. »Aber jetzt hat sie das Gefühl, die ganze Welt hätte sie verraten. Womöglich glaubt sie auch, dass sie es nicht verdient hat, wieder gesund zu werden. Wie ich Stella kenne, gibt sie sich selbst die Schuld.«

»Was kann ich nur tun, um ihr zu helfen?«

»Oh, mein Lieber, das ist leicht. Bleib einfach bei ihr. Glaub mir«, sagte sie traurig und blickte durch das Fenster hinaus aufs Wasser, »sie wird dich im nächsten Kapitel brauchen.«

»Was ist?«, fragte ich und meinte damit nicht ihre Worte, sondern ihren Blick. Irgendetwas bedrückte Maple. »Schon vergessen? Ich habe die Gabe, andere Menschen zu durchschauen.«

»Es ist nur … auch ich mache mir Gedanken. Eines Tages werde ich nicht mehr hier sein, und ich mache mir Sorgen um Stellas Herz. Wenn du also auch nur im Geringsten mit dem Gedanken spielst, sie zu verlassen … Wenn du das Gefühl hast, es könnte dir zu viel werden, dann sage es bitte jetzt. Denn ich habe Angst, dass Stella am Ende allein dastehen könnte, und ich bin mir nicht sicher, ob sie das ertragen würde.«

Ich legte die Stirn in Falten und dachte über ihre Worte nach. »Hast du es gewusst? Das mit dem Testament?«, fragte ich und reagierte damit auf das, was sie zwischen den Zeilen angedeutet hatte. »Hast du von dieser arrangierten Ehe gewusst?«

Sie sah mich an und nickte. »Ja. Kevin hat mich um Rat gefragt, als er von dir erfahren hat. Wir wussten beide, wie wenig Stella sich selbst vertraut, und als sie erfuhr, dass Kevin krank war, sah ich, wie sehr ihr das zusetzte. Da kam Kevin auf die Idee mit der arrangierten Ehe, damit sie jemanden in ihrem Leben hat, der gut für sie ist, und nicht jemanden wie Jeff.«

»Aber das ist doch Unsinn. Woher hättet ihr wissen können, dass ich gut für sie sein würde?«

Sie lächelte, nahm meine Hand und tätschelte sie. »In seinem letzten Jahr konnte Kevin nicht mehr reisen. Als wir von dir erfuhren, war ich es, die nach New York flog und dich ausfindig machte. Damals hast du dich um deine Freundin Aaliyah gekümmert, und ich habe die sanfte Seite deiner Seele gesehen. Ich erinnere mich, wie ich dachte: Wenn Stella jemals die wahre Liebe findet, dann hoffentlich mit einem Mann wie diesem. Einem Mann, der bei ihr bleibt, auch wenn es draußen dunkel ist. Ja, es ist leicht, zu lieben und füreinander da zu sein, wenn die Sonne scheint, aber die wahre Liebe zeigt sich erst, wenn Wolken aufziehen und Angst uns ergreift. Wahre Liebe zeigt sich, wenn das Unwetter kommt, und hält stand.«

Bestürzt lauschte ich Maples Worten und spürte, wie ich mich in meinen eigenen konfusen Gedanken verlor. »Also … steckst du hinter all dem? Du hast Stella und mich zusammengebracht?«

»Ja. Und es tut mir leid, wenn das …«

»Maple …«

»Ja, Damian?«

Ich räusperte mich und kämpfte gegen Tränen. »Danke.«

Dank ihr hatte ich Liebe gefunden.

Sie lächelte und tätschelte erneut meine Hand, die noch immer in ihrer lag. »Jederzeit.«

»Ich gehe jetzt wieder zu ihr und sehe, ob sie etwas braucht«, sagte ich und stand auf. Doch nach wenigen Schritten blieb ich stehen und drehte mich noch einmal um. »Aber eine Frage habe ich noch.«

»Nur zu.«

»Wenn du Kevin geholfen hast, all das zu arrangieren, bedeutet das auch, dass du weißt, wer meine Mutter ist?«

»Ja, das weiß ich, und ich habe die Anweisung, es dir zu sagen, wenn die sechs Monate vorbei sind. Aber mein Junge«, sie schenkte mir ihr warmes Maple-Lächeln, »ich glaube, dass du es tief in deinem Herzen bereits weißt. Schau, ich habe die Gabe, andere Menschen mit meinem ›Hokuspokus‹, wie du es nennst, zu durchschauen, aber du kannst das auch. Wie machst du das, Damian?«

»Wie meinst du das?«

»Wie gelingt es dir, andere Menschen zu durchschauen?«

Ich runzelte nachdenklich die Stirn und rieb mir das Kinn. »Ich sehe es in ihren Augen«, antwortete ich.

»Ja.« Sie nickte. »Du erkennst ihre Seele in ihren Augen.«

Ich ging hinunter ans Wasser. Auch wenn ich nicht wusste, was ich da wollte oder wie ich mit ihnen in Kontakt treten sollte, versuchte ich es doch. Stella brauchte irgendeine Form von Heilung, und ich war bereit, alles zu tun, um ihr zu helfen.

Ich sprach mit Kevin. Ich redete mit der Göttin, von der Maple erzählt hatte, und legte Blumen aufs Wasser. Aber vor allem sprach ich mit Sophie.

Stellas Mutter hatte mich nie kennengelernt. Sie kannte weder meinen Namen noch die Liebe, die ich für ihre Tochter empfand. Sie würde mir niemals die Hand schütteln oder mich in den Arm nehmen, aber wenn es einen Gott gab, und wenn der Ozean wirklich die Herzschläge von Stellas Mutter bewahrte, dann musste ich mit ihr sprechen. Sie musste ihrer Tochter helfen, wieder gesund zu werden. Sie musste mir sagen, was ich tun konnte, damit es ihr wieder besser ging.

Betend ging ich tiefer in die Wellen. Wahrscheinlich war ich grottenschlecht darin, aber ich flehte Sophie an, über Stella zu wachen, ihre Liebe nicht nur im Wasser zu bewahren, sondern auch im Sand und in der Sonne. Und in Stellas Herz. Ich flehte sie an, sie von der anderen Seite aus zu beschützen, sie zu lieben, wenn sie sich nicht geliebt fühlte. Sie niemals zu verlassen, auch nicht an den dunklen Tagen.

Vor allem nicht an den dunklen Tagen.

Stundenlang blieb ich im Wasser. Der Abend senkte sich langsam herab, während ich Sophie um Hilfe anflehte.

»Hi, Sophie. Du kennst mich nicht, aber es geht um Stella. Ich brauche ...« Ich holte tief Luft. »Du musst ihr helfen. Bitte, beschütze Stella und das Baby. Mach, dass ihnen nichts passiert, dass sie beide das alles überstehen. Das ist alles, worum ich dich bitte. Wenn du eine Seele brauchst, nimm meine. Nimm mich, Sophie. Aber bitte ...«, flüsterte ich, und meine Stimme brach, »nimm nicht meine beiden Mädchen.«

Ich tauchte unter. Ich verlor mich in den Wellen. Und dann betete ich, dass der Ozean Stella heilen konnte. Das war mein größter, mein einziger Wunsch.

35

DAMIAN

Ich fuhr nur in die Agentur, wenn es unbedingt sein musste, oder wenn ich Besichtigungstermine hatte. Ansonsten versuchte ich von zu Hause aus zu arbeiten, aber es war nicht immer möglich. Als ich an einem Donnerstagnachmittag ins Büro kam, nachdem ich den ganzen Tag mit Kunden unterwegs gewesen war, fiel mir ein, dass ich mein Handy in einem der Häuser am anderen Ende der Stadt hatte liegen lassen. An manchen Tagen lief einfach alles schief. Und um es noch schlimmer zu machen, wurde ich im Büro von drei Personen erwartet, für die ich gerade weder Zeit noch Energie hatte.

»Was wollt ihr hier?«, fragte ich Denise, Rosalina und Catherine, die ungebeten in meinem Büro standen.

»Entschuldige, Damian. Ich habe ihnen gesagt, dass du beschäftigt bist, aber sie sind einfach hereinmarschiert«, sagte Peter, mein Assistent.

»Schon gut, Peter. Ich kümmere mich darum«, antwortete ich, denn ich war mir ziemlich sicher, dass es ihm ohnehin nicht gelungen wäre, diese drei Trolle abzuwehren.

Peter sah die drei Frauen an und zog sich zurück.

Ich setzte mich in meinem Stuhl zurecht, lehnte mich zurück und betrachtete meine Besucherinnen einigermaßen emotionslos. »Wie kann ich euch helfen, Ladys? Fasst euch kurz, ich habe viel zu tun.«

»Wen von uns wirst du auswählen?« Denise kam gleich auf den Punkt. »Für das Preisgeld der besten Stiefmutter.«

»Ja. Es ist wirklich nicht nett von dir, uns so lange warten zu lassen, vor allem, da du mittlerweile ja mit uns allen dreien ausgegangen bist«, stimmte Rosalina ihr zu.

»Wobei es nicht ganz fair war, dass meine Verabredung mit dir so kurz ausgefallen ist. Dank Stella«, murrte Catherine. »Sie hat immer schon alles ruiniert.«

»Das kannst du laut sagen«, bestätigte Denise.

»Ich kann mir vorstellen, was für eine Hölle dein Leben ist, seit du gezwungen bist, mit ihr in einem Haus zu wohnen«, bemerkte Rosalina. »Zum Glück hast du es ja bald hinter dir.«

Mein Körper versteifte sich, und ich richtete mich auf. »Ich bin froh, dass ihr Stella erwähnt. Das macht es mir leichter, euch zu sagen, wer das Geld bekommen wird.«

»Raus mit der Sprache«, befahl Denise.

Ich klatschte in die Hände. »Keine von euch.«

»Was?«, riefen alle drei im Chor.

»Das kannst du nicht ernst meinen«, sagte Catherine. »Das war nicht Teil der Abmachung!«

»Und ob es das war«, erwiderte ich. »Als mir klar geworden war, dass keine von euch auch nur einen einzigen Cent verdient, habe ich mir den Vertrag gemeinsam mit Joe noch einmal angesehen, und darin steht eindeutig, dass das Geld, wenn ich keine von euch auswähle, einer Wohltätigkeitsorganisation gespendet wird.« Ich zwang mich zu einem aufgesetzten Lächeln. »Die Kinder werden euch für eure großzügige Spende danken.«

»Du Arschloch!«, fauchte Denise.

»Das kannst du nicht machen!«, rief Rosalina. »Ich hätte das Geld bekommen müssen!«

»Oh bitte, Rosalina. Als ob du jemals ernsthaft eine Chance auf das Geld gehabt hättest! *Ich* hätte es bekommen müssen!«, rief Catherine.

Die drei zankten sich wie nervtötende Furien, die sie ja auch waren, bis ich sie zur Ordnung rief. »Streitet euch woanders. Ich habe keine Zeit mehr für euch.«

»Zeit für uns? Du hast uns praktisch ausgeraubt!«, fuhr Denise mich an.

»So wie ihr Stella ihr Selbstvertrauen geraubt habt? Sie hat nie etwas anderes von euch gewollt als eure Zuneigung. Und alles, was ihr getan habt, war, sie runterzumachen. Aus Eifersucht, aus Boshaftigkeit. Ich weiß nicht, warum ihr es getan habt, aber ich weiß, dass ihr alle drei grausam und unwürdig seid. Und ich weiß, dass eine von euch meine Mutter ist, aber das ist mir gleichgültig. Denn wenn ihr so niederträchtig zu der Liebe meines Lebens sein konntet, will ich nichts mehr mit euch zu tun haben. Guten Tag, Ladys.«

Die drei wandten sich zum Gehen, doch als Rosalina und Denise hinausgegangen waren, rief ich Catherine noch einmal zurück. »Kann ich mit dir über deine Wohltätigkeitsorganisation sprechen?«, fragte ich.

Sie straffte die Schultern und räusperte sich. »Worum geht es?«

»Könntest du für einen Moment die Tür schließen?«

Sie zögerte, ging dann aber zur Tür, schloss sie und setzte sich wieder. Aus zusammengekniffenen Augen sah sie mich an. »Gibst du mir das Geld und wolltest nur nicht, dass die anderen es erfahren?«

»Nein. Ganz und gar nicht. Ich meinte es genauso, wie ich es gesagt habe.«

»Oh.« Sie verzog schmollend den Mund. »Was willst du dann von mir?«

»Was hat sie dir getan, Catherine?«

»Wie bitte?«

»Was hat Stella dir Böses angetan? Wie alt war sie, als du sie gekannt hast? Fünf? Sechs? Und später, als Teenager? Bitte, sag mir, was sie getan hat, um dein Leben zu zerstören.«

»Du würdest es nicht verstehen.«

»Das klingt nach einer billigen Ausrede.«

»Nun, das ist es aber nicht.«

»Oder vielleicht doch?«

»Nein.«

»Er wollte, dass wir so sind wie sie!«, rief Catherine schließlich. Sie warf frustriert die Hände in die Luft und knurrte wütend. »Er hat von uns allen erwartet, dass wir so sind wie Sophie. Diese Frau, von der er immer geredet hat, als wäre sie die Sonne. Hast du eine Ahnung, wie hart das war? Seinen Erinnerungen an seine tote beste Freundin gerecht zu werden? Ständig mit ihr verglichen zu werden? Als wir uns zum ersten Mal getrennt haben, war Sophie gerade bei diesem Autounfall ums Leben gekommen. Ich ging damals davon aus, dass Kevin noch um sie trauerte. Doch beim zweiten Mal war es dasselbe. Sophie hier, Sophie da, die ganze Zeit.«

Ich kniff die Augen zusammen. »Entschuldige, aber was hat das mit Stella zu tun?«

Sie seufzte. »Sie hatte ihr Lächeln«, flüsterte sie und wirkte beinahe traurig. »Sie hatte ihr Herz. Stella war der Mittelpunkt seines Lebens, seine Sonne, alles drehte sich nur um sie. Denn sie war das Abbild der größten Liebe seines Lebens. Hast du eine Ahnung, was das mit einem Menschen macht? Sich in einen Mann zu verlieben, der nie in der Lage war, deine Liebe so zu erwidern, wie du es dir gewünscht hast?«

»Catherine …«

»Ich wollte so sein wie sie, verstehst du?« Tränen liefen über ihre Wangen, und sie zeigte mehr Gefühle, als ich bisher bei den drei Frauen gesehen hatte. »Ich wollte seine beste Freundin sein. Aber diese Rolle ging ohne Umweg auf Stella über, weil sie die Tochter seiner wahren Liebe war.«

Ich wusste nicht, was ich sagen sollte.

Sie stand eindeutig kurz davor zusammenzubrechen.

Ich ärgerte mich, dass Teile von Stella – zum Beispiel ihre Güte – auch Einzug in meine Seele gehalten hatten, denn ich spürte ein Ziehen in meinem Herzen, das ich früher niemals gespürt hatte.

»Weißt du, warum ich glaube, dass er gestorben ist?«, fragte Catherine. Ich antwortete nicht, aber ich ging auch nicht davon aus, dass sie eine Antwort erwartete, denn sie fuhr fort: »Weil er erkannt hatte, dass er sie niemals in einem anderen Menschen finden würde. Er würde seine große Liebe in keiner anderen Frau finden. Er ist gestorben, weil ein gebrochenes Herz nur für kurze Zeit weiterexistieren kann, bevor es endgültig zu schlagen aufhört.«

Ich verzog das Gesicht. Sicher, ich spürte ein Ziehen in meinem Herzen, doch am Ende blieb ich der, der ich war. Und Catherines Worte hatten das Wesentliche noch immer nicht getroffen. »Für mich scheint das alles mehr mit Erwachsenen zu tun zu haben, die mit ihren verkorksten Gefühlen nicht umgehen konnten, als mit einem kleinen Mädchen, das unversehens in dieses Leben geworfen worden war. Stella hatte nichts mit deinen Problemen zu tun. Sie hat Kevin nicht dazu gezwungen, mit euch dreien ins Bett zu gehen. Sie hat dich nicht dazu gezwungen, ihn zu heiraten. Sie hat Kevin nicht dazu gezwungen, sich in ihre Mutter zu verlieben. Und sie hat nichts getan, was die Grausamkeit rechtfertigt, mit der ihr drei Monster sie behandelt habt. Ihr habt das Leben und die Gefühle eines kleinen Mädchens zerstört, weil ein Mann euch nicht lieben konnte. Begreifst du nicht, wie krank das ist? Du solltest dich schämen, dass du deine Probleme an ihr ausgelassen hast.«

Ihre Augen zeigten mir, was ich sehen wollte. Ich drang tatsächlich zu ihr durch.

»Ich bin kein Monster«, zischte sie.

»Es hatte nichts mit dir zu tun«, sagte ich.

»Wie bitte?«

»Kevins Unfähigkeit, dich zu lieben, hatte nichts damit zu tun, wie liebenswert du warst. Seine Unfähigkeit, zu lieben hatte nichts mit deinem Wert zu tun, sondern mit seinen Verletzungen. Es war nichts Persönliches.«

»Kann schon sein«, sagte sie schulterzuckend und schob sich den Riemen ihrer Handtasche auf die Schulter. »Aber glaub mir, es hat sich so angefühlt.«

Sie wollte aufstehen, und es fühlte sich an wie ein Schlag in die Magengrube, als ich ihr die gleiche Frage stellte, die ich den anderen beiden gestellt hatte. »Catherine?«

»Ja?«

»Bist du meine Mutter?«

Sie blinzelte ein paarmal, überrascht über meine Frage. Dann schüttelte sie den Kopf, und ein trauriges Lächeln flog über ihre Lippen. »Selbst wenn ich es wäre, möchtest du wirklich so eine böse Mutter wie mich?«, fragte sie. »Oder wie Denise oder Rosalina? Darf ich dir einen Rat geben? Hör auf, dich zu fragen, wer deine leibliche Mutter sein könnte. Sicher, vielleicht habt ihr die gleichen Gene, aber sie wird niemals in der Lage sein, die Leere in deinem Herzen zu füllen. Wir werden niemals in der Lage sein, deiner Vorstellung von Liebe gerecht zu werden. Glaub mir, ich weiß es. Also suche dir etwas anderes, um diese Lücke zu füllen.«

»Das habe ich bereits.«

»Stella?«

»Ja. Und weißt du was? Sie hat dich geliebt. Auch wenn du nur Sophie in ihr gesehen hast, Stella hat dich gesehen. Vielleicht auf eine Weise, zu der Kevin nicht in der Lage war. Sie hat dich geliebt.«

»Wie kannst du das wissen?«

»Weil es das ist, was Stella tut. Sie liebt andere Menschen.«

Und für eine Sekunde sah ich es. Ein weicher Zug erschien in Catherines Augen, und sie schien etwas zu begreifen. »Sie war nicht Sophie.«

Ich schüttelte den Kopf. »Nein.«

Sie räusperte sich, und noch mehr Tränen rannen über ihre Wangen. »Ich war gemein zu ihr. Jedes Mal, wenn ich die Gelegenheit dazu hatte, war ich gemein zu ihr.«

»Trotzdem hat sie dich geliebt.«

Sie blinzelte, und als sie die Augen wieder aufschlug, hatte ich keinen Zweifel mehr, dass sie es war. Ich wusste es. Ich wusste, dass Catherine es gewesen war, die mich zur Welt gebracht hatte. Und, ganz ehrlich, ich hatte es schon länger gewusst, hatte es aber einfach nicht glauben wollen.

»Du bist meine Mutter«, sagte ich. Es war keine Frage mehr, es war eine Feststellung.

»Was? Nein, ich ...«

»Schon gut, Catherine. Es ist okay.«

»Nein ... Ich ...« Weinend sah sie mich an. »Wie hast du ...?«

»Es gab viele Gründe, aber vor allem deine Wohltätigkeitsorganisation. Du hast eine Organisation für Kinder gegründet, die ohne Eltern aufwachsen, wahrscheinlich aus Schuldgefühlen, weil du mich damals weggegeben hast. Jedes Mal, wenn das Gespräch auf meine Mutter kam, bist du zusammengezuckt, im Unterschied zu den anderen beiden. Deine Körpersprache hat dein Unbehagen verraten. Und das Wichtigste war ...«

»Was?«

»Ich habe deine Augen.« Ich setzte mich ein wenig anders hin. »Aber das ist in Ordnung. Ich vergebe dir.«

Sie richtete sich ein wenig mehr auf. »Ich habe dich nicht um deine Vergebung gebeten.«

»Stimmt, aber ich kann die Wut, die ich in all den Jahren auf dich hatte, nicht länger mit mir herumtragen. Ich werde dieses Kapitel beenden, um gemeinsam mit Stella ein neues zu schreiben. Und ich habe sehr viel von dir gelernt.«

Sie zog eine Augenbraue hoch. »Ja?«

»Ja. Du hast mich gelehrt, dass deine Unfähigkeit, mir eine Mutter zu sein, nichts damit zu tun hatte, wie liebenswert ich war. Und deine Unfähigkeit, Stella zu lieben, hatte nichts mit ihr zu tun. Es waren deine eigenen Dämonen. Es war nichts Persönliches. Auch wenn ich das mein ganzes Leben lang geglaubt habe.«

Sie räusperte sich und stand auf. Ihre Lippen öffneten sich, als wollte sie etwas sagen, doch dann stockte sie und sagte nur: »Leb wohl, Damian.«

»Leb wohl«, antwortete ich.

Sie verließ mein Büro und schloss die Tür hinter sich. Die Anspannung in meiner Brust löste sich, als mir bewusst wurde, dass ich mich gerade meiner Mutter gestellt hatte. Eine Weile saß ich nur da und tat nichts, als diese bedeutungsvolle Situation zu verarbeiten. Dann stand ich auf und machte mich auf den langen Weg, mein Handy zu holen. Ich konnte es kaum erwarten, zu Stella zurückzukehren, und hatte das Gefühl, ihren Trost dringender zu benötigen als je zuvor.

36

STELLA

Ich konnte Damian nicht erreichen.

Anfangs dachte ich, er würde nur lange arbeiten und noch Papiere durchgehen, doch es war ungewöhnlich, dass er nicht auf meine Nachrichten reagierte.

Ein paarmal rief ich ihn an, doch er nahm nicht ab.

Als es dunkel wurde und er noch immer nicht zu Hause war, machte ich mir ernsthaft Sorgen. Was, wenn er einen Unfall gehabt hatte? Er fuhr noch nicht sehr lange, und auf den Straßen von Los Angeles ging es manchmal ziemlich aggressiv zu. Was, wenn er verletzt war? Wenn etwas Schreckliches geschehen war?

Du meine Güte, irgendetwas musste passiert sein.

Ich wusste es. Meine Gedanken rasten, während ich im Bett lag. Ich durfte nicht aufstehen, aber ich wusste nicht, was ich sonst tun sollte. Also rief ich Grams an.

Doch sie nahm ebenfalls nicht ab.

Voller Angst hievte ich mich aus dem Bett. Meine Knöchel waren geschwollen, obwohl sie seit Wochen hochgelagert auf einem Kissen lagen. Ich bemühte mich, ruhig zu bleiben, denn ich wusste, dass die Angst meinen Blutdruck hochjagen würde, was ich unbedingt verhindern musste, um mein kleines Mädchen nicht zu gefährden. Trotzdem hatte ich schreckliche Angst. Ich lebte schon so lange mit meiner

Angst, dass ich nicht mehr recht wusste, wie ich damit umgehen sollte.

Ich schlüpfte in ein Paar Schuhe und ging hinaus, um nach Grams zu sehen. Es war schon spät. Wahrscheinlich schlief sie bereits. Aber ich brauchte ihre Hilfe, um Damian zu finden. Sie würde wissen, was zu tun war. Sie wusste immer, was zu tun war.

Ich ging zum Gästehaus hinüber und klopfte ein paarmal an die Tür, bevor ich den Schlüssel benutzte, den Grams mir vor Jahren gegeben hatte. Ich war es gewohnt, in ihrem Haus ein- und auszugehen. Im Wohnzimmer brannte kein Licht, und ich wollte schon in ihr Schlafzimmer gehen, um zu ihr ins Bett zu kriechen und ihren Trost zu suchen, als ich ihren leblosen Körper im Flur liegen sah. Mein Herz setzte vor Entsetzen einen Schlag aus.

»Grams!« Ich lief zu ihr, beugte mich über sie und rüttelte sie, damit sie aufwachte. »Grams, wach auf! Grams!«, rief ich panisch. Ich nahm mein Handy und wählte den Notruf. Meine Hand zitterte, als ich sagte: »Hallo, ja, es geht um meine Großmutter. Sie ist bewusstlos.«

Ich wurde aufgefordert, ihren Puls zu fühlen.

Ich fand ihn.

Ganz schwach.

Schwach.

Schwach …

Sie atmete noch, doch ihre Atemzüge waren kurz und flach.

Ein Krankenwagen kam und fuhr sie ins Krankenhaus. Als Grams nach hinten gebracht wurde, durfte ich sie nicht weiter begleiten. Ich rief, ich schrie, ich weinte, aber ich durfte nicht mit.

Man schickte mich ins Wartezimmer.

Ich wartete.

347

Und wartete.

Und wartete …

Mir war übel vor Sorge. Nervös trommelte ich mit den Fingern auf meine Oberschenkel. Ich brauchte Damian. Wo war er bloß?

Schließlich stand ich auf und ging zur Anmeldung. »Hi, ich habe eine Frage: Wenn ich Ihnen einen Namen nenne, könnten Sie in Ihrem Computer nachsehen, ob derjenige bei Ihnen eingeliefert wurde?«

»Tut mir leid, Ma'am, aber das darf ich leider nicht.«

»Oh, okay, aber sehen Sie …« Ein wenig atemlos legte ich beide Hände auf meinen Bauch. »Meine Großmutter liegt auf der Intensivstation, und mein Arzt hat mir strenge Bettruhe verordnet, aber ich kann meinen Mann nicht erreichen, und er ist sonst immer erreichbar, und ich mache mir schreckliche Sorgen. Ich habe furchtbare Angst, dass er …«

Tränen liefen über meine Wangen. Die Frau nahm tröstend meine Hand und sah mich mitfühlend an. »Wie lautet der Name, Liebes?«

»Damian.« Ich schluckte und wischte mir die Tränen aus dem Gesicht. »Damian Blackstone.«

Sie tippte den Namen in ihren Computer und legte die Stirn in Falten. »Er ist nicht hier.«

Wo bist du dann, Damian?

»Danke.«

Ich kehrte ins Wartezimmer zurück und setzte mich mit zitternden Knien und geschwollenen Knöcheln wieder hin.

Stunden vergingen, aber Grams war noch immer nicht zu sich gekommen. Die Ärzte sagten mir nicht, was mit ihr los war, denn ich war nicht mit Grams verwandt, manchmal genügte es nicht, im Herzen miteinander verbunden zu sein.

Während ich mich verzweifelt zusammenzureißen und nicht vor Angst durchzudrehen versuchte, griff ich nach meinem Handy und schrieb.

Stella: Wo bist du?
Stella: Grams ist auf der Intensivstation. Sie liegt im Koma.
Stella: Ich drehe noch durch vor Sorge. Ist alles in Ordnung? Bitte, ruf mich an. Oder schreib mir. Ganz egal.
Stella: Bitte, Damian. Ich brauche dich. Ich schaffe das nicht allein.
Stella: Ruf mich an.
Stella: Ich liebe dich. Bitte ruf an!

37

DAMIAN

Als ich endlich mein Handy zurückbekam und die vielen Nachrichten von Stella sah, drehte sich mir der Magen um. Ich fuhr sofort ins Krankenhaus.

»Stella!«, rief ich, als ich sie im Wartezimmer fand.

Sie blickte auf, ich lief zu ihr und schloss sie in meine Arme.

»Oh mein Gott«, schluchzte sie, Tränen liefen über ihre Wangen. »Du bist okay! Ich wusste nicht ... Ich hatte solche Angst, dir könnte etwas zugestoßen sein. Ich hatte solche Angst, du könntest tot sein. Ich ...«

»Es geht mir gut«, versicherte ich ihr und zog sie noch fester an mich. Sie zitterte am ganzen Leib. »Ich erkläre dir alles später, aber bitte glaube mir, es geht mir gut. Das Wichtigste ist jetzt Maple. Wie geht es ihr?«

Sie schüttelte den Kopf. »Ich weiß es nicht. Sie sagen mir nichts. Ich bin nicht ihre richtige Enkelin, deshalb bekomme ich keine Informationen. Sie sagen, sie dürfen es mir erst sagen, wenn Maple aufwacht und nach mir fragt, aber bis dahin ...«

Als sie zu mir hochsah, empfand ich tiefe Traurigkeit. Wann war das geschehen? Wann hatte ich angefangen, ihre Empfindungen so in mir selbst zu spüren? »Was, wenn sie nicht wieder aufwacht? Was, wenn sie nicht wieder zu uns zurückkommt?«

»Das wird sie.«

»Woher willst du das wissen? Menschen sterben. Ich weiß

es. Sie gehen einfach, ohne dass man sich darauf vorbereiten kann. Man kann nie wissen, wann der Abschied kommt. Und man weiß nie, was man mit den Worten machen soll, die man nie ausgesprochen hat.« Sie holte tief Luft. »Was, wenn das letzte Mal, als ich mit ihr gesprochen habe, wirklich das letzte Mal war? Ich weiß nicht einmal, ob ich ihr gesagt habe, wie lieb ich sie habe. Ich weiß nicht, ob ...«

»Es war nicht das letzte Mal.« Keine Ahnung, ob es richtig war, so etwas zu sagen, aber in diesem Moment fühlte es sich richtig an. Es fühlte sich an, als wäre es meine Aufgabe, ihr zu sagen, dass alles gut werden würde.

Es fühlte sich wie Hoffnung an.

Bevor ich Stella kennenlernte, hatte ich so etwas wie Hoffnung niemals empfunden. Es fühlte sich noch fremd in meiner Brust an, doch ich wünschte mir sehnlichst, dass dieses Gefühl weiter in mir wachsen würde.

Wir warteten Stunden. Dann Tage. Und dann noch mehr Tage.

Maple lag eine ganze Woche im Koma. Als Stella die Hoffnung verlor, klammerte ich mich umso mehr an meine. Nicht nur für mich selbst, sondern für uns beide. Ich wurde zu Stellas Fels in der Brandung. Ich hielt sie, wenn sie mich brauchte, und auch dann, wenn sie es nicht tat. Ich blieb bei ihr, denn ihr Herz brauchte mich an ihrer Seite. Und mein Herz wollte nichts, als bei ihr zu sein.

Der Sinn meines Lebens war, dafür zu sorgen, dass es ihr gut ging.

Ich versuchte sie zu überreden, nach Hause zu fahren und sich ein wenig auszuruhen, doch sie weigerte sich. Also baute ich ihr aus Krankenhausstühlen ein Bett, damit sie die Beine hochlegen konnte, während ich ihre geschwollenen Füße massierte.

Endlich kam eine Krankenschwester und fragte: »Stella Blackstone?«

Blackstone.

Meine Frau.

Für immer, so hoffte ich. Für immer, flehte ich.

»Ja, das bin ich«, sagte sie.

»Und Damian Blackstone?«, fragte die Schwester.

»Das bin ich.«

»Wunderbar. Maple hat nach Ihnen gefragt«, erklärte sie und lächelte uns beiden zu.

»Sie ist wach?«, fragte Stella, während ich ihre Hand in meiner hielt.

»Ja. Sie ist wach und erholt sich langsam. Folgen Sie mir bitte.«

Wir folgten ihr, und kaum hatten wir Maples Zimmer erreicht, liefen wir hinein und schlangen die Arme um diese besondere Frau.

»Grams, ich habe mir solche Sorgen gemacht«, schluchzte Stella und schmiegte sich an ihre Brust.

»Es tut mir so leid, Liebes. Ich wollte dich nicht erschrecken. Es geht mir gut. Es geht mir gut«, versuchte Maple sie zu beruhigen. Dann sah sie zu mir und schenkte mir ihr warmes Lächeln. »Aber ein paar von uns wussten bereits, dass es so kommen würde.«

Ich verzog den Mund ebenfalls zu einer Art Lächeln. »Ich bin froh, dass es dir gut geht.«

»Wenn das hier vorbei ist, trägst du mich sofort als deine nächste Angehörige ein, okay? Du brauchst jemanden, der über deinen Gesundheitsstatus informiert wird, Grams«, schalt Stella, doch ich wusste, dass sie lediglich von ihren Gefühlen überwältigt wurde. Und Maple ebenfalls. Sie stimmte zu. »Meinst du, das war es? Meine ständige Angst? Ich dachte, es wäre das Baby, dabei warst du es, Grams, nicht wahr? Ist es das, was du gesehen hast?«

Sie nahm Stellas Hand und tätschelte sie sanft. »Ich wollte dir keine Angst machen.«

»Zu spät.« Stella lachte leise und gab ihr einen Kuss auf die Stirn. »Ich bin froh, dass es dir wieder gut geht.«

Als der Arzt kam, erklärte er, dass Maple einen Herzinfarkt erlitten hatte und ins Koma gefallen war. Ihr Leben hatte eine Weile auf der Kippe gestanden, doch mit guter Pflege und ein wenig Geduld würde sie wieder auf die Beine kommen.

Wir blieben, so lange wir konnten, doch schließlich war die Besuchszeit zu Ende und wir mussten uns von ihr verabschieden. »Morgen kommen wir wieder«, versprach ich.

»Ich weiß.«

Ich gab ihr ebenfalls einen Kuss auf die Stirn und drückte sanft ihre Hand. »GU«, sagte ich.

Sie lächelte. »Ich bin froh, dass du es wiedergefunden hast.«

»Was habe ich wiedergefunden?«

»Dein Licht.«

Als wir nach Hause kamen, berichtete ich Stella vom Besuch der drei bösen Stiefmütter. Sie war schockiert und wusste nicht recht, was sie davon halten sollte.

»Also Catherine«, sagte sie, als wir aneinandergeschmiegt im Bett lagen. »Ich kann es nicht glauben. Und ich kann auch nicht glauben, dass Kevin mit allen dreien zur gleichen Zeit geschlafen hat. Das passt überhaupt nicht zu ihm.«

»Trauer lässt Menschen manchmal seltsame Dinge tun. Manche Leute schneiden sich die Haare ab, andere gehen auf Reisen, um sich ihren Gefühlen nicht stellen zu müssen, und manche fangen an, mit unterschiedlichen Partnern zu schlafen. Es ist seltsam, aber Menschen greifen nach jeder Form von

Trost, um ihrer Trauer zu entgehen. Wusstest du, dass alle drei eifersüchtig auf dich waren?«

»Was? Wieso?«

»Weil du Kevin an deine Mutter erinnert hast.«

Ihr Blick wurde weich, und sie schüttelte den Kopf. »Die beiden waren nicht mal ein Paar.«

»Man muss nicht mit einem Menschen zusammen sein, um ihn aus tiefstem Herzen zu lieben. Ich bin mir ziemlich sicher, dass Kevin deine Mutter geliebt hat. Ich kann es auf seinen alten Fotos sehen. Kein Fotograf ist so gut, alle Gefühle abzubilden, aber wenn Menschen verliebt sind, kann man es sehen. Ihre Bilder zeigen dann noch mehr Herz. Glaub mir, ich weiß es.«

Sie lächelte sanft, aber ich hatte das Gefühl, als gebe es etwas, das sie nicht sagen wollte.

»Was?«, fragte ich.

»Nichts. Es ist nur, ich kann einfach nicht glauben, dass sie nicht mehr da sind. Meine Mutter und Kevin. Und jetzt auch noch Maple, die fast …«

»Es geht ihr gut.«

»Ja, aber fast wäre es anders ausgegangen. Und sie ist immer noch nicht außer Gefahr. Ich meine, ich könnte sie jeden Tag wieder so …«

»Stella.«

»Ja?«

»Hör auf, dich verrückt zu machen.«

Sie lächelte und holte tief Luft. »Ja, du hast recht. Alles ist gut. Es ist alles in Ordnung. Ich ruhe mich lieber ein wenig aus. Ich bin vollkommen erledigt.«

Ein Gefühl des Unbehagens erfüllte mich, als ich so neben ihr lag. Ich kannte dieses Gefühl, denn ich hatte es schon unzählige Male empfunden. Etwas hatte sich verschoben. Irgendetwas an Stella war anders, aber ich konnte nicht sagen, was genau es war.

»Ist alles in Ordnung?«, fragte ich.

»Ja«, sagte sie, drehte sich um und kehrte mir den Rücken zu.

Ich legte eine Hand auf ihren Arm und drehte sie sanft wieder zu mir herum, sodass ich ihre Augen sehen konnte. Ihre braunen, braunen Augen.

»Geht es uns gut?«, fragte ich.

Und da sah ich es.

Nur für den Bruchteil einer Sekunde. Einen winzigen Augenblick lang, der den meisten Menschen sicher entgangen wäre. Aber ich sah, wie ihr Blick sich veränderte, sah den Moment der Schwäche, bevor sie blinzelte und sich zu einem Lächeln zwang. »Ja«, sagte sie und gab mir einen Kuss auf die Wange. »Alles gut.«

Ich küsste ihre Stirn. »Ich liebe dich«, stieß ich hervor, während ich mich fühlte, als läge das Gewicht der ganzen Welt auf meiner Brust.

»Ich liebe dich auch«, gab sie leise zurück und ließ sich in ihr Kissen sinken.

Mein Herz brach, denn ihr »Ich liebe dich« klang eher wie »Lebe wohl«.

Und ich hasste es, wie gut ich ein Lebewohl erkennen konnte.

38

DAMIAN

Sechzehn Jahre alt

»Er ist so ein Spacko«, sagte Kyle. Ich saß am Tisch im Kinderheim und kümmerte mich um meinen eigenen Kram, denn das konnte ich am besten – mich um meine eigenen Angelegenheiten kümmern.

Manche Leute verwendeten ziemlich viel Energie darauf, mich so lange zu provozieren, bis ich explodierte. Deshalb hatte ich rasch gelernt, mich von anderen fernzuhalten. Ich blieb für mich und konzentrierte mich auf meine Fotografie. Ms Kelp, die Sozialarbeiterin, die für mich zuständig war, hatte mir vor ein paar Jahren eine Kamera gekauft und brachte jede Woche meine Filme zum Entwickeln. Und dann betrachteten wir gemeinsam meine Fotos.

Es klingt seltsam, aber Ms Kelp war viele Jahre das einzig Beständige in meinem Leben. Schon krank, wenn der Mensch, der einem am nächsten steht, bloß da ist, weil er dafür bezahlt wird. Aber Ms Kelp versicherte mir, dass es bei mir anders sei. Wir hatten wirklich eine Beziehung zueinander.

Allerdings glaubte ich nicht mehr an Beziehungen, nachdem ich immer wieder von anderen Menschen fortgerissen worden war. Seit meinem letzten Aufenthalt in einer Pflegefamilie kam ich nicht einmal mehr in die engere Wahl. Was mich nicht überraschte. Je älter man wurde, desto geringer waren die Chancen, von einer Pflegefamilie ausgewählt zu werden. Man war einfach zu alt. Nicht mehr so niedlich. Und dass man traumatisiert war, ließ sich dann nicht mehr verleugnen.

»Geh und nimm ihm das weg«, befahl Kyle einem der anderen, um mich zu ärgern. Ich sah zu ihnen hinüber und zog eine Grimasse. Bereits wütend. Es nervte, dass diese Idioten ernsthaft glaubten, es sei okay, sich gegen mich zu verbünden. Ich tat niemandem etwas zuleide. Ich redete ja nicht mal. Sie gaben sich wirklich alle Mühe, mir das Leben zur Hölle zu machen.

Ich begann, meine Sachen und die Kamera zusammenzupacken, denn ich wusste aus Erfahrung, dass sonst ein paar meiner Fotos dran glauben würden, wenn diese Idioten einmal beschlossen hatten, mich zu drangsalieren. Also würde ich mein Zeug zusammenpacken und mich in einem der Zimmer oder Schränke verstecken, bis sie ein anderes Opfer gefunden hatten.

Ich nahm meine Sachen und verließ eilig das Zimmer, aber sie waren mir bereits auf den Fersen. Also sprang ich in den nächsten Schrank und knallte die Tür zu, bevor sie mich erwischen konnten. Sie brüllten, ich sollte aufmachen, doch ich zog mit aller Kraft am Türknauf. Ich durfte sie auf keinen Fall in die Nähe meiner Fotos lassen. Ms Kelp würde später kommen und mir neue mitbringen, die sie hatte entwickeln lassen.

Schon bald verloren die anderen die Lust und zogen wieder ab. Ich wartete noch eine Weile, bis ich das Gefühl hatte, dass die Luft rein war, dann drückte ich gegen die Tür, doch sie ließ sich nicht öffnen. Irgendetwas versperrte sie. Ich versuchte es erneut, doch nichts rührte sich.

Mein Herz raste vor Panik. Wieder und wieder warf ich mich gegen die Tür.

Doch sie gab nicht nach, und der dunkle Schrank erschien mir mit jeder Sekunde, die verstrich, noch dunkler. Ich hasste die Dunkelheit. Ich drückte mich in eine Ecke des Schranks und zog die Knie an die Brust. Meine Fingernägel gruben sich in meine Handgelenke. Langsam wiegte ich mich vor und zurück, aber es gelang mir nicht, meine Angst zu beherrschen.

Was, wenn sie mich nicht wieder rausließen? Was, wenn sie nicht mehr zurückkamen? Was, wenn niemandem auffiel, dass ich nicht mehr da war?

Über zwei Stunden vergingen, und niemand entließ mich aus meinem Gefängnis.

Als die Tür schließlich geöffnet wurde, stand Ms Kelp vor mir und betrachtete mich besorgt. »Damian, was machst du denn hier drin?«

Ich sah sie mit weit aufgerissenen Augen an. Mein Herz raste noch immer, und meine Fingernägel bohrten sich tief in meine Haut. Meine Handgelenke bluteten, weil ich so tief gekratzt hatte.

Ms Kelp blickte auf meine Arme. »Oh, Schatz.« Sie befreite mich mit meiner Kamera und meinen Fotos aus dem Schrank und setzte mich wieder an den Tisch. »Wer hat dir das angetan?«

Ich antwortete nicht. Wenn ich die anderen verriet, würden sie mich nur noch mehr quälen, sobald Ms Kelp gegangen war. Sie bot mir die einzige Sicherheit, die ich hatte. Ohne sie hatte ich gar nichts.

Zusammengesunken hockte ich auf dem Stuhl, während sie den Erste-Hilfe-Kasten holte und meine Handgelenke verband.

»Du musst mir sagen, wer dir das angetan hat, Damian. Sonst können wir dir nicht helfen«, sagte Ms Kelp.

Ich schnaubte und brummte vor mich hin.

Diejenigen zu verpetzen, die einen gemobbt hatten, führte nur dazu, dass sie einen beim nächsten Mal noch härter rannahmen.

Sie seufzte. »Ich habe deine Fotos entwickeln lassen. Möchtest du sie sehen?«

Ich nickte, noch immer zusammengesunken auf meinem Stuhl. Sie reichte mir einen Umschlag mit Bildern, und ich begann sie durchzusehen. Das tröstete mich ein wenig.

»Du bist wirklich sehr talentiert, Damian. Ich glaube, du wirst noch viel Gutes vollbringen«, sagte sie zu mir. Ms Kelp war gut darin, mich mit Komplimenten zu überschütten, die ich vermutlich gar nicht verdiente.

Ich zeigte ihr das Foto, das mir am besten gefiel.

Sie lächelte. »Das gefällt mir auch am besten«, sagte sie. »Möglicherweise habe ich sie mir schon angeschaut, bevor ich hergekommen bin. Du hast wirklich Talent, Damian.«

Ich zuckte mit den Schultern.

Ich hatte nicht das Gefühl, irgendein Talent zu besitzen.

Eine Weile betrachtete ich meine Fotos, dann sah ich zu Ms Kelp auf. Sie sah aus, als würde sie jeden Moment zu weinen anfangen. Irritiert zog ich eine Augenbraue hoch.

»Ich muss dir etwas sagen, Damian.« Sie setzte sich auf ihrem Stuhl zurecht. »Erinnerst du dich, dass ich dir einmal erzählt habe, dass mein Vater in Detroit lebt?«

Ich nickte.

»Nun ...« Ms Kelp runzelte die Stirn. »Er ist vor ein paar Tagen gestürzt, seitdem geht es ihm nicht besonders. Letztes Wochenende war ich dort, um nach ihm zu sehen, und nach langer Überlegung bin ich zu dem Schluss gelangt, dass er Hilfe braucht. Ich werde also wieder nach Detroit zurückziehen, um mich um ihn zu kümmern.«

»Was?« Ich schnappte nach Luft und setzte mich auf. Tränen schossen mir in die Augen. »Sie gehen fort?«

Ms Kelp begann ebenfalls zu weinen, denn immer, wenn ich traurig war, wurde sie es auch. »Ja, mein Schatz. Das werde ich.

Ich wünschte, es gäbe eine andere Lösung, aber ich muss mich um meinen Vater kümmern.«

»Aber was ist mit mir?«, flüsterte ich. Es war egoistisch, und erbärmlich, und ungehörig, aber …

Was war mit mir?

Ich redete nicht viel, nur wenn es sich nicht vermeiden ließ.

»Du wirst auch ohne mich zurechtkommen, Damian«, versicherte sie mir, doch für mich klang es wie eine Lüge.

»Nehmen Sie mich mit.«

Sie legte eine Hand auf ihr Herz. »Es tut mir leid, Damian, aber das ist nicht möglich.«

»Aber Sie … Sie …«

Sie sind alles, was ich habe.

Sie sprach weiter, doch ich verstummte. Sie würde mich nicht mitnehmen. Am Ende war ich nicht mehr als ein Job für sie, etwas, das sie aufkündigen konnte, wenn es notwendig war. Ich hatte gedacht, sie wäre meine Freundin. Meine Familie, und wir würden uns niemals voneinander verabschieden müssen.

Als sie ging, war das Haus kälter als vorher. Ich fühlte mich allein. Schrecklich allein.

Kyle und seine Idioten kamen zurück und hänselten mich.

»Seht euch das an. Nicht mal Ms Kelp hat Bock auf deinen Spacko-Arsch«, sagte Kyle und schubste mich.

Ich hatte keine Kraft, um davonzulaufen. Ich hatte nicht den Willen, mich einzuschließen. Ich ließ es einfach geschehen. Sie stießen mich. Sie zerstörten meine Fotos und meine Kamera. Es war mir egal. Ich fühlte nichts mehr.

Sie schubsten und stießen mich. Traten und schlugen mich. Ich wehrte mich nicht.

Als alle im Bett lagen, verließ ich das Haus. Stundenlang streifte ich ziellos umher. Irgendwann stahl ich in einem Laden eine Flasche Whiskey. Und trank sie leer.

Ich hatte niemanden.

Nicht mal Ms Kelp.

Sie ging zurück zu ihrer richtigen Familie. Ich hatte den Fehler gemacht zu glauben, ich wäre ihre Familie, aber das war ich nicht. Ich war in ihrem Leben bloß etwas, das vorüberging.

Alles war nur vorübergehend.

Alles endete irgendwann.

Alles ...

»Hey! Hey! Was machst du da?«, rief eine Stimme.

Ich stand oben auf dem Gebäude, von dem aus ich meine letzten Fotos gemacht hatte. Von hier aus konnte man die Lichter im Osten der Stadt sehen. Man konnte sehen, wie alle in der Welt ihr Leben lebten. Wahrscheinlich mit ihren Familien. Wahrscheinlich mit Träumen, die irgendwann Wirklichkeit wurden. Wahrscheinlich glücklich. Es war nicht fair. Das Leben war nicht fair, und ich wollte nicht mehr Teil davon sein.

»Komm runter, Junge«, sagte die Stimme.

Ich stand ganz oben, an der Kante, mindestens dreißig Stockwerke über der Straße. Der kalte Wind blies mir ins Gesicht, doch ich fühlte nichts, alles war taub.

Ich drehte mich zu dem Typen hinter mir um, und er sah mich mit vor Angst weit aufgerissenen Augen an.

Wieso sollte ein Fremder meinetwegen so ängstlich aussehen? Ich bedeutete niemandem etwas. Irgendjemand hätte es ihm sagen müssen. Er verschwendete seine Sorge auf jemanden, der sie nicht verdiente.

»Geh weg«, murmelte ich, vor und zurück schwankend.

»Das kann ich nicht. Komm schon, komm wieder da runter«, sagte er. »Ich mache mir Sorgen um dich.«

»Nicht nötig. Bin ich nicht wert«, gab ich zurück.

Meine Gedanken waren verschwommen, ich war betrunken. Und traurig. Traurig betrunken.

»Es ist es wert. Du bist es wert.«

»Hau endlich ab«, brummte ich.

»Das werde ich. Sobald du da runterkommst. Sieh mich an, Mann. Nur eine Sekunde«, flehte er. Und obwohl ich einfach loslassen wollte, obwohl ich einfach einen Schritt über die Kante tun wollte, um mich an nichts mehr von all dem erinnern zu müssen, was mich so quälte, drehte ich mich um. Der Mann legte die Hände auf seine Brust. »Ich verstehe dich ja. Die Welt ist scheiße. Ich bin erst fünfundzwanzig, und ich habe keinen verdammten Schimmer, was ich mit meinem Leben anfangen soll. Ich bin aus dem Süden hierhergezogen, um mich selbst zu finden, aber es ist härter, als ich dachte. Wie alt bist du, Mann?«

»Interessiert keinen.«

»Mich interessiert es.«

Ich lachte schwermütig. Dann sah ich ihm erneut in die Augen. Fast hatte ich den Eindruck, er meinte es ernst. »Sechzehn«, murmelte ich.

»Sechzehn. Noch ein Kind.«

»Halt die Klappe! Ich hab mehr Scheiß erlebt, als du dir vorstellen kannst!«, rief ich wütend, was irgendwie besser war als die Taubheit. Wer wusste das schon? Ich jedenfalls nicht. Verdammt, ich wollte das hier nicht mehr. Ich wollte keine Menschen kennenlernen, bloß um sie danach wieder zu verlieren.

»Da bin ich mir sicher. Ich bezweifle nicht, dass du einiges durchgemacht hast, aber es kann besser werden, Mann. Vor ein paar Wochen, als ich davon überzeugt war, dass mein Leben nur noch in eine Richtung gehen konnte, habe ich jemanden getroffen. Wir haben nur eine Nacht miteinander verbracht, aber das hat meinen Blick auf die Welt verändert. Ich weiß, es klingt verdammt kitschig, aber diese Frau hat mein Leben verändert. Und hier stehe ich, hier oben auf diesem Dach, und habe die Möglichkeit, meine Erfahrung weiterzugeben, aber das kann ich nicht, wenn du da runterspringst. Also bitte, Kumpel, tu's nicht.«

Tränen liefen über mein Gesicht, doch ich schüttelte den Kopf. »Alle gehen von mir weg. Niemand würde es merken, wenn ich heute sterbe.«

Er trat näher. »Ich würde es merken. Und es würde mir das scheiß Herz brechen, also komm schon, Mann.« Er reichte mir seine Hand. »Komm da runter, und ich verspreche dir, dass ich dir helfen werde. Ich gebe dir mein Wort, dass ich nicht fortgehen werde.«

Ich lachte wenig überzeugt. »Wie viel bedeutet dir dein Wort überhaupt?«

»Alles«, sagte er selbstbewusst. »Es bedeutet mir alles.«

Und aus irgendeinem Grund nahm ich seine Hand. Er zog mich von der Kante und in eine Umarmung, von der ich nicht gewusst hatte, wie sehr ich sie brauchte. Ich klappte an seiner Schulter förmlich zusammen. Ich zitterte am ganzen Körper, und er hielt mich fest, als wäre ich mehr als nur ein Fremder für ihn. Als wäre ich ihm wichtig. Als bedeute ich ihm etwas.

»Ich hab dich, Mann. Ich hab dich«, sagte er immer wieder. »Alles wird gut.«

»Das weißt du nicht«, heulte ich. Ja, ich stand da und heulte in den Armen eines Fremden, während er mein wundes Herz tröstete.

»Ich weiß, aber ich werde alles tun, um dafür zu sorgen, dass es gut ausgeht«, sagte er. »Wie heißt du, Kumpel?«

»Damian«, murmelte ich.

»Damian. Ich freue mich, deine Bekanntschaft zu machen. Ich bin Connor, und ich werde von nun an dein Freund sein, okay? Ich werde da sein, wenn du mich brauchst. Wann immer du das Gefühl hast, an der Kante zu stehen, kommst du zu mir.«

39

STELLA

Gegenwart

Mein Verstand überrollte mich förmlich. Ich hatte gedacht, meine Angst würde vergehen, nachdem ich erfahren hatte, dass Grams wieder auf die Beine kommen würde, und die Panikattacken würden verschwinden, aber das taten sie nicht. Im Gegenteil, sie wurden immer schlimmer.

Ich hatte Albträume, in denen ich das Baby verlor. Jedes Mal wachte ich zitternd und schweißgebadet auf. In manchen Nächten träumte ich, dass Grams starb, weil ich sie nicht rechtzeitig fand. Und dann träumte ich von Damian. Wie er starb. Verschwand. Mich verließ. Oder genau wie meine Mutter einen Autounfall hatte. Er hatte Kevins Gene. Was, wenn er auch die Anlage für dessen gesundheitlichen Probleme besaß?

Mein Kopf kam einfach nicht zur Ruhe.

Früher oder später gingen alle von mir fort.

Wie sehr ich mir auch wünschte, dass sie blieben.

Mama war fort. Kevin war fort. Ich zerbrach, zerbrach, zerbrach ...

»Eine Pause?« Damian sah mich erstaunt an. »Was meinst du damit?«

»Nun, wir haben gerade sechs Monate hinter uns gebracht. Und in diesen sechs Monaten ist alles so schnell gegangen, und ehrlich, gesagt habe ich das Gefühl, dass wir gar keine Gelegenheit hatten, diesen ganzen Wahnsinn zu verarbeiten.«

Er legte die Stirn in Falten und starrte auf den Boden des Schlafzimmers, bevor er den Blick wieder hob und mich ansah. »Du willst also eine Pause von mir? Von uns?«

Ich hasste es. Ich wollte ihm nicht wehtun, aber ich wusste einfach nicht, was ich tun sollte. Ich hatte eine solche Panik, ihn zu verlieren, dass ich Angst hatte, ihn festzuhalten.

»Ich meine, unsere Ehe war ja nie wirklich echt, verstehst du? Wir waren im Grunde gezwungen, uns anzunähern. Und du hattest in den vergangenen sechs Monaten keine Gelegenheit, das Leben zu leben, das du leben wolltest. Du verdienst mehr als mich. Und ich kann unmöglich von dir verlangen, das Kind eines anderen Mannes aufzuziehen.«

»Du kannst es verlangen, denn das werde ich, und ich werde es so behandeln, als wäre es mein eigenes.«

Er sagte es mit einer solchen Überzeugung, dass ich es fast nicht über mich brachte zu sagen, was gesagt werden musste. Ich brauchte ihn. Ich brauchte ihn so sehr, dass mein Herz bei dem Gedanken, dass er mich verlassen könnte, vor Schmerz schrie. Doch ich ließ ihn lieber jetzt los, als irgendwann in der Zukunft, wenn meine Liebe so groß war, dass die Vorstellung, ihn zu verlieren, nur dazu führte, dass ich mich selbst verlor.

So wie Kevin, als er meine Mutter verloren hatte.

Ich war mir nicht sicher, ob ich mich davon jemals würde erholen können.

»Ich ...« Ich holte tief Luft und wich seinem Blick aus. Ich konnte einfach nicht in diese meerblauen Augen blicken, während ich ihn losließ. »Es tut mir leid, aber ich kann das gerade nicht, Damian. Nicht bei allem, was gerade passiert. Ich habe das Gefühl, ich muss mich erst einmal auf mich selbst konzentrieren und auf die Gesundheit des Babys und meine eigene achten. Ich kann mich gerade nicht noch um was anderes kümmern.«

Er wich zurück, und ich sah es. Ich sah die Mauern um ihn herum zusammenstürzen. Er räusperte sich und nickte. »Du hast Angst. Das verstehe ich. Ich habe mir geschworen, niemals wieder jemanden anzuflehen, bei mir zu bleiben. Aber du stößt mich fort, weil du Angst hast, es könnte etwas passieren. Ich dachte, ich hätte Angst davor, verlassen zu werden, aber ich kann sehen, dass deine Angst noch größer ist als meine.«

»Damian …«

»Es ist okay, Stella«, versicherte er mir und trat einen Schritt auf mich zu. Er nahm meine Hände und küsste zärtlich meine Handflächen. »Wenn du möchtest, dass ich gehe, dann werde ich gehen. Aber du sollst wissen, dass ich nicht wirklich fortgehe. Ich werde in der Nähe sein, wenn du bereit bist, mich wieder in dein Leben zu lassen, okay?«

»Damian …«

»Ich habe kein Problem damit zu warten, Stella. Mein ganzes Leben lang habe ich mich danach gesehnt, ein Zuhause zu finden, und bei dir habe ich es gefunden. Du hast mich gelehrt, wieder zu fühlen, und das nach all den Jahren, in denen ich nichts mehr empfunden habe.« Er legte seine Lippen an meine Stirn und flüsterte. »Stella?«

»Ja?«

»Bleib bei mir.«

Aber ich wusste nicht, wie ich bleiben und keine Angst davor haben sollte, ihn irgendwann doch zu verlieren.

Er sprach, bevor ich es konnte, und es schien beinahe, als könne er meine Gedanken lesen. Seine Stirn lag an meiner. »Ich meine nicht körperlich. Du brauchst deinen Freiraum, und wenn es so einfacher für dich ist, jeden Tag zu überstehen und das Baby zu schützen, dann ist das okay. Wir werden eine

Pflegerin finden, die nach dir sieht und sich davon überzeugt, dass es dir gut geht. Aber bitte bleib bei mir«, sagte er und legte mir eine Hand auf die Brust. »Bleib mit dem Herzen bei mir, mit deiner Liebe. Das wird ausreichen, um uns wieder zusammenzuführen, wenn die Zeit dazu reif ist. Wenn du bereit dazu bist.«

»Ich kann nicht von dir verlangen, auf mich zu warten, Damian. Das wäre nicht fair.«

Er lachte auf und schüttelte den Kopf. »Mein ganzes Leben lang habe ich auf dieses Gefühl gewartet. Da spielt es keine Rolle, wenn ich noch ein wenig länger warte.«

»Ich liebe dich«, hauchte ich.

»Ich weiß. Ich liebe dich auch. Erinnerst du dich, was ich über die Liebe gesagt habe? Man muss nicht mit einem Menschen zusammen sein, um ihn aus tiefstem Herzen zu lieben. Und genau darum geht es hier. Um eine Liebe ohne Grenzen. Und deshalb werde ich auf dich warten. Es ist nur vorübergehend, Stella. Am Ende werden wir zusammen sein. Wir werden unser Happy End bekommen.«

Zwei Wochen waren vergangen, seit Damian und ich uns für eine Weile getrennt hatten. Er fehlte mir mehr, als Worte ausdrücken konnten, doch ich wusste einfach nicht, wie ich meine Ängste überwinden konnte. Grams blieb die ganze Zeit an meiner Seite und machte sich große Sorgen um meine Seele.

»Ich habe es vorher nicht gesehen«, flüsterte sie eines Abends, als sie noch einmal gekommen war, um nach mir zu sehen. »Die ganze Zeit dachte ich, du würdest diejenige sein, die bleibt. Ich habe nicht erkannt, dass in Wahrheit du Angst davor hast, im Stich gelassen zu werden. Es tut mir leid, dass ich es nicht gesehen habe, Stella. Es tut mir leid, dass ich nicht bemerkt habe, wie erschöpft dein Herz all die Jahre war. Nicht nur deine Mutter und Kevin, auch Kevins Frauen haben dich verlassen. Und dann die Fehlgeburten. Es tut mir so leid, dass so viele Menschen dich alleingelassen haben, Stella. Aber bitte glaube mir, Damian gehört nicht dazu. Er ist jemand, der bleibt. Lass dir Zeit, Liebes. Fühle, was du fühlen musst. Aber eines Tages wird die Sonne wieder aufgehen.«

40

DAMIAN

»Damian, hey. Was machst du denn hier?«, fragte Connor überrascht, als ich mit Milo in seinem New Yorker Penthouse auftauchte. Ich war fix und fertig. Mein Kopf fand keine Ruhe, und ich vermisste Stella, ich hatte sie schon vermisst, bevor wir uns getrennt hatten.

»Hey«, brachte ich mühsam heraus. Ich räusperte mich und zog die Stirn kraus. »Tut mir leid, dass ich nicht vorher angerufen habe. Ich … nun ja, die Dinge …« Mein Mund war trocken, und es fiel mir schwer zu sprechen. »Tut mir leid, dass ich nicht angerufen habe«, wiederholte ich.

»Du brauchst nicht anzurufen. Komm rein.« Er winkte mich in seine Wohnung und schloss die Tür hinter uns. Das Wohnzimmer war voller Babysachen, und es war offensichtlich, dass sein und Aaliyahs Leben sich nun jeden Tag für immer ändern würde. Ich hätte nicht ausgerechnet jetzt in ihr Leben platzen und ihr Glück mit meinem Chaos belasten dürfen.

»Es tut mir leid. Ich weiß, dass das Baby jeden Tag kommen kann. Ich hätte nicht herkommen sollen«, sagte ich und ging wieder zur Tür. »Tut mir leid, Con.«

Eine Hand legte sich auf meine Schulter und hielt mich zurück. »Damian. Rede mit mir.«

Ich drehte mich um und schluckte trocken. »Es ist nur …«

Tief einatmen. Beruhige dich, Damian.

Ich tippte mir mit dem Daumen gegen die Nase und sagte: »Ich stehe gerade ziemlich nah am Abgrund. Deshalb bin ich zu dir gekommen.«

»Okay.« Er nickte verständnisvoll und legte einen Arm um meine Schulter. »Keine Sorge. Ich hab dich.«

Ich blieb eine ganze Woche bei ihnen. Maple schrieb mir regelmäßig, wie es Stella ging, und Connor und Aaliyah gaben sich unendlich viel Mühe, mir das Gefühl zu vermitteln, dass ich in dieser Situation nicht allein war. Sie hüllten mich so fest in ihre Liebe, dass ich das Gefühl hatte, jeden Augenblick platzen zu müssen.

»Alles wird gut«, versicherte Connor mir. »Ich fühle es tief in meinem Herzen.«

Hoffentlich hatte er recht.

Während ich in New York war, half ich ihm bei seinen Immobilien und teilte ihm mit, was ich von einzelnen Objekten hielt. Wir saßen am Esszimmertisch und arbeiteten, als Aaliyah aus dem Schlafzimmer kam und hin und her watschelte, wie schwangere Frauen es manchmal taten. Dann baute sie sich vor uns auf.

»Jungs«, sagte sie.

»Ja?«, fragten wir wie aus einem Mund.

»Meine Fruchtblase ist gerade geplatzt.«

»Oh Fuck!«, riefen wir, abermals gleichzeitig. Wir sprangen auf und rasten ins Krankenhaus. Ich trug Aaliyahs Tasche, während Connor seiner Frau durch die Wehen half. Sobald wir ankamen, setzten sie Aaliyah in einen Rollstuhl, und eine Schwester brachte sie und Connor nach hinten. Doch Aaliyah rief: »Moment! Damian soll auch mit!«

Die Schwester lächelte. »Tut mir leid. Im Augenblick dürfen nur die nächsten Familienmitglieder mit in den Kreißsaal.«

»Sehen Sie denn nicht die Ähnlichkeit zwischen uns?«, fragte Aaliyah scherzhaft und deutete auf mich. Sie streckte mir ihre Hand entgegen, und ich nahm sie. »Er ist mein Bruder.«

Ich war die ganze Zeit dabei. Ich hielt eine Hand, und Connor hielt die andere. Es fiel mir nicht einmal auf, dass ich die Luft anhielt, während Aaliyah presste, und dass mir dabei schwindelig wurde. Erst als das Baby kam und seinen ersten Schrei tat, ließ ich die Luft aus meinen Lungen.

Connor durchtrennte die Nabelschnur, und die Schwestern säuberten das Baby und legten es Aaliyah auf die Brust. Alle weinten.

»Er ist perfekt«, sagte Connor. »Du warst so gut, Red.« Er gab Aaliyah einen Kuss auf die Stirn.

Sie blickte auf das Baby, das Ergebnis zweier Welten, die zusammengefunden hatten, und flüsterte: »Willkommen in dieser Welt, Grant Damian Roe.«

Ich trat einen Schritt zurück. »Damian?«

»Natürlich. Grant nach dem Mann, der wie ein Vater für mich war, und Damian nach seinem Onkel«, erklärte Aaliyah. »Möchtest du ihn mal halten?«

Mist.

Nicht weinen, Damian.

»Gerne«, sagte ich und streckte die Arme nach dem Baby aus. Connor legte ihn hinein, und, oh Mann, wer hätte gedacht, dass die Welt in den Armen zu halten sich so leicht anfühlen konnte? Ich blickte hinunter in die Augen dieses kleinen Jungen und spürte, wie der Wunsch, ihn zu beschützen, mich erfüllte. Für den Rest meines Lebens würde ich für diesen kleinen Kerl da sein. »Willkommen zu Hause, Grant Damian«, flüsterte ich. »Willkommen zu Hause.«

Ich blieb noch ein paar Wochen bei Connor und Aaliyah, um ihnen ein wenig unter die Arme zu greifen. Doch als sie sich eingespielt hatten, wusste ich, dass es Zeit wurde, wieder nach Kalifornien und zu meiner Arbeit zurückzukehren. »Danke noch mal, dass ich bei euch bleiben durfte.«

»Danke, dass du für uns da warst, als wir dich am dringendsten brauchten, Damian.« Connor zog mich in seine Arme, und Aaliyah tat es ihm gleich. Ich gab Grant einen Kuss auf die Stirn und versprach, ihn schon bald wieder zu besuchen. Dann machte ich mich mit Milo auf den Weg zum Flughafen, um in meine eigene Realität zurückzukehren.

41

STELLA

An einem Samstagnachmittag bekam ich einen Überraschungs-
besuch von jemandem, den ich überhaupt nicht erwartet hatte.

»Aaliyah, was machst du denn hier?«, fragte ich, als ich sie
vor meiner Tür stehen sah. »Oh mein Gott! Dein Baby!«, rief
ich entzückt und schaute in den Autositz, den sie mit einer
Hand trug. Mein Herz schwoll an, als ich den wunderhüb-
schen kleinen Jungen sah.

»Gerade sechs Wochen alt. Dürfen wir reinkommen?«, fragte sie.

»Natürlich, kommt rein.« Ich bedeutete ihr einzutreten,
schloss die Tür hinter ihnen und führte sie ins Wohnzimmer.
»Meinst du, ich darf ihn mal nehmen? Kann ich dir ein Glas
Wasser bringen? Oh Gott, ich muss mir erst die Hände waschen«, sagte ich und lief in die Küche. Ich wusch mir die
Hände, holte ein Glas Wasser und kehrte ins Wohnzimmer
zurück.

»Bitte sehr«, sagte ich und reichte ihr das Wasser. Dann setzte ich mich neben sie, während sie das Glas auf den Tisch stellte und anfing, ihren Wunderknaben aus dem Sitz zu schnallen.
Sie hob ihn heraus und legte ihn mir in den Arm. »Er ist perfekt«, sagte ich überwältigt. Ich war früher schon nah am Wasser gebaut gewesen, aber während der Schwangerschaft über-
kamen mich meine Gefühle mit noch größerer Wucht.

»Er ist wirklich etwas Besonderes. Grant Damian Roe«, sagte Aaliyah. »Meine Sonne und mein Mond.«

Ich hatte gewusst, dass er mit erstem Vornamen Grant hieß, nach dem Mann, der für Aaliyah wie ein Vater gewesen war. Doch sie hatten ihn auch Damians Namen gegeben. Was genügte, um mich losheulen zu lassen, während der kleine Grant die Finger um meinen Daumen schloss.

»Er fehlt dir«, bemerkte Aaliyah.

Jeden Tag, dachte ich bei mir.

Ich lächelte sie an, und sie konnte die Antwort erkennen, ohne dass ich etwas sagen musste.

»Du fehlst ihm ebenso«, versicherte sie mir.

Das versetzte mir einen schmerzhaften Stich. Seit Wochen hatte ich Damian nicht mehr gesehen, und ich musste seitdem jeden einzelnen Tag an ihn denken. Ich wollte ihn anrufen, ihm sagen, wie sehr ich mir wünschte, er würde wieder nach Hause kommen. Zurück zu mir. Doch ich konnte es nicht. Ich musste jetzt an mein Kind denken. Ich konnte Damian nicht in mein Leben lassen und riskieren, dass er mir davonlief, sobald es schwierig wurde.

»Aaliyah, ich freue mich wirklich, dich zu sehen, aber warum bist du gekommen?«

»Ich werde eine Weile bei dir bleiben. Also, zumindest bis die Dinge sich wieder ein wenig beruhigt haben. Du bist jetzt im achten Monat, Stella, und ich bin mir sicher, du kannst in den nächsten zwei Monaten eine Freundin gebrauchen. Und da ich im Augenblick noch im Mutterschutz bin und Connor Damian in den nächsten Monaten mit seiner Makleragentur helfen will, dachte ich, ich könnte vorbeikommen und dir ein wenig zur Hand gehen. Ich weiß, dass Maple sich um dich kümmert, aber ich dachte, ein weiteres freundliches Gesicht könnte nicht schaden.«

»Das musst du nicht tun, Aaliyah«, sagte ich und hörte meine Stimme beben »Ich möchte deine Zeit nicht vergeuden.«

»Du hast recht. Ich muss das nicht tun. Aber ich möchte es. Außerdem schulde ich Damian was. Erinnerst du dich, dass er mir beigestanden hat, als Connor und ich eine schwere Zeit durchmachten? Na ja, jetzt kann ich mich dafür revanchieren.«

Ich senkte den Kopf.

Aaliyah schenkte mir ein tröstliches Lächeln. »Du hast Angst.«

»Ja.«

»Du hast Angst, weil du weißt, was passieren kann. Weil Menschen und Dinge verschwinden. Wie deine Mutter und Kevin.«

»Mit ihnen hat das nichts zu tun«, erwiderte ich.

»Ich denke schon. Die Menschen, die du am meisten geliebt hast, sind fort, danach gab es nur noch schlechte Menschen, wie deinen Ex und deine Stiefmütter, die dir sicher weisgemacht haben, du hättest keine Liebe verdient. Und dann die Fehlgeburten … Es schmerzt, wenn einem die Liebe so entrissen wird.«

Ich betrachtete den wunderschönen kleinen Jungen, der zu mir hinaufblickte. »Ich hätte nie gedacht, dass wahre Liebe so schmerzhaft sein kann, wie ich Angst habe, sie könnte mich wieder verlassen. Und jetzt, mit dem Baby, und mit Damian … Ich habe Angst, Aaliyah. Wenn ich sie verliere. Wenn sie mir genommen werden …« Ich schloss die Augen, und Tränen liefen über meine Wangen. »Ich kann nicht noch mehr Menschen verlieren, die ich liebe.«

»So ist das im Leben.« Aaliyah wischte meine Tränen fort und legte die Hände an meine Wangen. »Jede Lebensgeschichte kommt irgendwann zum Ende. Wir beginnen alle gleich und enden, indem wir in die Dunkelheit hinübergehen. Doch der wichtigste Teil, die bedeutendste Zeit, kommt nicht am Anfang oder am Ende unserer Geschichten. Sondern um die Mitte unseres Lebens. Es sind die Momente, die sich in Erinnerungen verwandeln, und all die kleinen Dinge, die sich zu unserer Geschichte zusammenfügen. Es geht darum, wie wir lieben und geliebt werden. Im Leben geht es nicht um den Anfang oder das Ende, es geht um alles Schöne und Gute, das man im Lauf des Lebens erfährt. Erst dadurch wird es wirklich wertvoll.«

»Ich habe Angst, Aaliyah. Ich habe so schreckliche Angst.«

»Ich weiß.« Sie nahm Grant aus meinen Armen und legte ihn wieder in seinen Sitz. Dann ergriff sie meine Hände und drückte sie. »Deshalb brauchst du Freunde, die bei dir bleiben und dafür sorgen, dass du es auf die andere Seite schaffst. Das hier ist nur ein Teil der Geschichte, in dem dir alles ein wenig finster erscheint, aber am Ende wird alles gut.«

»Wie geht es ihm?«, fragte ich.

»Er vermisst dich.« Sie lächelte. »Aber er kommt zurecht. Und er hat mich gebeten, dir etwas auszurichten.«

»Was?«

»Ich soll dir sagen: Du bist mehr als genug.«

Aaliyah blieb einige Tage und kümmerte sich um Grant und um mich. Sie gab sich so viel Mühe mit mir, während sie zugleich für ein Neugeborenes sorgen musste. Connor wohnte natürlich ebenfalls bei uns, als der Vater und Ehemann, den Aaliyah verdiente.

Die beiden zusammen zu sehen, verstärkte meine Sehnsucht nach Damian umso mehr. Am Samstag fand ich einen Karton mit Blaubeerscones und einem Zettel vor meiner Tür.

Ich bin immer noch da, Cinderstella.
Ich bin immer da.

– Biest

Zum ersten Mal seit einiger Zeit ging ich wieder ans Wasser hinunter und sah zu, wie die Wellen an den Strand und wieder zurückrauschten. Als meine geschwollenen Knöchel die Küsse des Ozeans spürten, atmete ich tief ein. Ich wusste genau, warum ich das Meer in den vergangenen Wochen gemieden hatte. Der Ozean bedeutete Trost. Er beruhigte meine Seele. Der Ozean war Mamas Art, mich daran zu erinnern, dass alles gut werden würde.

Ein Teil von mir war davon überzeugt, dass ich diesen Trost nicht verdiente. Und ein anderer Teil glaubte, dass die Wellen nach all dem Schmerz und der Angst, die ich erlebt hatte, die Unwahrheit sagten. Doch in Wahrheit verdiente ich es dennoch, getröstet zu werden, wie ängstlich ich auch gewesen sein mochte. Ich verdiente es, mich an etwas festhalten zu können, wenn ich Angst hatte, etwas, das ich fühlen, berühren, erleben konnte, wenn ich ganz unten war.

Vor allem dann.

»Mama, ich weiß nicht, wie ich das alles schaffen soll«, flüsterte ich und setzte mich vorsichtig hin. Meine Zehen gruben sich in den Sand, und ich starrte hinaus in den Nachmittag. »Ich weiß nicht, wie ich das alles fühlen soll, ohne durchzudrehen. Ich habe gelernt, alle um mich herum glauben zu lassen, ich sei glücklich. Eine Maske aufzusetzen und dafür zu sorgen, dass es allen um mich herum gut ging, sodass sie keine Gelegenheit hatten zu bemerken, dass meine Fröhlichkeit bloß Fassade war. Ich habe keine Ahnung, wo ich anfangen oder was ich tun soll. Bitte, hilf mir, Mama. Hilf mir, meine Gefühle zu verstehen. Hilf mir, Frieden zu finden.«

Die Wellen umspülten mich, und Tränen tropften von meinen Wangen. Stundenlang saß ich da, ohne zu wissen, was ich tun, wie ich weitermachen sollte. Doch dann kam mir plötzlich ein Gedanke.

Der Brief.

Ich öffnete die Augen. »Der Brief«, murmelte ich und zog langsam meine Zehen aus dem Sand.

Ich stand auf, lief zurück in mein Zimmer und nahm den Brief, der seit Anfang November auf meinem Nachttisch lag.

Es war der Brief, den Joe mir am Tag von Kevins Beerdigung gegeben hatte, und den zu lesen ich noch immer nicht über mich gebracht hatte. Mit angehaltenem Atem zog ich ihn aus dem Umschlag und faltete ihn auseinander. Es fühlte sich an, als würde ich mich von dem einzigen Vater, den ich je gekannt hatte, endgültig verabschieden, und zugleich spürte ich, dass dies der Schlüssel sein mochte, um meine Seele wenigstens von einem Teil ihrer Last zu befreien.

Stella,

ich habe viele Briefe an viele Menschen schreiben müssen, doch dieser ist der schwierigste von allen, denn er richtet sich an den wichtigsten Menschen in meinem Leben. Wie ich dich kenne, wirst du diesen Brief erst einmal eine Weile beiseitelegen. Du wirst das Gefühl haben, wenn du ihn öffnest, müsstest du dich endgültig der Tatsache stellen, dass ich nicht mehr da bin. Aber irgendwann wirst du ihn schon öffnen, und ich wette, es wird genau der richtige Moment sein.

Ich lachte leise vor mich hin, während ich seine Worte las. Seine Schrift betrachtete. Seine körperliche Anwesenheit vermisste. Dann las ich weiter.

Ich möchte mich von ganzem Herzen bei dir entschuldigen, weil ich dir gegenüber versagt habe, und zwar immer und immer wieder, indem ich Frauen in unser Haus gebracht habe, die es nicht wert waren, deine Bekanntschaft zu machen. Tag für Tag habe ich nach dem fehlenden Puzzleteil gesucht, und aus irgendeinem Grund glaubte ich, es in Denise, Rosalina und Catherine gefunden zu haben. Und zum Teil stimmte das ja auch. Manchmal sah ich es in ihrem Lachen oder in ihrer Kleidung. Manchmal darin, wie sie ihren Wein tranken oder tanzten. Aber das waren lediglich winzige Schnipsel dessen, was ich suchte, deshalb zwang ich sie, etwas zu sein, was sie nicht waren. Ich versuchte eine Liebesgeschichte an einem Ort zu erschaffen, an dem es keine echte Liebe gab.

In hoffte in diesen drei Frauen deine Mutter zu finden. Meine wahre Liebe, meine beste Freundin.

Ich suchte nach ihren Herzschlägen, denn ich vermisste sie jeden Tag. Ich suchte nach einer Partnerin, die mein Herz hüpfen ließ, so wie sie es getan hatte. Mir ist bewusst, wie ungesund und schmerzhaft das war, nicht nur für die Frauen, die ich, in dem Versuch dieses Gefühl wieder aufleben zu lassen, benutzte, sondern auch für das kleine Mädchen, das ich dazu zwang, mit diesen Frauen zu leben. Tief in meinem Innern glaube ich, sie wussten, dass ich in ihnen nach deiner Mutter suchte, und ihre Bitterkeit dir gegenüber war vermutlich die Reaktion darauf. Ich entschuldige mich für den Schaden, den ich angerichtet habe. Ich entschuldige mich für die furchtbaren Jahre, die du durchlebt hast.

Ich sehe, wie sehr du dich um die Anerkennung anderer Menschen bemühst. Ich sehe, wie du deine Gefühle unterdrückst, weil du glaubst, so wie du wirklich bist, nicht liebenswert zu sein. Aber Stella, du bist der Inbegriff des Liebenswürdigen. Du bist der Grund, warum Menschen an ein Happy End glauben.

Als mir bewusst wurde, dass ich deine Mutter liebte, war es schon zu spät. Ich war bereit, Catherine zu verlassen, als wir zum ersten Mal zusammen waren, doch dann hatte Sophie diesen Unfall. Ich stand kurz davor, ihr alles zu sagen. Ich wollte ihr alles sagen, was sie so sehr verdiente. Doch ich war zu feige, denn ich hatte Angst, dass sie nicht das Gleiche für mich empfand. Ich hatte Angst, wenn ich ihr meine Liebe gestand, könnte ich meine beste Freundin verlieren, und somit auch dich.

Deiner Mutter nie gesagt zu haben, dass ich sie liebte, ist das, was ich in meinem Leben am meisten bereue.

Ich hatte solche Angst davor, was geschehen würde, wenn sie meine Liebe nicht erwiderte, und ich hasse es, dass ich so lange gebraucht habe, um zu erkennen, dass das nicht der Grund ist, warum wir lieben. Wir lieben nicht für die Zukunft; wir lieben für die Gegenwart. Für das Hier und Jetzt. Wir lieben, weil es das Einfachste und zugleich Furchterregendste ist, das wir tun können.

Aus diesem Grunde habe ich arrangiert, dass du meinen Sohn Damian heiratest. Meinen Sohn, den ich nicht mehr kennenlernen konnte. Den Sohn, von dem ich erfahren habe, dass er ein gutes Herz hat, auch wenn es zunächst ein wenig kalt erscheinen mag. Ich wollte, dass du viel Zeit mit ihm verbringst, denn ich hoffe, er kann dir helfen, deine wahren Gefühle zu entdecken. Und ich dachte, da du der Mensch warst, der mir immer am nächsten stand, könnte er durch dich einen Eindruck davon bekommen, wie sehr ich ihn geliebt hätte.

Der größte Teil von mir lebt in dir, Stella Maple.

Ich weiß nicht, was aus dir und Damian werden wird, aber ich hoffe, ihr versteht euch gut. Ich hoffe, du findest dich von so viel Liebe umgeben, dass du sie einfach zulassen musst. Ich hoffe, du findest zu dir selbst und Heilung für die Wunden, die ich dir zugefügt habe. Verdammt, Stella, ich hoffe, du schickst diesen Idioten Jeff endlich in die Wüste. Er hat dich nicht verdient.

Aber vor allem hoffe ich, dass du die Liebe nicht aufgibst – auch dann nicht, wenn sie dir Angst macht.

Denn du hast sie von allen am meisten verdient.

Ich liebe dich wie der Ozean. Tief und unergründlich.

Es tut mir leid, dass ich so lange gebraucht habe, um es zu hören, aber nun höre ich deine Mutter, wenn ich den Wellen lausche.

Sie war immer da, und nun werde ich zu ihr gehen.

Wenn du die Wellen spürst, hoffe ich, dass du auch mich spüren wirst.

Für immer
Dad

Ich wischte mir die Tränen aus dem Gesicht und las seine Worte wieder und wieder. *Gib die Liebe nicht auf. Auch dann nicht, wenn sie dir Angst macht.* Ich konnte nicht aufhören, an Damian zu denken. Ich konnte nicht aufhören, mich nach seiner Berührung, seinen Augen, nach *ihm* zu sehnen. Kurze Zeit später saß ich im Auto und fuhr in sein Büro, denn ich konnte nicht noch einen Tag verstreichen lassen, ohne ihn in meinen Armen zu halten.

Ich war noch nie in der Agentur gewesen und kannte den Mann nicht, der dort am Empfang saß, aber als ich eintrat, begrüßte er mich mit einem strahlenden Lächeln.

»Hallo. Sie müssen Stella sein, richtig?«, fragte er und blickte zu mir hoch.

»Ja. Entschuldigung, woher wissen Sie …«

»Oh, tut mir leid. Ich bin Peter. Wir sind uns noch nicht begegnet, aber Damian hat schon viel von Ihnen erzählt. Ihre Bilder sind einfach großartig.«

»Meine Bilder? Haben Sie sie gesehen?«

»Ja, natürlich. Einige hängen in Damians Büro.«

»Was? Darf ich es mal sehen?«

»Gern. Ich denke nicht, dass es ihm etwas ausmachen würde. Kommen Sie.« Peter stand auf und führte mich in Damians Büro. Ich schnappte nach Luft, als ich fünf meiner Bilder aus der Ausstellung an seinen Wänden hängen sah. Auf dem Schreibtisch lagen Visitenkarten von mir, die er extra hatte drucken lassen, um sie an seine Kunden zu verteilen.

Langsam bekam ich eine Ahnung, wo meine ganzen Aufträge hergekommen waren.

»Ihre Bilder sind wirklich außergewöhnlich. Im Augenblick arbeiten Sie an einem Bild für mich. Ich bin Peter Simmons. Wir haben uns ein paarmal geschrieben«, sagte er. »Das war Damians Weihnachtsgeschenk für uns – ein eigens für jeden von uns kreiertes Werk von Ihnen.«

»Wie viele Leute arbeiten für Damian?«

»Nur wir fünf.«

Fünf. So wie die fünf Aufträge, die ich vor wenigen Monaten an einem einzigen Tag erhalten hatte.

»Ist er da? Ich muss mit ihm sprechen«, sagte ich und spürte, wie meine Hände vor Nervosität zitterten.

»Nein, tut mir leid, er ist nicht hier. Er ist in der Galerie.«

»In der Galerie?«

»Ja. Er hat mir von seinen Fotografien erzählt und eine Ausstellung zusammengestellt, um seine Arbeiten mit anderen zu teilen. Ich wollte gerade hinfahren. Heute ist der letzte Abend.«

»Würde es Ihnen etwas ausmachen, wenn ich Sie begleite?«, fragte ich.

Er lächelte. »Natürlich nicht. Es würde mir ganz und gar nichts ausmachen, und ich bin mir sicher, ihm auch nicht. Fahren wir.«

Mit Schmetterlingen im Bauch folgte ich Peters Wagen. Damian hatte es tatsächlich getan. Er hatte eine Ausstellung seiner Bilder organisiert.

Ich war so stolz auf ihn und wütend auf mich selbst, weil ich es beinahe verpasst hätte.

Dummes, dummes Mädchen, so voller Angst, die Liebe zu verlieren.

Ich hatte solche Angst gehabt, dass ich bereit gewesen war, das Beste, das mir je passiert war, einfach fortzuwerfen.

Als ich vor dem Gebäude anhielt und das Schild über dem Eingang las, machte mein Herz einen Satz.

Cinderstella –
Eine romantische Komödie

Oh mein Gott …

Ich stieg aus dem Wagen und starrte ehrfürchtig auf das Schild.

Peter trat neben mich und lächelte. »Nicht schlecht, hm?«

»Wie hat er das alles so schnell hinbekommen?«

»Hat er gar nicht. Er hat schon seit Monaten davon geredet. Das Schild hat er schon im Februar bestellt. Er meinte, er hätte seine Arbeiten nie ausstellen wollen, weil er nie ein wirklich gutes Motiv hatte. Aber dann hat er Sie kennengelernt.«

Ich war sprachlos. Ich konnte nicht mehr nachvollziehen, wie ich auf die Idee gekommen war, mich wochenlang von Damian zurückzuziehen, während Damian Blackstone immer schon der Inbegriff der Liebe gewesen war – und seine Liebe galt mir.

Wenigstens hoffte ich das.

Ich konnte es ihm nicht übel nehmen, falls es nicht mehr so sein sollte.

Wir gingen hinein, und ich schnappte nach Luft, als ich Damians Fotografien sah, kombiniert mit Kevins Aufnahmen von mir. Es gab Fotos von mir als Kind, von meiner Mutter während der Schwangerschaft, von mir, wie ich laut lachte. Wie ich im Meer tanzte. Wie ich die Hände um meinen Bauch legte, ohne zu wissen, dass ich fotografiert wurde. Fotos von mir, auf denen ich mit Damian herumalberte. Fotos von uns, von unserer gemeinsamen Geschichte, unserer Liebe.

Schönheit in ihrer reinsten Form.

»Es ist wahr«, ließ sich hinter mir eine Stimme vernehmen. Ich drehte mich um und sah Damian hinter mir stehen, unbeschreiblich perfekt in seinem schwarzen Anzug. »Du bist Schönheit in ihrer reinsten Form.«

Mein Mund öffnete sich, doch es kamen keine Worte heraus. Ich versuchte es noch einmal, wollte es ein drittes Mal versuchen, und fand mich stattdessen in Damians Armen wieder.

Und er nahm mich in seine Arme, ohne eine Sekunde zu zögern, zog mich an sich und erlaubte mir, an seiner Brust zu vergehen.

»Es tut mir so leid«, flüsterte ich. »Ich habe dich von mir gestoßen, weil ich Angst davor hatte, dich noch näher an mich heranzulassen. Weil ich Angst hatte, ich könnte dich verlieren. Aber ich brauche dich, Damian. Ich brauche dich mehr, als Worte es ausdrücken können. Und ich verstehe es, wenn du mich nach allem, was ich getan habe, nicht wieder zurückhaben willst. Aber du sollst wissen, dass ich dich mehr liebe, als ich je einen Menschen geliebt habe, und …«

»Stella?«

»Ja?«

Er nahm mein Gesicht in seine Hände und hob meinen Kopf ein wenig an, damit ich in seine blauen Augen sehen konnte.

Ozeanblau.

In friedvollen Wogen.

»Ich liebe dich auch.«

Ich hatte das Gefühl der Trauer niemals vollständig verstanden. Ich hatte nie wirklich verstanden, dass Trauern ein Zeichen dafür war, einen Menschen wirklich geliebt zu haben. Es war wahrlich ein Wunder, dass ein Herz weiterschlagen konnte, nachdem es die Menschen verloren hatte, die es am meisten liebte. Doch dieses Herz trug noch Liebe in sich, und es suchte nach einer Möglichkeit, weiter Liebe zu empfinden, auch wenn seine Liebsten nicht mehr bei ihm waren. Selbst wenn Liebe bedeutet, Schmerz zu empfinden.

Nun erst erfuhr ich, dass jedes Gefühl, das die Liebe umgab, es wert war, gefühlt zu werden, selbst die schmerzhaften Gefühle, denn sie erinnerten uns daran, wie wirklich, wie intensiv die Liebe sein konnte.

Trauer tat weh, doch sie zu überwinden war ein wundervolles Geschenk, denn es ermöglichte uns, die Welt mit anderen Augen zu sehen.

Es ging nicht um eine glückliche Zukunft, es ging um eine glückliche Gegenwart. Im Hier und Jetzt. Es ging darum, den Moment zu genießen und jeden Tag zu feiern. Wahre Liebe ereignete sich in der Gegenwart, nicht in der Vergangenheit oder Zukunft. Sie ereignete sich in jeder vorbeieilenden Sekunde. Wann immer ich in seiner Nähe war.

Damian war der Mann meines Lebens. Er war das Versprechen einer Liebe, die ich mein Leben lang gesucht hatte. Er war meine glücklichen Tage, und die traurigen auch. Das Schöne und der Schmerz. Die Hochs und Tiefs. Damian Blackstone war mein Leben. Das größte und wundervollste Geschenk des Universums.

42

DAMIAN

»Warum hattest du keine Angst, dass sie vielleicht nicht zurückkommt?«, fragte Maple mich während einer unserer mittlerweile wöchentlichen Katzenpisse-Teestunden. »Als ich dich kennenlernte, hattest du eine komplette Festung um dich herum errichtet, und der alte Damian wäre gegangen, ohne sich noch einmal umzudrehen. Was hat sich verändert?«

Ich zuckte lächelnd mit den Schultern. »Das ist der Stella-Effekt. Und ich habe sie gesehen, weißt du; ihre Angst davor, dich oder mich zu verlieren. Ich kannte diese Angst, denn ich habe sie selbst lange mit mir herumgeschleppt. Meine Wunden haben die ihren erkannt, deshalb war ich nur zu gern bereit zu warten.«

»Danke, Damian.« Sie nahm meine Hand. »Dass du nicht davongelaufen bist. Danke, dass du geblieben bist.«

»Ich bin nicht der Einzige, der geblieben ist. Sie hat dich ebenso gebraucht. Wir sind beide geblieben.« Ich warf einen Blick auf meine Uhr. »Ich gehe besser rüber und sehe mal nach ihr. Aber danke für die Unterhaltung, Maple.« Ich stand auf und umarmte sie.

Sie erwiderte meine Umarmung, und mein Herz ging beinahe über in meiner Brust, als sie sagte: »Bitte, Damian. Nenn mich Grams.«

Die letzten Wochen vor der Geburt waren die schönsten und zugleich nervenaufreibendsten Wochen in meinem und Stellas Leben. Dieses Mal tauschten wir gravierendere Schwüre als damals vor über neun Monaten unten am Meer.

Wir schworen einander, zusammenzubleiben bis zum letzten Kapitel unseres Lebens. Wir schworen uns, auch im Sturm auszuhalten, und an den sonnigen Tagen sowieso. Wir versprachen einander, für immer zusammen zu sein – auch wenn wir uns immer noch fürchteten.

Und die Angst ließ nicht lange auf sich warten.

»Ich hab die Tasche!« Ich lief aus dem Haus und knallte die Tür hinter mir zu. Im Auto warf ich die Tasche auf die Rückbank, sprang hinters Lenkrad und fuhr die Auffahrt hinunter.

»Ich kann einfach nicht glauben, dass es schon so weit ist«, sagte ich und streckte die Hand nach Stellas aus.

Oh Mist.

Ich hatte Stella vergessen.

Sekunden später stürzte ich zurück ins Haus. »Ich habe meine Frau vergessen!«, rief ich und rannte zu ihr. »Ich fürchte, ich werde dich brauchen, um das Baby zur Welt zu bringen.«

Sie lachte und drückte die Hände ins Kreuz. Die Rückenschmerzen plagten sie schon länger, und sie schlief nachts schlecht, doch sie erklärte, das sei bloß die Einstimmung auf die zahllosen schlaflosen Nächte, die uns nach der Geburt erwarteten.

Die Geburt verlief ohne Komplikationen. Ich war die ganze Zeit an Stellas Seite und hielt ihre Hand, wenn sie aufschrie. Und dann, als unser kleines Mädchen geboren wurde, erstrahlte die Welt in einem neuen Licht. Eine Schwester legte das Kind auf Stellas Brust, und Stella sprach weinend ihren Segen.

Ich weinte mit ihr, denn es war einfach auf wunderbare Art überwältigend.

»Möchtest du sie mal halten?«, fragte Stella und sah mich an.

»Gerne«, sagte ich.

Sie legte sie mir in die Arme, und ich verliebte mich auf Anhieb in sie.

Als Sophies Augen in meine schauten, braun wie die ihrer Mutter, wusste ich, dass es Liebe auf den ersten Blick tatsächlich gab. Sie war das schönste Wesen, das ich je gesehen hatte, und es war ein Privileg, in ihrer Nähe sein zu dürfen.

Ich legte meine Lippen auf die Stirn des kleinen Mädchens und spürte, dass sie mich für den Rest meines Lebens um den Finger wickeln würde. Ich war ihr vollkommen ergeben.

»Willkommen zu Hause, Sophie Blackstone«, flüsterte ich und küsste sie erneut auf die Stirn.

Zuhause.

Es war kein Ort, sondern Menschen. Stella und Sophie.

Mein Zuhause.

Als ich in die Augen meiner Tochter schaute, überkam mich eine unfassbare, überwältigende Freude.

»Stella?«, flüsterte ich.

»Ja?«

»Willst du mich im Herbst noch einmal heiraten?«

Sie lächelte und legte den Kopf auf das Kissen, während wir uns glückselig ansahen. »Ja.«

EPILOG

STELLA

Drei Monate später

Die Zeremonie bestand aus den gleichen Elementen wie letztes Mal. Aaliyah und Connor waren ebenfalls wieder da, diesmal mit Grant, der mit jedem Tag süßer wurde. Maple agierte erneut als Offiziantin, und wieder gab es Blaubeerscones.

Doch es gab auch Neuerungen. Connor hatte mich zum Altar geführt, wo Damian unsere Tochter in seinen Armen hielt. Alles, was mir auf der Welt etwas bedeutete, stand dort vor mir, und ich betrachtete die beiden voller Ehrfurcht und Staunen.

»Hi«, flüsterte ich.

»Hallo«, antwortete er.

Mein Nervenkostüm hing bereits in Fetzen, doch die Schmetterlinge waren noch da. Ich trug ein weißes Kleid, dazu Blumen im Haar, und als ich endlich vor dem Altar stand, spürte ich Kevins und Mamas Küsse an meinen Zehen, als die Wellen sanft auf den Strand schlugen.

Am Ende der Zeremonie hieß ich mit Nachnamen Blackstone und unterzeichnete die Urkunde, die Sophie offiziell zu Damians Tochter machte.

Mit dem Segen des Ozeans waren wir nun eine Familie.

Die Blackstones.

Das Happy End unseres ganz eigenen Märchens.

DAMIAN

Fünf Jahre später

Ich hatte nicht gewusst, dass Liebe mit der Zeit immer größer werden konnte.

In den vergangenen fünf Jahren war meine Liebe zu Stella mit jedem Tag gewachsen. Und ich liebte ihre zunehmende Liebe zu sich selbst, die sie so sehr verdiente. Nach Sophies Geburt hatte Stella es sich zur Aufgabe gemacht, sich auf ihre Gefühle einzulassen und sie mehr und mehr zu durchdringen. Sie lernte, ihre Traurigkeit zuzulassen und sich allmählich daraus zu befreien. Sie wollte nicht nur für sich selbst lernen und wachsen, sondern dafür sorgen, dass auch unsere Tochter über die Mittel verfügte, mit ihren Gefühlen umzugehen.

Wenn Stella und ich uns stritten, ging sie dem Konflikt nicht länger aus dem Weg, sondern schrie mich an und wurde fuchsteufelswild. Und ich verliebte mich noch ein wenig mehr in sie, denn dann war sie ganz und gar sie selbst. Sie ließ es zu, so zu sein, wie sie war, auch wenn das bedeutete, manchmal wütend zu werden. Aber sie konnte auch glücklich sein. Ganz und gar glücklich. Sie empfand die Art Glück, die aus den tiefsten Winkeln ihrer schönen Seele emporstieg.

Zu sehen, wie Stella lernte, ganz sie selbst zu sein, ließ mich immer größere Liebe zu ihr empfinden. Es war unbeschreiblich anziehend, eine Frau zu erleben, die wusste, wer sie war, und nicht ständig das Bedürfnis hatte, sich dafür zu entschuldigen.

Vor etwa einem Jahr hatten wir unsere erste eigene Galerie eröffnet: *Cinderstella & das Biest*. Wir fingen an, gemeinsam zu arbeiten und versuchten ihre Malerei mit meinen Fotos zu kombinieren, und wir fanden regelmäßig Käufer für unsere Bilder. Und auch wenn ich weiterhin Roe Real Estate leitete, fand ich die Zeit, mich meiner Fotografie zu widmen, denn ich hatte gelernt, wie wichtig es war, meiner Kunst ausreichend Raum und Zeit zu gewähren. Und Kunst gemeinsam mit dem Menschen erschaffen zu können, den ich über alles liebte, war natürlich ein ganz besonderes Glück.

Die Galerie führte hauptsächlich Stella, die sich schließlich getraut hatte, ihren Job im Massagestudio zu kündigen. Sie gab zudem in der Stadt Kunstkurse für Kinder und half ihnen, ihre Fertigkeiten weiterzuentwickeln.

Lange Zeit rührten wir das Geld, das Kevin uns vermacht hatte, nicht an. Dann setzten wir uns hin und überlegten, wie wir der Welt etwas zurückgeben konnten. Was bedeutete, sehr viel Geld und Zeit für Kinder in Not einzusetzen – sowohl in Kalifornien als auch in meiner alten Heimat New York. Stella und ich sprachen viel darüber, woran wir glaubten, und über die Konsequenzen unserer Überzeugungen. Zum Glück stimmten wir in fast allem überein: Wir wollten denen geben, denen es nicht so gut ging wie uns.

»Hi«, sagte Stella, als sie auf dem Strand hinter unserem Haus zu mir trat.

»Hallo.« Ich lächelte und gab ihr einen Kuss auf die Stirn. »Du siehst müde aus. Du solltest dich ausruhen.«

Sie zuckte mit den Schultern. »Die Kinder erbitten während ihres abendlichen Schwimmrituals meine Anwesenheit, und wer bin ich, ihnen ihren Wunsch abzuschlagen?«

Kinder.

Unsere Kinder.

Die Sonne ging unter, während ich meiner Familie dabei zusah, wie sie im Wasser planschte. Kaum zu glauben, wie sehr sich ein Leben in so kurzer Zeit verändern konnte. Fünf Jahre war es jetzt her, dass Stella und ich unseren Eheschwur erneuert hatten, und seitdem wiederholten wir ihn jedes Jahr. Wenn ich eins über die Liebe gelernt hatte, dann, dass es wichtig war, sich immer wieder neu für sie zu entscheiden.

Und mit jedem Jahr wuchs unsere Familie ein wenig mehr.

Da war Sophie, die als Erste gekommen war, aber sie war nicht die Älteste, denn wir hatten unserer Familie noch zwei weitere Geschwister für Sophie hinzugefügt. Jaden war vierzehn und von klein auf ohne Eltern aufgewachsen. Er besaß ein Herz aus Gold, und für mich war es eines der größten Geschenke, ihn lieben zu dürfen. Erst kürzlich, als ich mit ihm Basketball spielte, hatte er zu mir gesagt, dass er nie geglaubt hätte, einmal in einer richtigen Familie zu leben.

Geht mir genauso, Kumpel. Geht mir genauso.

Doch wie sich herausstellte, wurden Wünsche manchmal wahr. Sogar mehr als das.

Und dann war da noch Kai, ein wunderhübsches kleines Mädchen. Sie war elf und ein wildes Kind, das sich in der Nähe des Wassers am wohlsten fühlte. Wie viel Zeit hatte ich investiert, um mir das Vertrauen dieses süßen kleinen Mädchens zu verdienen. Sie hatte die meisten Tage ihres Lebens unter Angst gelitten, und als sie mit acht Jahren zu uns gekommen war, hatte sie anfangs kein einziges Wort gesprochen. Mittlerweile war es fast unmöglich, sie und ihre Geschwister zur Ruhe zu bekommen.

Doch der Lärm im Haus störte mich nicht. Er erinnerte mich jeden Tag an das, was mir geschenkt worden war.

Einst hatte ich zwischen stillen Wänden gelebt, und ich hoffte inständig, nie wieder dorthin zurückkehren zu müssen.

Und nun war noch das Jüngste auf dem Weg. Stella war im dritten Monat schwanger, und die Kinder wussten noch nicht, dass ein weiteres Geschwisterkind unterwegs war. Es würde noch eine kleine Weile unser Geheimnis bleiben, und ich konnte es kaum erwarten, meine anderen Kinder ihren kleinen Bruder oder ihre Schwester in den Armen halten zu sehen.

»Daddy, komm ins Wasser!«, schrie Sophie und planschte mit Kai, Jaden und Milo, dem süßesten Hund der Welt. Nachdem er mir jahrelang nicht von der Seite gewichen war, schlief Milo nun jede Nacht neben Jaden.

Er war der liebenswerteste Verräter, den man sich vorstellen konnte. Jaden brauchte Milo dringender, als ich ihn je gebraucht hatte. Und vielleicht brauchte Milo ihn ebenso sehr.

Gleich würde ich zu ihnen ins Wasser gehen, doch einen Augenblick blieb ich ehrfürchtig stehen und betrachtete meine Familie, die so frei in den Wellen herumtollte. Ich lauschte ihrem Lachen; Stella lachte ebenso laut wie die Kinder. Diese Laute hörte ich noch immer am liebsten, und ich war mir sicher, dass sich das niemals ändern würde. Aber meine Kinder …

Meine Kinder waren mein Leben.

Sicher, sie sahen mir überhaupt nicht ähnlich. Ihre Haut war braun oder schneeweiß. Manche hatten braune Augen, die anderen grüne. Doch das spielte keine Rolle, denn ich konnte es sehen, wenn ich sie abends ins Bett brachte. Ich sah es, wenn ich ihnen mit den Hausaufgaben half. Ich sah es, wenn sie ihre Zimmertüren zuknallten, weil sie wütend auf mich waren. Ich sah es, wenn sie ihre Arme um mich schlangen und mich festhielten.

Ich sah es in ihren Augen.

Dort sah ich es am deutlichsten.

In ihren Augen sah ich, dass unsere Seelen zusammengehörten. Wenn ich in ihre Augen sah, wusste ich, dass wir immer eine Familie sein würden. Ich würde nichts an meinem Leben ändern wollen, solange ich wusste, dass es sie zu mir führen würde.

Dies waren meine Kinder, und ich war ihr Vater.

Wir waren eins, nicht blutsverwandt, aber untrennbar seelenverwandt, was es nur noch schöner machte.

Stella und die Kinder waren die Schläge meines Herzens. Sie waren meine Wünsche und meine Träume, die wahr geworden waren. Meine allerbesten Geschenke des Universums.

Und das war mehr als genug.

DAMIAN

Drei Monate später

So kurz vor den Weihnachtstagen hatte ich das Gefühl, ich müsste jeden Moment den Verstand verlieren. Stella und ich legten uns jedes Jahr mächtig ins Zeug, um für die Kinder alles perfekt zu machen, was bedeutete, dass wir am Ende jedes Mal fix und fertig waren. Trotzdem genossen wir es, am Weihnachtsmorgen Blaubeerscones zu backen, unser liebstes Ritual. Und im Laufe der Jahre waren zahlreiche weitere Traditionen hinzugekommen.

An Heiligabend saß ich noch ein wenig länger im Büro, als ich gehofft hatte, doch ich freute mich auf die kommenden zwei Wochen Ferien mit meiner Frau und den Kindern.

Schließlich stand ich von meinem Schreibtisch auf und sah noch einmal nach, ob in der Agentur alles in Ordnung war. Dann ging ich durch den Hinterausgang hinaus und wollte gerade die Tür verriegeln, als ich eine fremde Stimme meinen Namen rufen hörte.

»Hey, Damian? Bist du Damian Blackstone?«, fragte der Fremde.

Ich drehte mich um, und unsere Blicke trafen sich. Irritiert schaute ich in ein Paar Augen, die mir nur allzu bekannt vorkamen.

»Ja, bin ich«, antwortete ich alarmiert und strich mir mit den Händen über die Jacke. »Kennen wir uns?«

Er lachte nervös und verzog ein wenig das Gesicht, während er sich den Nacken rieb. »Nein, du kennst mich nicht. Ich meine ...« Er murmelte etwas und kniff sich in den Nasenrücken. »Ehrlich gesagt, wusste ich nicht mal, dass du existierst.«

»Warum sind Sie dann hier?«

»Ehrlich gesagt ist es ein bisschen verrückt. Ich sollte eigentlich bei meiner Familie in Chicago sein, schließlich ist morgen Weihnachten, aber ich musste einfach herkommen. Vor ein paar Wochen habe ich einen Brief bekommen, von einer Frau namens Catherine. Sie hat mir von dir erzählt, und dann hat sie mir von mir erzählt. Was ich damit sagen will, ist, ich bin Aiden.« Er atmete ein und seufzte dann bleischwer. »Dein jüngerer Bruder.«

Triggerwarnung

Dieses Buch enthält Elemente,
die triggern können.

Diese sind:
Tod eines Familienmitglieds, Scheidung, Kinderheim und
Pflegefamilien, Fatshaming, Gaslighting, Essstörung,
Suizidversuch, Minderwertigkeitsgefühle, Stiefmutter, ungeplante
Schwangerschaft, Schwangerschaftsabbruch, Fehlgeburt,
Traumata, Alkoholismus, Panikattacken.

*Ich habe so lang in der Dunkelheit gelebt,
dass ich deine Licht fast vergessen hätte*

Brittainy C. Cherry
DURCH DIE KÄLTESTE
NACHT
Aus dem amerikanischen
Englisch von Katja Liebig
368 Seiten
ISBN 978-3-7363-1462-7

Als ich Kennedy Lost das erste Mal nach all den Jahren wieder begegnete, hätte ich sie fortschicken sollen. Aber dann erkannte ich, dass sie kurz vor dem Ertrinken war. Ich sah, dass sie von Schuldgefühlen auf den Grund gezogen wurde. Die Traurigkeit in mir erkannte dieselbe Traurigkeit in ihr, und ich wusste plötzlich, dass nichts auf der Welt mehr zählte, als Kennedy das Gefühl zu geben, dass selbst dieser Teil von ihr es wert ist, geliebt zu werden – auch wenn mein eigenes Herz daran zerbrechen würde …

»Brittainy C. Cherrys Worte haben mich tief berührt, und ihre Figuren werden für immer fest in meinem Herzen verankert bleiben.« TAMY.READS

LYX